金環日蝕

阿部曉子 著
李彥樺 譯

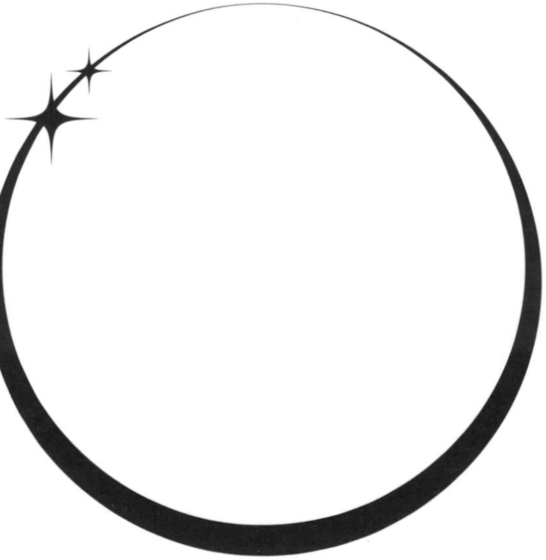

目錄

序章　開端

平凡的星期四，春風完全沒料到在回家的路上，目擊一樁攔路搶劫，受害者還是熟人。

「啊啊啊！」下午四點半，天空已經被晚霞染成了暗橘紅色。春風擔心趕不上打工時間，正快步走向自家的方向，忽聽見不遠處傳來一聲尖叫。

住宅區內，放眼望去全是有著不積雪屋頂（註）的箱型住宅，鄰近那形狀有如幽浮臨時迫降的札幌巨蛋。春風親眼目睹一位老婦人摔倒在路上。春風一眼就認出了老婦人的身分。絕對不會錯，那是在自家的斜對面過著獨居生活的小佐田小夜子。一名身穿黑色外套，頭上戴著棒球帽，臉上戴著口罩的男人，推倒了年屆古稀的小夜子，從她手中奪走了一個小紙袋。那男人迅速翻身逃走，動作敏捷得像是一隻偷取食物的貓。

「小夜子奶奶！」

春風簡直不敢相信自己的眼睛，急忙朝著小夜子奔了過去。小夜子一邊呻吟，一邊站了起

註：「不積雪屋頂」指的是不會造成積雪的新型屋頂。這種屋頂有別於傳統的中央上突式屋頂，改採中央下凹式的設計，讓積雪集中之後加熱使其融化。雪水會沿著管路流下，所以不會積在屋頂上，省去了爬上屋頂鏟雪的麻煩。

來，只見她皺起眉頭，按住了宛如豆皮一般充滿皺紋的手。她的手掌有著嚴重的擦挫傷，拇指下方隆起處的傷口沾上了不少塵土。

春風二話不說就丟下裝著課本的托特包，拔腿疾奔。

男人以宛如倉皇逃命般的姿勢，奔跑在住宅區的狹窄巷道內。他的體格看起來相當瘦弱，卻有著一雙靈活有彈性的腿，兩人之間的距離一直沒有縮短的跡象。春風心中惱怒，一個咬牙，脫掉了身上的藍色長大衣。

幾乎就在同一時間，一道黑影在左前方一閃而過。

春風正感到吃驚，那道黑影已經將春風甩在後頭，而且還在持續加速，追趕奔跑在遠方的男人。那漆黑的影子，有如奔馳在狩獵區的黑色獵犬。

春風定眼一看，原來那黑影是個少年，身上穿著黝黑的立領學生制服，脖子上一條暗藍色圍巾異常醒目。

「妳從那條路繞到前面去！」

少年指著旁邊的橫巷說道。春風登時會意，改變了奔跑方向。

春風從小在這個住宅區裡長大，對這附近的地理環境可說是瞭如指掌。根據男人奔跑的方向來研判，他應該是想要跑到不遠處的大馬路上。春風在心中迅速找出能夠繞到男人前方的最短路線，同時加快了速度。通過那間養著一條見人就吠的狗的屋子，來到那間住著一對感情不好的老姊妹的屋子前方，從左手邊鑽進一條小巷內。這條巷子狹窄到只要對向一有車子駛來，就必須整個人緊貼在巷道的邊緣。春風沿著巷子一路往北，來到一座十字路口，那個身穿黑色外套的男人剛好從左邊的道路竄出，小紙袋就夾在他的腋下。

那男人戴著帽子及口罩，完全看不出長相。他看見春風突然出現在眼前，嚇得瞪大眼睛，停下腳步，顯露出不知所措的模樣。剛剛那名少年，正以驚人的速度從另一頭狂奔而來。男人察覺自己遭到左右包夾，先是遲疑了一下，接著朝春風全力撞來。他心裡多半認爲女人比較好對付吧。春風猛吸一口氣，右手抓住男人鎖骨附近的黑色外套布料，左手抓住男人的右手袖口。男人的手腕及胸口被這麼一扯，瞬間失去平衡，整個人向前傾倒。春風趁勢將右肘拉往自己的身體，同時快速翻轉身體，讓自己的全身鑽入對方的右脅下。此時春風已確信自己這招必然成功。

就在春風踏出一步，要將男人自肩上拋投出去的那個瞬間，身旁竟響起一陣刺耳的喇叭聲，讓春風嚇得差點心跳停止。

春風反射性地抬頭一望，只見一輛廂型的輕型汽車（註）已來到自己的眼前。原來自己太過專注於對付男人，竟沒有察覺車子已來到面前。下一秒，春風感覺身體被一股強大的力量推了出去，整個人摔倒在柏油路面上。男人旋即轉身想要逃走，春風在慌亂中抓住了男人的外套下襬。男人奮力扭轉身體，甩掉了春風的手。就在這時，一樣閃閃發亮的東西從男人的口袋掉了出來。男人趕緊從輕型汽車的旁邊穿梭而過，頭也不回地奔逃而去。

「妳沒事吧？」

「不用管我，快追……」春風正要朝奔跑過來的少年揮手，但手才揮到一半，春風整個人傻住了，一句話也沒有說完。

才不過一眨眼工夫，那男人不知鑽進了哪一條巷道內，此時已不見蹤影。

少年朝春風伸出了手，春風此時才仔細打量眼前的少年。

少年身上穿的是有著金色鈕釦的立領學生服。從那金色鈕釦表面的校徽看來，少年是市內某

註：依照日本道路法規，輕型汽車指排氣量在六六〇cc以下的汽車。

道立高中的學生。好巧不巧，那所高中正是春風的母校，春風是兩年前才從那個學校畢業。要一個高中生冒著危險追趕強盜，似乎不太妥當。春風輕輕嘆了一口氣，拉著少年的手站了起來。

「……剛剛是怎麼回事？發生什麼事了嗎？你們還好嗎？」開車的婦人將車子停在路邊，一臉驚恐地問道。春風撫摸著剛剛摔倒時撞傷的右腕，說道：「我沒事。」

此時春風的眼角餘光，察覺地上似乎有個閃閃發亮的東西。

春風走過去一看，那原來是一條吊飾，上頭以一個圓筒狀的遮光底片盒作爲裝飾物。底片盒的顏色是鮮豔的黃色，連著深咖啡色的皮繩，以及製作成照相機模樣的樹脂材質小墜飾。

這就是剛剛從男人的外套口袋裡掉出來的東西。

爲什麼那個男人的身上會帶著這個？

第一章　偵探

1

不管是上課日還是假日，春風每天早上一定在六點半起床。這是春風從小養成的習慣，如今她已是大學二年級的學生，不管是上學還是私人活動，春風從來不曾遲到。朋友們老是笑春風是個「乖寶寶」，但春風明白自己不是乖寶寶，早起只是性格使然。

春風按掉了設定在智慧型手機裡的六點十五分鬧鐘，腦袋依然昏昏沉沉，拿著手機看起了網路新聞、天氣預報，以及在社交平臺上與朋友及心理學研究家的交流對話。接著春風確認了今天一天的預定計畫，下床做了簡單的伸展操。以上可說是春風每天早上的例行公事。這些都做完之後，春風拉開了窗簾。窗外的電線上，一整群的麻雀正在吱吱喳喳叫個不停。春風輕輕一笑，決定站在窗邊一會兒，欣賞那有如音符排列在五線譜上的鳥兒們。

每年到了十月的尾聲，札幌的清晨溫度通常在十度以下，但中午前後又會回升到十五度左右。爲了能夠因應這溫度的高低差變化，春風從衣櫥裡取出一件女用襯衫穿上，外頭再套上一件針織毛外套，下半身穿的則是斜紋布褲。春風到大學上課，穿的通常都是這樣的服裝。

換完了裝，在褲子的口袋插上一枝筆，便走到一樓的浴室梳洗。春風先漱了口，然後以束髮布將長及鎖骨的頭髮包住，以冷水洗了臉，抹上化妝水及乳液，達到保濕的效果，最後快速抹上ＢＢ霜。雖然化妝包裡還放著眼影及唇蜜，但是在不用打工的日子，春風常會偷懶不化妝。

取下束髮布，頭髮變得像雄獅一樣，春風先抹上髮油，接著一邊使用吹風機吹整，一邊梳理成像樣的髮型。其他的部位也就罷了，劉海一定要整理得漂漂亮亮才行。完成了每天早上要做的事之後，春風凝視著鏡子裡的自己，撩撥起劉海。

過去的回憶並不重要，重要的是未來的際遇……這是心理學家阿德勒的名言。當年在就讀高中的時候，某天春風在書店裡隨手拿起一本平鋪在架上的心理學入門書，翻開來一看，剛好就看到那篇文章。那天晚上，春風整晚沒睡，把那本書讀完了。到了早上，春風已決定上大學一定要學心理學。

過去發生了什麼事並不重要。重要的是未來做了什麼事，自己變成了什麼樣的人。

春風一如往昔做了一次深呼吸，以手指將劉海重新梳理整齊，接著走向廚房。

這許多年來，森川家的三餐向來是由父親負責打理。父親有著溫厚的性格，熱愛家庭，熱愛下廚。春風與哥哥從小到大能夠維持健康的身體，幾乎不曾生病，肯定是父親的功勞。

但是父親從今年四月起，被公司高層調派到泰國的分公司。父親獨自搬到了泰國，並沒有帶家人前往。從此之後，製作早餐的工作就落在春風的肩上。雖然只是一餐而已，但每天都得想辦法生出餐點，一天都不能休息，實在是一件很辛苦的事。自從開始製作早餐之後，春風才深深感受到父親過去的辛苦與恩情。

春風實在不擅長做菜，因此自從開始負責做早餐後，餐點基本上是「荷包蛋、厚煎蛋、水煮蛋、炒蛋」的無限循環。除了蛋之外，旁邊頂多再配上小熱狗、培根或小番茄。今天是厚煎蛋的日子，春風在調理缽內打了三顆蛋。為了讓厚煎蛋吃起來更加鬆軟，春風從冰箱拿出牛奶，正準備倒入蛋中，此時通往客廳的門被人打開，身穿套裝的母親走了進來。

「早。」

「早，謝謝妳每天辛苦做早餐。」

從清晨的第一句招呼，就可以知道母親那天的心情好不好。今天母親的心情似乎相當不錯，不僅聲音很開朗，表情也顯得神采飛揚。春風鬆了一口氣，臉上漾起微笑。

「再等一下，馬上就好。啊，能不能幫我烤吐司？」

「一片嗎？還是兩片？」

「兩片吧。」

母親將兩片吐司放進電鍋旁邊的烤麵包機，泡了即溶咖啡，開啓電視機電源。熟悉的地方電視臺男主播正在報導北海道各地的新聞。道南地區是欣賞楓葉的好時機，動物園剛出生的老虎寶寶決定了名字，諸如此類。春風聽著男主播那美麗的嗓音，將蛋汁倒入熱完鍋的平底鍋內。

〈……為您播報下一則新聞。札幌市東區清潔公司『清淨生活』的前社長，今年六十三歲的鹿又新造，因違反破產法而遭札幌地檢廳起訴。鹿又在今年八月，以其名下公司『清淨生活』無力負擔債務為由，向札幌地方法院申請破產。但事後警方追查發現，鹿又在申請破產之前，曾經將四千多萬圓的現金轉移至他人的帳戶之中，企圖隱匿財產，警方因此在九月以違反破產法的嫌疑將鹿又逮捕。〉

春風一邊將煎得薄薄的蛋皮小心翼翼地捲起，一邊隔著料理吧檯望向電視螢幕。男主播反覆說了數次的那間公司名稱，連春風也相當耳熟。

「媽媽，這案子應該會對你們造成不小的影響吧？」

「是啊，而且這起案子不是單純的破產，案情相當複雜……妳看。」

在母親的催促下，春風繼續聆聽男主播以咬字清楚的聲音讀出新聞內容。

〈……鹿又在接受偵訊的時候，聲稱有數名自稱是律師及會計師的男女找上他，告訴他「我們能夠教你在破產時守住財產的好方法」，鹿又爲此支付給他們約兩千萬圓的顧問費。警方目前正朝有詐騙集團涉案的方向進行調查。〉

母親在北海道內規模最大的地方銀行「H銀行」上班，負責業務是向中小企業提供融資。新聞中的清潔公司，也是該銀行的融資對象之一。母親不是直接對應清潔公司的窗口，但是在清潔公司剛宣布倒閉時，還是每天都帶著倦容回家。由於清潔公司是當地的本土企業，這起案子引起了春風的注意。隨著發展愈來愈戲劇化，不僅前任社長遭到起訴，而且還牽扯出詐騙集團涉案的可能，讓春風驚訝得合不攏嘴。只見母親不停地唉聲嘆氣，直說「眞是悲哀」。

「想要讓欠債一筆勾銷，卻又不希望所有的財產都被拿走，光是這樣的心態就已經很糟糕了。沒想到他竟然還爲了隱匿資產，甘願支付一大筆錢給一群騙子，說起來眞是可笑。」

「像這樣的案子，通常會有什麼下場？」

「當然債務的免責會被取消，還得接受刑罰。在申請破產的時候隱匿資產是一種犯罪行爲，稱作詐欺破產罪。犯了詐欺破產罪的人竟然變成詐騙集團眼中的肥羊，眞是太諷刺了。」

母親皺起眉頭，啜了一口咖啡。

「而且我沒記錯的話，那間公司好幾年前也曾經被詐騙集團騙過。如今回想起來，當年受到詐騙搞不好是自導自演……總而言之，這叫自作孽不可活。那個前社長會上詐騙集團的當，說到底全是因爲他的心態有問題，所以完全不值得同情。」

母親向來是個黑白分明的人，只要她心中認定某一方爲「白」，就算是要跟全世界作對，她也會加以支持。相反地，當她認定某一方爲「黑」，她就會毫不留情地大肆批判。偏激的程度，往往讓春風也不禁覺得有點太過頭了。

「這個人確實違法，這點是他的不對，但我覺得天底下沒有那種活該被騙的人。」

「我可沒說他活該被騙。但他是因爲輸給了自己心中的貪念，所以才給了詐騙集團可乘之機，不是嗎？所以說，這是他自己造的孽，當然得要自己承擔。算了，不說了。沒必要一大早就聊這種讓人生氣的話題。」

母親揮了揮手，宛如是在撥開眼前的煙霧。春風也不再說話，默默摘下小番茄的蒂頭，拿到水龍頭底下清洗。「對了！」過了一會，母親突然以開朗的口吻說道：

「今天晚上我們吃外面，如何？我應該能夠提早下班，夏夜今天剛好要去旭川，偶而我們母女兩個在外面吃個飯也不錯。大馬路上的那間法式餐廳，妳不是也很喜歡嗎？大學下課後，妳先去逛一逛打發時間，我們約在那裡見面吧。」

「啊……對不起，今天晚上我已經跟人約好要一起吃飯了。」

母親正要從冰箱裡拿出果醬，聽見這句話，整個人像靜止了，臉上的笑容退潮般消失得無影無蹤。春風心裡暗叫不妙，同時感覺胃袋縮了一縮。就在這瞬間，母親的心情等級下降了兩級。

「我怎麼沒聽妳提起過？」

「對不起，我還來不及告訴妳。因爲是臨時決定的。」

「跟誰吃飯？皐月？」

「不是，是昨天發生那件事的時候，幫了我的人……」

春風一句話才說到一半，馬上就後悔自己不該這麼老實。母親聽到「昨天」兩個字，雙眉之間的皺紋登時加深了不少。心情等級又下降了三級。

「妳的意思是說，昨天妳追趕強盜，搞到自己受了傷，當時在旁邊的人？」

「一點瘀青而已，稱不上是受傷啦。」

「瘀青就是受傷。不然妳以爲爲什麼要有瘀青這個詞？幫了妳的人，是什麼意思？」

「就是……跟我一起追趕強盜的人……」

「跟妳一起？追趕強盜？爲什麼跟那個人見面？還要跟對方吃飯？那該不會是個男的吧？」

說是男的，倒也沒有錯。該怎麼回答這個問題呢？春風一時不知如何回應，母親的眉梢逐漸上揚。糟糕，已經到達警報等級了。

「那個男人該不會纏上妳了吧？」

「媽媽，妳在說什麼啊？不是妳想的那樣，我只是想跟他道個謝。」

「道謝？爲什麼妳要跟他道謝？妳不要跟那個人糾纏不清。而且昨天的事，我可還沒有原諒妳。妳竟然跑去追趕一個強盜，爲什麼這麼魯莽？」

昨天晚上爲了這件事情，母女兩人已不知溝通了多久。春風暗自縮緊腹部，緩緩吐出一口長氣。當母親變得歇斯底里時，自己絕對不能受到影響。必須保持冷靜，在尊重對方的前提下，確實表達自己的主張。

「昨天的事情，讓媽媽擔心了，這點我眞的很抱歉。但是小夜子奶奶從我小時候就很照顧我，她就在我的面前遭到搶劫，我當然會想要幫她把東西搶回來。以當時的情況來看，並不見得一定做不到。我的行動都經過思考，希望媽媽不要全盤否定。」

「我什麼時候全盤否定妳了？我只是希望妳不要做出危險的行爲，爲什麼就是聽不懂？妳在遇到那種事情的時候，願意挺身而出，確實是種美德，我完全同意。但妳只是個平凡的大學生，正確的做法是叫警察。一個女孩子家，不應該冒那麼大的風險。」

「這跟是不是女孩子沒有關係。而且當警察趕到的時候，那個強盜早就逃走了，所以……」

「爲什麼妳這麼愛頂嘴？媽媽在教妳事情，爲什麼不能乖乖回答『好，我知道了』？」

母親用手指按著太陽穴，呼吸愈來愈粗重。如果溝通的對象是其他人，春風有自信能夠保持冷靜。但是一旦對上母親，看見了母親那個態度，春風總是會感覺好像什麼都是自己的錯，產生一種不知該如何是好的挫折感。每當這種時候，春風總是會覺得自己彷彿回到了國小四年級。

「早啊。」

就在這個時候，年紀比春風大了六歲的哥哥夏夜走進了客廳，臉上還一派悠閒地打著呵欠。他的身上穿著皺巴巴的休閒服，連頭髮也是亂七八糟。明明就只是一個模樣邋遢的年輕人，但母親一看見兒子，原本激動的表情瞬間轉爲柔和。

「早安，夏夜。看看你的頭髮，睡成了那副德性。」

「這不是睡出來的，是我做出來的。這可是最新流行的髮型呢。對了，我的大衣在哪裡？就是灰色的那一件，我今天想要穿，能不能幫我找一下？」

「你這孩子，都已經是幾歲的大人了，怎麼會連自己的衣服也找不到？」

母親雖然嘴上抱怨，但她立刻起身走出客廳，幫兒子找大衣去了。人家說兒子比較容易獲得母親的溺愛，這點在森川家也獲得了印證。當然母親對春風並沒有疏於照顧，春風從小到大，隨時都感受到來自母親的關愛。但是母親和春風說話時，有時態度會嚴厲到簡直像是一把鋒利的菜刀。相較之下，母親在和哥哥說話時，從來不曾表現出那樣的態度。春風雖然還不至於感覺母親不公平，但每當目睹母親的態度，心頭都覺得有點悶悶的。

「……哥，早。小香腸要幾根？」

「四根。不，五根吧。我肚子好餓。」

哥哥走進了廚房。他沒有穿襪子，腳下只穿著拖鞋，走起路來會發出啪噠、啪噠的聲響。只見他打開冰箱，拿杯子倒了一杯牛奶。春風將十根小香腸扔進平底鍋內，突然發現自己的動作異常粗暴，不禁爲自己的幼稚感到有些可恥。

「我說妳啊。」

哥哥一口氣喝乾了牛奶後說道。

「都已經二十歲了，竟然還沒交過男朋友。勸妳還是趕快找個願意跟妳同居的男人吧。」

「一大早就胡言亂語，你想跟這些小香腸一起被丟進鍋子裡煎嗎？」

「媽媽對妳過度干涉的性格已經改不了了，除非妳跟媽媽有一個死了，否則這個問題是無解的。人家說心靈的距離會跟身體的距離等比例，妳們如果能夠分開住，媽媽比較能保持心情平靜，妳的日子過起來也比較輕鬆自在，不是嗎？」

春風放下了手中的平底鍋，望向正在洗著杯子的哥哥。

「……那算是過度干涉嗎？媽媽其實也是在關心我。」

「她當然是因爲關心妳。她疼愛妳，擔心妳的安全。但是這份關心已經過了頭，讓妳感覺喘不過氣，不是嗎？像媽媽那種『孩子比自己的命重要』的人，很容易會對孩子過度干涉。媽媽已經很難改變了，如果妳感覺跟她在一起很累，或許可以考慮拉開一點距離。」

夏夜擅自拿起厚煎蛋旁邊的小番茄，放進嘴裡。

「不然還有一個辦法，就是妳要學會敷衍的技巧。妳跟她講道理，只會讓她更加生氣而已。總不能每次遇上事情，妳都把自己搞得傷痕累累。妳不是學心理學的嗎？爲什麼不把妳的知識運用在增進人際關係上？」

「心理學不是用來增進人際關係的學問。」

「咦？眞的假的？那妳爲什麼要學那種沒屁用的東西？」

春風看準了他的腳板，大腳一伸，想要踩死這個褻瀆心理學的渾蛋，沒想到被他躲開了。但春風繼續進攻，以鍋鏟的鏟柄朝著他的肚子用力頂一記。哥哥晃了兩下，嘴裡發出慘叫。

「剛剛是我處理得不夠有技巧。我明知道媽媽的個性，卻沒有冷靜地跟她溝通。」

「妳爲什麼要當個乖寶寶？妳爲什麼不大罵一句『媽，妳不要再對我過度干涉』？對了，我介紹一個今年才剛進來的同事給妳認識！雖然他做事有點粗心大意，卻是個開朗樂觀的好青年，沒事就在吃東西，一張圓餅臉上隨時帶著笑容！」

「我才不要！我絕對不跟哥哥的同事交往！哥哥，倒是你跟美咲姊現在到底是什麼狀況？不是說要同居嗎？你怎麼還沒有搬出去？」

「呃，說到這個啊。她最近很忙，我也不想離開這個有人幫忙打掃洗衣做飯的家。唉，這種事情本來就是細水長流，沒有必要急在一時。」

哥哥在市內某食品廠擔任業務員，幾年前開始跟當年同時進公司的女研發人員開始交往。春風也見過哥哥的女朋友幾次，那個女生是個慧黠又溫柔的人，對於有點小聰明但是做事虎頭蛇尾的哥哥相當包容。早在父親搬往泰國之前，哥哥就已聲稱他跟女朋友有結婚的打算，但是在結婚之前會先同居一陣子。

沒想到平常超有行動力的哥哥，在說了要跟女朋友同居之後，竟然一拖再拖，遲遲沒有採取行動。春風心裡猜想，或許哥哥是因爲放不下家人吧。畢竟父親在外國工作，要是哥哥也搬了出去，這個家裡頭就沒有男人了。哥哥擔心這樣一來會讓母親變得更加神經質，所以不忍心拋下母親及妹妹獨自離去。

「如果你是擔心我跟媽媽，其實眞的沒有必要。你應該過你眞正想過的生活。」

「妳在說什麼鬼話？我這個人一輩子都在爲自己而活，什麼時候管過別人的死活？」

哥哥裝模作樣地攤開雙手，對著春風微笑。誇張的程度，就算是外國人也望塵莫及。那笑容正讓春風大受感動，他突然大喊一聲「有破綻」，抓起旁邊的菜筷，插起一根平底鍋裡的小香腸。春風手刀一揮，正中哥哥的鼻梁。

「妳這個笨妹妹，竟然敢打我！要是我這美麗的鼻子歪了，看妳怎麼賠我！」「我可以讓你的鼻子歪得像垃圾堆裡的鋁罐！你這個笨哥哥！」春風與哥哥各自以腳下的拖鞋攻擊對方，母親剛好走了回來，手腕上還披著哥哥的大衣。她親眼目擊已經是成年人的兒子及女兒在廚房打打鬧鬧，一臉無奈地大喊：「你們這對笨兄妹，全都給我住手！」

◎

從距離自家最近的車站搭乘地下鐵東豐線的電車，到札幌車站不用十五分鐘。到大學最快的方法，應該是從這裡再轉搭南北線的電車，在北十二條車站下車再走過去。但春風喜歡直接從札幌車站花上十分鐘的時間走到大學。一來春風喜歡欣賞景色的四季變化，二來想要鍛鍊身體。誰也不曉得什麼時候會遇上意外狀況，所以一定要讓自己的身體保持最佳狀態。

「小春，早！」

就在春風走進大學正門的瞬間，忽然從旁邊伸來一隻手，在春風的腰際搔了兩下。那裡正是春風最大的弱點，春風整個人跳了起來，發出詭異的叫聲。下此毒手的人物，正是春風的好朋友。身高比春風矮了一顆頭的她，像貓咪一樣瞇起了雙眼，露出賊兮兮的笑容。

「皐月，麻煩妳不要一大早就性騷擾。」

「性騷擾？不，妳誤會了，我這叫肌膚之親。對了，妳的傷還好嗎？」

兩人走在一大群學生之中，春風隔著大衣的衣袖拍拍右手手肘，一句話也沒說。「噢，那很好。」皐月的口氣簡直像是在語尾加上了斷奏記號。她丟下這句話，在石板路上快步前進。超短的頭髮，完全沒有遮掩她那形狀美麗的一對耳朵。她的耳垂上總是掛著一對雪晶造型的耳環，那是春風在她去年生日時送她的禮物。

「昨天眞抱歉，給妳添了麻煩。」

「小事一樁，何足掛齒。幸好沒遇上什麼麻煩。」

春風與皐月一起在市內某大型書店打工，昨天春風本來有班，但因爲要送小夜子奶奶到醫院，臨時沒有辦法到書店打工。春風趕緊打電話給皐月，向皐月說明了狀況，請皐月幫忙代班。

「我聽到妳說追趕強盜，差點沒被妳嚇死。」

「因爲事情就發生在我的眼前，我忍不住就追上去了……可惜最後還是被他逃了。」

「小春，妳平常看起來傻乎乎的，但身上好像有個開關，一按下去就會變一個人。暑假的時候，我們一起去旅行那次也是這樣……拜託妳不要一天到晚做危險的事，讓別人擔心。」

「遵命，我會銘記在心。」

「摔倒的奶奶還好嗎？」

「嗯，今天早上我去探望過她了。她的傷勢並不嚴重，看起來挺有精神。」

「那就好、那就好。妳路見不平，拔刀相助，確實是功德一件。」

皐月說完後，在春風的背上拍了拍。或許是因爲昨天晚上跟今天早上都被母親訓了一頓的關係，來自皐月的讚美讓春風異常感動。回想當初依照高中時訂定的志向，考上了住家附近國立大學的文學部（註），專攻心理學。沒想到這樣的決定，竟然讓春風交到了皐月這個好朋友。在春風的心裡，這簡直就像是發現四葉幸運草一樣幸運。

現在這個季節，校園裡不論哪個角落，都有著宛如繪畫般鮮豔美麗的色彩。地上鋪滿銀杏的落葉，有如金黃地毯。隨處可見黃山花楸，上頭結滿一顆顆有如火苗的小小果實。流過綠地的小河，河面上漂浮著片片變了色的楓葉，有如懸浮在銀河中的點點紅星。「眞是美景！」皐月取出她心愛的迷你數位相機，拍起景色，一旁的春風不由得笑了出來。昨天跟前天，皐月走到這附近時，都說了相同的話，拍了相同的景色。驀然間，一陣風夾帶著落葉的甜香，朝著春風迎面拂來。春風感覺劉海微微飄起，趕緊用手壓住。就在這個瞬間，身旁傳來了快門聲。

「咦？妳在拍我嗎？」

「每次只要一起風，妳都會像這樣趕緊按住額頭，我眞的覺得很可愛。」

「皐月，妳可知道未經本人許可就拍照，是侵犯肖像權的行爲，嚴重的還會被罰錢？」

「放心、放心，讓我看個十秒，過癮了就會刪掉。」

兩人鬧了一陣子後，春風忽然想起一件事要向皐月問清楚。春風走過法學部大樓的前方，拿起自己的托特包，取下原本扣在內側拉鍊環上的黃色底片盒吊飾，放在自己的手掌心。

「有件事想問妳。妳說這個吊飾，是你們攝影社上次攝影展時做來販賣的手工紀念品？」

「咦？嗯，社長在家裡找到一大堆從前爺爺蒐集的底片盒，不知道該怎麼處理，後來決定大家一起把那些底片盒製作成紀念品來販賣。」

「妳知道買的人是誰嗎？」

皐月瞪大了原本就圓滾滾的大眼睛，接著眨了兩下。前方剛好走來一個女學生，皐月差點跟她撞個正著。皐月一個閃身，避到了一旁，接著才皺起眉頭說道：

「買的人是誰？買的人很多，妳指誰？」

「如果可以的話，我全部都要知道。」

「小春，來參觀攝影展的人，少說也有一百，有些還是校外人士，我們怎麼可能詢問每個購買者的姓名？」

「……這麼說也對。」

「妳問這個做什麼？那個吊飾有什麼問題嗎？」

該如何回答皐月，春風心裡有些拿不定主意。春風一邊走過文學研究大樓的門口，一邊小心謹慎地說道：「我在找一個人，這個吊飾是唯一的線索。」

「找人？唔……好吧，我今天會去攝影社，剛好幫妳問問社長。」

「麻煩妳了。」

兩人走上鋪著油氈的階梯，走進一間大教室。這裡是第一堂課的上課教室，春風與皐月每次都坐在中間列由前數來的第五排。春風從托特包中取出講義，放在到處是塗鴉的長桌上，心裡想起另外一件事，趕緊拿起智慧型手機。春風打開餐飲店的預約網站，找到事先看好的那家迴轉壽司店，預約兩人到店用餐。畫面上出現完成預約的訊息，春風心裡正鬆一口氣，負責上這堂課的副教授剛好走進了教室。

註：日本的大學文學部涵蓋範圍很廣，包含哲學、人文、歷史、語言、社會及心理學相關領域都屬於文學部的範疇。

春風很想要專心上這堂社會心理學課，意識卻不斷被托特包裡的吊飾給吸走。昨天那吊飾從男人的外套口袋中掉出來的影像，在春風的腦海中不斷重播。

一個人在犯罪的時候，到底有什麼樣的心情？

如今過了一個晚上，那男人現在在哪裡？心裡在想著什麼？

2

事先約好的碰面時間是下午五點，地點是地下鐵大通車站的南北線剪票口前。

春風在圖書館收拾了寫到一半的報告，走出大學的時間大約是下午四點半。春風徒步走向約好的碰面地點，抬頭仰望天空。太陽幾乎已完全下山，整個天空呈現深藍色，唯獨西方地平線附近的天空依然閃耀著金黃色，宛如有人在那裡倒了大量的蜂蜜。穿過大通公園時，春風望向札幌電視塔的巨大數位時鐘，上頭的發光數字標示著「4:46」。

來到大通車站一看，由於正值下班的尖峰時段，地下通道擠滿了熙來攘往的行人。星期五傍晚的人潮遠多於原本的預期，讓春風心裡開始感到有些不安。這裡人那麼多，眞的有辦法順利找到約好在這裡見面的對象嗎？昨天因爲一切太過匆忙，跟那少年只交談了短短幾句話，甚至連對方的長相也沒有看清楚。

「森川春風小姐。」

背後響起了說話聲。那聲音聽起來相當順耳，並不特別高，也不特別低。

但春風嚇了一大跳，肩膀劇烈抖動。當春風轉過頭，與站在身後的少年四目相交時，春風的臉頰不由得微微發熱。春風於是轉過身，挺直了腰桿，與少年正面相對。

「……北原鍊？」

「是我。」少年以淡定的口氣應道。

少年身上的打扮依然是暗藍色圍巾與黑色立領學生制服，與昨天一模一樣。春風仔細打量起了眼前的少年。由於父親的身高相當高，而春風獲得了父親的遺傳，所以身高有一百七十公分。此時與少年正眼相望，春風發現對方的身高跟自己差不多。柔軟平順的頭髮，理著簡單樸素的髮型。臉上戴著一副黑框眼鏡，沒有任何刻意的修飾。說得難聽一點，實在是個不起眼的平凡少年。但是那看起來機靈又聰穎的黑色瞳孔，讓春風在一看見的瞬間，心中的模糊印象瞬間化爲清晰的結晶。沒錯，就是這個少年。

「你來得眞早，等很久了嗎？」

「我搭地下鐵，剛剛才到這裡。」

「是嗎？今天眞的很謝謝你，特地出來赴約。」

「不用這麼客氣。我上課的高中旁邊就有南北線的車站，搭地下鐵到這裡只要一班電車。」

「我看你這身制服，你是K高中的學生吧？我是那裡的畢業生呢。」

春風早已事先想好，剛開始可以拿這個當話題。雖然不打算跟這少年建立太深厚的交情，但一起吃晚餐的期間，至少希望氣氛好一點。

北原鍊似乎也已經有了打好人際關係的心理準備，臉上漾起和善的笑容。

「眞的嗎？原來妳是我的學姊。」

「嗯，我兩年前畢業，現在是大二。」

「我高二。」

「是嗎？呃……好，我們走吧。」

「好。」

兩人走在地下通道上，春風忍不住偷偷嘆了一口氣。這氣氛可真是尷尬。

跟一個男高中生到底該聊什麼才好？

兩人轉搭地下鐵東豐線，下車後走在完全變暗的夜空下，來到了春風當初看好的迴轉壽司店。這是一家很受本地人喜愛的迴轉壽司店，能夠吃到從北方的港口直接送來的新鮮食材。

「真的很抱歉，只能請你吃這種『會轉的（註二）』壽司。」

「要是妳說要請我吃『不會轉的』壽司，我反而會擔心妳是不是有什麼其他企圖。」

春風聽了少年的幽默回答，忍不住笑了出來。

「就像我在訊息裡頭說的，小夜子奶奶給了我一些錢，要我請你吃頓飯，答謝昨天的事情，所以你完全不用客氣。以這家店的價位，不管你吃多少，我應該都付得出來。」

「我可沒做什麼能讓人道謝的事情……」

「外頭好冷，我們先進店裡，我再向你解釋吧。」

春風一走進店內，登時感覺到溫暖的空氣有如毛毯一般，包住了全身。果然在這種星期五的傍晚，店內的座位幾乎全都坐滿了。「歡迎光臨。」店員笑臉盈盈地走上前來。春風告知了當初預約的名字，店員將兩人帶往店內深處的包廂席。

春風脫下大衣，與托特包擺在一起，坐在對向座位的鍊也脫下了圍巾。春風見他將圍巾摺得整整齊齊，再仔細觀察他，發現他指甲剪得很短，全身乾乾淨淨，看起來生活在穩定的家庭裡。

說起這個時期的北海道美食，當然是秋鮭。「本日的推薦料理，是鮭魚味噌湯。」春風聽了店員的話，在桌上的平板電腦上點選了兩人份鮭魚味噌湯，又陸續點了各自想吃的壽司。既然是秋鮭的季節，當然也是鮭魚卵的季節。春風正要點選面板上的「超分量鮭魚卵海苔壽司」，鍊剛好也將食指伸了過來。兩人對看一眼，由春風輸入想吃的數量，按下點餐鍵。

「你知道イクラ（註二）是俄文來的嗎？」

「聽說原意只是『魚卵』。日本人聽俄國人這麼稱呼，就以爲那是鮭魚卵的意思。」

「沒錯，你懂得眞多。」

「春風姊，妳在大學學俄文？」

「不是，鮭魚卵那個是在電視上看來的。我學的是心理學。」

春風聽他稱呼自己「春風姊」，心想這小子可眞會拉近距離。春風拿了兩人份的筷子及醬油碟，鍊也用綠茶粉沖泡了兩杯綠茶，將其中一杯放在春風的眼前，說了一聲「請」。

等待壽司送上桌的期間，兩人都不知道說什麼才好。春風並不渴，但無事可做，只好啜起綠茶。對面的立領制服少年也同樣喝茶來打發沉默的時間。春風見狀，決定直接切入正題。

「關於昨天那件事……」

北原鍊一聽，立即放下茶杯，端正了坐姿。「請說。」

「小夜子奶奶的傷勢並不嚴重，只有一點瘀青及擦傷，以及腳有些扭傷，醫生說一個星期就能痊癒。當然精神上的打擊可能沒那麼快平復，不過我今天早上上學的途中，到她家探望過了，

註一：迴轉壽司在日本的壽司店之中屬於平價階級。高級的壽司店一般都是直接點餐，不會使用履帶輸送壽司。

註二：「イクラ」是日文中的「鮭魚卵」。

她的情緒還算平穩。」

「那就好。」鍊露出鬆一口氣的微笑。看來他心裡也在牽掛著這件事。昨天春風要送小夜子奶奶到醫院，鍊臨走前突然拿出智慧型手機，告訴春風：「醫生的檢查結果，再麻煩妳告訴我。」兩人於是交換了聯絡方式，鍊才安心地回家去了。

「這是您點的鮭魚味噌湯。」

店員送上兩隻附蓋子的大湯碗，兩人都不再說話，各自興奮地拿起了筷子。春風翻開漆碗的蓋子，登時聞到一股撲鼻的香氣。紅色的鮭魚塊及蔥、白蘿蔔、紅蘿蔔和蒟蒻像寶石一樣沉在味噌湯的碗底。春風喝了一口，瞬間感覺秋鮭的甜美滋味滲透至全身。「北海道萬歲……」「這湯眞是好喝……」兩人各自忙著喝湯，過得好一會，鍊才主動開口問道：

「你們報警了嗎？這種事情最好不要拖太久。」

「沒有，小夜子奶奶似乎沒有報警的打算。」

鍊瞪大了他那一對藏在眼鏡後頭的雙眼。

「可是沒有報案，警察就不會幫忙調查。」

「嗯，小夜子奶奶說她沒有報警的打算，還說希望我們也別把這件事情放在心上。她說的我們，當然指的是我跟你。」

鍊露出摸不著頭緒的表情，於是春風將昨天他離開之後的事情，一五一十說出來。

昨天的傍晚四點半多，春風與鍊沒有抓到那個強盜，悻悻然走回原地，只見小夜子正在那裡等著，手上還拿著春風脫掉的藍色長大衣。

「春風！」

小夜子的嘴唇不停發抖，似乎相當寒冷。她將長大衣遞給春風，露出了虛弱的微笑。春風看著小夜子奶奶的模樣，心裡感到相當不捨，伸手接過長大衣，立刻將長大衣披在小夜子的肩上。

「不用了，我不冷。」小夜子急忙說道，春風回了一句：「沒關係，披上吧。」小夜子或許是因爲受到驚嚇的關係，臉上早已毫無血色，想必難以抵禦傍晚的寒意，那模樣實在讓人看了心疼。

「謝謝妳，春風。」小夜子低聲說道，同時以長大衣將身體緊緊包住。接著她轉頭望向那身穿立領學生制服的少年，以高雅的口吻說道：

「你剛剛也幫我追那個人嗎？眞的非常謝謝你，有沒有受傷？」

「我完全沒事。老奶奶，請問這裡是妳家嗎？」

鍊抬頭望向身旁那棟有著不積雪屋頂的屋子。那屋子的牆壁有著白、灰兩種顏色，看起來相當高雅別緻。

「是啊。」

「剛剛那個男人搶走妳的紙袋，也是在這棟屋子的前面。」

春風也親眼目睹了那一幕。小夜子的住處在這個住宅區裡，算是特別漂亮的建築。沒想到那個男人就在小夜子的家門口，搶走了她的紙袋，還將她推倒在地上。

「是啊，我本來想出門辦點事情，沒想到那個人突然衝過來……啊，好痛！」

小夜子忽然叫了一聲地就要摔倒，春風趕緊上前抱住虛弱的老婦人。只見小夜子雙眉緊蹙，按著右腳腳踝。春風急忙轉頭告訴鍊自己送小夜子到醫院檢查。「醫生的檢查結果，再麻煩妳告訴我。」鍊如此應道。兩人交換了聯絡方式，鍊就離去了。到這邊爲止，是鍊知道的部分。

後來春風叫了計程車，將小夜子帶往最近的醫院。小夜子坐在後座，以長大衣包住了身體，低頭不發一語。春風盡量找話題與她交談，但每一句話都特別小心謹愼，避免觸動她的傷心處。

「小夜子奶奶，還是早點通報警察比較好。可以用我的手機，前面的說明也可以由我講。」

小夜子一臉憔悴地看著春風，輕輕搖了搖頭。

「對不起，我現在實在沒有力氣做那種事。」

春風見小夜子疲倦地閉上了雙眼，不好再多說什麼。到了醫院，春風向櫃檯人員說明狀況，院方也不敢掉以輕心，立刻讓小夜子先行就診。小夜子進入診療室的期間，春風打電話拜託皐月幫忙代班，同時也打給書店的店長。此外，春風也寫了一封訊息給母親，告知「發生了這樣的事情，所以可能會晚一點回家」。春風回家之後，當然是被等得不耐煩的母親臭罵一頓。「追強盜？爲什麼妳這麼魯莽？」母親如此責罵春風，當然這些都與鍊無關。

醫生檢查結果，腳踝的疼痛是扭傷引起，韌帶及骨頭都沒異狀。小夜子除了腳踝包上了貼布，擦傷的手掌也包上繃帶，實在讓人心疼。幸好小夜子在走出施術室之後，心情平復不少。兩人在醫院裡待了大約兩個小時，當可以離開的時候，天色早已完全暗了。春風再度叫了計程車，將小夜子送回她的住處。途中春風再度勸說小夜子，最好趁今天之內完成報案。

但是小夜子在沉默了許久之後說道：「我想還是別報警比較好。」

春風愣了一下，趕緊詢問原因，小夜子說道：

「我被搶走的不是什麼值錢的東西，所以就算那個男人被警察逮捕，罪責大概也不重。而且要讓他被定罪，是不是還要先起訴什麼的？我不太清楚法律，但我猜想，搞不好他會被無罪釋放。到時候那個男人不曉得會做出什麼事……說不定會來找我報仇。」

「可……可是，小夜子奶奶……」

「妳能說絕對沒有這個可能嗎？我不知道那個男人是誰，也不知道他住在哪裡，但是他認得我的臉，也知道我家的位置。總而言之，我只希望不要再跟那個男人扯上關係。」

小夜子以雙臂環抱自己的身體，顯得相當恐懼。春風伸出手，想要輕撫她的肩膀，沒想到她突然握住了春風的手。她彷彿用盡了全身的力氣，表情充滿著殷切的期盼。

「春風，我拜託妳，把這件事忘了吧。不要再追究了。我被搶走的東西一點也不值錢，傷勢也很輕微，真的沒有必要繼續在意下去。」

小夜子回到自家的門口時，忽然邀請春風到家裡坐一坐。當然這並不是春風第一次拜訪小夜子的家。打從春風還在讀幼稚園的時候，小夜子就經常笑著向春風打招呼，笑著請春風吃她親手做的糕點，還曾經幫忙春風完成家政課的縫紉作業。

小夜子走進房間裡，過了一會又走了出來，臉上堆滿笑容，將兩枚信封遞到春風的面前。

「真的對妳很不好意思，耽誤妳那麼多時間。這是我的一點小心意，妳拿去買東西吃吧。另外這一個，麻煩妳幫我交給那個男孩子。」

春風明白信封裡裝的是什麼，堅持不肯收下。自己只是做了該做的事情，這種謝禮無論如何絕對不能收。「拜託妳收下吧！真的只是我一點小小的心意！」平常性情溫和的小夜子竟然說什麼也不肯退讓，一副非要春風收下不可的氣勢。兩人就這麼互相推來推去，過了許久之後，春風才無奈地任由小夜子將信封塞進自己的手裡。

「……所以妳才說要向我『道謝』？」

鍊輕推眼鏡的鏡框，看著兩人交談期間，店員不斷送上來的各色壽司。

「她害怕遭歹徒報復，這個我可以理解……可是不報警真的好嗎？」

「小夜子奶奶的丈夫在幾年前過世了，她現在一個人住在那棟屋子裡。雖然有兒子，但是兒子住在東京，而且已經有自己的家庭，平常很少回來。所以小夜子奶奶做事當然會比較謹慎，一想到可能會遭受報復，心裡害怕也是理所當然。」

「原來如此，既然老奶奶自己這麼說，那也沒辦法……」

鍊點了點頭，臉上帶著雖然不認同但也無可奈何的表情。春風從自己的托特包裡拿出一個印著花紋的信封，平放在桌上，推到鍊的面前。這正是春風今天把鍊約出來的主要目的。

「就像小夜子奶奶說的，這是她的一點心意，請收下。」

「……這信封的紙那麼薄，我已經看到裡頭是一萬圓鈔票了。我沒有什麼功勞，不能接受這麼大一筆錢。」

「但你曾經想要幫助小夜子奶奶，這個是事實，不是嗎？小夜子奶奶想要給你謝禮，應該也是不希望心裡一直感到欠你一份恩情。」

事實上春風的心情也跟鍊一樣，不知道拿這「謝禮」怎麼辦。所以春風才計畫了今天的聚餐，想要和當初合作追趕強盜的少年一起把這筆錢花得一乾二淨。鍊似乎還是心有抗拒，遲遲不肯把錢收下，這種頑固的性格反而讓春風增加了三分對他的好感。春風輕輕一笑，問道：

「你沒有想要買的東西嗎？」

「隨便都可以想出一百個。」

「那就一邊吃壽司，一邊想吧。要是讓鮭魚卵乾掉了，那可是天大的罪過。」

「這麼說也對，到時候被當成現行犯逮捕，只能算是自作自受。」

兩人再度興奮地拿起筷子。這次兩人不約而同地挑上了「超分量鮭魚卵海苔壽司」。這盤壽司不負其名，不僅海苔上頭堆滿了鮭魚卵，就連海苔旁邊的盤子上，也有著堆積如山的鮭魚卵。那一粒粒紅色的顆粒，閃爍著紅寶石一般的光輝。將整顆壽司放進嘴裡，隨著每一口咬下，那名為幸福與陶醉的美味汁液在口中大量噴發。「北海道萬歲……」「這句話剛剛講過了。」兩個人一邊抬槓，一邊享受著壽司的美味。

一個高中男生當然不可能只吃幾盤壽司就滿足。「……真的可以再點嗎？」鍊再三問過之後，在平板電腦上追加點選了「鮪魚大腹肉壽司」、「海膽壽司」及「蛋壽司」，可以說是超有飽足感的三種選擇。春風自己也追加點了號稱壽司四天王的「炙燒鰭邊壽司」、「活北寄貝壽司」、「牡丹蝦壽司」及「鮪魚醃蘿蔔手卷」，另外還點了以砂糖醬油調味的芋餅。除此之外，秋鮭的味噌湯也各加點了一碗。

「春風姊，看不出來妳這麼會吃。」

「咦？我食量算普通吧。我反而覺得你食量太小了。男高中生不是每天都活在飢餓中嗎？」

「大家好像都以爲男高中生滿腦子都是食欲及色情的幻想，其實那只是偏見而已。我們要煩惱的事情很多，幾乎每天都忙得焦頭爛額。」

在今天見面之前，春風本來很擔心自己跟一個幾乎不認識的男高中生一起用餐，氣氛可能會很冷，不知道該聊什麼才好。沒想到實際進了店裡之後，兩個人一邊閒聊一邊吃壽司，竟然讓春風感覺相當快樂。最主要的原因，是鍊擁有非常高明的談話技巧。當春風在說話的時候，他是一個能夠適時回應的好聽眾，而當春風的話題似乎快要接不下去的時候，他又能夠非常自然地成爲掌握發話權的一方。而且他說話的用字遣詞，同時兼具少年特有的憤世嫉俗，以及獨特的機智與幽默，能夠讓聽的人覺得相當有意思。就好像一個絕不冷場的綜藝節目主持人。

這少年有著豐富的用字遣詞及條理分明的口才，可見得他在學校的成績應該相當優秀。而且既然他擁有如此圓滑的外交手腕，在學校裡的人際關係應該也很好。明明還只是個少年，言行舉止卻像個成熟的大人，代表他的底下很可能有弟弟妹妹。要不然就是他的監護人工作太忙，使得他從小就必須學會照顧自己，抱持不依賴他人的獨立自主心態。他拿薑片當作刷子，把醬油小心翼翼地刷在鮪魚大腹肉上，可看出他做事一板一眼，有著理性且謹慎的行事風格。

「心理學是研究人心的學問？」

「咦？」春風吃驚地抬起了頭。少年那有如夜晚深邃大海一般的雙眸，正好與自己的視線對上。春風不由得心中一突，還以爲他已經發現自己正在觀察他。然而鍊的臉上只是帶著充滿好奇心的笑容，並沒有任何譴責之意。

「學了心理學，就能知道別人的心裡在想什麼？」

「唔……有些人號稱能夠看穿人心，但這種人絕對沒資格自稱心理學家。所謂的心理學，是一種從科學的角度理解人心的學問。人心沒有辦法用肉眼確認，而且有著極大的不確定性，因此在心理學上，我們只能蒐集資料，加以分析，再根據分析的結果提出大致的傾向。換句話說，讀心及猜心都不是正確的做法，我們只能盡可能摸索其輪廓及性質。」

「噢……」鍊隨口應了一聲，表情顯得有些失望。春風笑著說道：

「鍊，你想要擁有讀心術？」

「我也不知道……假如眞的獲得了讀心術的能力，搞不好反而會覺得很煩，或是把自己搞得一肚子氣。不過……」

「不過什麼？」

「有了讀心術，確實能夠預防很多不好的事情。人是一種愛說謊的動物，就算心裡不這麼想，也可以笑著點頭。有些人一臉道貌岸然，腦袋裡卻在想著可怕的事情……要是能夠利用讀心術看穿這些謊言，應該就不會再有人像昨天的老奶奶那樣成爲受害者了。」

鍊皺起了眉頭，似乎是想起了昨天發生在眼前的暴行，以及沒有辦法加以阻止的懊惱。春風回想起昨天少年追趕強盜時，那背影簡直就像是一頭獵犬。

「對了，那個吊飾呢？」

「……吊飾？」

「春風姊，昨天那個強盜逃走時，是不是掉了一樣東西，被妳撿了起來？我不是很肯定，但看起來像吊飾。」

原來都被他看見了。春風喝了一口綠茶，從托特包裡頭取出了那樣東西，擱在桌上。

鍊看了那放在塑膠夾鏈袋裡的吊飾，錯愕地瞪大了眼睛。

「簡直像是被警察扣押的證物。」

「畢竟是歹徒留下的東西，不能任意毀損或沾上指紋。」

可惜如今這麼做也沒有任何意義了。

「小夜子奶奶叫我把這個吊飾『處理掉』。既然不報警，留著這種東西也沒用，而且她不想看見任何會讓她想起那樁搶案的東西。」

在店內照明燈光的影響下，放在半透明夾鏈袋裡的圓筒狀底片盒，呈現更加鮮豔明亮的黃色。鍊凝視著那吊飾，問道：「我能拿起來看一下嗎？」春風點了點頭，鍊於是拿起了夾鏈袋。

他的手指動作相當靈活，看來能夠勝任各種細膩而嚴謹的工作。

「這個東西有點像放底片的盒子。」

「你說對了，它就是底片盒。」

「真的嗎？這麼說來，那個男人的興趣可能是照相？」

鍊瞪著那吊飾好一會，抬頭對春風說道：「這東西能給我嗎？」

「咦？」

「既然要處理掉，能不能給我？」

少年那黑色的雙眸異常銳利，春風正感錯愕，他竟然隔著袋子抓住了吊飾。春風不等他做出下個動作，立即伸手抓住他的手腕。鍊睜大了眼睛，手腕靜止不動。

「……妳的握力眞強。」

「我的興趣是鍛鍊肌肉。」

春風將袋子從鍊的手中抽出，放在兩人的中間。接著她以食指的前端抵著裝了吊飾的袋子，說道：「我先問你，你要這個東西做什麼？如果你要交給警察，我們就得說出昨天的事。」

「我不會把它交給警察。既然老奶奶不願意這麼做，我不會違背她的意願。」

鍊皺起了眉頭，臉上帶著三分遭到誤會的委屈。

「不是要交給警察，難道你是要拿這個東西當作線索，自己找出那個強盜？」

鍊這次緊閉雙唇，沒有說半句話。那表情簡直就像是爲了同伴之間的義氣，而搞得滿身是傷的孩子，回家後面對著大發雷霆的母親。

「你爲什麼要做這種事？」

「做這種事需要理由嗎？」

鍊的雙眸流露出一股睿智的英氣。

「昨天我剛好走到那個地方，看見老奶奶遭受那樣的對待。我想要抓住那個幹了壞事的傢伙，卻沒有成功。雖然老奶奶說她害怕遭報復，不想再追究，但是任由那傢伙逍遙法外，不是很奇怪嗎？雖然不知道能不能幫得上忙，但我想要盡一己之力，這有什麼不對？」

春風這時才發現眼前的少年長得眉清目秀，五官相當端正。就好像是一件看起來簡單又樸素的衣服，其實使用了上等的布料，以及最精細的裁縫技術。

春風考慮了數秒鐘，決定拿起原本放在隔壁座位上的托特包。

春風將托特包放在膝蓋上，取下原本扣在內袋拉鍊環上的吊飾，放在自己的手上。鍊瞪大了那一雙藏在眼鏡後頭的雙眸。

「……相同的吊飾？」

「我也不敢斷定，但至少在我看來是一模一樣。不管是底片盒、繩子，還是固定在繩子上的小墜飾，都沒什麼不同。這個吊飾是我朋友給我的。聽說這是攝影社製作的手工紀念品，曾經在這個月九號及十號的大學攝影展上販賣。」

「這麼說來，只有參加過那場攝影展的人，才能取得這個吊飾？當初在攝影展上買了吊飾的參觀者之中，有一個就是歹徒？」

鍊的反應相當快，立即做出了推論。但春風搖頭說道：「這目前還很難說。或許是有人買了之後，送給家人或朋友，甚至是放在網路上拍賣，被別人買走了。總之有各種可能。」

春風的心裡正說了一句「不過」，少年竟也說出了相同的話。

「歹徒就是在攝影展上買了吊飾的人，這也不是不可能。」

鍊指著歹徒所掉落的吊飾說道。

「那場攝影展有多少人來參觀？」

「攝影社朋友告訴我，攝影展舉辦在星期六及星期天，兩天參觀者大概共一百人。」

「……眞多。不過我想應該不是所有來參觀的人都買了吊飾吧？」

「嗯，是啊。我那個朋友告訴我，吊飾只做了四十個。所以實際上需要調查的對象，只有所有參觀者的四成左右。但到底是誰買了吊飾，並沒有辦法確認。」

如果是著名攝影師的個展，通常會請參觀者留下姓名，但學生社團舉辦的攝影展當然不會這麼愼重。而且會場的出入口隨時處於開啓的狀態，任何人都可以自由進出。至於吊飾的購買者，其中有少數幾個剛好是負責販賣的社員所認識的人，所以還能查出身分。但要把所有購買者的身分都查出來，同樣是「不可能的任務」。

「會場裡有監視器嗎？」

「畢竟是在大學校園，似乎沒有監視器。就算有，也沒辦法以個人名義申請調閱。」

「吊飾上頭的指紋，能夠委託民營企業進行採樣……但我們沒有能夠用來比對的歹徒指紋，就算有了吊飾上的指紋也沒有意義。」

「是啊，沒有錯。」

鍊重重嘆了一口氣，整個人癱在座位上，將雙手交叉在胸前。春風完全能夠理解他此時的無奈心情。事實上他剛剛所提的那些調查方向，春風昨天早已想過，最後的結論同樣是無解。爲了鼓勵眼前的男高中生，春風再度操作了點餐用的平板電腦。

「吃個甜點，打起精神來吧？」

「我這個人的原則，進了壽司店絕不吃壽司以外的食物。」

「你剛剛明明喝了鮭魚味噌湯，還吃了芋餅。」

「從生物學角度，一個是『壽司科湯屬』，另一個是『壽司科餅屬』，都是壽司科食物。」

最後兩個人點了「葫蘆乾卷壽司」、「章魚飯豆皮壽司」及第二次的「超分量鮭魚卵海苔壽司」兩人份。兩人就這麼瞪著桌上的吊飾，同時默默吃著壽司。就在這個時候，不知何處傳來手機震動的悶響。

春風與鍊同時有了反應。一個按住自己的褲子口袋，另一個按住自己的制服口袋。發出震動的是春風的手機。一看手機上的液晶畫面，來電者是「工藤皐月」。春風抬頭望向對面，鍊說了一句「接吧，不用在意我」，春風於是按下通話鍵。

「喂？」

「小春？現在能講電話嗎？啊，妳在外面嗎？該不會在約會吧？」

「不是，有什麼事嗎？」

「妳不是說，想要知道誰買了吊飾？我先確認一下，妳想要調查的吊飾，使用的是皮繩，而不是鏈條，對吧？」

鏈條？原來吊飾還有兩種不同的種類？這可是第一次聽到。春風趕緊說道：

「對，是皮繩。深咖啡色的皮繩。」

「我不是負責賣吊飾的人，所以不知道，問了社團裡的人才曉得，原來在攝影展上販賣的吊飾有兩種。剛開始只有鏈條類型的吊飾，而且只製作二十個。到了攝影展當天，吊飾賣得比預期還要好，所以又追加製作了二十個。但因爲已經沒有鏈條了，所以社員到附近手工藝品店買了一些皮繩。不過後來追加的皮繩式吊飾，總共只賣出八個。剩下的吊飾，都是內部的社員們自己分掉了，我也替妳拿了一個……如果是皮繩式吊飾，或許查得出購買者的身分。」

春風勉強克制住興奮。皮繩類型吊飾，或許查得出購買者……歹徒或許就在裡頭。

「眞的是太謝謝妳了。」

「但到底是哪些人手上有吊飾，得等到星期一才能查清楚。就這樣，妳約會加油！」

皐月以戲謔的口吻說完最後一句話，使結束了通話。

眞是令人意想不到的戲劇性發展。春風才剛將手機放在桌上，便聽見鍊以堅定的口吻說道：

「星期一，我也想跟妳一起確認吊飾在哪些人手上。」

剛剛的通話內容，似乎都被他聽見了。看來這少年有著一對順風耳。

「但你星期一應該要上學吧？我明白你的心情，不過……」

「我不用翹課。下個星期一，我們學校放假。」

星期一怎麼可能放假？春風皺起了眉頭，內心正感到狐疑，卻聽鍊接著說道：

「這個星期六跟星期天，也就是明天跟後天，我們高中剛好要舉行文化祭。」

文化祭。如此令人懷念的名詞，讓春風不由得愣了一下。當年春風還在就讀那所高中的時候，文化祭是在每年的六月舉行。看來時代不同了，文化祭的舉辦時間也有了改變。

「咦？明天文化祭，你怎麼還在這裡摸魚？文化祭前一天通常都很忙，不是嗎？」

「有些班級確實是這樣。但我那一班要展示的東西，昨天就已經完成了，所以今天沒什麼事要做。因爲六、日是文化祭，星期一及星期二補休。星期一，請讓我跟妳一起行動。」

春風默默地喝了一口早已冷掉的綠茶。剛剛與少年對著吊飾唉聲嘆氣的時候，「揪出歹徒」不過是個能夠拿來當作閒聊話題的幻想。但如今的情況不一樣了，如果幸運的話，或許眞的能夠追查出歹徒的身分。

「我想，你還是別再蹚渾水比較好。」

鍊一聽，揚起了眉毛問道：「別再蹚渾水？什麼意思？」

「就是字面上的意思。既然小夜子奶奶說『不想再追究』，如果我們擅自行動，等於是違背小夜子奶奶的意願。何況你還是高中生，不應該參與這麼危險的事情。」

若要問揪出歹徒的機率比較高，還是揪不出的機率比較高，當然是後者。但萬一眞的查出歹徒身分，歹徒也許會知道追查者身分。絕對不能讓這個少年置身在那種危險中。

「我是個高中生並不是我的錯。用這個當理由拒絕，實在是太卑鄙了。」

鍊的口氣雖然平淡，卻有一種說不上來的氣勢，讓春風一時不知該說什麼才好。他突然抓起裝著底片盒吊飾的袋子，舉到春風的面前，那動作簡直就像是刑警將證物舉到嫌疑犯的面前。

「春風姊，妳自己說過，老奶奶希望妳把這東西『處理掉』。但妳不僅沒有照做，還大費周章放在袋子裡，隨身帶著走。當我在思考如何用吊飾查出歹徒身分時，妳的口氣就像那些方法妳都想過了。春風姊，妳表面上叫我不要蹚渾水，其實打算一個人揪出歹徒，不是嗎？」

鍊接下來問的問題，正是剛剛春風問他的問題。

爲什麼？老奶奶明明沒有被搶走什麼値錢的東西，爲什麼妳要繼續追究這件事？老奶奶明明說算了，爲什麼妳要耿耿於懷？爲什麼妳要把這件事情看得這麼嚴重？爲什麼妳就是放不下？爲什麼妳要一廂情願地認定，老奶奶的決定是錯的？

「沒有辦法抓住那傢伙，我眞的覺得很懊惱。」

鍊瞇起了雙眼，彷彿在回想著那天發生的事情。

「一個沒有做錯任何事的人，突然在我面前遭受那樣對待，我卻幫不上忙，眞的讓我覺得很懊惱。就算過這麼久，這種心情還是沒辦法平復。我實在無法接受這種不合理，如果能夠亡羊補牢，我願意做任何事情來彌補。春風姊，我想妳的心情應該也是這樣吧？不是嗎？」

原本讓人聽起來相當舒服的嗓音，透過更深沉的呼吸，巧妙地加強了力道，使得每一句天眞青澀的臺詞都變得鏗鏘有力。春風心想，這少年應該有演講的才能吧。他懂得運用自身的存在感，讓對手的心靈與自己產生共振。

「春風姊，請妳幫我一起揪出凶手。只有我一個人，一定做不到。但如果能夠獲得春風姊的幫忙，應該就能成功。」

更重要的一點，少年的雙眸是如此清澈而純淨。

他的雙眸擁有一種吸引人的特質。一種容易隨著歲月而流失，因而讓人感覺到難能可貴的特質。任何人受到那雙眸凝睇，都會產生想要盡可能幫助他的欲望。

春風深深嘆了一口氣，抱著最後掙扎的心態，喝下了杯裡的少許綠茶。沒想到竟然會是這樣的結果。自己好歹也是個二十歲的大學生，而且專長是鑽研人心，自認爲在這方面有一點小成。沒想到竟然被一個年紀比自己小三歲的高中生牽著鼻子走。

「對了，你將來想做什麼樣的工作？」

「咦……目前的想法是留在北海道當個公務員。爲什麼突然問這個？」

「我想你應該很適合當教育家、宗教家或政治家。」

「聽說當老師經常要加班，我不信任何宗教，而且討厭愛說謊的政客。」

少年皺起了眉頭說道。春風正眼凝視著他，提醒道：

「雖然我們學校的校園任何人都能自由進出，但是上課的大樓原則上只有學生才能進入。所以你進了我們學校之後，不能一個人亂跑。還有，只要你補休的兩天結束，不管調查有沒有進展，你都不能再插手這件事。你能夠答應我這兩點嗎？」

「沒問題。」

鍊回答得非常直率，同時伸手拿起了小夜子給他的謝禮。那個信封他原本連動也沒有動，此時的他卻突然拿起信封，二話不說地起身走向結帳櫃檯。春風本來打算由自己支付這一餐的費用，她看見鍊走向櫃檯，擔心鍊搶先結帳，趕緊站了起來。只見鍊站在櫃檯前，打開信封袋，抽出裡頭的一萬圓鈔票，毫不猶豫地將錢塞進旁邊平臺上的導盲犬愛心捐款箱內。

鍊走回座位，春風早已看得目瞪口呆，他卻泰然自若地說道：

「不該拿的錢，拿了會讓我良心不安，還有我很尊敬導盲犬，我覺得牠們超厲害。」

3

兩天後，十一月的第一個星期一，春風一如往昔出了家門。

一進入大學的寬廣校區，登時聞到落葉在土中腐爛的氣味。腳踏車停放場的地上，到處散落著如剪紙藝術的銀杏樹葉。車道與人行步道之間，也多出彷彿畫筆描繪的黃色長帶。

第一堂課結束之後，春風快步走向圖書館。事先與鍊約定好了，十點半在圖書館總館的正門口碰面。來到圖書館門口的時候，距離約定的時間還有五分鐘。春風抬頭左右張望，只看見有兩個女大學生在腳踏車停放場裡聊天，另外還有一個男大學生倚靠著圖書館門口的柱子，正在看著智慧型手機。鍊似乎還沒有到。春風鬆了一口氣，正要走上石階，身旁忽然傳來了說話聲。

「……假裝沒看見，眞是太過分了。」

春風錯愕地停下腳步，與倚靠著柱子的男大學生四目相交。接下來春風足足花了五秒鐘的時間，才看出眼前這個人是誰。

「鍊？」

「請別露出好像看到異種生物的表情好嗎？」

「可是……你怎麼……」

今天鍊身上穿的不是制服，而是便服。長版的白色T恤，上頭搭上一件半高領的棕色套頭毛衣，外面再披上一件立領大衣。下半身則是牛仔褲，配上一雙有著焦糖色鞋帶的帥氣學生鞋。頭髮以髮蠟整出了不會太突兀也不會太俗氣的時髦髮型。眼前這個人，怎麼看都像是一個「會念書又會玩樂」的大學生，實在不像是那個穿著制服、戴著眼鏡的樸素男高中生。

「你的眼鏡呢？」

「去年文化祭的時候買的拋棄式隱形眼鏡還有剩，所以戴了隱形眼鏡。當時我們班表演的是話劇《跑吧！美樂斯》（註二），我飾演的是美樂斯的妹夫。他們說古代希臘人可不能戴眼鏡，所以叫我買了拋棄式的隱形眼鏡。」

「你平常……這麼會穿著打扮？」

「當然不是。我沒什麼像樣的便服，所以向住在隔壁公寓的朋友借了一些衣服。我跟他說，希望讓自己看起來像個大學生，結果他竟然連頭髮也幫我整好了。」

看來那個朋友是個相當高明的造型設計師，鍊整個人簡直像是脫胎換骨了一樣。

「但這裡頭沒有大學的課本可以塞，所以放的還是平常的課本。」

鍊放下肩上的背包，拉開拉鍊。春風探頭往背包內一望，裡頭放的是《數學B》、《現代文》、《生物》等高中課本，忍不住笑了出來。春風輕咳一聲，說道：「我們走吧。」

「好。」

兩人首先走向了靠近學校正門的餐廳「Marche」。這間餐廳所提供的餐點，大多使用校內農田及牧場所生產的蔬菜、牛奶及肉類，不僅深受校內學生喜愛，來自校外的饕客也不少。這個時間由於店才剛開沒多久，店內客人數量不多，春風馬上就看見了約好在這裡見面的對象。

「小春，這裡！」

皐月坐在窗邊的座位揮手，春風也朝她揮了揮手，在她的對面坐了下來。

「眞是抱歉，在妳空堂時間把妳約出來。」

「沒關係，我剛好也想吃這裡的冰淇淋。」

又酥又脆的錐筒，配上有如白雲的冰淇淋。皐月正吃得津津有味，此時店門開啓，店員喊了一聲：「歡迎光臨！」從店外走進來一名男大學生（眞實身分是男高中生），在皐月背後的座位坐了下來。春風心裡很清楚，要是讓鍊坐在身邊，皐月一定問個沒完沒了。一下子問「你們哪裡認識的」，一下子問「你們進展到哪裡了」，根本沒有辦法好好談。所以春風刻意安排兩人不在同一時間進店，而且要鍊坐在附近其他座位。店員走上前來，春風點了一杯可可。

「妳要問那個吊飾的事情，對吧？」

皐月將最後一口錐筒塞進嘴裡，開啓了智慧型手機的記事本。

「除了攝影社的社員跟妳之外，擁有皮繩式吊飾的所有人之中，『應該擁有但還沒有確認』的人，有這一些。」

- 姫川（理學部三年級／美術社）：購買了一個
- 宇野（理學部三年級／推理小說研究社）：購買了兩個
- 大磯（理學部三年級／魔術研究會）：購買了一個
- 戲劇社的男生（今年的學祭公演時飾演超毒辣管家）：購買了兩個
- 落語（註二）研究會的女生（今年的學祭公演時在舞臺上跌了一跤）：購買了兩個

皐月趁著星期六、日時，花了相當多時間確認吊飾落入哪些人手中。皮繩式吊飾共二十個，其中沒有賣完而由攝影社成員分掉的那幾個，皐月已經利用社內聯絡用社群平臺確認過了。

註一：《跑吧！美樂斯》（走れメロス）是日本文豪太宰治所寫的短篇小說。

註二：落語是日本的傳統說話表演，類似華人文化中的相聲。

根據皐月調查結果，攝影社的十名社員各自拿走了一個吊飾。皐月不僅在社群平臺上向他們所有人都確認過，而且還請他們拍照上傳，確認吊飾都還在他們的手上。除了這十個之外，皐月自己也有一個，還送了春風一個。所以二十個吊飾之中，這十二個的下落是已經確定的。剩下的八個，則應該在來參觀過攝影展，並且購買了吊飾的人手上。

「這三個理學部三年級學生，都是我們社長的好朋友。社長在負責會場櫃檯時，邀他們來捧場，他們不僅來了，還各買了一個吊飾。」

「原來如此……剩下的兩個人，不知道名字也不知道學部？」

「這兩個人買吊飾的時候，負責會場櫃檯的人已經不是社長，而是一個研究所的學長。那個學長說他記得那兩個買吊飾的客人的臉，還說出了他印象中這兩個人做過的事情。這個研究所的學長記憶力很好，應該是很值得信賴才對。」

星期五的時候，要找出歹徒就像是要找出一顆掉落在沙漠中的黃豆。相較之下，現在可說是有了重大的突破。春風朝著皐月深深低頭鞠躬。

「眞是太感謝妳了，妳的大恩大德，我一定會找機會報答。」

「妳太誇張了，我不需要妳報答什麼恩情，不過妳差不多該告訴我眞相了吧？」

春風愣了一下，抬起了頭。只見皐月雙眉微蹙，說道：

「妳爲什麼突然這麼在意這個吊飾？雖然妳說只是想找個人，但我看妳這麼認眞，就知道事情並不單純。妳該不會又想要做什麼危險的事情吧？」

「請妳別說得好像我一天到晚在做危險的事情。」

「很抱歉，在這方面妳說的話完全不能信任。妳上次不是才跑去追趕一個強盜……等等，這件事該不會跟那個強盜有關吧？」

春風抖了一下，趕緊搖頭說道：「完、完全無關。」皐月瞇起了眼睛，看起來就像一個疑心病極重的刑警。她的雙手突然越過桌面，抓住了春風的雙手手腕。春風不知如何是好，只好任由她抓著。皐月以手指抵著春風的手腕，露出了賊兮兮的笑容。

「妳還記得嗎？有一次我們在上生理心理學課的時候，用測謊器做實驗，妳的反應超級大，整個小組都笑到翻了過去。」

「咦？別、別說了……」

「基本上妳是一個很不擅長說謊的人。並不是因爲妳太過正直，而是妳痛恨虛僞，所以當妳在說謊的時候，妳的內心會產生矛盾的糾葛，這會讓妳的脈搏加快……」

「森川學姊，抱歉我遲到了。」

一個身材修長的年輕男人，突然來到兩人的桌邊。他嘴上說遲到，其實他一直坐在皐月後面偷聽兩人講話。但因爲那裡對皐月來說是死角，皐月並沒有看見他，所以皐月滿心以爲他是剛剛才走進餐廳。這個外貌清新脫俗的男學生，讓皐月錯愕地瞪大了眼睛。冒牌的男大生露出爽朗的笑容，說道：

「妳是工藤學姊嗎？眞的很謝謝妳。」

「咦？什麼……？」

「我拜託森川學姊幫忙調查吊飾的事，她說過妳幫了很多忙。我拜託森川學姊這件事，是因爲當初遺落這個吊飾的人對我有恩。有一次我掉了錢包，正不知道該怎麼辦才好，這個人好心借了我一筆錢。這個人對我有恩，我卻忘了詢問他的名字，所以我想把他找出來，除了向他道謝之外，還要把錢還給他。森川學姊知道了這件事，答應幫我調查。」

春風仰頭看著臉上笑容可掬的鍊，不由得暗自打了個哆嗦。這個小子到底是怎麼回事？他怎麼能突然像是變了一個人格？另一頭的皐月，則全身僵硬不動，簡直像是一隻被觸摸了觸角的蝸牛。這個春風的好朋友，其實是個非常內向的人，只敢在熟識的好友面前表現出開朗、大方的一面。一旦遇上了不認識的人，她就會整個人縮起來，一動也不敢動。春風見她以又驚又怕的視線望向自己，只好說道：「他是我高中的學弟。」這句話並非謊言。

「妳們已經查出哪些人擁有那個吊飾了？眞是太好了。學姊，那我先出去了。工藤學姊，眞的非常感謝妳。」

鍊的臉上帶著燦爛耀眼的笑容，朝著兩人行了一禮，轉身走出餐廳。春風雖然有些錯愕，但心裡明白他是在幫助自己，而且他的出現確實幫了自己大忙。

「那是什麼爽朗的生物……簡直就像霰彈槍一樣乾淨俐落……那表情彷彿一輩子只吃過檸檬跟薄荷……」

「呃，他是高深莫測的孩子。總而言之，事情就是這麼回事。」

春風雖然心裡有點尷尬，但嘴上還是這麼堅持。鍊離開了之後，皐月立刻恢復了平常的樣子。「好吧，既然是這麼回事……」皐月似乎還是沒有完全釋懷，但她點了點頭。

「但就像我剛剛說的，妳絕對不要做什麼冒險的事情。」

「這我明白，妳不用擔心。」

「妳眞的明白嗎？除了強盜的事情，上次暑假時抓色狼那件事不也是這樣嗎？我很感謝妳幫我抓住色狼，但妳跟那種高大的男人互嗆，他好像隨時會揮拳打妳，我眞的怕死了。」

春風發現鍊正站在餐廳的玻璃牆外看著自己。「好，我眞的明白，謝謝妳。」春風將自己的手疊在皐月的手背上，如此安撫她，不久後也走出了餐廳。

春風與鍊回到了大學校園的中央一帶，放眼望去可看見各學部的教學大樓及研究設施，兩人決定先朝著位於校園北邊的社團大樓前進。社團大樓正如其名，校內各社團的社團教室都在那裡頭。剛剛春風要離開餐廳時，皐月提供了這樣的情報：

「我們社長今天早上沒有課，我想其他理學部三年級的學生應該也沒有吧。應該有些人會在社團教室裡打發時間，或許妳可以去碰碰運氣。」

強盜原本帶在身上的吊飾已經掉了。假設強盜就是吊飾的購買者之一，這時他手上應該沒有吊飾才對。當然有些人的情況可能是把吊飾送給他人或賣給他人，這點必須要先行確認。尤其是買了兩個吊飾的人，很有可能已經將吊飾送了出去。除了必須查清楚吊飾被送給誰之外，還要確認接受了吊飾的人是否吊飾還在身邊。

「……還沒到嗎？」

「還沒，社團大樓有點遠。」

兩人走在散布著五顏六色落葉的道路上，大約十分鐘後，來到了校園的北區。接著兩人走進一條排列著高大白楊樹的道路，通過棒球場、足球場兼橄欖球場，以及綜合田徑場的前方，終於看到一棟有如白色箱子的老舊四層樓建築，那就是社團大樓。

「其實我也沒有來過社團大樓，得找一下樓層介紹圖才行。」

「春風姊，妳沒有加入社團？」

「嗯……我如果太晚回家，家人會擔心。鍊，你參加什麼社團？」

「回家社。」

春風不禁感到有些意外。鍊的體能似乎不錯，如果加入田徑社，應該能有相當好的表現。春風一邊如此想著，一邊走向社團大樓的正門。門外的石階下方，是一片混凝土空地，此時正有幾名學生在那裡搬運東西。他們搬運的東西，看起來像是紅褐色的磚塊，以及裝滿了泥土的大袋子。春風正感到納悶，此時一名學生朝兩人低頭道歉，說道：

「抱歉，我們是園藝社，正在進行活動，給大家添麻煩了。」

一問之下，原來是園藝社的社員們，正在修繕社團大樓建築物外側的花圃。那些紅磚的用途似乎是用來將花圃圍起，園藝社社員們以砂漿把紅磚一塊塊堆疊的動作，看起來相當專業。

「有了，那裡有樓層介紹圖。」

一進門口，前方就有一面社團大樓各樓層的介紹圖。春風預計拜訪好幾個社團，其中美術社與戲劇社在一樓，魔術研究會在二樓，落語研究會及推理小說研究社在四樓。春風與鍊決定先從最近的社團開始問起，於是走向美術社的社團教室。

因為歷史悠久的關係，鋪著油氈的地板上到處是髒污及黑點。兩人沿著走廊往東側前進，不一會便看見了美術社的社團教室。門口看板以斗大的黑字寫著「H大美術社　黑薔薇會」。

「這個社團名稱聽起來很像會舉行魔女集會。」

「總之先進去看看狀況吧……打擾了！」

春風敲了敲門，喊了一聲後緩緩拉開門板。門一開，春風登時聞到濃濃的松節油及美術顏料味。一進門，旁邊就是一座擺放雜物的棚架，胡亂塞著各種列印紙、檔案夾及畫冊等物。教室內的混亂也不遑多讓，畫架擺得到處都是，教室深處的牆邊凌亂擺著「米洛的維納斯」、「戰神瑪爾斯」等著名石膏像。教室裡一個人也沒有，春風左右張望一會，忽然聽見身旁傳來話聲。

「……有什麼事嗎？」

那發出聲音的位置實在太近，春風吃了一驚，轉頭望去，只見一名女學生就站在門後。那女學生穿著黑色洋裝及黑色緊身褲，黑色的頭髮上戴著黑色的貝雷帽。因為微低著頭的關係，長髮蓋住了臉孔。春風壓抑下心中的震驚，朝著那散發出獨特氛圍的少女微微點頭行禮。

「打擾了，請問理學部三年級的姬川學姊在嗎？」

「在，就在你們的面前。」

原來就是她。

「抱歉，突然登門拜訪。我姓森川，就讀文學部二年級。想問一個可能會讓妳覺得有點奇怪的問題，上個月上旬，攝影社舉辦了一場攝影展，當時那個底片盒的……」

「贊助者（註）？我現在沒有贊助者。我沒有辦法忍受那些傢伙搞不清楚贊助與控制的差別，老是喜歡對我的藝術說三道四。」

「不是贊助者，是底片盒。當時攝影社在展場上販賣一種以相機的底片盒作爲裝飾物的吊飾，就像這一個。聽說妳也買了一個，請問那吊飾現在還在嗎？」

春風拿出皐月給的吊飾，放在掌心，舉到姬川面前。姬川撩起頭髮，露出雪白的鵝蛋臉，將臉湊向春風的手掌。「噢……」她嘴裡咕噥了一聲。

「妳說的是這個嗎？」姬川從洋裝口袋掏出手機。只見那手機保護殼的下方，正綁著一個黃色底片盒的吊飾。深咖啡色的皮繩，以及相機造型的小墜飾，都與春風手上的如出一轍。春風轉頭望向鍊，他也點了點頭。

「謝謝。眞的很抱歉，在妳休息的時間來打擾。沒有其他事情了。」

「你們來找我，就爲了這件事？眞是兩個怪人。」

「我們正在尋找遺落這個吊飾的人。那我們先離開了……」

註：「底片盒（patrone）」與「贊助者（patron）」在日文中發音相近。

「等等！」

姬川驀然以雙手捧住了春風的臉頰。春風一時愣住了，不知如何是好。姬川以她那冰冷的手掌緊緊夾住春風的臉，接著將她那有如雪女一般的蒼白臉孔湊了過來。

「妳長得眞美，尤其是這頭蓋骨的形狀，完美到我好想親一下。不知道妳願不願意讓我把妳這張臉製作成活體石膏像？作品名稱就叫做……《凍結的純潔》。」

「……眞的好不湊巧，我剛好趕時間。」

「人命如夢幻泡影，與其汲汲營營，不如留下此刻的美好，不是嗎？不用擔心，這一點也不可怕，只要把妳的一切都交給我就行了。」

「謝謝妳的好意，但我眞的……」

「我們現在很忙，等事情辦完了再來拜訪。」

鍊將春風往回拉，同時笑著對姬川說道。姬川將鍊從頭打量到腳，彷彿在估算他的價值。最後她揚起了紅色的雙唇。

「今天可眞是豐收的日子。看來你也是神以手指親手捏出來的人。只把你製作成臉部石膏，實在是太可惜了，你應該製作成全身石膏。作品名稱就叫做……《微笑的欺瞞》。」

「哇，眞是太有意思了。那我們先告辭了。」

鍊並沒有因姬川那可怕的妖氣而動搖。「學姊，我們出去吧。」他朝姬川行了一禮，拉著春風走出了黑薔薇會的社團教室。

「妳還好嗎？」

「……接下來我們到戲劇社去看看吧。」

戲劇社的教室在正門的另一頭，從方位來看，是在建築物西側的盡頭處，剛好與美術社是在相反方向。社團大樓每個角落的內部格局幾乎是如出一轍，每一間教室的大小也幾乎相同。因此戲劇社教室在外觀上，和剛剛造訪的美術社教室幾乎完全看不出差異，但門旁掛著一塊老舊又簡單的牌子，上頭寫著「戲劇社」。

可惜戲劇社教室裡一個人也沒有。由於門沒上鎖，春風喊了一聲「打擾了」，在門板上敲了敲，就將門打開。教室裡相當凌亂，而且就跟剛剛一樣，裡頭似乎一個人也沒有。不過有一點跟剛剛的美術社不同，那就是教室裡亮著燈光，似乎社員只是出去一下子，隨時可能會回來。

或許只要過一段時間再來，就會有社員在裡頭也不一定。兩人決定先到別的社團碰碰運氣，於是退回走廊上。就在這時，突然有一個高高瘦瘦的男學生，從走廊的另一頭走了過來。那男學生有著一對細長雙眼，臉孔看起來簡直像一隻狐狸。由於他懷裡捧著五塊紅褐色的磚塊，一看就知道是園藝社的社員。就在那狐狸眼男學生與春風即將擦身而過的時候，他突然像是忘了什麼東西，停下了腳步，接著突然轉身往回走。就在這時，悲劇發生了。

「哇啊！」

「啊！對不起！」

就在園藝社男學生轉身之際，剛好有一個女學生抱著一把比她的身高還長的箏，搖搖晃晃地走了過來，兩人就這麼撞在一起。男學生一屁股跌坐在地上，磚塊散落了一地。女學生雖然也狼狽地摔倒，但她緊緊抱住了懷裡的樂器，一副拚死也要保護它的態度，實在令人不得不佩服她的精神。那男學生立刻站了起來，撿拾起地上的紅磚，春風趕緊朝摔倒的女學生奔了過去。那女學生的髮型是俗稱的馬桶蓋，整個人看起來宛如日本人偶。春風朝她伸出了手。

「妳還好嗎？有沒有受傷？」

「嗚嗚……謝謝妳……雖然感覺屁股裂成了兩半，但勉強還撐得住……那位被我撞倒的同學，眞的很抱歉，你還好嗎？」

看起來像是箏曲社社員的女學生站了起來，不住低頭道歉。園藝社的男學生拍了拍褲子上的灰塵，粗聲粗氣地說道：「我沒事。抱歉，我剛剛也沒仔細看路。」

男學生說完話，轉身便要離去，春風趕緊說道：「兩位同學，請等一下！」男學生於是停下了腳步，箏曲社的女學生也轉頭望來。

「請問你們有沒有看到戲劇社的人？」

園藝社的人既然在門口修理花圃，應該會看見哪些學生進出社團大樓。戲劇社的教室電燈沒關，假如社員走出大樓，照理來說園藝社的人應該會看見。反過來說，假如戲劇社的社員還在大樓內，在同一大樓內活動的箏曲社的女學生或許會知道也不一定。然而女學生垂下眉梢，尷尬說道：

「抱歉，我還只是一年級學生，記不住其他社團成員的長相。」

「原來如此……」

「妳找戲劇社？我剛剛看到他們一整群一起走了出去，好像說要去合作社。」

園藝社的男學生忽然低聲說道。「謝謝。」春風行了一禮，與鍊一同邁出步伐。看來戲劇社的社員得過一會兒才會回來，應該趁這個時間到另一個社團看看。

「打擾了，請問理學部三年級的大磯學長在嗎？」

兩人一走上階梯，便看見了魔術研究會的教室。春風敲了敲門，將門打開，看見裡頭有幾名男學生正在聊天。其中一個男學生聽見春風的話，睜大眼睛站了起來，說道：「咦？我就是。」

那男學生理著一頭旁分的髮型，看起來像是從前的教師。

春風默默望向身旁的鍊，鍊也默默點頭。穿著牛仔外套的大磯由於身材削瘦的關係，體格與那個攔路搶劫的男人有幾分相似。

「我姓森川，就讀文學部二年級。眞的很抱歉，想請教一個問題……聽說上個月的攝影展，你買了一個像這樣的吊飾，請問那吊飾是否還在你的手邊？」

由於直接讓對方看實物比較快，所以春風拿出自己的吊飾，舉到大磯的面前。剛剛在美術社，春風也是這麼做的。

「什麼吊飾？」

大磯皺起了眉頭。他以手指抵著下巴，將臉湊向春風的手邊。「能讓我看清楚一點嗎？」大磯伸出了手。「當然沒問題。」春風於是將吊飾放在他的寬大手掌上。大磯露出一臉疑惑的表情，咕噥了老半天。只見他將吊飾高舉在眼前，把頭歪向一邊，目不轉睛地瞪著那吊飾。春風見了他的反應，不禁有些擔心。攝影展已經是三個星期前的事了，或許他已經忘了。

「唔……」

大磯看起來相當煩惱，他忽然握住吊飾，在頭頂敲了一下。下一秒，他將拳頭舉到春風的面前，攤開手掌。春風不由得傻住了。裡頭的吊飾竟已不翼而飛。

「我眞的想不太起來呢。」

「請……請問……吊飾跑到哪裡去了？」

「哎喲，怎麼不見了？這可眞糟糕。看來是跟我的記憶一起成了失蹤人口，哈哈哈！」

大磯推了推眼鏡的中央鏡架，揚起了嘴角。春風的錯愕反應似乎讓他感到相當得意。不愧是魔術研究社的社員，剛剛那一招實在太令人驚奇了。但他並沒有回答問題，而且那吊飾是皐月送的，可不能搞丟了。大磯見春風焦急萬分，氣定神閒地說道：

「不過妳也不用太擔心，那個吊飾只是跑到異世界去玩了，差不多應該快回來……咦？」

大磯將手伸進牛仔外套的內側，下一秒卻皺起了眉頭。他臉上的表情逐漸從困惑轉變爲焦處，嘴裡一邊嘀咕「奇怪、奇怪」，一邊不停在外套內側掏摸。最後他甚至低頭查看外套內側，幾乎要將整張臉塞進外套內。春風不禁感到納悶，不曉得到底發生了什麼事。

就在這時，旁邊突然伸過來兩隻拳頭。

「猜猜看，吊飾在哪一邊？」鍊將左右兩隻拳頭平舉在兩人面前。春風與大磯同時吃驚地看著他。鍊的臉上帶著神祕兮兮的笑容，優雅地翻過拳頭，攤開手指。春風再度瞪大了眼睛。

鍊的右手掌心有一個黃色底片盒吊飾，但那吊飾的下方綁著一把銀色的鑰匙。他的左手掌心也有一個完全相同的黃色底片盒吊飾，但上頭沒有綁任何東西。左手邊的吊飾，應該就是剛剛春風交給大磯的那一個。

大磯驚訝得合不攏嘴，鍊淡淡一笑，將綁著鑰匙的吊飾交給大磯。

「謝謝你的幫忙，我們先告辭了。學姊，我們走吧。」

「咦？啊，好……」

「等一下！你願不願意加入我們魔術研究會？」

大磯連忙擋在鍊的前方，緊緊握住了鍊的雙手。

「你剛剛那一招太厲害了，讓我大受感動！你擁有過人的才能，拜託你和我一起鑽研魔術吧！相信有一天，我們一定能夠讓札幌電視塔在觀眾的面前消失！」

「真的很抱歉，將回家社的精髓鑽研到極致是我的使命。」

鍊雖然口氣溫和，但拒絕的態度相當堅定。他甩開了大磯的手，與春風一同轉身離開。「等等！拜託你別走！」春風聽著大磯在身後如此大喊，目不轉睛地看著鍊的側臉。

「變魔術是你的專長？」

「稱不上專長，只是小時候學過一點。而且他的手法不太高明，很容易看出破綻。」

「我可沒看出什麼破綻……」

「妳在說話的時候，習慣看著對方的眼睛。而且對方只要隨便做一個動作，就能吸引妳的目光。就代表妳的視線很好控制。但也正因爲妳露出太驚訝的表情，讓他覺得很得意，所以他的視線完全被妳的表情吸引，完全沒有注意到我在旁邊搞鬼。」

「所以你趁機摸走了我跟大磯的吊飾？但後來你是怎麼做的？」

「祕密。」

鍊停下腳步，伸出食指，指著斜上方。不知不覺兩人已走到了樓梯前。但因爲春風的注意力完全被鍊吸引，因此在春風看來，樓梯彷彿是眼前這個少年以不可思議的手法變出來的。

「要不要再去推理小說研究社及落語研究會瞧一瞧？」

春風看著高中男生踏著輕快的步伐登上階梯，內心不禁暗自嘀咕。

這個北原鍊眞不是個省油的燈。

4

「……沒錯，我就是那個在學祭的舞臺上跌了個狗吃屎的丟臉鬼，落語研究會的包袱，甘利千雪。不是剩餘的餘，是甘酒的甘，配上神酒德利的利（註），甘利。」

註：日文中「剩餘（余り）」與「甘」的發音近似。另外，「神酒德利」指的是供神用的酒壺，同時也是著名的落語段子的名稱。

兩人來到了位於社團大樓四樓的落語研究會的教室，詢問「今年學祭公演時在舞臺上跌了一跤的女社員在不在」，當事人垂頭喪氣地走了出來，自稱是一年級學生，名叫甘利千雪。頭髮綁了條辮子，整個人散發出的形象似乎比起穿洋裝，更適合穿和服。

「眞的很抱歉，用這種失禮的方式把妳叫出來……我叫森川，就讀文學部二年級。甘利同學，妳還記得三個星期前，妳在攝影展上買了一個像這樣的吊飾嗎？而且一口氣還買了兩個。這兩個吊飾，妳現在還留在身邊嗎？」

形象宛如來自大正時代（註二）的甘利千雪眨了眨眼睛。

「怎麼突然問這個？」

「這說起來有點複雜，總之能不能請妳拿出來讓我們看一下？」

千雪遲疑了一下，最後還是小跑步回到社團教室的後頭。過了一會兒，她跑了回來，手上拎著一個和風圖紋的束口袋。吊飾就綁在束口袋的提繩處，她以手掌捧起吊飾，舉到兩人面前。

「你們說的是這個吧？」

有著黃色底片盒的吊飾。不管是皮繩還是照相機小墜飾，都跟春風的一模一樣。

「謝謝，請問另外一個在哪裡？」

「另外一個……原本想要送人，因爲某些原因，沒有送出去，所以後來我把它綁在壽限無（註三）的項圈上了。你們看，牠就是全世界最可愛的壽限無。」

千雪拿出智慧型手機，將液晶螢幕舉到春風與錬的面前。畫面上是一隻相當可愛的粉紅色迷你豬，項圈上的吊飾有著黃色底片盒及小小的照相機墜飾。春風與錬對看了一眼，同時對千雪微微低頭鞠躬。

「謝謝妳，抱歉耽誤了妳的時間。」

「你們問完了？沒有其他要問的了……？那可以跟我說，到底發生了什麼事嗎？」

「呃，我們撿到了相同款式的吊飾，正在尋找失主。」

「原來如此……我身爲落語研究會的一員，可得爲這件事想個哏才行。」

謝謝妳的好意，我們心領了……春風正要這麼說，甘利千雪已絮絮叨叨地述說起了原委。

「我買了兩個吊飾，原本想要把其中一個送給同學年的M同學。M與我雖然沒有海誓山盟，但他經常稱讚我的辮子很可愛，而且還經常到我的住處一起吃飯，待在我的身邊看影片什麼的，我一直以爲我們在交往。所以當我在攝影展上，看見了這麼漂亮的吊飾時，我的心裡萌生了想要送一個給M的想法。這不是很自然的少女情懷嗎？於是我帶著吊飾，走向M租的公寓房間。結果眞是讓我晴天霹靂，M竟然跟一個我不認識的女孩在談情說愛，而且那女孩也綁著辮子。」

「所以那個M只是單純喜歡紮辮子的女生？」

「一邊是吊飾，一邊是玩弄純情少女心的愛辮子渣男，請問兩者的相同之處？」

千雪忽然朗聲說道。鍊很識趣地在一旁答腔：「願聞其詳。」

「都應該被吊起來。」

「賞座墊三枚（註三）。」鍊稱讚道。千雪的鼻頭原本已經紅了，聽了鍊這句話，才破涕爲笑。春風在心中祈禱她未來能獲得幸福，與鍊一同走向位於同一層樓的推理小說研究社。可惜來

註一：大正時代爲西元一九一二年至一九二六年，日本在這個時代大量吸收西洋文化及觀念，由傳統的專制國家轉型爲現代化的民主國家。

註二：「壽限無」也是日本落語中的著名段子。

註三：這一段的原文是日本落語表演的常套對答，爲幫助讀者理解，故在譯文上稍微作了變化。

到門口一看，裡頭又是空無一人。由於時間已過中午十二點，兩人決定先找個地方吃午餐。

兩人走出了社團大樓，抬頭一看，秋天的柔和日光正從天空灑落。正門口地上擺著不少磚塊、土袋及鏟子，並不見剛剛那些正在砌磚填土的園藝社社員，多半也是吃午餐去了吧。

這個時間的學生餐廳，擁擠程度可比通勤尖峰時段的地下鐵車廂。平常春風大多在合作社買個飯糰或三明治就解決一餐，但今天決定到學生餐廳瞧一瞧。這當然是高二男生的要求。

「前陣子你們學校舉行校園參觀日的時候，我曾提出申請，偏偏很不湊巧，那天我感冒了，沒有辦法參加。」

「你對我們學校的校園參觀日有興趣？這麼說來，你想考這間大學？」

「目前是有這個打算。」

春風心想，既然如此，自己身為學姊，當然得盡可能提供協助。於是在走向學生餐廳的一路上，春風順便介紹校內各學部設施，以及長著大量睡蓮的池塘、歷史悠久的建築物等等。

「這就是有名的克拉克博士（註）半身像。」

「這就是最常被觀光客說『怎麼跟我知道的克拉克博士雕像不一樣』的克拉克博士雕像？」

「『克拉克博士指著遠方的那座雕像，在羊丘展望臺上』……這句話連我也說過兩次。」

「我還是第一次這麼近看這座雕像……比我原本想的還要大呢。」

「這座雕像的全長約二．五公尺。你的頭頂差不多在上方的臺座的中間位置，所以你的身高應該差不多是……」

「請勿擅自揭露他人個資。」

鍊微微瞪了春風一眼，故意遠離了雕像幾步。春風心想，看來這個男高中生對自己的身高有點自卑。原來他也有這種像個男高中生的一面，春風不由得笑了出來。

兩人來到了擠滿學生排隊人龍的學生餐廳前，鍊顯得有些不知所措，似乎人潮的擁擠程度超越了他的預期。「還是算了？」春風問道。「不，我要排。」鍊給了一個勇往直前的答案。於是兩人排在隊伍的最末尾。現場的氣氛宛如演唱會的入場時刻，前進的速度只能用龜速來形容。

「鍊，你是文組還是理組？」

「理組。」

「你有什麼想進的學部，或是想學的東西嗎？」

「老實說還沒有一個方向。不過因爲我家是單親家庭，我母親獨自撐起一個家，而且我的底下還有弟弟妹妹，所以如果可以的話，我想讀國立或公立大學，而且最好是離家近一點，可以從家裡通車上學。考量到這些，我最好的選擇就是這所大學。」

春風一愣，不由得在人群中停下了腳步。但排在後面的人馬上就擠了過來，春風只好趕緊繼續往前移動。

「眞的嗎？你的弟弟跟妹妹分別是幾歲？」

「都是十三歲，國二。」

「咦？雙胞胎？」

「異卵雙胞胎，所以長得不太像……有時我快被他們吵死了。」

最後脫口而出的肺腑之言，讓春風噴笑了出來。另一方面，這也讓春風恍然大悟。

「原來如此，我終於懂了。」

註：克拉克博士（William Smith Clark，一八二六年～一八八六年）是日本北海道札幌農學校（現在的北海道大學）的首任副校長。

「……妳懂了什麼？」

「我懂了你爲什麼這麼成熟穩重。你是『哥哥』，必須要照顧弟妹，維持家庭穩定。」

鍊忽然陷入了沉默，轉頭望向牆上的菜單。春風又不禁笑了出來。

學生餐廳中的桌椅看起來都相當樸素，顯然完全是以效率及容納更多的學生爲唯一的考量。春風及鍊能夠在人滿爲患的吵鬧餐廳裡找到空的座位，幾乎可說是奇蹟。坐下來之後，鍊點了湯咖哩套餐，春風則點了炸豬排套餐。

「春風姊，妳給我的感覺，妳的家庭有兩個孩子，妳是比較小的那個，我說對了嗎？」

春風聽鍊這麼說，不由得停下了筷子。

「……爲什麼這麼覺得？」

「因爲妳給我從小到大相當受到照顧的感覺，但另一方面妳似乎又很習慣配合他人，所以我猜妳不是獨生子，比較像是兩個兄弟姊妹中比較小的那一個。」

春風啜了一口味噌湯，努力讓表情維持不變。這少年果然是個狠角色。

「沒錯，我家裡確實有一隻地位相當於哥哥的糟糕男子。」

「妳哥哥連使用人類的單位詞的資格也沒有？」

「有一次我在空堂時間，走在札幌車站前面，剛好看見那傢伙坐在餐廳的店外座位喝著啤酒。那天是上班日，當時是上班時間，而且那傢伙的身上還穿著西裝。」

「那確實挺糟糕。」

「我向你保證，肯定是全天下最糟糕。」

鍊一邊以湯匙舀著湯咖哩，一邊笑了起來。那笑容給人一種意外的親近感，讓春風不由得看得入神……眞是個古怪的孩子。

有時候像個成熟的大人，有時候又抱著幼稚的正義感。有時露出天真無邪的笑容，有時卻擺出游刃有餘的姿態。彷彿人格可以因人、事、地的不同而隨時變更，就像是一顆肥皂泡泡，能夠在不同的光影下呈現出千變萬化的顏色。

快速吃完午餐後，春風再度帶著鍊回到社團大樓。現在是午休時間，很多學生會在社團大樓內逗留，遇上目標人物的機率應該也會提高不少。如果時間上來得及，春風希望在下午的課開始之前，再跑一趟戲劇社及推理小說研究社。來到社團大樓門口一看，園藝社的社員們已重新開始作業。就跟早上一樣，他們對兩人低頭行禮，說了一句：「抱歉，給你們添麻煩了。」

就在兩人剛踏入門口，來到一樓走廊上的時候，鍊忽然發出一聲輕呼。

「戲劇社有人。」

春風仔細一看，走廊盡頭處的戲劇社教室門扉大開，而且裡頭隱約有好幾人走動。

「抱歉，打擾了！」

「來了。」

春風站在門口一喊，教室內傳來宛如唱歌一般的回應聲。一個可愛的女學生輕飄飄地來到門口。她的頭髮是散發著貴氣的長筒式捲髮，穿著閃閃發亮的豪華大禮服，簡直像是剛從法國的凡爾賽宮搬到日本。春風看傻了眼，女學生將她那對自備星光的大眼睛湊了過來，問道：

「眞是一位身材姣好的大姊姊，穿上戲服一定是美豔動人吧？幸會、幸會，大姊姊萬福金安，歡迎妳入住我們的城堡，小女子感激涕零！」

「謝謝，不過誤會了，我沒要入社。我想找今年學祭公演時飾演管家的學長，請問他在嗎？」

「大姊姊，妳想找我們管家？啊啊，我明白了，妳一定愛上了我們的管家吧？一場身分懸殊的戀情，多麼淒美，感人熱淚！不過妳想找的管家類型是M？抖M？S？還是抖S？」

「貴婦小妹！妳不快來排練，卻在此和人說閒話？妳就好似那翩翩飛舞的彩蝶，彷彿一個眨眼，妳就會遠走高飛。」

一名男學生走了過來，以宏亮的聲音斥責女學生。他的用字遣詞簡直像是舞臺上的臺詞，穿著打扮卻相當平凡。連帽T恤配上牛仔褲，臉上戴著彷彿當年約翰・藍儂戴過的圓框眼鏡。

「對不起，社長。這位大姊姊說，想見我們的管家。」

「突然造訪，眞是抱歉……我們正在尋找當初學祭公演時飾演超毒辣管家的學長。」

「超毒辣？妳指的是抖S嗎？那應該是鐘下吧。」

鐘下？就是這個人在攝影展上購買了皮繩吊飾嗎？春風如此想著，開口問道：

「請問這位鐘下學長在嗎？」

「嗯，他在啊……咦？貴婦小妹，鐘仔呢？」

「原本在那裡上漆，剛剛突然說有急事，似乎是回家了。」

身穿大禮服的女學生垂下了眉梢，指著教室中央說道。戲劇社教室裡頭的桌椅、書架及各種雜物都是緊靠牆邊放置，中央空出了一大片鋪著木頭地板的空間。這個空間似乎就是他們排戲及製作道具的地方。那裡擺著一面巨大的牆壁背景，簡直就像是以磚塊一片片砌成，讓人聯想到中世紀的城堡。旁邊胡亂擺放著油漆罐、油漆刷、調色盤及水桶。春風心想，所謂的上漆，應該就是爲那面巨大的背景上顏色吧。

「他回家了？搞什麼東西！那傢伙久久才露臉一次，竟然沒兩下就溜了。」

「但他該做的工作都做了，該聯絡的事情也都聯絡了。」

「請問你們有這位鐘下學長的照片嗎？如果有的話，能不能讓我們看一下？」

鍊以溫和的口氣打斷了女學生與社長之間的對話。春風不禁在心裡暗讚鍊的機靈。就算今天沒有機會見到鐘下，只要先確認過他的長相，今後或許能夠在路上遇到。

「我這邊是有照片，不過是大合照。」戲劇社的社長從牛仔褲的口袋中掏出智慧型手機，稍微操作了之後，將液晶螢幕轉過來對著春風及鍊。

「這就是你們剛剛提到的學祭公演，裡頭這個人就是鐘下。」

手機裡的照片看起來像是公演剛結束時拍的，照片裡有相當多的戲劇社社員，每個都穿著誇張華麗的戲服。有身穿禮服的貴婦，有打扮稱頭的紳士，有看起來像僕傭的男男女女，還有蒙著面紗的神祕婦人。在前排的中央，有四個穿著打扮看起來像管家的男社員，四人一起舉著一塊牌子，上頭寫著《管家的沉默》。根據社長的說詞，鐘下是四人之中站在最左邊的那個。他有著瘦削修長的身材，一雙細長的眼睛，嘴角微微上揚，一副冷笑的態度。

春風一見照片，不由得倒抽一口涼氣。轉頭望向鍊，他也正轉頭望來，帶著僵硬的表情。

「這個人眞的就是鐘下學長？」

「嗯？那當然。除了他之外，我們這裡可沒有第二個鐘下。」

春風感覺到心跳加速，內心細細回想上午發生的事。

——請問你們有沒有看到戲劇社的人？

——妳找戲劇社？我剛剛看到他們一整群一起走了出去，好像說要去合作社。

照片裡頭的鐘下，與當初如此告訴兩人的園藝社男學生幾乎長得一模一樣。

這時，春風感覺到有人拉扯自己手腕。抬頭一看，鍊指著社團教室中央的寬敞空間道：

「春風姊，妳仔細看那個。」

鍊的手指指著還沒有上完漆的那一大面背景牆。那牆壁看上去幾可亂真，若從遠處看，就像是一面真正的磚牆。

「抱歉，請問那面磚牆是……？」

「那是聖誕節公演的背景道具。劇本的背景是中世紀，我們正在製作城牆。」

「我們能走過去看一看嗎？」

戲劇社的社長雖然有些錯愕，還是大方邀請春風及鍊進入教室內。那面城牆還沒有製作完成，但就算站在近處看，精緻的程度依然讓人讚嘆。整面牆就像真的，不僅堅硬且沉重。城牆製作得如此逼真，理由之一就在於它是以大小和真正磚塊完全相同的假磚塊所實際堆砌而成。

「這個磚塊是用什麼做的？」

「保麗龍。如果不夠輕，搬運起來會很麻煩。製作得很逼真，對吧？」

沒錯，非常逼真。正是太逼真，所以沒看出來。當初那男學生搬運的磚塊根本是假的。

春風細細回想，發現這件事情確實有跡可循。當時那男學生與箏曲部的女社員撞在一起，原本捧在手裡的磚塊散落一地。照理來說，原本沉重的磚塊掉在地板上，應該會發出沉重的撞擊聲響。但是春風回想起來，當時並沒有聽見那麼大的聲響。何況真正的磚塊每一塊至少都有兩、三公斤重，那男學生卻是輕而易舉地將散落一地的磚塊撿了回來。

他根本不是園藝社的社員。他是戲劇社的社員。

既然如此，當他被問到有沒有看見戲劇社社員時，爲什麼會說出那樣的答案？那回答不管怎麼想都有問題。

「春風姊！」一旁的鍊低聲說道：「妳還記得嗎？當時我們在走廊上，他從另一頭走過來，在接近我們的時候，突然轉身往回走。」

回想起來確實如此。但是當時春風並不覺得他的行動有什麼古怪，只是猜想他可能突然想起有什麼東西忘記拿。

「難道是……他記得我們的長相？」

就在數天前，十月最後一個星期四，春風與鍊嘗試對強盜前後包夾。當時春風一度與強盜正面相對，鍊也逼近了強盜的背後。強盜戴著帽子及口罩，因此春風與鍊並不清楚對方的相貌，然而對方卻能將兩人看得一清二楚。此時鍊打扮得像個大學生，或許強盜沒有認出他，但春風此時的服裝與舉止都跟當時幾乎完全相同。換句話說，強盜很可能發現在社團大樓走廊上偶然遇到的女學生，竟然是當初追趕自己的兩人之一。

「……你們爲什麼要找鐘仔？他做了什麼嗎？」

社長一臉狐疑地皺起眉頭。但目前案情不明朗，不能隨便亂說。於是春風努力讓自己保持冷靜，說道：「我們有一點事想要問他的意見。請問鐘下是他的姓氏嗎？他叫什麼名字？」

「他叫『實』，漢字是這麼寫的。」

社長開啓手機的記事本，迅速打了幾個字，舉到兩人的面前。

——鐘下實。

春風與鍊對看了一眼，牢牢記下這個名字。

鐘下實……

第二章　家人

1

理緒感受到手機的震動，迅速將手伸入大衣的口袋中。

但是來電者並不是理緒心中期待的那個人，而是鐘下。眞是個煩人的傢伙。理緒皺起眉頭，按下電源鍵，將手機放回口袋裡。

「不接電話嗎？」

「又是惡作劇電話，最近眞不少，我快被煩死了。」

理緒對著一看就是有錢老婦人的松園繁子笑著說道，同時推開了咖啡廳的門。這家咖啡廳位在札幌的高級住宅區內，隨便一杯咖啡都要價千圓以上。平常理緒絕對不會踏進這樣的店，但今天她裝出一副常客的態度，帶著松園繁子走向店內深處的桌子。

「這家店好漂亮，我平常很少來這種地方。」

「眞的嗎？我眞是幸運，今天能夠跟妳一起來。」

松園繁子一看就是個沒有主見的人。像這樣的人，通常什麼事都要配合別人才會感到安心。理緒點了戚風蛋糕與紅茶的套餐，果然繁子跟著說道：「我也跟妳一樣好了。」服務生走上前來，理緒於是點了兩份戚風蛋糕套餐。

「今天眞的很抱歉，我們是第一次見面，我卻給妳添了那麼多麻煩。」

「請別這麼說，不是什麼大不了的事情。能夠幫上妳的忙，眞的是太好了。」

高中的時候，理緒在一家居酒屋打工，當時經常有人稱讚理緒「笑容很美」。那時候的笑容不見得是眞心的，此刻理緒露出的卻是發自內心的微笑。計畫到目前爲止可說是執行得相當順利，不僅整個過程完美，而且遠比原本想的更簡單。

十一月的第一個星期一，下午接近四點的時候，理緒來到了松園繁子的住處。那屋子位在圓山的高級住宅區內，是一座相當大的宅邸。理緒按下了門鈴，繁子並沒有立刻開門，而是透過對講機詢問：「哪一位？」

理緒首先告訴繁子，自己是市內某大學的學生。接著理緒說出了事先準備好的臺詞。我經過妳家門口，看見門上貼著一張紙，紙上寫著類似恐嚇的話。我知道這不關我的事，但我有點擔心，所以還是告訴妳一聲。

繁子聽了相當擔心，立刻開門走出。她看見印著粗黑體字的A4紙張，整張臉嚇得慘白。

——下一個就輪到妳了。

里緒詢問繁子知不知道是誰做了這種事，繁子搖頭回答不清楚。紙面上的可怕詞句，似乎對她造成了相當大的不安。不過這也是理所當然的事。她的丈夫已經過世了，兒子及媳婦又住在遠方，突然看見家門口貼著這樣的紙，當然會感到不安。里緒帶著滿心的同情（繁子的反應，讓里緒眞心感到同情），向繁子提出了建議。

「遇上這種事情，最好還是報警處理。雖然光靠一張紙要找出歹徒可能不太容易，但至少可以請警察加強巡邏，或是採取一些應對的措施。」

繁子聽了里緒的話，吞吞吐吐沒有回應。從繁子的態度，可明顯看出她並不想打電話報警。里緒從揹在肩上的上學用肩背包內，取出一枚名片，遞給繁子。

「我在大學參加一個志工社團。之前有一位獨居的朋友，拜託我打類似的電話。如果妳需要的話，我也可以幫妳打。」

名片上印著市內某國立大學的校名、姓名，以及「志工社團　微笑」字樣。繁子看了名片，很明顯對里緒放下了心防。一來里緒是國立大學的學生，二來打著「志工社團」的頭銜，完美化解了繁子的戒心。里緒對外表也相當注重。身上的服裝樸素而不失高雅，就連頭髮也經過精心整理，讓里緒看起來儼然是個良家千金。「外表非常重要，因爲人是一種會以貌取人的動物。」那個人如此教導里緒。

雖然繁子連忙說「那怎麼好意思」，里緒還是當著繁子的面，拿起手機打起了電話。里緒假裝向電話另一頭的人說明繁子的家門口遭人張貼可疑紙張，但其實這通電話的撥出對象，是股票投資的付費諮詢專線。其實就算只是假裝講電話，並沒有撥打任何號碼，繁子應該也不會發現。但如果能夠讓繁子隱約聽見手機中傳出說話聲，繁子的信任度必然會加倍提升。像這種小細節也絕不馬虎，是里緒的處事原則之一。

貼在門口的那張紙，也是根據這樣的處事原則製作出來的。里緒先以自己的智慧型手機打出了那幾個字，拿到便利商店列印出來。四個角落都貼上膠帶，實際貼在松園家的門板上，接著才將紙撕下來。這種徹底追求眞實感的做法，果然贏得了繁子的信任。

里緒做這種事，並非因爲對繁子心懷恨意。這一連串的行爲，都只是必要的手段。在今天之前，里緒只是藉由名單得知了繁子的姓名、地址及電話號碼。里緒必須與她親自見面，卸下她的心防，並且製造一個合理的理由，邀約她「為了轉換心情，一起去喝杯茶」。

「這蛋糕又鬆又軟，眞好吃。」

「是啊，我雖然喜歡製作甜點，但製作的戚風蛋糕有點太乾了。沒辦法像這麼濕潤。不曉得這是怎麼製作出來的。」

「小南，妳的興趣是作甜點？現在的小女生，會作甜點的已經很少了呢。」

松園繁子口中所稱的「小南」，是印在名片上的名字。她完全沒有察覺這名字只是假名。里緒確實是名片上那所大學的學生，該志工社團也是確實存在，但里緒並不是那個社團的成員。因為里緒對當志工一點興趣也沒有。

「繁子阿姨，妳有孫子或孫女嗎？平常會不會跟他們一起作甜點？」

「……我有一個孫女，但我的兒子跟媳婦都住在東京，每年只有過年及暑假才會回來。而且今年孫女還說因為要考大學的關係，沒有時間回來看我。唉，這也沒辦法。畢竟她正值青春年華，見我這種老人一定會覺得很無聊吧。」

「不會的，我相信不會有這種事。妳的孫女……她叫什麼名字？」

「楓花。楓葉的楓，花朵的花。這年頭孩子的姓名都取得很古怪，對吧？」

「沒那回事，我覺得這名字很可愛，讓我很羨慕呢。可見得妳兒子有取名的才能。」

「他哪有什麼才能？平常幾乎不打電話給我這個住在遠方的母親，連媳婦見到我，也總是一副外人的態度。」

繁子絮絮叨叨地抱怨了起來。理緒在一旁聽著，不停地點頭，適時說出一些發自內心的附和。像這種時候，自己的態度一定要非常眞誠才行。唯有保持誠摯的心態，才能讓說話者完全敞開心胸，完全流露出內心最深處的想法。

「但我相信妳兒子其實還是很關心妳，他可能只是因爲太忙，眞的沒有空回來。我想妳的兒子一定是個非常優秀的人，所以在職場上相當受到倚重，我說對了嗎？」

「唔……可以這麼說。他上班的I商事，算是相當大規模的企業，他在裡頭擔任部長。」

「妳兒子在I商事上班？眞是太厲害了！他負責什麼工作？」

「他很少提，所以我也不是很清楚。我只能說，他那種個性跟我過世丈夫一模一樣。」

「妳的丈夫也是位沉默寡言的人嗎？他生前是做什麼工作的？」

「像你這麼年輕的小女生，要是看見他，一定會覺得他是個老古板吧。他不僅個性頑固，還是工作狂。當年他還在H銀行上班的時候，每天在家裡的時間相當短，孩子都丟給我照顧。」

「繁子阿姨，妳那時候一定很辛苦吧？」

理緒一方面藉由同情與認同，引誘繁子說出更多的個人資料，另一方面則忙著將這些個人資料深深記憶在腦海中。

松園繁子，七十八歲。興趣是製作手工藝品及當志工。患有糖尿病。

丈夫在兩年前去世。生前任職於H銀行，最終職位爲常務董事。

長男康弘，五十歲。住在東京，任職於I商事。職務內容，尙未確認。職位是部長。

孫女楓花，目前就讀高中三年級，參加的社團是管樂社。

繁子很少與長男一家人見面，平常也幾乎不聯絡。對於家人的疏遠，繁子感到相當不滿。

「老實說，我並不是第一次遇到像那樣的惡作劇。」

繁子呢喃說道。理緒聽到這句話，第一次眞正感到驚訝。

「眞的嗎？」

「有時我會接到默不作聲的電話，或是聽見屋外一直傳來奇怪的聲音，甚至是擺在外面的盆栽被人推倒。我丈夫生前常與人結怨，聽說有很多人討厭他。或許是有人到現在依然懷恨在心，但是我丈夫已經死了，所以才嚇唬我這個寡婦來洩憤……」

如果只是無聲電話，還可能只是偶然。但加上奇怪的聲音及盆栽被推倒，顯然事情並不單純。丈夫生前常與人結怨，這是相當重要的家族隱情。有別於家人姓名、職銜這類表面的訊息，這是深入家族內部的重要訊息。這次理緒進行的調查，主要目的正是問出這樣的事情。

「聽起來好可怕……為什麼會常與人結怨？」

「說起來實在丟臉，聽說我丈夫生前在公司經常故意陷害同事。他有著相當冷酷的一面，我從前還曾經遇到過，他的同事跑到我家來大吼大叫……唉，我也真是的，怎麼會對妳說這些？」

「沒關係，我想聽。請妳務必說出來，這樣妳的心情才會輕鬆一點……我深愛的祖母在去年過世了，能夠像這樣和妳說話，感覺好像和我的祖母在一起，我真的很開心。」

理緒看見繁子的雙眸微微顫動，心裡明白剛剛這句話已深深打動了她的心。其實不管是祖母還是外婆，理緒都沒有見過，當然也不清楚她們是死是活。

「妳眞是個善良的好孩子，我兒子要是有妳的一半貼心就好了……我跟他說屋外常常傳來聲音，讓我很害怕，他根本不聽我詳細說明，只是擅自幫我申請了保全公司的居家安全服務，說什麼這樣就會很安全，眞的是太冷淡了……」

「但是這種安全方面的對策，也是相當重要。我相信妳兒子也是很為妳著想的。」

「唉……他給我的生活費確實很多，但錢多有什麼用？金錢沒辦法填補心靈的寂寞。」

就在這個瞬間，理緒感覺到自己的表情變得相當僵硬。理緒趕緊對繁子擠出微笑，同時將叉子深深插入柔軟的蛋糕中。

——或許對妳來說，金錢確實沒有辦法塡補心靈上的寂寞。但那是因爲妳從來沒有嘗過貧窮的悲慘滋味，才能說得那麼不把錢當一回事。

——寂寞不會讓一個人死亡，然而缺錢的人註定走上絕路。

打從很小的時候，理緒就隱約感覺到，自己的家庭在經濟面上比別人家困苦得多。在理緒的記憶中，「在超市裡央求母親買零食」這種事情，自己從小到大只做過一次。當時母親露出了非常悲傷的表情，因此理緒暗自發誓絕不再這麼做。每當妹妹奈緒似乎想要央求母親買零食時，理緒就會把妹妹帶到鮮花區看看美麗的花朵，轉移她的注意力。久而久之，奈緒似乎也懂了，不再提出任何任性的要求。

在理緒就讀國小五年級的時候，父親和母親離了婚。父親在外頭有了女人，有一天他再也沒有回家，只留下一張離婚協議書。說穿了其實沒什麼大不了。母親被父親拋棄了。像這樣的事情，社會上每天都在發生。

母親必須獨力撫養兩個年幼的女兒，但當時母親還是一家小公司的正式職員，因此剛開始母女三人的日子還算過得去。然而到了理緒就讀國二，母親任職的公司倒閉了。母親爲了賺錢維持家計，只能白天在不動產公司當非正職的事務員，晚上在小酒館打打零工。

——今天媽媽也會很晚回家，奈緒再麻煩妳照顧了。眞的很抱歉，老是麻煩妳做那麼多事。妳眞的幫了媽媽很大的忙，謝謝妳。下次放假，我們一起帶便當出去野餐吧。

理緒每天放學回家，走進狹窄的公寓房間，必定會看見桌上擺著以保鮮膜封住的晚餐，以及母親所寫的字條。每當看見母親的字條，理緒總是會感覺到胸口隱隱作痛，內心充塞著對母親的感謝、愛及尊敬。與奈緒一起吃完晚餐後，理緒會開始洗衣及打掃，準備隔天的早餐及便當，盡可能讓母親回家之後不必再爲家事煩心。睡覺之前，理緒會與奈緒一起寫字條給母親。媽媽，今天工作辛苦了，謝謝妳每天辛勤工作。我們先睡了，晚安——雖然每天的字條都是這些簡單的內容，但母親總是會將字條放入一個她最喜歡的漂亮鐵罐裡。

理緒從小看著這樣的母親長大，國中畢業後，順利考上了離家最近的道立高中。一上高中之後，理緒立刻開始尋找打工的機會，希望多少能夠賺一點錢，分擔母親的辛勞。

最後決定的打工地點，是距離住處公寓走路只要幾分鐘的一間居酒屋。那是一間很小的店，店名叫「千鳥」，依然維持著傳統居酒屋的懷舊氛圍。面試的當天，店長聽完了理緒的描述，竟然淚流滿面，嘴裡直喊著「眞是個好孩子」，立刻便錄取了理緒。由於打工的地點離家很近，每天工作結束之後，理緒可以立刻趕回家陪伴獨自看家的妹妹。更讓理緒感到開心的一點，是店長每天都會煮一些菜給理緒當晚餐，讓理緒省下吃一餐的錢。

每天早上五點起床後，理緒都會先做一些家事，然後跟奈緒一起上學。放學回家之後，理緒會先把曬乾的衣服收起來摺好，然後出門到居酒屋打工，從傍晚五點工作到十點。居酒屋的工作並不輕鬆，每天幾乎都必須從頭站到尾。回到公寓房間的時候，幾乎都已經累得說不出話來。但幫母親分擔家計，還是讓理緒相當開心。更讓理緒開心的一點，是在奈緒上高中的時候，能夠買全新的高中制服給她，而不是讓她穿向別人要來的舊制服。

理緒非常喜歡工作。每當想到這是爲了自己的家人，理緒就不覺得辛苦。理緒所就讀的高中，是一間升學型的高中。所有的同學都抱著畢業後要上大學的想法，當然理緒也不例外。然而一想到日夜辛勞的母親，以及奈緒的未來，理緒又覺得畢業後應該工作才對。如果可以的話，最好是在區公所工作。這樣就可以白天工作，晚上回家做家事。而且再過兩年，奈緒也會畢業。如果自己努力工作存錢，應該能夠讓奈緒上大學。

就在每天忙著讀書及打工的高中三年級夏天，理緒遇上了那個人。

——加加谷。

八月上旬的那一天，北海道下起了破紀錄的豪大雨。札幌地區受創情況並不嚴重，但是留萌、旭川、網走、紋別等北部地區大多發布了洪水及土石流的警報。

理緒結束了暑假的補習之後，來到「千鳥」上班。到了傍晚五點，象徵開始營業的布簾剛掛出去沒多久，天空就下起了傾盆大雨。有趣的是即使天氣如此惡劣，還是有不少熟客登門光顧。「千鳥」店內的座位本來就不多，到了傍晚六點半左右，所有的座位都已被中年大叔占據。每個中年大叔的臉上都帶著三分興奮之色，簡直就像是在颱風夜會開心得蹦蹦跳跳的幼稚孩童。他們看著電視上不斷更新的氣象資訊，嘴裡一邊說著好擔心道北地區的災情，一邊和店長或其他認識的熟客天南地北閒聊，說到開心處還會哈哈大笑。每當桌上的酒喝光了，或是菜餚吃光了，他們就會以撒嬌般的聲音大喊：「理緒！」

加加谷宛如一道黑影，就這麼無聲無息地出現在這歡樂又和平的氣氛當中。

理緒隱約感覺到店門似乎被拉開了，臉上立刻堆滿笑容，轉頭朝著門口大喊「歡迎光臨」。但是當看見眼前的景象時，理緒不由得愣住了。一個身穿黑色襯衫的瘦削男人，低著頭站在門口，全身看起來都濕透了，簡直像是某種可怕的生物。哪裡可怕？爲什麼可怕？如果有人這麼問，理緒一定說不出個所以然來。但不知道爲什麼，理緒就是感覺到眼前這個男人散發出一股異於常人的危險氛圍。店內幾個熟客看見加加谷，臉上也都流露出了驚異之色。

「哇！看看你，淋成了落湯雞呢！雨下得這麼大，怎麼不帶傘？」

唯獨站在吧檯內的店長，粗聲粗氣地朝著加加谷搭話。就算是第一次上門的客人，店長的態

他在笑。加加谷笑了一陣，接著說道：「注重營養？妳當這是營養午餐嗎？」

「可是營養眞的很重要。」

「是嗎？看來妳這位大小姐，擁有非常關心妳的父母。」

「我沒有父親，但我母親確實很關心我。」

理緒說完之後，才後悔自己說了這句話。加加谷臉上的笑容驟然消失，目不轉睛地看著理緒。這是兩人第一次正眼相看。

「嗯……」

加加谷很快就移開了視線，嘴裡低聲呢喃。他拿起筷子，一點一點地吃起高湯蛋捲，簡直像是個挑食的孩子，被迫吃下討厭的食物。就在這時，另一名熟客忽然招招手，喊了一聲「理緒」。理緒於是朝加加谷輕輕點頭鞠躬，轉身走向那名熟客。兩人雖然只互相凝視了幾秒鐘，但加加谷的那對雙眸，已在理緒的心頭揮之不去。

過了那天，有很長一段時間，加加谷沒有再出現。但就在理緒快忘記這個全身濕淋淋的男性客人時，他又踏進了「千鳥」的店裡。之後，每星期大概會有一、兩天，理緒會看見加加谷上門光顧。或許是因爲加加谷剛開始擺出一副拒人於千里之外的態度，所以當加加谷漸漸與那些喜歡找生面孔攀談的熟客聊開時，理緒著實吃一驚。他變得幾乎不喝酒，只是吃菜。而且臉上的笑容也變多了，每當那些中年大叔或店長說了什麼有趣的話，就會看他大笑出來。他的笑容有親切的魅力，總是能深深吸引理緒的目光。他看起來還很年輕，但每當中年大叔聊到昭和時代（註）的事情時，他都能對答如流。曾有客人驚訝地問他到底幾歲，他只是揚起嘴角，露出戲謔的微笑，什麼話也沒有說。除了自稱「加加谷」，他從來不告訴任何人自己住在哪裡、做什麼樣的工作。

久而久之，大家在私底下都叫他「神祕兮兮的小白臉」。

「理緒眞的是個好孩子。她爲了幫母親分擔家計，一邊上學還一邊在這裡工作，每天都到三更半夜才回家。而且她還幫忙照顧妹妹，眞的讓人相當佩服。」

某一天，有個喝醉酒的常客點起一根菸，感慨萬千地說道。理緒不禁心想，這些人又開始了。店長是個沒有心機的人，逢人便說理緒從小在單親家庭長大，爲了幫助母親而在這裡打工。靠著店長的一張大嘴巴，幾乎所有的熟客都已經知道了這件事。但也因爲這個緣故，每個熟客都對理緒特別親切，沒事就喜歡稱讚她兩句。理緒雖然感謝大家的好意，但心中也有些無奈。

「跟理緒比起來，我女兒眞的是糟透了。」

「佐野哥，你今天心情不太好？」

「我女兒明年就要考大學了，我跟她說，希望她盡量能上國立大學，畢竟她底下還有弟弟妹妹。沒想到她竟然回我『出生在窮人家的孩子眞是不幸』……眞的是沒吃過苦的孩子，不會懂得感恩。我女兒實在應該跟理緒好好學學。」

你也只是嘴上說說而已。理緒一邊收拾著桌上的空盤子，心裡一邊如此想著。沒吃過苦的孩子，不會懂得感恩什麼的，這種話只有在發牢騷的時候才會說。眼前這個人雖然口口聲聲說「希望女兒向理緒學習」，但如果她的女兒突然說「畢業後不想升學，想要找工作」，他一定會馬上改口，想盡辦法說服女兒回心轉意。

理緒在「千鳥」工作了兩年半，明白了一個道理。

那就是每個中年人都喜歡吃苦的年輕人。理緒沒有父親，母親一天要兼兩份差，從早工作到

註：日本的昭和時代是在一九八九年結束，因此要熟悉昭和時代的事物，年紀應該都在四十歲以上。

晚。即使如此，理緒的生活還是很困苦。爲了分擔家計，理緒必須一邊上學一邊打工。那些中年大叔只要聽見這個有點不幸的故事，總是會大受感動，嘴裡不停碎碎念著「好乖的孩子，妳一定要加油」之類的話。他們的眼神是如此溫柔，他們的言辭是如此激勵人心，但他們從來不會提供任何實質的幫助。理緒心想，或許世間就是這麼回事吧。

「你們知道理緒最了不起的地方是什麼嗎？她說她打算畢業之後直接找工作，讓妹妹上大學。我女兒明明跟她同歲數，爲什麼沒辦法像她這麼善良……？」

「上大學……我兒子再過幾年應該也會上大學吧……」

坐在隔壁的加加谷忽然低聲呢喃。原本正在彈菸灰的中年大叔一聽，錯愕地停下了動作。其他的客人也都轉頭往加加谷望去。加加谷受到眾人的注視，卻是慢條斯理地吃著高湯蛋捲。長得滿臉橫肉卻有一雙小眼睛的店長瞪大了他那雙小小的眼睛，問道：

「你兒子……？小哥，你有兒子？還是快要上大學的年紀？」

「自從離婚之後，就沒有見過面了。如果我沒記錯的話，應該是今年上高中。」

「你有一個高中生的兒子……？你到底幾歲啊？還離過一次婚？」

加加谷登時遭到眾人猛烈追問，但他還是一樣露出那招牌的戲謔微笑，沒有回答任何問題。「眞的有夠神祕兮兮。」「從今天開始，他應該改叫神祕兮兮的離婚男。」幾名熟客一邊嘆氣一邊說道。理緒一邊收拾著桌面，一邊偷眼窺望加加谷。只見他正泰然自若地吃著小松菜。

不知道是不是自己想太多了。他剛剛說那句話，該不會是爲了替我解圍吧？理緒如此想著。加加谷這個人平常從來不提自己的事，若不是爲了岔開話題，怎麼會突然提自己的兒子？

到十點，理緒結束一天的工作，走進店後的房間換衣服。當理緒換好衣服走出來的時候，店內已不見加加谷的人影，但他的座位的椅背上，還披著他的外套。理緒向店長及客人們道別，走到了店外，發現加加谷在外頭抽菸，背部仰靠著店外的牆壁。理緒霎時心跳加速。

但理緒仔細一看，加加谷的手掌正在把玩一個打火機。那是一個可重複塡充燃油的精緻打火機，外觀是美麗的銀色。理緒一見那打火機，驀然想起今天那個不斷抱怨自己女兒的中年大叔。那個中年大叔不久前離開了。如今加加谷手上的打火機，很像是那個中年大叔的所有物。因爲理緒記得那個中年大叔曾經以略帶靦腆的口氣告訴大家，那打火機是妻子從前送的禮物。

「那個打火機……」

「妳打算就這麼下去嗎？」

一時之間，理緒不明白他這麼問是什麼意思，疑惑地皺起了眉頭，加加谷的手指重複著點亮打火機及關掉的動作。他那蒼白的臉孔，隨著橙色的火光而時明時暗。

「一邊上學一邊打工，每天累得像條狗，高中畢業就出社會工作，幫母親分擔家計，給妹妹過好日子。妳做的選擇，都不是妳眞正想做的事，而是妳必須要做的事。當妳在做這些事的時候，歲月一天天流逝。有一天妳會發現人生最精華的部分在不知不覺中結束了。」

理緒瞬間感覺到胸中噴發出一股強烈的不安。加加谷那凝視著自己的雙眸，彷彿已經看穿了一切。他剛剛說的那些話，就是自己終將迎接的未來。

「妳應該從小就是這樣的孩子吧？不曾說過一句任性的話，不曾給母親帶來困擾，永遠當個乖孩子、好姊姊。跟同年紀的孩子比起來，妳的人生明明如此悲慘，妳卻只能裝作不在乎，裝出樂在其中的樣子。但我可以告訴妳，如果妳繼續維持現在的生活，到最後妳絕對得不到任何妳想要的東西……」

加加谷的話還沒有說完，理緒已激動地伸手拍落他偷來的打火機。那種感覺就像是突然有一隻手伸入自己的體內，攪動內臟。強烈的憤怒與懊惱讓理緒的腦袋一片空白，眼眶中含著淚水。

最讓理緒無法忍受的一點，是自己的心情竟然被來歷不明的陌生男人完全看穿了。

如果可以的話，理緒好希望在高中畢業之後，像朋友們一樣上大學。回想起來，自己從小就喜歡看故事書，以前幾乎是每天都會待在學校的圖書室裡。但現在因爲太忙的關係，連去學校的圖書室也成了一種奢侈。如果可以的話，理緒好希望進入大學的文學部，盡情閱讀自己喜歡的作品，和同學及老師一起做研究。

可惜那是不可能的事。

理緒在學校的成績非常好，排名總是在全學年的十名內。如果要考大學的話，理緒有自信一定能考得上。但是沒有錢上大學，就算成績再好也沒有用。就算是就讀當地的國立大學，光是入學金就要將近三十萬，而且四年的學費至少要花兩百萬。級任導師曾經勸理緒申請獎學金，但所謂的獎學金，說穿了其實就是貸款（註）。現在的生活就已經夠苦了，假如又借了錢，生活一定會變得比現在更加拮据。當初理緒告訴母親，自己高中畢業之後就會出社會賺錢，母親聽了之後，先是沉默了一會，接著以非常微弱的聲音說道：

「對不起，理緒。讓妳從小到大犧牲自己。全怪媽媽太沒用了。理緒，媽媽對不起妳。」

其實理緒的內心深處，隱隱希望母親能夠說出「妳應該選擇自己想過的生活，不用擔心錢的事」之類的話。但是母親沒有這麼說，只是不斷向理緒道歉。當然這也怪不得母親。畢竟母親已經有將近十年的時間，每天拚死拚活地工作，獨力養活兩個女兒。如今她希望稍微能夠減輕一點肩膀上的負擔，又有誰能夠責怪她？

這也沒辦法。像這樣的無奈，在世間可說是多得數不清。原本理緒早已接受了現實，早已爲了家人而放棄抵抗。如今竟然出現一個毫無同理心的男人，說出那些踐踏人心的話。

自從那個晚上之後，就算加加谷來到店裡，理緒也盡可能不朝他看上一眼。偏偏理緒愈是告訴自己別在意那個男人，眼角餘光愈是會被加加谷的身影吸引。明明希望他永遠不要再踏進店裡，但是他沒有來的日子，理緒又會感覺彷彿胸口開了一個大洞。過了幾天，當加加谷再度出現時，理緒更是會感覺到胸口隱隱生疼。

「理緒，聽說妳媽媽病倒了？」

在颳起了寒風的十月，一名熟客憂心忡忡地詢問理緒。當時理緒正在端酒，聽那熟客這麼問，忍不住朝站在吧檯內的店長看了一眼。只見店長將眉毛垂成了八字形，表情充滿了歉意。顯然他又不小心說溜嘴，把這件事告訴了熟客們。

「嗯……不過並不嚴重，只是有點太累了。」

「我明白。一個女人要養兩個小孩，當然會累垮。」

這件事發生在大約十天之前。母親白天在工作時突然昏厥，隔天早上又說身體動不了。理緒與妹妹奈緒嚇得臉色慘白，趕緊將母親送往醫院。經過檢查，診斷母親罹患憂鬱症。當天母親才告知理緒，她與半年前調過來的上司處不好，可能是因此才導致憂鬱症。醫生告知「必須靜養一段日子」，母女三人回到公寓，母親第一次在兩個女兒的面前放聲大哭。

「像我這種非正職的人員，如果說要靜養，馬上就會被開除。」

理緒努力擠出笑容，輕拍母親的背，說道：「這也沒什麼大不了，總之現在就好好休息吧。」雖然理緒心裡明白這件事情非常嚴重，絕對不是「沒什麼大不了」，但為了讓母親安心，也只能故意裝出開朗的聲音。

「理緒，妳今天還來打工，這樣好嗎？這種時候不是應該陪在媽媽的身邊……」

註：日本的獎學金可分為給付型及借貸型，其中借貸型的獎學金必須在畢業後償還，類似臺灣的助學貸款。

「不要緊的，我妹妹也會幫忙照看。」

另一名熟客的話，讓理緒心中又是一突，但理緒不等對方說完，直接以更加樂觀的口氣打斷對方的話。理緒做這個工作已經有一段時間，早已練就出隨時可以擠出笑容的本領，但畢竟沒有辦法阻止自己的心跳變得急促。

理緒心裡明白，這些人的關心都很眞誠。但自己如果爲了陪伴母親而減少打工時間，收入當然也會減少。爲什麼這些人不明白這個道理？或許，那是因爲這些人無法想像世間竟然會有一個家庭，只不過少了幾萬圓的收入就陷入困境。

理緒雖然告訴母親「沒什麼大不了」，但少了母親的收入，對整個家庭的打擊相當大。幸好奈緒上了高一之後，也開始打工了，短時間內或許經濟上勉強還能撐過去。但以長遠的眼光來看，這樣的經濟狀態遲早會出問題。理緒曾經在放學後前往區公所，詢問如何申請政府的清寒補助，但窗口人員的回答是「請妳的母親親自來一趟」。以母親現在的狀態，理緒實在不敢向她提這件事。一旦高中的學費繳不出來，自己及妹妹都會變成中輟生。兩個中輟生就算出社會找工作，也不太可能找到什麼像樣的工作。接下來的日子，自己有辦法照顧母親及奈緒嗎？光是想到這一點，理緒就感到極度不安。理緒不由得想像自己母女三人正走在一條絕路上。如果繼續往前走，不久之後就會遇上斷崖，屆時一家三口都會墜入萬丈深淵。

驀然間，身旁忽然傳來尖銳刺耳的聲響。理緒轉頭一看加加谷舉起了手，嘴裡說著「抱歉」。他的腳邊散落不少玻璃碎片，似乎是不小心打破玻璃杯。理緒趕緊取來掃帚及畚箕，蹲下來清掃。此時理緒感覺到加加谷將臉湊到自己耳邊，一時之間，彷彿整個脖子上的寒毛都豎起來。

「來幫我做事吧。」

店內其他的客人正笑得開懷，沒有聽見加加谷的低聲呢喃。

「我這個工作很適合妳，因爲妳夠機靈，而且擅長化解他人的戒心。我保證妳的收入一定能夠讓妳獲得自由。」

理緒的耳朵感受著加加谷的氣息，燙得像是有一把火在燒。理緒咬著牙，趕緊掃完剩下的碎片，站了起來。就在這時，加加谷伸出他那白皙的手指，有如變魔術一般，以不起眼的動作將某樣東西塞進了理緒的圍裙口袋裡。理緒瞬間感覺一顆心有如小鹿亂撞，不禁擔心自己的心跳聲已被其他人聽見。幸好其他熟客正在與店長談笑，完全沒有察覺剛剛發生的事情。

理緒走到店內深處，將掃帚及畚箕擺回原處，接著從圍裙口袋中拿出了那樣東西。那是一張名片大小的小紙卡。

雪白的紙面上，寫著一串電話號碼。除了那串字跡工整的數字，沒有任何文字。

自從那天，加加谷不曾踏入「千鳥」店門。但在店長及熟客的眼裡，他本來就是「神祕兮兮的小白臉」，因此大家閒談之際偶爾提到他最近都沒來，並沒有人把這件事放在心上。

每天晚上，理緒總是拖著精疲力竭的身體鑽入被窩。入睡之前，理緒常會從手機殼的內層抽出那張小紙卡，看著上頭的電話號碼。「來幫我做事吧。」每當這句呢喃細語迴盪在理緒的耳畔，理緒就會感覺到胸腹之間彷彿壓了一塊滾燙的重石。當然理緒完全不打算替加加谷「做事」。光是想到當初第一天見面時，他散發出的那股莫名危險氣息，就可以知道他做的事情肯定是非常危險的壞事。但理緒一方面感到恐懼，一方面卻又覺得，光是看著小紙卡上那些工整的數字，似乎就能稍微化解心中對未來的那股快要窒息的不安感。

理緒完全沒有想過，自己會撥打那個電話號碼。但就在那個晚上，事情發生了變化。

「姊，妳的身體不舒服嗎？」

那一天的早上，理緒正坐在餐桌邊吃著吐司，忽然聽見奈緒憂心忡忡地問道。

「我看妳最近好像常在發呆，是不是太累了？」

「沒有啦，我只是……想到岡部老師的古文課還沒有預習，所以有點擔心。」

「啊，我懂！岡部老師問的問題，會讓妳漸漸沒有退路，眞的很可怕，對吧？不過岡部老師教我們班的漢文課時，他朗讀課文的聲音相當低沉，又有一種韻味，眞的好好聽。我跟我們班的小美她們都稱他是美聲老師呢。啊，妳可千萬別跟老師說。」

奈緒像隻活潑的麻雀，吱吱喳喳說個不停，配合著臉上的豐富表情，讓理緒看了也不禁面露微笑。身爲奈緒的姊姊，理緒眞心覺得奈緒這孩子實在是太可愛了。不僅長相甜美，個性隨和，與任何人都能聊得來。奈緒的開朗性格，讓理緒的心中感到無比欣慰。奈緒的心中，應該也正感到不安才對。但她臉上的笑容，彷彿在拍著理緒的背，告訴理緒「我們一定能夠渡過難關」。每當看到奈緒的笑容，理緒就會感受到自己並不孤單，一股勇氣在心頭油然而生。就連患病之後經常躺在床上的母親，在聽奈緒說話時，也會露出笑容。

姊妹兩人就讀的高中，都是距離住家最近的公立學校，因此每天早上都是一起上學。兩人朝著還在房間裡睡覺的母親輕輕說了一句「我們出門了」，便出發前往學校。

「姊，妳看那隻狗竟然有眉毛，好像西鄉隆盛（註）！」

「哇，眞的呢！」

「姊，妳看那片雲，好像哈密瓜麵包！害我突然好想吃哈密瓜麵包！」

「妳不是剛剛才吃完早餐嗎？」

「啊！我想到一個好主意！用吐司邊作成法式吐司，應該很好吃吧？吐司邊在麵包店很便宜就買得到，用蛋汁跟牛奶浸泡一個晚上再煎，一定超級美味！明天的便當就弄這個吧！」

「但妳今天的打工不是晚班嗎？我想還是不要太勉強，到合作社買個麵包吃就行了。反正合作社的麵包也很便宜。」

「不要，我就是想吃法式吐司！對了，打工結束後，我順便去一趟超市，應該能夠買到便宜的雞蛋、牛奶跟奶油。嗯，沒錯，一定有！我一想到就好興奮！」

姊妹兩人邊走邊聊，感覺一眨眼工夫就到了學校。「晚上見！」「姊，妳要加油！」兩人在樓梯口互相揮手道別，各自走向自己的教室。

今天放學後不用先回家收拾洗好的衣服，可以直接到居酒屋打工，因此心情上比較輕鬆，工作起來也格外有幹勁。就在工作快要結束的時候，店長忽然將店內剩下的炸雞塊包成了一大包，說道：「理緒，妳今天眞的很認眞，幫了我很大的忙。這些剩下的炸雞塊，如果妳不嫌棄的話，帶回去和媽媽及妹妹一起吃吧。」理緒開心得不得了，因爲店長特製的炸雞塊，美味得簡直像是施了魔法一樣。晚上十點，理緒帶著那包還溫熱的炸雞塊離開居酒屋，快步踏上歸途。

一打開自家大門，理緒就察覺了不對勁。

奈緒的那雙黑色淑女鞋，竟然是歪歪斜斜的狀態，右腳還翻成了側面。平常奈緒回到家之後，一定會把鞋子整齊擺好。

理緒進了屋內，先喊了母親一聲，但沒有聽見回應。或許已經睡了吧。理緒將一整包炸雞塊放在廚房的桌上，就在這時，理緒隱約聽見了水聲。

理緒一步步走向浴室。每走一步，水聲便大上一分。浴室裡頭的燈光，從門上的毛玻璃透了出來。難道是奈緒正在洗澡嗎？若說是在洗澡，那也不太對勁。像這種小公寓，浴室裡頭當然不

註：西鄉隆盛是日本幕末時期的著名武士，有著粗厚的一字眉。

會有脫衣間。因此母女三人在洗澡之前，一定會把身上的衣物脫下來，放在門外的小籃子內。因為家裡沒有男生，這麼做也不會有任何問題。假如奈緒正在洗澡，爲什麼小籃子裡頭沒有衣物？

「……奈緒？」

理緒在門板上輕輕敲了敲，等了一會，裡頭還是只傳出單調的水聲。

通常在這種時候，理緒不會擅自開門。但今天理緒實在是放心不下，伸手轉動了門把。

浴室狹窄，一眼就可看到奈緒整個人蜷曲在地上。她身上還穿著深藍色的水手制服，蓮蓬頭噴出的水花不斷灑在她的頭頂上。明明開著蓮蓬頭，浴室內卻一點熱氣也沒有。因爲從蓮蓬頭灑出來的都是冷水。如今這個季節，晚上相當冷，奈緒怎麼會穿著衣服，在浴室沖著冷水？

「奈緒？」

理緒以沙啞的聲音，又喊了一次。奈緒這才緩緩將頭轉了過來。

理緒首先看見的異狀，是奈緒左邊臉頰微微泛紅。接著理緒發現她的領結垂掛在制服側邊，彷彿遭強大力量拉扯過。原本綁在兩側耳後的馬尾，左邊異常凌亂，右邊連橡皮筋也不見了。

就在那一瞬間，理緒感覺全身的血液都已凍結。

刺耳的警示音不斷在耳畔迴盪，心臟的跳動愈來愈急促，胸口有種想要嘔吐的噁心感。

理緒勉強伸出僵硬的手臂，關掉了蓮蓬頭。接著理緒也跪了下來，依偎在奈緒的身邊。好冷。奈緒的身體是如此冰冷。理緒握住了奈緒的雙手。無論如何，絕對不能放開這雙手。理緒感覺腦袋一片空白，什麼也沒辦法思考，心裡只知道一件事，那就是此時絕對不能放開這雙手。

到底該說什麼才好？到底該問什麼才好？理緒勉強撐住模糊的意識，努力思考著。

「是誰幹的？」

短短的幾個字，有如一團針，好不容易才脫離了理緒的喉嚨。然而這卻是最糟糕的選擇，最糟糕的問題。

一滴滴的水珠，不斷從奈緒的髮梢滴落。她終於開了口。那聲音毫無抑揚頓挫，彷彿是在刻意模仿另外一個人的聲音。

「打工的地方……不久前才來的新人……」

「嗯……」

「我以爲……他不是個壞人。他很聰明，對客人也很有禮貌。但是他常常故意碰我的肩膀，或是其他地方。我不想搞壞店裡的氣氛，所以總是笑著對他說『不要這樣啦』……今天因爲有客人向我們抱怨，打工結束的時間比平常晚……他說要載我回家，結果……在途中……」

奈緒說到後來，聲音劇烈顫抖，身體不斷抽動。理緒緊緊握住了妹妹的手，才沒有被她甩開。接下來有一段時間，奈緒只是不斷重複著張口及閉口的動作，有如被人撈出水面的金魚。

「我只是想趕去超市。家裡沒有雞蛋和牛奶了，我想要做吐司邊的法式吐司。如果不快一點，超市就要關門了……上他的車之前，我其實有點擔心，但我想……他是一起工作的人，應該不會對我亂來……」

「我知道了，妳不用再說了。」

理緒緊緊抱住了妹妹，不讓她再說下去。沾黏著濡濕制服的身體是如此冰冷，讓理緒產生一種錯覺，彷彿自己跟奈緒已遭人遺棄在冰原之中。

冷靜。這種時候一定要冷靜。理緒拚命告訴自己。快想想看，現在該怎麼辦才好。

「……報警！」

懷裡的奈緒聽到這句話，陡然全身劇烈震動。

「我們去找警察吧。放心，聽說像這種時候，會有女警協助處理，所以不用害怕，而且我也會陪在妳旁邊。」

「我不要！」

奈緒那接近尖叫的聲音，讓理緒嚇了一跳。奈緒五官扭曲，再度嘶喊：「不要！」

「可是……我們總得做點什麼。總不能就這麼算了。」

「要是報警，媽媽一定會知道。現在的媽媽要是聽到這種事，一定會活不下去的！」

奈緒的口吻簡直像是回到了幼童時期。理緒赫然聽見這句話，彷彿遭人當頭敲了一棍。

原來如此。

即使突然遭到羞辱，落得如此悲慘的下場，奈緒最擔心的依然是母親，而不是自己。

「這件事完全是我不好！是我的錯，我當初不應該上車。完全是我太笨了。我明明可以明天再去超市。所以我不想計較了。我沒事，眞的沒事。」

奈緒笑了起來。那笑容讓理緒想到從前某一天的母親。那天的母親即使發了高燒，依然堅持要出門上班。當時的母親，不也露出了這樣的笑容？兩人互相交握的手掌都在微微顫抖。全身有如浸泡在冰水之中。

當天晚上，兩姊妹都陷入了身心交瘁的狀態。兩人抱在一起，蓋著同一條棉被入眠。理緒緊緊抱住了奈緒，一整個晚上都沒辦法眞正熟睡。奈緒似乎也一樣，身體一直處於僵硬的狀態，維持著急促的呼吸。曾經有相當短的時間，奈緒發出了鼾聲。理緒內心正感鬆一口氣，奈緒卻又突然發出嘶啞的尖叫，同時拚命想要將理緒推開。「是我，是姊，妳不用擔心。」理緒不斷重複這些話，同時將奈緒抱得更緊。

天快亮的時候，奈緒終於熟睡了。理緒小心翼翼地拿出了兩姊妹共用的智慧型手機。因爲擔心又將奈緒吵醒，所以每個動作都非常輕柔。爲了解決眼前的重大問題，理緒點開了瀏覽器。一個不管再怎麼想要逃避，都必須面對的問題。此時母親病倒了，奈緒傷痕累累，只有自己有能力處理這個問題。

「緊急避孕藥　8800圓」

理緒搜尋札幌的婦產科，在第一個醫院網站裡就找到了心裡所想的東西。理緒又查了其他醫院網站，基本上都差不多，價格的差距只有數百圓至一千圓不等。這樣的金額勉強負擔得起，理緒暗自鬆了一口氣。話雖如此，畢竟還是一筆相當可觀的花費。更何況還得考慮隱私的問題。爲了避免遇上認識的人，最好是到遠一點的醫院。但這麼一來，交通費不可小覷。最重要的一點，是奈緒可能無法忍受在醫院接受檢查的痛苦。理緒正煩惱不知該怎麼辦才好，忽然看見一個介紹「如何透過網路申請事後避孕藥處方箋」的網站。根據說明，只要透過電話或視訊通話接受專業醫師問診，就可以請醫師開處方箋，在網路上直接買藥，藉由郵寄服務配送到家裡。

但是除了藥錢，還得加上醫師的診療費及郵寄費用，金額超過一萬圓。再過幾天就是房租及水電瓦斯費的扣款日子，帳戶裡的錢絕對不能動。如何籌到買藥的錢，是眼前必須立刻解決的難題。

到了早上八點，理緒先打了一通電話到高中。接電話的剛好是女性的班導師。理緒聲稱妹妹生病了，自己要陪她去醫院，所以兩個人都要請假。「好，老師會轉告妳妹妹的班導師，希望妳妹妹早日康復。」班導師如此回答。掛了電話之後，理緒獨自離開了公寓。

「怎麼了？爲什麼一大早跑來？妳這時間不是應該要上課嗎？」

店長瞪大了眼睛問道。「千鳥」的店面後方，就是店長的私人住處。理緒按下門鈴，店長開門走了出來。他一看就知道是剛起床，頭髮凌亂不堪。「眞的很對不起，一大早來打擾。」理緒先鞠躬道歉，接著鼓起勇氣說出了來意。店長聽完之後，皺起粗厚的眉毛，一臉困惑地說道：

「妳想預支薪水？發生什麼事了嗎？我得先聽聽妳的理由才能決定。」

「……我妹妹身體不舒服，我得立刻帶她去醫院，但是我沒有錢。」

「可是……妳說妳要借兩萬圓？一般看個病不需花這麼多錢吧？難不成是得做核磁共振之類的檢查？妳妹妹的情況很糟嗎？借錢當然是沒問題，但妳媽媽不是最近也生了病？只有妳們兩個女孩去醫院，我實在不太放心，看來我還是陪妳們去一趟。」

店長皺著眉頭說道。雖然他是一番好意，但理緒一想到他會來到家裡，用他的大嗓門朝奈緒問東問西，登時急得像是五臟六腑都翻了過來。

「算了，不用了。請當我沒說，對不起！」

「啊……喂！理緒！」

背後傳來店長的呼喚聲，理緒充耳不聞，像逃命一樣奔跑在清晨的街道上。但逃走不能解決任何問題。接下來該怎麼辦才好？沒有錢，就沒辦法買藥。奈緒如果沒有吃藥，可能會再次面臨悲慘的命運。不，到時候的情況可能會比昨天晚上更加絕望。還是乾脆回頭？除了店長之外，理緒實在不知道該向誰求助。但是這時候回頭，店長一定又會……

驀然之間，理緒的腦海閃過了一個畫面。塞在手機外殼夾層內的那張，祕密的白色小紙卡。

理緒立刻停下腳步，取出了手機。一邊看著小紙卡，一邊謹慎而迅速地按下按鍵。為了不讓自己有改變心意的時間，理緒想也不想地按下了通話鍵。

「……喂？」

鈴聲響到第四次時，對方接了電話。那聲音不僅沙啞，而且帶著三分怒氣，顯然是在睡夢中被吵醒。一聽到聲音，理緒的淚水霎時像潰堤般滾滾湧出。「拜託你，救救我。」理緒低聲。

「……原來如此。」

加加谷聽完了來龍去脈，沉默了好一會，才說出這句話。

兩人相約見面的地點，是新札幌車站的某速食店二樓用餐區。這時間大多數的人都在上學或上班，店內的客人並不多。加加谷一如往昔，身上穿著低調但製作精良的高級服飾，不過頭髮稍微變長了一點，難得有些凌亂。

他從外套的內側口袋裡取出一個信封，放在桌上。

「裡頭有五萬，妳趕快帶妳妹妹去醫院吧。」

這金額遠遠超越理緒原本預定借的錢，理緒急忙搖手說道：

「不必借那麼多。現在好像可以利用網路看診，請醫院將藥寄過來，所以連交通費也……」

「不行，妳一定要帶她去醫院。」

理緒受加加谷那一對漆黑眼珠凝視著，一時緊張得沒有辦法呼吸。

「那種藥是愈早服用愈有效。如果用妳說的方法，讓她接受網路看診，還得等醫生開處方箋，匯了錢之後還得等藥寄到家裡，實在太花時間了。妳妹妹的情況，絕對不能有半刻拖延。何況除了懷孕之外，還可能染病，所以妳一定要帶她到醫院好好接受檢查。有些機構專門接受相關的諮詢，我想札幌應該也有分部，妳可以聯絡看看。對方除了會介紹合作的醫療機關，還可以提供報警時的相關協助。」

「但是奈緒說什麼也不願意報警……我如果聯絡那些諮詢機構，她應該會生氣吧……」

「如果不願意報警，那也沒關係，總之一定要帶她去醫院，而且要立刻出發。」

理緒點了點頭，忽然眼眶一熱，視野又變得模糊。此時如果是一個人獨處，理緒的精神恐怕早已崩潰了。加加谷那嚴峻的聲音，彷彿貫入了理緒的胸口，逐漸滲透至全身。

加加谷啜了一口紙杯裡的咖啡，接著說道：

「妳妹妹的遭遇，這就是全部了嗎？有沒有什麼環節，是妳沒說的？」
理緒雙眉微蹙，不明白他這麼問是什麼意思。
「你指……」
「例如她有沒有被拍照或錄下影片？對方有沒有可能威脅她？」
加加谷說得輕描淡寫，連眉毛也沒有動一下，理緒卻是一張臉瞬間轉爲慘白。在聽到這句話之前，理緒甚至沒辦法想像，天底下會有如此惡毒而殘酷的行爲。
「……我不知道。我完全沒有想過這種事……何況也不可能問她……」
要是奈緒眞的面臨這種狀況，該怎麼辦才好？自己有辦法保護她不再受到傷害嗎？理緒的一顆心彷彿已遭到撕裂，除了無盡的痛楚，還有強烈的恐懼，完全沒有辦法呼吸。
「不准哭！」
加加谷的聲音猶如一條鞭子，鞭打在理緒的身上。
「如果妳是想靠哭泣來博取同情，達到妳的目的，妳可以盡情哭沒關係。但如果不是，以後別在任何人的面前哭泣。經過這次的事情，妳應該很清楚，這世上有很多狡猾的傢伙，隨時都在尋找著下手的目標。所以妳絕對不能暴露自己的弱點，絕對不能給任何人可乘之機。妳想要保護妳的妹妹，唯一的辦法，就是除掉那些想要對她動歪腦筋的傢伙。」
加加谷的口氣雖然嚴厲，理緒卻沒有遭到落井下石的感覺。理緒緊咬嘴唇，強忍住淚水，目不轉睛地凝視著加加谷，點了點頭。
「告訴我妳妹妹打工的店名，還有那傢伙的名字。」
「……妳問這個做什麼？」
「妳不用管那麼多。」

奈緒打工的店名，理緒當然知道。至於那惡人的名字，在昨晚那些斷斷續續的對話中，奈緒也提到過。加加谷一口喝乾剩下的咖啡，站了起來。

「妳今天應該不會到店裡打工吧？」

「嗯，我想陪在奈緒身邊。」

「好，妳看看妹妹的狀況，如果能夠離開一陣子，今天晚上九點，我在『千鳥』旁邊的小公園等妳。如果眞的沒有辦法離開，妳響一下我的手機，我就知道了。」

「我明白了……」理緒應道。加加谷旋即起身，走下樓梯去了。

奈緒聽到要去醫院，起初流著眼淚直喊不要。但她的內心應該也害怕身體出問題，因此當聽到理緒再三保證陪在她身邊，她以顫抖的手指握住理緒的手，點了點頭。理緒挑選了一間距離平日的生活圈頗遠，而且由女醫師看診的診所。不管是坐在地下鐵的車廂裡、從車站走到診所的路上，或是坐在等候室裡的時間，兩人的手都一直牽著。這天到了中午過後，奈緒才完成所有檢查。兩人手牽著手，走在美到不可思議的秋色晴空下，理緒感覺自己的年紀彷彿老了十歲。

「妳們爲什麼沒去上學？發生什麼事了嗎？」

兩人回到公寓時，看見母親正憂心忡忡地坐在家裡。一問之下，原來母親醒來時發現兩個女兒都不在家，高中制服卻還在家裡。而且奈緒的制服還是以濕淋淋的狀態披在曬衣竿上。母親心中的驚訝，當然是難以言喻。「昨天在學校打掃的時候，不小心把衣服弄濕，結果竟然感冒了。」奈緒如此告訴母親。雖然她此刻是遍體鱗傷的狀態，但爲了母親，她還是擠出了笑容。

理緒實在想不透，這麼乖的孩子，爲什麼得吃這種苦？

手機裡有著「千鳥」店長打來的未接來電紀錄。理緒於是打了一通電話給店長，除了告知妹妹現在已經平安無事，也向店長請了一天假。理緒最後向店長深深致歉，店長以他那粗啞的大嗓門說道：「小事，不用道歉。好好照顧妳妹妹吧。」

晚上八點十五分，理緒聲稱想去一下便利商店，起身離開了公寓。

理緒通過懸掛著紅燈籠的「千鳥」店門口，走向後頭的小公園。一路上理緒非常小心，避免遇上店裡的熟客。那是一座蕭瑟而冷清的小公園，裡頭只有老舊的水銀燈、生鏽的鞦韆、讓人完全不想使用的公共廁所，以及油漆斑駁剝落的遊戲器具。即使是在白天，這裡也是充塞著寂寥氛圍，如今到了陰暗的夜晚，四下更是一片死寂。這附近一帶的住宅，都是年久失修的老宅及歷史悠久的小公寓，裡頭住的都是一些孤苦無依的窮人。

微弱的橙色火光，在那漆黑處忽明忽暗。

理緒先是愣了一下，接著才明白那是香菸的星火。理緒於是朝著那小小的光芒走去。果不其然，加加谷正倚坐在貓熊造型的遊戲器具上。

加加谷一看見理緒，立刻將原本叼在嘴裡的香菸拋在地上，以皮鞋的鞋跟踩熄。

接著他突然拿出一個紙袋，粗魯地朝理緒遞來。理緒還來不及細想，雙手已反射性地接下。

理緒帶著滿心的狐疑，仔細查看那紙袋。那原來是一個大型的信封袋，原本的用途應該是放置資料文件，此時信封袋的下半部卻高高鼓起，不知塞了什麼東西。雖然看起來一大包，但重量並不重。理緒拉開袋口，朝裡頭看了一眼。袋裡凌亂地塞了一些東西，但剛開始的時候，理緒並不明白那是什麼。等到看清楚的時候，理緒嚇得心跳差點停止。

那是鈔票。而且是一大堆鈔票。金額絕對不止十幾、二十萬。

「兩百萬。」

加加谷似乎看穿了理緒心中的疑惑，直接說出了金額。兩百萬？理緒這輩子還沒摸過這麼多錢，整個人早已傻住了，半晌之後才以沙啞的聲音問道：

「這……這些錢是……」

「算是精神賠償金吧。雖然這沒辦法彌補傷害，不過妳還是收下吧。錢這種東西，當然是嫌少不嫌多。我應得的那一份，我已經取走了。」

「你的意思是說……那個人想要用這筆錢……向奈緒道歉……？」

「哈，妳想得太天真了。那種人絕對不會因爲自己的所作所爲，產生罪惡感或良心苛責。其他那些遊走在社會上，裝出一臉道貌岸然的傢伙們，也是五十步笑百步。對人類這種動物來說，良心是隨時可以拋棄的東西，罪惡感更是只要五秒鐘就能忘得一乾二淨。一旦嘗到了滿足欲望的快感，他們就會食髓知味，繼續尋找下一個獵物。不過妳放心，對妳妹妹下手的那個傢伙，應該不會再去找妳妹妹，也不會用任何手段威脅妳妹妹。因爲那傢伙現在的狀況，應該沒有心思再去管妳妹妹的事了。」

加加谷又點了一根菸。他使用的打火機，依然是從「千鳥」的熟客手中偷來的那一個。他一邊抽著菸，一邊咭咭笑了起來。理緒整個人僵住了，只能愣愣地看著加加谷。晚風不斷在頸項的皮膚上輕撫而過。

「……你對那個人做了什麼事？」

加加谷將一口煙霧吹入黑暗處，露出牙齒笑著說道：

「很不好的事。」

這一刻，理緒終於恍然大悟。

當初第一眼見到這個人的時候，理緒就感到很害怕。這個人散發出一種危險的氣息，讓理緒不敢靠近。但是另一方面，理緒卻又像是在發生火災時，受到火舌震懾一般，沒有辦法將視線從加加谷身上移開。如今理緒終於明白最根本的理由了。

因爲他是一個壞人。

「我能做什麼？我要怎麼做才能回報恩情？我願意做任何事。請你告訴我，我該做什麼。」

我願意做任何事。理緒很清楚說出這句話的風險有多大。當理緒說出這句話時，心中早有覺悟。對方如果要求獻出身體，理緒不會有半點遲疑。對方如果要求獻出內臟，理緒也不會拒絕。

加加谷吐出一絲白煙，凝視著理緒說道：

「如果妳生長在一個父母健全的小康之家，未來的人生，妳打算怎麼過？」

理緒完全不明白對方問這個問題的用意。雖然心中疑惑，理緒還是老實回答了。

「我想要上大學。我想要進入文學部，閱讀很多作品。我很喜歡閱讀故事。另外在打工方面，我想要找一些時間比較彈性的工作，例如當家教。這樣我就可以陪伴在母親及奈緒的身邊，讓母親恢復健康，讓奈緒不再感到害怕……」

「眞是無聊的人生，我都快睡著了。」

加加谷發出粗野的笑聲，丟掉手中剛點燃的那根菸。

「從現在開始，妳要實現這一切。妳要盡全力念書，努力考上大學。妳的成績本來就不錯，這對妳來說應該不難。有了這筆錢，應付上大學後第一年的花費應該不成問題。」

「……我不明白你的意思。你爲什麼要我做這種事？」

「這世上大多數人聽到妳是知名大學的學生，都會對妳放下戒心。聽到妳一邊當家教，一邊照顧母親及妹妹，更會對妳另眼相看。爲了妳接下來要做的事，妳必須要有能力取得他人的信任，消除他人的懷疑。」

來幫我做事吧……當初加加谷那句輕聲細語，如今再度迴盪在理緒的耳畔。

「你要我做的事，是壞事嗎？」

「如果這世上所有的事情，只有好事跟壞事的分別，那我要妳做的事，應該算是壞事吧。如果妳不願意……」

「我做。」

理緒回答得如此之快，似乎讓加加谷有些驚訝。理緒凝視著他的雙眼，又說了一次：

「不管那是什麼事，我做。」

2

鐘下實。經濟學部三年級學生，戲劇社社員。

老家在帶廣，現在一個人住在北區的公寓裡。血型是O型，對蕎麥過敏。

春風走在校園裡，回想著昨天問到的個人資訊。天空萬里無雲，拂在身上讓人神清氣爽。一看手錶，現在是早上八點五十分。距離約定時間還很早，春風決定先到校內的Seicomart（註），買了兩罐熱可可。就在這時，手機收到了一則簡訊。「抱歉回覆晚了。今天會上第一堂課，三號教室。」春風讀了之後，傳送了回應：「謝謝，我會在第一堂課快要結束的時候過去。」

「早安。」

當春風走進圖書館本館的二樓休息區時，鍊早已坐在最深處的桌邊等著。相較於禁止交談、飲食及使用智慧型手機的閱覽室，這個休息區的規定比較沒有那麼嚴格。除了鍊，休息區還有不

註：Seicomart是日本的連鎖便利商店，主要集中在北海道地區。

少學生，他們各自坐在沙發上，有的玩手機，有的用筆電寫報告，有的在吃甜麵包。春風本來打算約在昨天那間餐廳「Marche」，但鍊還是高中生，實在不太好意思讓他連續兩天進入要花錢的店，最後決定約在休息區。春風坐了下來，同時將一罐熱可可放在鍊的面前。

「給你喝。」

「謝謝，我給妳錢……」

「不用了，是我自己想喝才買的。啊，這種甜的飲料，你喜歡嗎？」

「我很喜歡，小時候常喝。」

鍊恭恭敬敬地鞠了個躬，說了一句「謝謝招待」，打開熱可可的罐子。春風也喝了一口，加了大量牛奶的溫和口感，紓解了緊繃的心情。春風還沒有來的期間，鍊似乎一直坐在這裡讀書。此時他手邊還放著一本英文單字本，春風見了那封面，不禁相當懷念。

「那本英文單字本，我從前也用過，只是你的版本比較新。」

「眞的嗎？妳還記得內容嗎？我出幾個問題來考妳，如何？」

「我很想接受你的挑戰，但現在我們沒那個時間，下次再說吧。」

鍊對著立刻結束話題的春風露出戲謔的微笑，又喝了一口可可。今天的他，身上穿的是一件格紋襯衫，上頭套著一件米色毛衣。雖然簡簡單單，卻充分襯托出他的潔淨感，儼然是一副良家子弟的形象。春風不禁心想，這小子今天又披了一層光鮮大學生的外皮。不……春風轉念一想，這小子能做到這個地步，或許這才是他的眞面目。當初那個土裡土氣的高中眼鏡仔，只是他韜光養晦、深藏不露的虛假形象。

「對了，推理小說研究社的部分，確認得怎麼樣了？」

「昨晚，我的朋友聯絡我，說已經確認那個人買的兩個吊飾都還在。其中一個給了弟弟。」

根據清單上的紀錄，推理小說研究社的宇野買了兩個皮繩式吊飾，但春風與鍊昨天在大學裡，一直到最後都沒有遇上他。春風只好再找皐月幫忙，由皐月拜託攝影社社長向宇野詢問，得到的結果是宇野當初購買的兩個吊飾都還在。一個他自己留著，另一個給了他的弟弟。這樣看來，昨天問到戲劇社的鐘下實，目前嫌疑最大。

「對了，妳昨天不是說要找個強力幫手嗎？找得怎麼樣了？」

「嗯，那是我高中社團學長，現在跟鐘下一樣就讀經濟學部的三年級。昨天我聯絡了那個學長，學長說他認識鐘下，有好幾堂課都是一起上。剛好今天的第一堂課，就是鐘下也選修的課，學長答應我，只要鐘下一到教室，就會立刻通知我。」

在春風的計畫裡，只要鐘下一進教室上課，春風就會帶著鍊，在下課的時間前往那間教室。這麼一來，一定可以堵到鐘下。鍊聽完了春風的說明，一臉嚴肅地點了點頭。

「對了，春風姊。高中的時候，妳參加什麼社團？」

「柔道社。」

鍊原本正將熱可可舉到唇邊，聽到這句話，整個人傻住了，目不轉睛地盯著春風，問道：

「妳指負責處理雜務的經理？」

「不，我是負責摔人及被摔的正式社員。你別小看我，我可是參加過北海道大賽。」

鍊一聽，更是露出打從心底錯愕的表情。春風見他驚訝，呵呵笑起來，但這股愉快的心情，馬上轉變爲略帶苦澀的回憶。春風灌了一口甜膩的熱可可，覆蓋了那苦澀的滋味。

母校的柔道社因爲社員不多，練習時並不區分男女。春風剛入社時，社團裡還有個比春風高一屆的學姊，兩人可以一起練習。但學姊在三年級夏天的全國高中綜合體育大會結束退出社團了。女社員剩春風一人，練習的對象當然都是男社員。有一次，春風和某個晚一屆的學弟練習時，不小心受了傷。雖然傷勢不嚴重，只是腳板的骨頭有點裂開，但因爲這場意外，母親大發雷霆，嚴厲要求春風變更社團活動。當初一起練習的學弟，在春風受傷之後表現出逃避的態度，避免和春風視線相交。春風明白自己的受傷給社團的人添了很大的麻煩，因此毅然決然地退社了。

「爲什麼妳想要加入柔道社？」

「這個問題實在很難回答……我想要變強吧。」

「變強？」

「嗯，只要夠強，不管在哪裡遇上任何事，我都不會輸。」

春風將雙手在桌上交握，接著問道：

「鍊，你每天一下課就回家，是因爲要照顧弟弟妹妹嗎？」

「我的弟弟妹妹，都已經過了需要隨時看著的年紀。不過回家之後要做的家事還不少，例如摺衣服什麼的。」

「我看你這樣子，就知道你很會摺衣服。」

「沒那回事，頂多只是進札幌高中生摺衣服大賽的前五名。」

兩人隨口閒聊的時候，旁邊椅子上的托特包裡頭忽然傳出微弱的電子鈴聲。春風取出智慧型手機一看，是一則簡訊通知。點開那則簡訊，內容短得像是古裝劇裡頭的祕密書信。

——鐘下沒到，持續觀察，蹺課可能性大。

看來鐘下這傢伙也不是省油的燈，不會那麼容易被人掌握行蹤。

春風也給了一個簡單的回應：「知道了。」

「鐘下從頭到尾都沒有出現。」

關口的嗓音就跟高中時期一樣粗。課堂剛結束，教室外的走廊上聚集了大量吵吵鬧鬧的學生，關口的嗓音卻足以蓋過那些所有的聲音。曾經是柔道社社長的關口，當年在柔道場上，也是以這麼宏亮的聲音喊出「森川！別畏畏縮縮！」的喝斥聲。

「那傢伙最近好像很少來學校。過去我很少注意他這個人，所以沒有發現，但現在回想起來，他大概已經有一個星期沒到學校來了。」

一星期？春風心想，小夜子奶奶遭搶劫的上星期四，也在一個星期的範圍之內。但鐘下昨天明明出現在社團大樓，怎麼沒有到教室上課？

「有沒有人知道他爲什麼最近常請假？誰跟鐘下學長比較要好？」

「這個嘛……喂，我問你，誰跟鐘下比較要好？」

關口突然朝通過身旁的一名男同學問道。他似乎與關口頗有交情，突然聽見關口這麼問，雖然錯愕地揚起了眉毛，還是認眞回答道：「呃……河西吧。他們兩個有時會一起吃飯。我聽說他們讀同一所高中，參加的研討課也一樣。怎麼，你找鐘下有事嗎？」

「嗯，找他有點事。最近很久沒看到他，想問問看他的好朋友。」

「河西有修今天第二堂的會計監察論，我也正要去上那堂課。」

「噢，這樣你能不能幫我帶她找河西？她是我高中時期的社團學妹，正在打聽鐘下。」

「你高中的時候，不是柔道社的嗎……難道她也是？」

關口的朋友打量春風一會兒，得到了跟鍊相同的結論：「啊，社團經理？」春風笑著說道：

「我可是曾經被關口學長摔過呢。」

「眞的假的？妳被這個像東北棕熊一樣的傢伙摔過？」

「你可別小看這丫頭，她的骨子裡可是充滿了武士魂。整個柔道社裡，就只有她一個女生，但她的氣勢不輸給任何人，練習的時間也比別人多一倍……對了，我從剛剛就注意到了，你一直站在森川的背後，卻沒說一句話。你是森川的男友嗎？」

關口毫不客氣地指著鍊問道。鍊只是淡淡一笑，整個人看起來竟是一副成熟穩重的樣子。他似乎能夠依照交談的對象，適當改變自己的性格。只見他淡定地回答道：

「我不是森川學姊的男朋友，只是蒙森川學姊幫了不少忙。」

「噢……你叫什麼名字？」

「松浦武。」

春風聽見鍊若無其事地說出假名，心裡嚇了一大跳。這小子怎麼能夠突然編出這麼一個名字？「松浦武？」關口一邊咕噥，一邊以充滿氣勢的眼神瞪視著鍊。春風當年曾經和關口交手過，因此相當清楚，關口在這種時候的眼神，帶有一種能夠令對手震懾的煞氣。

「……你看起來不像是會叫『武』的人。我總覺得你比較適合更平順的名字。」

春風聽關口咕噥，更是大吃一驚。回想起來，關口從以前就是個直覺非常敏銳的人。

「關口學長，非常謝謝你的幫忙。這個恩情，我一定找機會報答。」

「嗯？不用了，不是大不了的事情。森川，看來妳還是老樣子。阿林，她就拜託你了。」

「沒問題。我們快走吧，第二堂課要開始了。」

春風趕緊跟在那個被喚作「阿林」的學生身後。由於太過緊張，此時春風不由得吁一口長氣。沒想到眞面目差點被揭穿的鍊還是老神在在。春風不禁心想，難道這小子的臉皮是鐵假面？

「到了，就是這間教室。河西……我看到了，在那裡。坐在窗邊的那個女生就是河西。」

阿林指的那個女生，坐在窗邊那排從後頭數來的第二個座位。

那女生的頭髮綁了條辮子，以大型髮夾固定住。身上披著一件深藍色針織外套。春風不禁有些驚訝。當初聽他們說河西是「鐘下的好朋友」，春風滿心以為河西是個男的。

這時，上課講師走進教室。春風與鍊於是趕緊走到河西後方的座位坐下，等待課堂結束。到了十二點，講師宣布下課，教室內所有的學生同時獲得解放。有些學生一邊高聲談笑，一邊走出教室，但也有些學生並沒有立刻離開，而是留在教室裡閒談。河西將上課的講義重新翻了一遍，接著才收拾好文具，揹起她的格紋肩背包，站了起來。春風與鍊見狀，也同時起身。

「河西學姊！」

河西停下腳步，皺起了臉上那對尾端微微下垂的眉毛，望著春風及鍊。突然被陌生人叫住，似乎讓她有些錯愕。

「抱歉，能不能耽誤妳一點時間？我們想要請教關於鐘下學長的事情。」

河西聽到「鐘下」這兩個字的瞬間，瞳孔微微抖了一下。

「……你們要問什麼？」

河西堇的嗓音清脆又悅耳，簡直像是金絲雀的叫聲。

「大概十月多開始……他變得很少來學校。我還記得暑假剛結束的時候，我還常在學校裡見到他。但是後來他漸漸不來了，從上個星期到現在，我一次都不曾見到他。」

河西堇微低著頭說道。她有著長長的睫毛，給人一種不食人間煙火的感覺。春風望著她，腦海裡浮現一頭纖瘦的鹿。

「鐘下學長有沒有告訴妳，他最近很少上學的理由？」

「沒有。阿實整整一個星期沒來，我有點擔心，寫訊息問他怎麼了，是不是得了流感。但他的回答很冷淡，只回了一句『沒什麼』，後來就沒有再回應我。我很擔心自己是不是做錯了什麼事，惹得他不開心了……」

春風心想，既然鐘下對河西堇是這樣的態度，堇一定不清楚鐘下在上星期四去了哪些地方，或是做了什麼事。此時春風的視線，正盯著堇放在長桌上的那個格紋肩背包。說得更嚴謹一點，是盯著包包外側拉鍊上的那個東西。打從剛剛將她叫住時，春風就已看見察覺了。

「那個吊飾，鐘下學長是不是也有一個？」

堇的肩背包的拉鍊上，也綁了一個皮繩類型的黃色底片盒吊飾。由於現在還沒有辦法斷定那個強盜掉在現場的吊飾是鐘下之物，春風故意以言語試探。「啊，嗯……」堇老實地點了點頭。

「這是阿實在攝影展上買來送我的。」

「這是鐘下學長送妳的？你們兩位一起去了那個攝影展嗎？」

「嗯，攝影社有我的朋友，我本來就打算參觀攝影展。我邀阿實一起去，他原本答應了，但後來好像忘了約定，當天一直沒有出現。我自己也是個慢郎中，就只是傻傻地等著，直到攝影展的會場快關了，阿實才匆匆忙忙趕來。或許是為了向我道歉，他買了這個給我。」

春風心想，原來這就是鐘下買了兩個吊飾的理由。春風看了看吊飾，又看了看堇，此時原本一直保持沉默的鍊開口說道：

「河西學姊與鐘下學長在交往嗎？」

其實春風也想問這個問題，但第一次見面，不好意思問出口，沒想到鍊毫無顧忌地問出了春風心中的疑問。堇一聽，雙頰登時泛紅。

「咦？不、不是啦。從前我跟他就讀同一所高中，在我們學校裡將考上札幌國立大學當目標的學生不多，所以抱持這個目標的學生會一起讀書、一起參加考試。上了大學之後，也因爲同鄉，我們常常互相幫助，有點像是在札幌這個大都市裡求生存的帶廣同盟。」

堇一邊說，一邊用力搖晃雙手，一張臉早已脹得通紅。目前至少可以肯定一點，那就是堇將鐘下當成了自己人。至於鐘下怎麼想，就不得而知了。春風想到這裡，偶然朝身旁瞥了一眼，發現高中生正以手指在桌上比來比去。仔細一看，原來是桌面上有一幅不知是誰亂畫上去的鬼腳圖（註），他的手指正沿著圖上的線條移動。春風心裡嘀咕，這小子不曉得又在搞什麼鬼。

鍊察覺春風的視線，趕緊挺直了腰桿，臉上擺出虛僞的燦爛微笑，朝堇說道：

「學姊，看來你們感情很好呢。妳去過鐘下學長的住處嗎？最近鐘下學長幫了我不少忙，我很想當面向他道謝。如果妳方便的話，能不能帶我們去找鐘下學長？」

剛剛在那邊摸魚，如今發動攻勢卻又比任何人都大膽。春風不禁暗想，這年頭的高中男生眞是太可怕了。

沒想到堇突然露出一臉無奈的表情，低下頭說道：

「對不起……我沒辦法帶你們去找他。因爲現在連我也不知道怎麼樣才能找到他。」

「什麼意思？」

「昨天我愈想愈放心不下，於是跑到他住的公寓，想見上一面，沒想到他已經搬家了。」

搬家了？

「我按了門鈴，開門的是完全不認識的女人。我嚇了一跳，還以爲阿實交了女朋友，但是那女人說她是最近搬來的新房客。我被搞糊塗了，趕緊問公寓管理員，才知道阿實不久前搬家了。」

「唔……那妳知道鐘下學長搬到哪裡去了嗎？」

註：鬼腳圖又稱爬樓梯，是種傳統的抽籤或決定組合分配方式。首先依照選項的數量排列相同數量的直線，然後在中間隨意插入橫線，沿著每個選項的直線前進，遇橫線則轉彎，最後的終點就是分配的結果。

「昨天我得知他搬家之後，立刻就傳訊息問他。到了昨天深夜，他才回覆我，說他最近很忙，等他過陣子安定下來會再跟我聯絡。後來他就再也沒有傳給我任何訊息。」

幾乎不來學校上課，朋友關心的訊息愛回不回，還突然搬家？春風輕輕咬住了下嘴唇。鐘下這個人的舉動實在有太多的疑點，果然他就是當初那個強盜嗎？

「鐘下學長從以前就常蹺課沒來學校嗎？」

「沒那回事。阿實雖然稱不上是優等生，平常還喜歡說一些酸言酸語，但基本上是個很普通的學生。他跟我一樣，我們都是申請了借貸型的獎學金才有錢上大學，所以他一直很認眞上課。而且他打從一年級就拚命打工，爲的是不跟家裡拿生活費……」

堇說到這裡，忽然沒再說下去。機靈的鍊察覺她神情有異，立即問道：

「妳是不是想到了什麼不對勁的地方？」

「稱不上不對勁……我只是想到，阿實好像從今年四月起就換了一個古怪的打工。」

「什麼樣的打工？」

「……我也不太清楚，但我每次在第一堂課遇到他，他都一副睡眠不足的樣子。那陣子他看起來相當疲憊，上課還會打起瞌睡。過去他從來不曾在上課打瞌睡，我有點擔心，問他怎麼了，他說最近換了一個深夜的工作，還說是參加同一個研討課的學長介紹的，給的錢很多。我有點擔心那是危險的工作，但不管我再怎麼追問，他都會故意岔開話題……」

堇接著描述，後來鐘下似乎漸漸在打工與大學生活之間取得了平衡，不再像之前那樣疲累，所以她也就沒有再追問。

「到去年爲止，我們每年暑假都會約好時間，一起返回帶廣。但今年他好像一直在打工，連故鄉也沒有回去。後來我從故鄉回到札幌，帶了些故鄉的東西要給他，相約見面的那一天，他請我吃晚餐。那是一間非常高級的餐廳，我嚇了一跳。我跟他說不用請我吃那麼貴的東西，但他好像心情很好，直說沒關係，還說他拿到了不少打工費……」

菫垂下了長長的睫毛，斷斷續續地說著。

「我自己也是一個星期打工四天，幾乎每天下了課就是打工。一天大概五個小時，時薪一千圓，每個月也才賺八萬圓……賺錢眞的很不容易呢。所以我看阿實賺錢賺得那麼輕鬆，眞的很害怕。他能賺那麼多錢，相對應該也要付出什麼代價吧。而且他最近的態度眞的有點奇怪……如果他沒事的話，當然沒什麼關係，但要是他被牽扯進什麼不好的事情裡頭……」

菫的聲音逐漸變得沙啞。春風聽在耳裡，深深感受到了她的心痛。

「妳說，介紹工作給鐘下學長的是參加同一個研討課的學長？請問那個學長是誰呢？」

菫沉默了片刻後說道：「請你們不要告訴別人是我說出來的。」

「當然，我們一定會保守祕密。」

「……是高須學長。今天的第三堂跟第四堂就是研討課，他應該也會來吧。」

由於時間不多（註），沒有時間好好吃午餐，春風與鍊只能胡亂吃了便利商店買來的飯糰，便回到經濟學部，前往菫所告知的教室。

研討課是採小班制的課程，使用的教室也是小型教室。經濟學部的研討課有一個特徵，那就是三、四年級學生會集中在一起上課。身爲四年級生的高須，參加的是與菫相同的研討課。除非

註：日本學校的課堂概念與臺灣學校並不相同，一堂課通常爲九十分鐘，所以早上只會有兩堂課，第三、四堂課爲下午的課程。

高須蹺課，否則到了下午一點，他應該會出現在研討課的教室裡。

距離一點還有十分鐘，春風隔著教室門上的小方窗望進去，只見教室內的長桌排列成了口字形，桌邊已經三三兩兩地坐了不少學生。河西堇也坐在教室的最深處，她察覺春風的臉出現在小方窗上，假裝若無其事地移動視線，望向高須的方向。

一名男學生坐在白板的前方，身上穿著深褐色的毛衣，正在滑著手機。他就是高須吧。

「高須學長，眞的很不好意思，在上課前打擾你。能不能耽誤你五分鐘的時間？」

春風打開門，朝高須說道。高須抬起了頭，臉上露出摸不著頭緒的表情。這也是理所當然。除非參加相同社團，否則經濟學部四年級的學生，絕對不會認識文學部二年級的學生。但高須沒有拒絕，還是很配合地來到了走廊上。第三堂課馬上要開始了，春風直接切入正題。

「請問你當初介紹給鐘下學長的打工，是什麼樣的工作？」

高須的臉色瞬間變得僵硬。

「我們去那邊談。」

高須帶著春風與鍊往前走。這條走廊的旁邊都是研討課教室，高須一直走到盡頭處才停下腳步，顯然是不想被人聽見接下來的對話。他皺起了眉頭，瞪著春風說道：

「這件事情是誰告訴你們的？」

「很抱歉，我們答應那個人要保守祕密。」

「什麼？」

「根據我們掌握到的消息，鐘下學長最近幾乎沒有來學校。高須學長，聽說大約從今年的春天開始，你介紹了一個相當特別的打工給他。因此我們猜想，這兩件事或許有什麼關聯。」

此時高須的表情，簡直就像是一口灌下了某種苦澀的液體。他將頭別向一邊，說道：

「……那不是我的錯。不，應該說不見得跟我介紹的打工有關。」

「這我們當然明白。我們只是猜想或許有點關聯，所以才來請教詳情，絕對不是想要追究高須學長的責任。」

「你們跟鐘下是什麼關係？爲什麼要調查他的事。」

「前陣子因爲某種緣故，鐘下學長幫了我很多忙，還借了我一些錢。我想要把錢還給他，才發現他最近幾乎都沒來學校。而且我完全聯絡不上他，很擔心他是不是出了什麼意外。」

鍊再度發揮了他說謊不用打草稿的本事。而且他裝出來的表情恰到好處，彷彿眞的在爲鐘下擔心，卻盡量不在他人面前表現出來。高須聽了之後，搔了搔後頸，一臉無奈地嘆氣。

「……我可先聲明，我已經洗手不幹了。畢竟我快畢業了，最近也順利找到了內定的工作，只差畢業論文還沒寫完而已。所以你們千萬不要到處亂說，好嗎？」

「當然，我們一定會保守祕密。」

「我介紹給鐘下的打工，簡單來說就是操作假帳號。交友網站的假帳號。」

春風聽了高須的這兩句話，不由得眨了眨眼睛。明明每個字都聽得懂，卻不明白那到底是什麼樣的工作。高須的表情簡直就像是老師遇上了一個駑鈍的學生，比手畫腳地說明了起來。

「這麼說好了，男人使用交友網站都是爲了認識女生，對吧？每個女生的帳號，都會公開一些個資，當男人看了這些個資後，發現了中意的女生，就會傳訊息給那個女生。鐘下的工作，就是負責回應訊息。當然每個女生帳號的設定都不一樣，可能是二十歲的女大學生，也可能是五十二歲的家庭主婦。所以鐘下在回應訊息的時候，必須遵守這些設定。」

「……簡單來說，就是僞裝成女人，使用假的帳號回應訊息？」

「沒錯，而且我打工的那個交友網站，男方除了開設帳號要收費之外，每傳送一則訊息還得支付三百圓。因此在回應訊息的時候，文字要夠生動，對話要有技巧，才能吸引男人不斷傳送訊息。這可不是一件容易的事，而且在每天晚上十點之後的尖峰時段，一個小時可能就會收到四十則訊息，所以回應的速度也相當重要。」

「等等，你們假裝是女生，回應男生的訊息，這是不對的行爲吧？男生付錢開設帳號，是爲了傳訊息給自己中意的女生，經營者卻讓打工的男生假裝是女生來回應，那不是詐騙……」

春風一句話還沒有說完，手腕突然被鍊以手肘頂了一下。春風發現鍊正在瞪著自己，不敢再說下去，只好乖乖退了一步。鍊踏上一步，頂替了春風的位置，臉上擠出燦爛微笑，將自我僞裝的能力發揮得淋漓盡致。

「抱歉，我這個學姊涉世未深，有些大驚小怪。你說的那種打工，其實很常見呢。就我所知，甚至是一些求職網站，也會使用類似的手法。」

「嗯，是啊。而且我在應徵的時候，原本也不知道是那樣的工作。他們只告訴我，工作內容是簡單的打字，只要有最基本的電腦知識就行了，而且時薪高達兩千圓。我當初是從網站上應徵的，面試也一下子就通過了，我開心得不得了。等到走進那家公司裡，才知道是那樣的工作。」

「如果是這樣的話，在知道的當下，你就應該拒絕，不是嗎？」

「學姊，從現在開始，麻煩妳閉嘴三分鐘……高須學長，你後來把這個工作介紹給了鐘下學長，是嗎？」

「嗯……當時我也差不多到了該認眞找正職工作的時期。而且快畢業了，我盡可能不想再招惹那些麻煩事。可是如果要我直接辭掉那個工作，我實在有點害怕。」

「害怕？」

「那裡雖然乍看之下是很氣派的辦公室，但時常會有一些凶神惡煞般的人物進進出出。看起來就像是在道上混的……你應該可以想像吧？」

「我可以想像。」

「我猜那公司的老闆應該認識一些黑道上的人物，所以我不敢直接說要辭職，只好想辦法找個人來承接我的工作。剛好在四月的研討課聚餐上，鐘下提到『想要找收入高的打工』，所以我就把這個工作介紹給他了。」

「等等，你這不是擺明是在找替死鬼……」

「請妳、閉嘴、三分鐘……鐘下學長知道了工作的內容，還是決定做下去，是嗎？」

「是啊，他說自己很適合做那個工作，還不斷向我道謝，說我介紹了個好工作給他。我自己做那個工作，做得不太熟練，所以每次都只能拿到基本收入。能夠在短時間之內回覆大量訊息的人，收入當然會比較高，如果再加上懂得引誘男方不斷傳訊息，待遇更是會三級跳。聽說有些人做得有聲有色，收入相當可觀呢。就這方面來說，鐘下似乎比我有才能……但我看他積極成那樣，總覺得他有點太走火入魔了。或許有原因才會那麼拚命吧。」

高須嘆了一口長長的氣，彷彿想要吐出胸中的罪惡感。

兩人走出教學大樓。午後的陽光，將周圍照得熠熠發亮。今天的風有點強，馬路與人行道之間的高低差偶而會引起漩渦狀的風流，令紅色及黃色的落葉有如跳舞不斷繞著圈子旋轉。

「春風姊，妳怎麼不說話？」

「三分鐘還沒到，涉世未深的女人沒資格說話。」

「鬧脾氣不是成熟大人應該做的事。」

「誰在跟你鬧脾氣……」

春風說到一半，不由得嘆了口氣。自己已經二十歲了，竟然還這麼幼稚。

「抱歉，是我自己想不開。沒想到在我的日常生活周遭，也存在著那種詐騙行爲。」

「那種程度的詐騙，在我們的生活中多得數不清。否則也不會每天打開新聞，都有那麼多人遭到詐騙，那麼多人遭到逮捕。」

眼前的高中生說得完全不當一回事。接著他伸出手指，指著貫穿校園中央的主要幹道。

「先別提這些了，我們要不要到剛剛河西學姊說的地方去看一看？」

剛剛兩人向高須問完了話，正打算要離去時，河西堇忽然追了上來，提供了以下的訊息。

「沒有課的時候，阿實通常不是待在戲劇社的社團教室，就是在北區圖書館四樓的綜合學習區睡覺……你們如果看到他，可以通知我嗎？」

春風點了點頭，回答「一定馬上通知妳」，並且與堇交換了聯絡方式。其實春風心裡還想連鐘下的聯絡方式也一併問了，但總覺得擅自探聽他人個資是不道德的行爲，因此最後只拜託堇：「關於鐘下學長的事，如果知道了什麼最新進展，也請妳務必通知我們。」

鐘下常出現在北區圖書館，這確實是個新線索。不過兩人討論之後還是先到戲劇社，詢問社員「昨天鐘下後來有沒有回到社團教室」，結束再繞到北區圖書館也不遲。於是春風與鍊一同朝著社團大樓走，穿過廣大的校園，通過那一棵棵的白楊行道樹，便看見了那棟白色的箱型建築。兩人來到一樓盡頭處的戲劇社教室，敲了敲門。門開了，一名男學生將頭探了出來。

「啊，你們不是昨天那兩個嗎？歡迎、歡迎。」

男學生的臉上，戴了一副讓人聯想到約翰・藍儂的圓框眼鏡。他正是昨天也見過面的戲劇社社長。聽說他也是三年級的學生，與鐘下同學年。不知道爲什麼，今天他的頭髮染成了銀色，嘴唇上塗了鮮豔的口紅，身上還披著一件漆黑的長斗篷。春風雖然很想知道他們到底在排演什麼樣的戲碼，還是單刀直入地說出了來意，詢問昨天後來鐘下有沒有回來。

「沒有，他沒回來。我還傳了訊息給他，他連回也沒回。」

「是嗎……不好意思，如果鐘下學長來了，或是回覆了訊息，能不能請你通知我？」

「可以是可以……不過我想問一下，鐘仔到底發生了什麼事？」

社長以深藏在圓框眼鏡後頭的一對眼睛，在春風與錬之間來回打量。

「你誤會了，他什麼事也沒有，是我們有點事要找他。」

「如果他什麼事也沒有，為什麼我完全聯絡不上他？而且在我看來，你們好像一直在打聽關於他的事？」

「不是的，不是你想的那樣……」

「他眞的什麼事也沒有嗎？如果他被捲入了什麼麻煩事，請你們一定要告訴我。」

春風見社長問得一臉嚴肅，心裡有些拿不定主意，但最後還是決定堅持什麼事也沒有。雖然鐘下可能就是當初的強盜，但也可能完全是局外人。如今事態還不明朗，不能無端毀損鐘下在朋友們心中的形象。「但願眞的是什麼事也沒有……」社長雖然面色凝重，但也沒有繼續追問。春風與社長交換了聯絡方式之後，便離開了戲劇社。

「……看來鐘下的好朋友還不少呢。不管是那個河西學姊，還是剛剛那個社長，都很關心鐘下。而且聽河西學姊的描述，鐘下似乎不是個壞人。」

走出社團大樓的大門後，春風不禁如此咕噥。鐘下這個人的形象，似乎離強盜愈來愈遠了。至於走在旁邊的錬，則依然秉持著冷酷的態度。

「春風姊，如果他沒做什麼虧心事，昨天他為什麼要對妳說謊？」

「這麼說也對。」

「一個人不見得只有一種形象。黑道流氓或許回到家中是個好父親，殺人魔也可以很關心朋友。置身不同情境，當然就會表現不同形象。同一個人可能有時溫柔，有時易怒，有時殘酷。」

被風吹散的紅色落葉，有如火苗一般滿天飛舞。

鍊說得沒有錯，人的形象不會只有一種。

同一個人的不同面貌，可能有著天壤之別。慈悲與殘酷同時存在一個人身上，也不是什麼奇事。有心理學家做過實驗，當一個人目睹他人的親切行為時，往往自己也會做出親切的行為。相反地，也有研究顯示，當一個人接收到來自上頭的「命令」，往往會對弱勢者做出殘暴不仁的行徑，卻視為理所當然。一個人的心態，隨時可能因為一點小事而發生一百八十度的變化。

每個人都有好幾張臉。鐘下是這樣，當然自己也不例外。

春風與鍊回到一整排白楊樹的附近，開始朝北區圖書館的方向前進。當抵達圖書館的時候，時間已接近下午兩點半。北區圖書館的建築物同樣氣派雄偉，與春風較常進出的本館不遑多讓。

春風一邊走上石階，一邊轉頭對鍊說道：

「我去四樓看看，你在入口大廳等我就行了。」

「咦？為什麼？」

春風取出錢包，從裡頭抽出自己的學生證，向鍊說明圖書館的制度。

要進入這所大學的附屬圖書館，不管是本館還是北館，都必須通過閘門。而要通過閘門，必須感應具備ＩＣ晶片的學生證或教職員入館證。沒有學生證或教職員入館證的外人若要進入圖書館，必須申請臨時的入館證。

「那就申請臨時的入館證，不就行了嗎？」

「要申請臨時的入館證，必須出示身分證明文件。而且必須是公家機關所發行的證件，上頭必須記載著現在的住址。例如健保卡、駕照，或是個人編號卡（註）。」

「我手邊有健保卡。」

「但你一出示健保卡，人家就知道你的眞實年齡了。我們學校的圖書館，不管是本館還是北館，高中生都是禁止進入的。」

鍊露出了一臉震驚的表情。

「……這根本是歧視高中生。堂堂的教育機構，竟然會有這種歧視高中生的規定。」

「眞的很抱歉，但規定就是規定。總而言之，你沒辦法進入圖書館。我上去四樓的時候，你可以在入口大廳休息，那裡並不禁止飲食。確認完了之後，我會盡快下來。」

「如果是這樣的話，我可以去剛剛經過的那棟博物館參觀嗎？我不想一個人在這裡枯等。」

大學內部的博物館，是外來者也可以自由進入的設施，裡頭展示著大學所收藏的數百萬件標本、學術資料及藝術品。建築物本身更是興建於昭和時代初期的新哥德式建築，相當華美壯麗，很受觀光客喜愛。確實比起讓鍊待在圖書館的入口大廳，不如讓他去博物館看一看，對他較有好處。爲了讓鍊能夠有充分的時間參觀博物館，兩人約定三點半在博物館前會合。

春風走向北區圖書館的閘門，以學生證靠近ＩＣ卡感應器，通過閘門。仔細想想，從認識鍊以來，很少看他像剛剛那樣鬧脾氣。春風想著想著，不禁笑了出來。接著春風利用閱覽室內的樓梯，一步步朝著樓上走去。

註：個人編號卡是日本自二〇一六年開始發行的新式證件，類似身分證，上頭除了姓名、照片、出生年月日等個資之外，還有一組個人編號。

四樓的學習區是禁止說話的區域，因此整個空間鴉雀無聲。這裡的每一張桌子都很寬大，而且座位之間都有隔板，學生可以在自己的空間裡讀書，或是以自己帶進來的筆電打作業。放眼望去，也有幾個學生正趴在桌上睡覺。春風假裝若無其事地一一確認每個隔間內的學生長相。要查看趴著睡覺的學生的臉，並不是一件容易的事，幸好整個學習區裡只有三個男同學，因此春風沒有花太多時間就確認完了。鐘下並不在這裡。

春風嘆氣，決定到其他樓層碰運氣。或許鐘下睡一覺起來會前往閱覽室或影音播放區。

接下來，春風花將近一個小時，把整座圖書館徹底查看一遍，終究還是沒有找到貌似鐘下的人物。花了那麼多力氣走來走去卻沒有收穫，春風不由得大感失望，懊惱地離開圖書館。

春風走到博物館前，驀然停下腳步。鍊就站在博物館的拱形大門門口，那裡是兩人約好碰面的地方。然而鍊不是一個人，他的身邊站著一個女孩子。那是一個相當可愛的女學生，有著一頭飄逸的頭髮，正對著鍊說話，臉上笑容可掬。鍊只是默默聽著，帶著略顯尷尬的微笑。春風心想，這時候過去打擾似乎不太好，正猶豫著不知道怎麼做，卻看見鍊轉頭朝自己揮了揮手。

「啊，學姊！怎麼那麼慢？」

鍊看見春風，擺出最高等級的燦爛笑容，朝著春風匆匆奔了過來。女學生被獨留在原地，以一雙惡毒的眼神瞪視著春風。春風正想解釋「不是妳想的那樣」，女學生已沮喪地轉身離去。

「你不追過去嗎？不必在意我，過去跟那個女生多聊一聊吧。」

「我又不認識她，是她自己找我說話，有什麼好聊的？」

鍊的口氣有如沙漠一般不帶感情。春風不禁有些意外，看著鍊說道：

「我以爲像你這個年紀的男生，應該會對戀愛感興趣。」

「對戀愛感不感興趣，和年齡無關。感興趣的人就感興趣，沒興趣的人就沒興趣。我因爲有太多的事情要忙，還沒時間理會這一塊。春風姊，妳應該也跟我一樣吧？」

「爲什麼你講得這麼肯定？」

「因爲妳跟剛剛那個女生不一樣，完全沒有刻意表現出女性嬌柔的一面。我猜妳在高中的時候，應該就是個對戀愛完全沒興趣，滿腦子只想著柔道的古怪女生吧？難道我猜錯了嗎？如果妳有男朋友的話，我向妳道歉。」

「……這輩子剛好還沒有。話說回來，你怎麼知道我想交的是男朋友？每個人的性傾向都不一樣，我們應該對多元的性傾向寄予更多的尊重。」

「對不起，以後我會小心。所以妳找到鐘下了嗎？」

春風搖了搖頭。「噢……」鍊應了一聲，也不再說話。戲劇社的社長及河西堇也都沒有聯絡。一時之間，耳中只聽得見樹梢在風中沙沙作響的聲音。半晌，鍊嘆了一口氣說道：

「結束了。」

沒有錯。

女大學生與男高中生，因奇妙緣分而組成的共同調查團，就在這一刻面臨解散的命運。

時間還不到下午四點，要稱之傍晚還嫌太早。春風與鍊並肩走向地下鐵車站。蜂蜜色的陽光自枝葉縫隙透下，朝著地面灑落一塊塊的光影。道路外圍的樹林不斷飄來濃濃的落葉香氣。

「謝謝你。」

這是現在春風最想對少年說的話。

「到頭來還是沒辦法確認鐘下是不是那個歹徒，但調查進展已經超過了預期。如果沒有你的幫忙，我一定沒有辦法做到這個地步。」

鍊微微彎曲嘴唇，視線在道路兩旁的建築物上游移。

「春風姊竟然向我道謝，實在讓我有點不自在。」

「是嗎？但是有你在身邊，眞的給了我很大的精神鼓勵。」

接著兩人都不再開口說話，就是默默地走著。春風心想，鍊應該也很累了吧。星期六、日是高中的文化祭，補休的兩天又全花在調查案情上。此時自己能做的事，就是盡早讓他回去休息。從明天開始，希望他徹底忘掉這件事，回歸原本的正常生活。

這時，春風驀然察覺鍊從視野邊緣消失了。春風停步，轉頭一看，鍊正站在三步遠的後方。

「鍊，怎麼了嗎？」

「春風姊，接下來妳有什麼安排？」

春風一時愣住了，不明白鍊這麼問是什麼意思。鍊似乎也看出了春風心中的疑惑，補了一句：「我指鐘下的事。」

「目前能查的都已經查了，只能等待河西學姊及戲劇社社長的聯絡。」

「知道了鐘下的下落之後，妳打算一個人去見他，是嗎？」

春風沒有肯定也沒有否定。「我就知道。」鍊見了春風的反應，嘆了一口氣。

「春風姊，我想求妳一件事。」

春風聽他使用了「求」這個愼重的字眼，不禁有些錯愕。鍊接著說道：

「根據我們的約定，不管調查結果，我只有這兩天能夠調查這件事。我會遵守我的承諾。但我希望春風姊也是一樣。從今天起，完全把鐘下的事情忘掉，別再蹚這個渾水。」

「……爲什麼？」

「什麼爲什麼？」

鍊皺起了眉頭，彷彿春風問了一個非常沒有常識的問題。春風聽鐵假面高中生的口氣竟異常激動，也有些亂了方寸。

「那我問妳，當妳見到鐘下時，妳打算怎麼做？難道要問他『你是不是當天的強盜』？如果鐘下眞的是歹徒，他爲了不讓自己被逮，可能會做出不利於妳的行動，到時候妳怎麼辦？」

「我也不是完全沒有想過這種風險，當然會有提防……」

「提防？要怎麼提防？今天妳也聽到了，鐘下幫交友網站操縱假帳號，那間公司經常有黑道人物出入。搞不好鐘下已經跟那些黑道混在一起了，前幾天他會幹強盜，或許也跟那些黑道分子有一些瓜葛。在我看來，鐘下這個人可能遠比我們想像的要危險得多。如果妳堅持非要找到鐘下不可，那我也要跟妳一起行動，我們一起繼續調查。」

「不行，你還是高中生，這不是你應該做的事。」

「春風姊，有句話我一直想要說，我覺得妳有些過於把我當小孩子看待。妳的年紀確實比我大，但我們也只差了三歲。難道多活三年，就能讓妳變成無敵超人？當然不可能有那種事。對我來說危險的事，對妳來說一樣危險。何況妳是女生，有些時候妳比我更危險。」

不愧是舌粲蓮花的高中生，這一番話說得振振有詞，令春風一時語塞，說不出話來。

「就像我當初說的，我沒辦法坐視壞人逍遙法外。這樣的心情如今依然沒有改變。但我認爲這件事情，我們最好到此收手。春風姊，妳不是說過嗎？小夜子奶奶的個人意願才是重點。既然她希望我們忘了這件事，如今調查鐘下的行蹤又遇上瓶頸，現在是收手的最好時機。」

「這我當然明白。你大可以放心，我這個人不像你所想的那麼亂來。好歹我也二十歲了，做事情一定會謹愼小心，不會那麼魯莽。」

「既然妳還聽不懂，那我換個說法好了。我不希望因爲妳的關係，搞得我心神不寧。」

「咦？」春風一時愣住了。擅長變裝的男高中生一臉無奈地說道：

「我昨天就說過了，我是單親家庭裡的長男，生活中很多事情要忙。而且我已經快升高三了，得開始認眞準備考大學，學校的課業也變得更加繁重。我可不想增加煩心的事情，影響自己的專注力。我要是什麼也不說，就這麼回家，今天晚上我一定會一邊寫著數學作業，一邊擔心『那女的現在一定又在幹什麼亂來的事情』，我可不想落得那種下場。」

「呃，你自己的心情，跟我說有什麼用……」

「總而言之，我希望妳不要自己一個人深入調查這件事。妳一直說不希望我遭遇危險，同樣一句話，我也要送還給妳。就像妳擔心我的安全，我也會擔心妳的安全。」

春風見了鍊那一臉認眞的表情，一時啞口無言。原來眼前的少年，對自己是如此關心，遠遠超越自己的預期。

回想起來，這場調查行動確實違反當事人小夜子奶奶的意願。兩人追查到鐘下這個人，但接下來線索就斷了，陷入瓶頸。既然取回被搶之物的希望不大，還是不應該違背小夜子奶奶的想法。但是……好不容易已經查出了鐘下這個可能是歹徒的人物。都已經走到這一步，只要再加把勁，或許就能讓眞相水落石出。

春風沉吟了好一會，最後點頭說道：

「好，我答應你，絕對不跟鐘下單獨見面。」

鍊一聽，表情逐漸轉爲柔和。但春風又說：

「如果河西學姊他們跟我聯絡，把鐘下的行蹤告訴了我，我一定會找一個可以信任的人陪同，才會跟鐘下見面。而且到時候，我一定會通知你。事情如果有其他的進展，我也會讓你知道。總而言之，我不會做出魯莽的舉動。」

鍊微微張著嘴，整個人傻住了，過了一會才說道：「……妳根本沒有搞懂我的意思。」

「沒那回事，我這樣應該可以解決你所有擔憂。或許你會認爲我的話不能信任，但我一定會遵守跟你的約定。不論發生什麼狀況，我都會通知你，而且不會做出讓你擔心的事。」

春風凝視著鍊的雙眸，最後說了一句：「我發誓。」

鍊陷入沉默，眉頭逐漸深鎖地說道：「是不是常有人說妳很頑固？」

「很少，非常少。從我出生到現在，大概只被說過十次左右。」

「……算了，隨便妳吧。」

鍊一臉無奈地再度邁開步伐。春風輕輕一笑，趕緊跟了上去。

3

前方是一道老舊鐵門。只要穿過那道鐵門，再走個一、兩分鐘，就可以抵達地下鐵南北線的車站。就在兩人即將穿過鐵門之際，不知何處傳來了微弱的震動聲。只見鍊從大衣的口袋中掏出了智慧型手機，以手指在液晶螢幕上滑動。春風心想，大概是收到了什麼訊息吧。已經走到了這裡，差不多該道別了。

「就這樣了，掰掰。」

就在春風說出這句準備已久的話時，內心竟萌生一股連自己也感到意外的寂寞。雖然兩個人相處的時間只有短短兩天，但在春風的心裡，眼前這個少年就像是親密的好朋友。

春風努力將感傷拋出腦外，決定由自己主動踏出分開的第一步。沒想到就在這個瞬間，自己的大衣袖口竟然被一股力量拉住了。春風吃驚地轉頭一看，鍊正一臉嚴肅地看著自己。那表情的嚴肅程度，讓春風霎時方寸大亂。

「要不要來我家？」

「……你說什麼？」

「今天我媽媽不在家。」

春風瞬間腦袋一片空白，冷汗直流。正煩惱著怎麼回答時，鍊突然笑出來。

「但我弟弟妹妹在家，還有另外一個人，也會在我的家裡吃飯。」

「……既然你咎由自取，就別怪我心狠手辣。過去不知道有多少個像這樣取笑我的渣男，死在我的鐵拳之下。」

「對不起，其實事情是這樣的。我們家收到了故鄉稅（註）的贈禮，是一盒很高級的牛肉，本來說好今天晚上一起吃壽喜燒，但我媽媽剛剛聯絡我，說她那邊出了一點狀況，沒辦法回家吃晚餐。那個肉有保存期限的問題，一定要今天吃才行，但媽媽沒有回來，肉會多一人份。春風姊，妳要不要來我家一起吃？」

春風一聽，這才鬆了一口氣，苦笑著說道：

「我很感謝你的好意，但是那種高級的肉，應該跟家人一起好好享用。你的弟弟、妹妹應該都是國中生吧？以國中生的食量，應該是不用擔心吃不完。何況就算眞的沒吃完，明天加熱一下，你媽媽也可以吃。」

「但是今天春風姊請我喝熱可可，我想回請妳。」

「那只是我自己想喝而已，而且金額跟高級牛肉完全不能比。」

「如果妳不願意，那就算了。」

「你別誤會，我不是不願意。」

三十分鐘後，春風自己也不知道怎麼搞的，竟然來到了一棟位於北區的公寓門口。

「我家在這棟公寓的八樓。」

鍊指著公寓說道。那是一棟十層樓的公寓，外牆採用單一色調風格，一樓大門的門鎖為電動的密碼鎖。鍊以靈活的手指輸入密碼，帶著春風走進電梯裡。一走出電梯，眼前是一條走廊，排列著許多道黑巧克力色的大門。鍊走到盡頭處的最後一扇門前，從大衣口袋中掏出鑰匙，開了門鎖。在大門開啓的瞬間，春風的心情不禁有些緊張。

「我回來了。」

鍊才這麼一喊，屋內登時傳來一陣急促的腳步聲。

「哥哥終於回來了！我等你好久了！」

就在那一瞬間，春風彷彿看見一條小狗衝了出來。剛好站在門口處的春風，驟然感覺到腹部一陣衝擊，腳下一個踉蹌，緊接著又是「鏗」一聲悶響，後腦勺不知撞在什麼東西上。春風一時天旋地轉，當回過神來時，發現鍊正攙扶著自己，嘴裡喊著：「妳沒事吧？」春風低頭一看，竟然有個頭髮理得像棒球隊員的男孩，正抱住了自己的肚子。那宛如小狗一般活潑又可愛的男孩與春風四眼相對，他眨了眨眼睛，問道：

「誰啊？」

「什麼誰啊，沒禮貌。你在胡鬧什麼，快走開。」

註：故鄉稅是日本的一種特殊的稅賦制度，納稅人可以選擇捐贈金錢給自己的故鄉，根據捐贈的金額，不僅可以獲得相應的所得稅減免，而且還可以收到故鄉回饋的贈禮。

鍊抓住那男孩的頸子，將他從春風的肚子上拔下來。男孩的一雙眼珠朝著春風上下打量。

「大姊姊，妳是誰？為什麼要妨礙我擁抱哥哥？」

「對不起，我不是故意要妨礙你……」

「是你自己沒看清楚就撞上來。春風姊，妳腦袋沒事吧？剛剛撞那一下，聲音可眞是嚇人。」

「啊，嗯。要讓我受傷，沒那麼容易。」

「……發生什麼事了？為什麼突然發出那麼大的聲響？」

一名女孩從前方內廊盡頭處開門走了出來。那女孩的腳下穿著一雙圓鼓鼓的拖鞋，拖鞋上還有企鵝的臉。春風一看見那女孩，驚訝得發不出半點聲音。

那是名副其實的美少女。柔順的黑髮剪了個俏麗的妹妹頭。旁邊的男孩給人一種強健的印象，彷彿全身每個部位都吸飽陽光，而眼前的女孩則像月光下一朵吸飽了露水的嬌豔鮮花。那對帶了三分惆悵的水汪汪大眼與鍊有幾分神似。這一刻，春風的混亂思緒才逐漸恢復了冷靜。

眼前的男孩與女孩，都穿著市立中學的西裝式制服。他們應該就是鍊的弟弟及妹妹，北原家的雙胞胎。

「……妳是誰？鍊哥的女朋友？」

「不是，這位森川春風，是我的高中學姊。」

「學姊？但她看起來不像高中生。」

「我從前讀跟鍊一樣的高中，現在大學二年級。一些緣故，我在前幾天認識了鍊……」

「女大生？而且還直接稱呼哥哥的名字？哥哥，這是怎麼回事？這個大姊姊如果不是你的女朋友，那她是你的誰？『一些緣故』是什麼意思？為什麼我從來不知道……」

男孩的話還沒有說完，鍊突然雙手一拍，眼前的雙胞胎瞬間都閉上了嘴。只見他們立刻擺出立正姿勢，一動也不敢亂動，簡直就像是面對可怕長官的新兵菜鳥。

「我可沒有這麼沒禮貌的弟弟妹妹，看見了客人竟然不知道要打招呼。」

雙胞胎不約而同地互看了一眼，男孩首先心不甘情不願地說了一句：「我是北原陽。」女孩則是先輕輕點頭鞠躬，接著才說道：「我是北原翠。」最後雙胞胎以高低不同的嗓音同時說道：

「我們就讀國中二年級，請多多指教。」

「春風姊幫過我很多忙，所以我今天請她一起來吃壽喜燒，你們一定要對她客客氣氣，絕對不能失禮。」

「幫過哥哥很多忙？什麼忙？等等……哥哥，你今天怎麼穿成這樣？你不知道你是全世界最帥的男人嗎？你這樣簡直像個模特兒，難道你不知道這樣會讓全天下的女人都愛上你嗎？虧我還特地送了你一副老土的眼鏡，幫助你抵銷四成帥氣，你今天怎麼戴隱形眼鏡……」

錬擺出了一張連永久凍土也自嘆不如的冷酷面孔，以手掌抓住了陽的頭頂。陽立刻閉上了嘴，絲毫不敢亂動。錬將弟弟的臉轉向春風的方向，說道：

「在你嘮嘮叨叨這一大堆之前，是不是有什麼話應該對春風姊說？」

「……歹勢喔。」

「我應該跟你說過，道歉時的態度應該怎麼樣？」

「在此致上最深的歉意，衷心懇求您的原諒。」

「真的很抱歉，請原諒我弟弟的失禮。請進來，別客氣。陽，罰你三十個伏地挺身。」

錬一邊催促春風，一邊朝著陽下令。「咦？不要啦……」陽提出抗議，但他看見哥哥那有如寒冰般的視線，再也不敢多說，立刻用雙手撐住地面，一邊喊著「一、二、三」，一邊做起了伏地挺身。看他做得非常熟稔，可見得已經是家常便飯了。

「翠，飯煮了嗎？」

「設定好了，六點會煮好。」

進入大門後，前方是一條內廊，內廊的另一頭就是結合了客廳與餐廳的寬敞空間。右手邊是客廳，擺著一座電視機，電視機的對面是一張矮桌，以及一組象牙色的沙發。左手邊是餐廳，有一張北歐風格的大餐桌，周圍擺著五張風格相同的椅子。

雖然沙發上的坐墊擺在有點奇怪的地方，而且矮桌上放著漫畫書及吃到一半的袋裝零食，但整個家裡打掃得乾淨整潔。窗邊擺著四盆可愛的仙人掌盆栽，垃圾桶上貼著「做好垃圾分類」的標語，這些小細節都在在流露出北原家的生活味，讓春風不由得揚起了嘴角。

「包包跟大衣可以放在這裡。」

春風依照鍊的指示，將自己的托特包放在沙發的角落，並將自己的大衣披在沙發的椅背上。當春風抬起頭來，猛然看見牆上有一面環繞著馬賽克瓷磚的大鏡子。春風發現鏡中自己的頭髮非常凌亂，趕緊用手指梳理。多半是剛剛被陽猛力抱住，整個人差點摔倒，所以頭髮亂掉了。

「我先把衣服換下來，順便還給正人。翠，妳先把鍋子拿出來，該準備的準備一下。」

「鍊哥，你以後要不要乾脆戴隱形眼鏡算了？不必因爲陽那麼說就勉強自己戴眼鏡。」

「不要，眼睛容易乾，而且戴起來好麻煩。還是眼鏡方便得多。」

鍊一邊脫下大衣，一邊走出客廳。春風挽起袖子，說道：「我也來幫忙。」

客廳的深處，有一座發揮了屏風效果的吧檯，吧檯的後方就是廚房。翠正忙著端出鍋子及準備湯杓等物，春風對著她擠出自知有些僵硬的微笑，她卻輕輕搖頭說道：

「請不用這麼客氣，妳是鍊哥的客人，坐著休息就行了。」

「我不習慣什麼也不做。既然是吃壽喜燒，應該會放一些蔬菜吧？讓我來切。」

「好，那就麻煩妳了。」翠從冰箱拿出了白菜、蔥、茼蒿及香菇。相較於表情千變萬化的陽，翠是個不太流露感情的女孩。不過這一點也跟鍊有幾分相似。春風如此想著，切起了白菜。

廚房外不斷傳來陽咬緊牙關數數的聲音：「十八……十九……」

「請問鍊剛剛提到的正人是誰？」

「住在隔壁的鄰居。他在專門學校學服裝設計，是鍊哥的粉絲。」

「粉絲……？」

「春風姊，妳住在這附近嗎？妳跟鍊哥是怎麼認識的？」

翠拆開豆腐的盒子，問道。春風心想，鍊的弟弟妹妹會狐疑也是理所當然。到底該怎麼解釋事情的來龍去脈，春風也有些摸不著頭緒。

「我遇上了一點小小的麻煩，鍊剛好在旁邊，幫了我很多忙。後來我們組成像調查小組一樣的團隊，開始調查一件事情，還沒有結束，但多虧了鍊的幫忙，已經獲得不少成果。」

「調查小組？妳指類似大學的小組研究嗎？」

「從廣義的角度來看，應該算是吧……我家在札幌巨蛋的附近。」

「札幌巨蛋？那妳在路上看到過鬥士隊（註）的球員嗎？」

原本面無表情的翠，雙眸突然閃爍著興奮的神采。春風先是一愣，接著笑了出來。

「翠，妳是鬥士隊的球迷？」

「……我沒去球場看過比賽，但經常看電視上的轉播。」

「我也很喜歡鬥士隊。我還記得小時候爲了查出球員們都從哪個入口進入巨蛋，曾經繞著巨

註：鬥士隊的全稱是「北海道日本火腿鬥士隊」，是一支以北海道的札幌巨蛋爲主場的職業棒球隊。

「春風姊，他是住在隔壁公寓的辻正人，年紀跟妳一樣，或許你們可以交個朋友。」

「鍊……你太強人所難了，像我這種有溝通障礙的男人怎麼高攀得上H大學的名媛……」

鍊介紹的那個鄰居，看起來是個就算沒事也會向周圍的人道歉的年輕人。身體微微駝背，蓋住眼睛的劉海簡直像是用來抵禦外敵的一道牆。雖然舉止貌似相當沒有自信，身上的服裝卻帥氣且充滿個人特色。他上半身穿的是一件大尺碼的綠色襯衫，大大的鈕釦每一顆都以可愛日式圖紋的縮緬（註）包住，而且每一顆的圖紋都不相同。春風心想，他應該就是翠剛剛提到的那個鄰居，學服裝設計的專校學生，鍊的粉絲。

「正人的老家是務農的，經常將吃不完的蔬菜水果送來我們家。他有時候會來我們家吃晚餐，算是交換條件吧。今天壽喜燒的蔬菜，就是正人貢獻的。」

「你好，我叫森川春風，今天來叨擾一頓晚餐。」

春風打了招呼。「呃，是……妳好……」正人以小到像蚊子振翅聲的虛弱聲音回應，接著畏畏縮縮地抬起頭來。但當他與春風視線相交，馬上嚇得垂下了頭。

「好……好美的小姐……」

「正人，加油！跟她拚了！放心，我站在你這一邊。你可別忘了，哥哥的魅力是你先發現的。而且這個女人，竟然說不想當哥哥的女朋友，你說可不可惡！」

「我看還是算了吧，陽……我就像是被鍊撿回家的狗，憑什麼跟人家鬥？」

「陽，我看你好像很閒，去拿拖把，把走廊跟房間拖一拖。正人負責把豌豆莢的絲拔一拔。春風姊的話……」

「春風姊剛剛已經幫我切菜了。」

鍊像個指揮官一樣，對每個人下達指令。他聽見妹妹這麼說，露出了些許意外的表情。接著他走進廚房，看見了放在籃子裡的大量蔬菜，更是驚愕地瞪大了眼睛，轉頭望向春風。

「有必要那麼吃驚嗎？」

「妳不是住家裡嗎？我以爲女大生在家裡基本上是什麼也不幹。」

「太失禮了！我每天都做菜的。我會做厚煎蛋跟荷包蛋，還有炒蛋也難不倒我。」

「太厲害了，簡直是大廚等級。既然是這樣，能不能幫忙把豆芽菜的根拔一拔？我想拿來跟豌豆莢一起煮。我知道拜託春風大廚做這種簡單工作實在很失禮，不過還是拜託妳了。」

鍊遞來整整三大袋的豆芽菜及一個大碗公。春風於是拿著那些東西走到了廚房。正人原本在桌邊拔著豌豆莢的絲，他一見春風靠近，登時緊張得全身僵硬。

「眞的很抱歉，像我這種死氣沉沉的喪家之犬在妳的旁邊，一定讓妳覺得很不舒服吧……」

「完全沒那回事。你的襯衫好好看，尤其是那個鈕釦。在哪裡買的？」

春風指著他身上那件帥氣的綠色襯衫。正人一聽，被劉海蓋住了一半的臉登時脹得通紅。

「這……這是我自己做的……」

「咦？你自己做的？」

「嗯，但是這一點也不難。只要在百圓商店買個包布鈕釦套組，再拆開幾個女孩子玩的小沙袋，把布剪成適當大小，包在鈕釦上就行了。我一直覺得小沙袋的圖樣都很漂亮。」

正人襯衫上的包布鈕釦使用的是縮緬，每一顆上頭都有著雅致的日式圖紋，但春風沒想到那些縮緬其實原本是小沙包的布，這眞是很棒的創意。

「我自己縫紉方面完全不行，既沒有技術也沒有美感，所以我眞的很佩服你。」

註：縮緬是一種以日本傳統工法織成的絲綢，多用於製作高級和服或包袱巾。

「這眞的沒有什麼……而且像我這樣的喪家之犬，除了縫紉之外沒有任何才能和優點，如果不是被鍊撿回家，我早就死在路邊了吧……」

「『被鍊撿回家』這句話，你已經說第二遍了，那到底是什麼意思？」

正人不停以纖細的手指拔著豌豆莢的絲，遲疑了一下之後才解釋道：

「我的老家在十勝，家裡務農的，我從小就跟家人處不好。因爲我喜歡剪裁衣服，我的父親及哥哥都笑我『娘娘腔』。母親會幫我講話，但也常勸我『要像個男孩子』。在學校，我也總是被欺負。我下定了決心，高中畢業之後就要離開家，自己一個人過日子。由於我喜歡縫縫剪剪，所以我進入了現在就讀的專門學校，但因爲個性，我完全交不到朋友。我本來以爲搬到札幌來，我的人生會有所不同，但到頭來什麼也沒有改變。我漸漸變得不愛出門，一步也不肯踏出公寓。房間裡堆滿了垃圾，老家寄來的蔬菜也都放著不管，直到臭得受不了了，才會拿出去丟。有一段時期，我重複過著這樣的生活。直到有一天，我在垃圾放置場遇上了鍊。」

正人似乎回想起了當天的情景，臉上露出微微的苦笑。

「那一天，我除了丟垃圾，還打算把老家剛寄來的蔬菜及米也丟了。我想反正遲早會丟掉，不如趁發臭之前。鍊看見了，用他宛如寒冰的輕蔑眼神看著我，說了一句『你會遭天譴』。」

「……嗯，我可以想像那個畫面。」

「鍊問我爲什麼要把食物丟掉，我把所有的事情都告訴了他。我對他說，我不管做什麼都不順遂，沒有人喜歡我，我不知道自己爲什麼要生下來。如果撇開便利商店的店員不算，當時我已經有半年沒有跟人說話，所以我一開口就說個不停，完全克制不了自己。鍊就這麼一直聽著，完全沒有打斷我。那天他好像是上學前拿垃圾出來丟，卻遇上了我，我把想說的話一古腦全都告訴了他，應該害他上學遲到了吧。後來我說的每一個理由，全部都被他否定了，例如他說『你已經付了學費，卻沒去學校，眞的是很愚蠢』，還說『去學校是爲了學習，不是爲了交朋友。就算沒有朋友，又有什麼關係』。結束對話之前，他告訴我『以後你如果有不要的食物，可以送到我家。肚子餓了，就到我家來吃飯吧』。」

一時，春風不知該說什麼。「任何人聽到這種話應該都會嚇一跳吧。」正人笑著說。

「但是那一天，鍊眞的將我帶進這個家，讓我和他的家人們一起吃飯。我在這裡和陽、翠一起做了咖哩。後來他們的母親由紀乃也回來了，我們五個人坐在一起用餐。那時候的我，眞的已經好久沒有吃過像樣的一餐了。到了隔天，我就回學校上課了。幸好後來成績勉強及格，現在升上了二年級。更重要的一點，是我獲得了畢業後的內定工作。那是一家專作中高齡婦女服飾的企業，我幾乎不敢相信自己能找到那樣的工作。我能有這麼一天，完全都是鍊的恩賜。如果那天鍊沒有將我撿回家，現在我可能已經死了。我這麼說，眞的一點也不誇張。那時候我每天早上醒來，都覺得活著是一件好累的事。」

春風抬起頭來，望向吧檯另一頭。鍊正與翠拿著量匙，小心翼翼地調配著調味料。兄妹倆的表情非常認眞，額頭幾乎快要碰在一起。春風不禁感覺自己又看見了鍊的另一個面貌。

「所以你就成了鍊的粉絲？」

「是陽跟妳說的嗎？還是翠？與其說我是他的粉絲……」

正人露出靦腆的微笑，抬頭看著半空中，彷彿在思索著最合適的說法。

「或許應該說，他是我心目中的理想狀態。」

「理想狀態？」

「鍊比我更像成熟的大人。他非常寬宏大量，能夠包容很多事情，卻不會過度縱容。該嚴厲的時候就嚴厲，該溫柔的時候溫柔。如果我能夠改變自己，我會希望變成像他這樣的人。當然我知道自己永遠不可能變得像他那樣，但是當我感到痛苦的時候，我總是會告訴自己，至少不能當一個會遭他輕蔑的人。每當我這麼想，不管遇到再大的困境，我都能夠堅持下去。我只要一想到鍊，我就會感覺到體內湧出一股能量。」

「……聽起來很棒。」

「是嗎？鍊要是聽到了，一定會覺得很噁心吧……對了，鍊的身材比例很完美，不管是穿牛仔褲還是正式服裝，都非常帥氣。因此製作衣服給他穿，眞的是一件很開心的事。這兩天他說想要到大學參觀，希望我將他打扮得像個大學生，幫他搭配衣服眞是太有意思了。」

「原來他是因爲有你這個專屬造型師，才能打扮得簡直像是變了一個人。」

「咦？」

「沒什麼，只是我自己的內心戲，請不用在意。」

春風與正人將拔完根的豆芽菜及拔完絲的豌豆莢拿進廚房，鍊早已煮了一鍋滾燙的熱水正在等著。只見鍊熟稔地將豆芽菜與豌豆莢放入鍋中，旁邊的翠正在試陶鍋中的醬汁味道，陽得意洋洋地跑過來說道：「哥哥，我拖好地了！」從這三人的表現，很明顯可以看出他們從平常就很習慣分攤家事。春風心想，他們平日應該就是這樣爲母親分勞解憂吧。

「飯煮好了！哥哥，我們快點開飯吧，我快餓扁了。」

「但現在才六點，不會太早了嗎？」

「正人跟春風姊，你們覺得呢？」

「老實說，我從剛剛就一直在跟飢餓進行著搏鬥。」

「我聞到這股香氣，也覺得餓了……」

「好，那把卡式瓦斯爐拿出來。翠，依照人數準備雞蛋。」

春風趁著北原家的兄長及雙胞胎在布置餐桌的時候，傳了一則訊息給母親。要是晚歸卻沒有事先聯絡，回到家之後必定會面臨一場腥風血雨。

卡式瓦斯爐擺上了桌，煮壽喜燒的鍋子也放置妥當後，鍊捧出一個超大的盤子，裡頭放著五人份的高級牛肉。眾人看見那美麗的霜降牛肉，都發出了夾帶三分敬畏的讚嘆聲。鍊帶著莊嚴肅穆的表情，以長長的料理筷將肉一片一片地排列在灼熱的鍋中。肉片一下鍋，頓時滿室生香。

「我回來了！」

原本忙著將肉夾入鍋中的鍊，一聽到那開朗又明亮的聲音，錯愕地停下了動作。

「啊，眞是太香了！我可以感受到肉的生命力！看來今天晚上不喝點日本酒是不行的了！」

那聲音明明說得很快，一字一句卻聽得非常清楚。不一會，一個身穿黑色全套褲裝的女人走進了客廳裡。年紀大約四十五歲，一頭深棕色的頭髮，耳垂上掛著嬌小別緻的珍珠耳環。就在那女人踏入客廳的瞬間，春風彷彿感覺整個客廳變得更亮了。當然並不是眞的客廳光線改變，而是她笑容帶來的驚人效果。

鍊將料理筷舉在半空中，瞪大了眼睛，半晌問道：

「媽，妳怎麼回來了？早上妳不是說，今天要加班，晚上十二點過後才會回來嗎？」

「哈！哈！哈！兒子啊，這個世界瞬息萬變，人不能老是活在過去的世界裡。啊，正人也來了？歡迎！等等一起喝日本酒吧！然後這一位是……」

母親的視線停留在春風身上，笑容更是光芒四射。她大步走向春風，伸出右手說道：「午安！啊，不對。應該是晚安？我是這幾個孩子的母親，北原由紀乃，在市內的公司負責建築業務。」

「我是森川春風，今天突然來叨擾，眞是不好意思，謝謝招待。」

春風趕緊起身，握住了由紀乃的手。這還是春風第一次與初次見面的人握手。由紀乃握著春風的手，以一對淡褐色的眼珠凝視著春風，接著朝鍊露出若有深意的微笑。

「呵呵呵……兒子啊，媽媽不知道你原來這麼有本事。」

「媽，妳在說什麼啊？」

鍊皺起了眉頭。接著他似乎想通了什麼，將臉轉向陽與翠。那一對雙胞胎瞬間挺直腰桿，簡直像是菜鳥新兵，一動也不敢動。

「說吧，是誰？是誰偷偷通知了媽，還對她說了奇怪的話？」

雙胞胎對看一眼，各自露出一臉無辜的表情，異口同聲地歪著頭說道：「什麼意思？我不懂。」鍊勃然大怒，說道：「看來是兩個人都幹了。」

「好了、好了。今天難得吃壽喜燒，我們快開動吧。春風，妳也快坐下。對了，妳二十歲了嗎？能喝酒？」

「呃，多少能喝一點。」

「等等，我們椅子不夠，本來以爲媽媽不會回來。」

「傻孩子們，你們這麼年輕，腦袋怎麼那麼硬？椅子不夠，加椅子不就行了嗎？去把書桌的椅子搬過來吧。」

「爲什麼要我去……」鍊一邊抱怨地走出了客廳。由紀乃興沖沖地從廚房取來一瓶四合（註）裝的日本酒，以及三隻小酒杯。她在春風的旁邊，也就是剛才鍊所坐的椅子坐了下來，笑臉盈盈地將一隻小酒杯遞給春風。

「喝一杯、喝一杯。鍊竟然帶女生回家，這可是前所未聞的天大事件。今天我施展了大絕招，提早回來了。至於是什麼樣的絕招，這是我們的企業機密，就請妳不要過問了。」

「眞的很抱歉，妳可能誤會了。我跟鍊之間完全不是那種關係。今天是因爲我請他喝熱可可，所以他請我吃壽喜燒……」

「噓，沒關係、沒關係。妳什麼都不用解釋。我只是想要看一看，到底是什麼樣的女生，會讓鍊想要請她吃飯。啊，正人。你可別誤會，我的中立立場並沒有改變。我對你也一樣支持。」

「沒關係……只要鍊獲得幸福，我自己怎麼樣都無所謂……」

「正人，你就是這點惹人疼愛。謝謝你願意愛我那個固執又麻煩的兒子，我也很愛你喲。來，我們乾杯！」

由紀乃高高舉起了斟滿酒的酒杯，春風受了她的影響，也不由得舉起酒杯。一旁的正人，以及拿玻璃杯倒了麥茶的陽與翠，也都各自舉起手中的杯子。春風忍不住笑了出來。眞是一個強勢、熱情又溫暖的母親。

「你們怎麼已經在吃了……」

鍊推著附滾輪的辦公椅回到餐桌邊，看見的是搭著正人肩膀豪邁灌酒的母親，以及明明沒喝酒卻被母親影響而嘻嘻哈哈笑個不停的雙胞胎。鍊皺起眉頭，將椅子推到春風對面的位置，坐了下來。下一秒，鍊看見母親及弟弟、妹妹的盤子，立即又揚起了眉毛，說道：

「你們要吃些蔬菜，不能只吃肉，不然會營養不均衡。」

「鍊這小子眞愛碎碎念，不愧是我們家的壞婆婆。」

「才不是呢。鍊哥是北原家的魔鬼士官長。」

「翠，妳這孩子，怎麼會說這種話？形容得眞是貼切！」

「媽媽，妳是北原家的最強元帥。連哥哥都不敢反抗媽媽，一定要加上最強二字。」

註：「合」爲日本的傳統容積單位，一合約等於一百八十毫升。

「陽，你說話這麼老實，等等又會被罰伏地挺身……」

「春風姊，多吃些肉吧？」

鍊板著臉以筷子夾起一塊漂漂亮亮的肉，春風道謝後拿小碗接下。

開朗的母親，可愛的雙胞胎，以及經常會從隔壁公寓過來吃飯的專門學校學生。當鍊和他們在一起時，臉上表情的豐富程度，遠遠超過身為成熟高中生的鍊，以及身為帥氣大學生的鍊。

春風以宛如拍照一般的心情，注視著映照在鍊的瞳孔中的景象。

那幅景象，肯定就是他心中最珍貴的寶物。

這天晚上，春風在鍊的家裡待到將近晚上九點。高級牛肉馬上吃得一乾二淨，由紀乃旋即投入她特地買回來的豬肉片，開啓第二輪戰爭。豬肉片也吃完之後，鍊取來一些義大利麵，投入剩餘的醬汁內，再加入濃稠的起司，製作成收尾的料理。這義大利麵美味到讓春風驚為天人。

「晚安，春風。歡迎妳下次再來玩。」

由紀乃送春風到門口，笑著對春風說道。北原家的雙胞胎及正人也都跟著來到了門邊。「春風小姐，有緣再會。」「妳說不想當哥哥的女朋友，是眞的嗎？」「下次有機會，我們再來聊那個話題……」三人各自朝著春風揮手道別。春風也笑著朝他們揮了揮手。

鍊則送春風到公寓一樓大門口。

「眞的不用嗎？已經這麼晚了，我還是送妳到車站吧？」

「謝謝你，不過車站很近，眞的不用了。而且我身上帶著護身警報器。」

春風從大衣的口袋中取出一個火柴盒狀的防身警報器。那是被母親要求一定要帶在身上的東西。鍊看了之後點了點頭，似乎稍微安心一些。

春風一直在煩惱著不知該說什麼才好，最後只說一句平凡的道別之語。

「再見，保重身體。」

鍊的臉上露出溫柔的微笑，同樣給了平凡的回應。

「妳也是。」

春風也微笑回應，轉身在夜晚的道路上邁開步伐。刺骨的寒風彷彿貫穿了胸口，夾帶著一抹寂寥。但春風沒有回頭。高掛在夜空中的月亮，猶如一塊乾燥的白色珊瑚。

4

十一月五日，星期五。理緒從超市返家，在拿出鑰匙開門之前，先在門板上敲了幾下。當然有鑰匙能夠開門的人，不是自己就是母親。但奈緒每次看見有人開門，似乎都會感到害怕。因此為了讓奈緒放心，理緒已經養成了開門前先敲門的習慣。

「奈緒，我回來了。」

奈緒正抱著膝蓋，坐在起居室角落的小籠子前方。那小籠子的寬度只有五十公分左右，裡頭有一隻奶茶色的倉鼠，正在滾輪裡專心地跑個不停。奈緒轉頭面向理緒，臉上帶著微笑。在她看著倉鼠的期間，想必她的臉上一直帶著這樣的表情吧。

「妳回來了。」

那聲音雖然還是相當微弱，但光是能聽見奈緒這麼說，理緒就已經相當感動了。何況今天奈緒的臉上還帶著微笑。理緒不禁在心中再次感謝加加谷，以及讓滿身瘡痍的奈緒能夠露出笑容的那隻小小的倉鼠。

除了晚餐的食材，理緒還花了筆錢，買了一個蛋糕。奈緒看見蛋糕，興奮得大聲尖叫。於是兩人泡了即溶咖啡，一邊吃著蛋糕，一邊看著籠子裡正在啃葵花子的倉鼠。奈緒端著巧克力蛋糕的盤子，不停地笑著說好吃極了。

「今天吃咖哩，我買到了便宜的肉塊，我們放很多肉下去，好嗎？」

「那我負責敲肉。聽說把肉敲一敲，會變得比較柔軟。」

「眞的嗎？那就麻煩妳了。對不起……今天等媽媽回來之後，我就得出門去了。」

「爲什麼要道歉？妳要跟大學的朋友一起出去玩，是嗎？多玩一會，不用急著回來。姊，妳每天都在爲這個家努力工作，偶爾也應該把時間花在自己身上。」

理緒看著妹妹的笑容，內心不禁覺得這簡直是奇蹟，眼眶已有些紅了。當初完全不敢奢望，還能再看見奈緒露出如此心靈平靜的表情。

但就在這個時候，公寓外傳來了男人的粗重說話聲。奈緒一聽到那聲音，臉上的笑容彷彿瞬間遭到粉碎。她的臉色變得蒼白，身體也變得極爲僵硬，彷彿連怎麼呼吸都忘了。理緒一急之下，便想要摟住奈緒的肩膀。但是下一秒，理緒改變了想法，只是小心翼翼地握住奈緒的雙手。之前有一次，理緒爲了讓妹妹恢復冷靜，緊緊抱住她的肩膀，妹妹反而尖聲大叫，用力將理緒推開。因此理緒改爲握住奈緒那冰冷的手掌，一邊觀察她的反應，一邊輕輕撫摸她的背。靠著這樣的方式，讓奈緒明白這裡很安全，完全不需要害怕。

自從奈緒遇上那可怕的事情到今天，已過了將近一年。但理緒看著這一年來的奈緒，心裡很清楚，那件事情在奈緒的心中並沒有結束，而且未來可能永遠不會結束。

每當在外頭看見男人的時候。每當聽見學校裡有男同學大聲嬉鬧的時候。每當看見電視上的畫面帶有一丁點性暗示的時候。每當夜裡躺下來的時候。奈緒總是會一次又一次地回想起來。回想起當初自己遭受過的暴力對待。接著奈緒的心靈會回到那個時候，再度感受當時的強烈恐懼與痛苦。一次又一次，永遠沒有結束的一天。即便當初傷害奈緒的那個人，已經像被妖怪吃掉一樣，突然從這個世界上消失了。即便這一年來，奈緒再也不曾聽過任何關於那個人的消息。

理緒正撫摸著奈緒的背，忽然察覺裙子口袋裡的智慧型手機正在震動。會不會是那個人呢？理緒趕緊取出手機一看，發現手機收到了一則訊息，發送者是鐘下。理緒早就感覺鐘下這個人實在有點煩，更何況在奈緒正情緒不穩定的時候，鐘下的訊息竟寫著：「什麼時候可以見面？今天如何？」那輕浮的文字，更加增添了理緒心中的厭惡感。

理緒沒有回覆訊息，直接將鐘下封鎖了。與這個人的關係，就到此結束吧。

當初實在不應該和他交換聯絡方式。

理緒結識鐘下，是在剛好一個星期前，也就是十月的最後一個星期四。

那一天，難得加加谷邀約理緒一起吃飯。基本上加加谷從不與理緒有任何工作以外的接觸。但是那一天，加加谷一如往昔，以不顯示號碼的電話打給理緒，竟說了一句：

「如果妳今天有空，要不要一起吃飯？」

理緒聽見加加谷的邀約，足足有兩秒的時間，腦袋一片空白。回過神來之後，理緒二話不說就答應了。接著理緒立刻奔回家，煮好了晚餐，並且請母親晚上待在家裡。奈緒到了晚上比較容易情緒不穩，不能讓她一個人待在家裡。

傍晚六點多，理緒來到了札幌車站共構內的咖啡廳。加加谷就坐在店內最深處的桌邊。只見他以手掌拄著臉頰，臉上眉頭深鎖，似乎正在煩惱什麼事情。理緒見了他那表情，心裡拿不定主意，不知道該不該上前與他相見。幸好加加谷也看見了理緒，朝理緒點了點頭。理緒這才鬆了口氣，在加加谷的對面坐下。桌上除了加加谷手邊的一杯紅茶之外，還有一杯還殘留著一點咖啡的杯子。理緒心想，加加谷突然把自己叫出來，或許只是因爲臨時多了一些空閒時間，不知道做什麼好。但理緒一點也不在意。就算眞的是這樣，對理緒來說，那也是一件值得開心的事。理緒看那咖啡杯上並沒有沾附女人的口紅或護唇膏痕跡，更是暗自放下了心中的大石。

店員很快就走了過來，收掉桌上的咖啡杯，同時詢問理緒要點什麼。不一會，店員送上了理緒所點的咖啡歐蕾，理緒一邊吹著氣，一邊慢慢啜飲。此時加加谷突然以那略低的嗓音問道：

「妳妹妹還好嗎？」

理緒遲疑了一下，決定告知實情。說起來有些古怪，在奈緒剛遭遇不幸的那段時期，她的精神狀態還不錯，並不像現在那麼萎靡不振。如今回想起來，或許當時她只是在硬撐而已。她只是拚命裝出有精神的樣子，讓自己的人生能夠繼續往前進。但不管奈緒再怎麼想要忘掉過去，畢竟她的傷口還在流著血。在那樣的狀態下勉強自己往前走的結果，當然是慢慢開始出現貧血的症狀，直到血液流乾。她漸漸變得不愛說話，臉上的笑容也愈來愈少。理緒還沒從高中畢業之前，她勉強還能跟著理緒每天一起到學校上課。但是自從理緒畢業之後，她就愈來愈少去學校了。奈緒漸漸變得不喜歡接觸人群，而且似乎漸漸開始覺得活在世上是一件很痛苦的事。最近情況更加嚴重，平均一個月到學校上課的日子不到一天。偏偏奈緒又對自己不到學校上課的事情感到自責。理緒看著妹妹如此痛苦，心裡也很不好受。總之現在先不要煩惱學校的事，讓奈緒的生活能夠恢復平靜再說吧。理緒如此說服自己，也如此告訴奈緒。但是理緒的心中還是感到相當不安。未來的人生，奈緒到底要如何走下去？

理緒一點一滴地把這些事情全都告訴了加加谷。加加谷聽著，同時看著窗外的景色。在那夕陽餘暉中，偶然有一名老婦人牽著一條狗，通過了窗外。那是一條白色的狗，看起來相當昂貴。

加加谷看著那條狗，忽然開口說道：

「妳妹妹喜歡動物嗎？」

理緒感到有些吃驚。因爲「動物」這個詞聽起來是如此和平，實在不像是會從加加谷口中聽見的語詞。不過奈緒確實非常喜歡動物。不管是狗、貓、鳥、金魚還是烏龜，她全部都喜歡。但因爲目前住的公寓禁止養寵物，再加上經濟因素，所以過去完全沒有飼養動物的經驗。每次電視上出現可愛的小貓或小狗，姊妹兩人總是會異口同聲地說「好想養」。

加加谷聽完之後，起身離開咖啡廳，帶著理緒前往位於地下街的寵物店。「這種程度的動物，就算養了也不會被發現」加加谷指著一隻奶茶色的倉鼠說道。接著他叫來店員，除了倉鼠之外，還買了飼養用的小籠子、飼料、飼料槽、飲水器及滾輪之類的倉鼠用玩具。理緒登時慌了，趕緊想要阻止。在理緒的認知裡，加加谷完全沒有理由爲自己做這種事。但加加谷並不理會，最後告訴店員「晚點再來拿」，帶著理緒走出了店外。

「未來的事情，沒有人能夠預測，多想也沒有用。」

雖然兩人走在喧鬧的地下街裡，理緒依然能夠清晰聽見加加谷的聲音。

「妳需要煩惱的事情，就只是今天跟明天能不能好好活著。不可告人的悲傷記憶，在這個世界上一點也不稀奇。妳妹妹有妳陪伴在身邊算是很幸運了，沒必要太過爲她操心。」

理緒發現眼前的視野即將被淚水淹沒，趕緊咬牙忍住，才沒讓眼淚滴下來。加加谷的走路速度非常快，理緒必須加快步伐才能走在他的身邊。理緒心頭驀然有股想要牽住他的手的衝動，但終究還是不敢這麼做。不敢過度迷戀，不敢有肌膚上的接觸。在認識加加谷之前，理緒甚至不知道這世上有這樣的感情。

加加谷帶著理緒前往了某飯店頂樓的高級餐廳。理緒完全沒有想到會是在這樣的地方吃飯，不由得臉色發白，低頭望向自己的身體。雖然今天身上穿的已經是自己最漂亮的一件洋裝，但這樣的穿著打扮眞的有資格進這樣的餐廳嗎？早知道要來這種地方，實在應該把「調查用」的服裝穿來。理緒正感到手足無措，服務生已恭恭敬敬地將兩人帶往座位。

餐廳爲兩人準備的是靠窗的半包廂式座位，前後皆以毛玻璃隔板擋住。窗外的夜景，讓理緒看得陶醉不已。但是另一方面，理緒卻也感到一顆心忐忑不安。像這樣的座位，價格一定相當驚人。加加谷卻是一副氣定神閒的態度，彷彿來到的是一家熟悉的定食餐廳。就在兩人準備要坐下的時候，發生了一起小小的意外。

一名小男孩忽然衝了過來，嘴裡不斷發出興奮的歡呼聲。像這樣的男孩，正是最頑皮的年紀。男孩在餐廳裡左衝右撞，似乎是將遭母親追趕當成了一種有趣的遊戲。理緒一看不妙，嘴裡才剛發出驚呼，那小男孩已經整個人撞在加加谷身上。小男孩一屁股跌坐在地上，他似乎認爲是眼前這個男人不應該站在這裡，害自己跌得屁股發疼，竟然對著加加谷大聲抱怨。理緒暗自心驚，不曉得加加谷會對男孩做出什麼舉動，沒想到加加谷竟然沒有生氣。

加加谷將臉湊向那名男孩，伸出食指，抵在唇邊。或許是因爲那動作實在高雅，男孩的臉微微泛紅，不再開口說話。加加谷將男孩扶起，母親正好趕到，向加加谷再三道歉。母親牽著男孩的手離開，那男孩不敢再頑皮搗蛋，乖得像一條經過訓練的狗。

「……加加谷先生，你喜歡小孩？」

「我像喜歡小孩嗎？」

理緒笑了出來，這才安心地坐在椅子上。窗外的遼闊夜景，有如一幅以發光的蠟筆畫出來的圖畫，整張桌子像是飄浮在高空中。理緒偷偷看著加加谷那張映照在玻璃上的半透明臉孔。兩人在「千鳥」邂逅，已經是一年多前的事了。第一次見面的那一天，加加谷簡直像一頭全身濡濕的受傷野獸，散發出強烈的危險氣息。但如今的加加谷，整個人的氛圍已有了相當大的變化。現在的他，雖然不像是個上班族，但至少像個每天必須決策很多事情的成功人士。或許是因爲身上穿著高級服飾，此時他散發出游刃有餘的自信，就算遇上天大的事情，也不再會像那天一樣，表現出劍拔弩張的態度。理緒完全不清楚他有什麼人生希望，或是活著的目的。但理緒清楚感受到，他一直在自己不知道的地方，做著一些自己不知道的事情。理緒希望他做的事情順利成功，希望他的心願全部實現。但是另一方面，每當理緒想起加加谷那天全身淋得濕答答的模樣，總是感覺到胸口隱隱生疼，彷彿正在緬懷著一個此生再也見不到的人。

「妳不喝點酒嗎？」

「我今年十九歲，還不能喝酒。」

「還不能喝酒？」

「對。」

「但是上了大學之後，不是常常會有聯誼聚餐什麼的嗎？難道在那種場合，妳也不喝嗎？」

「我從來沒參加那種活動。一來沒興趣，二來我跟那種大學生應該沒什麼好聊的。」

「這樣的大學生活，有什麼意思？既然上了大學，爲什麼不好好享受青春？」

「只有上了年紀的中年大叔才會說這種話……」

「我確實是上了年紀的中年大叔。」

加加谷拿著刀叉吃起餐點，臉上帶著些許的不耐煩。似乎對他來說，拿著刀叉用餐是相當麻煩的行爲。理緒目不轉睛地看著他。若不是他提起，理緒幾乎已經忘了這件事。沒錯，加加谷確實是個中年大叔。雖然外表不像那麼老，但他有一個年紀跟理緒差不多的兒子。

「加加谷先生，你到底幾歲？」理緒問道。加加谷沒有回答問題，只是拿起杯子喝了一口水。「你兒子叫什麼名字？」理緒又問了另一個問題，加加谷卻移開了視線。理緒驀然回想起「神祕兮兮的小白臉」這個令人懷念的綽號，不禁笑了出來。

「對了，那件事辦得如何了？」

在服務生送上甜點的蛋糕及紅茶之後，加加谷壓低了聲音說道。理緒見了他的銳利目光，明白這才是他今天約自己出來見面的眞正目的。

「再一個星期，應該就能完成。」

「一個星期？妳的動作眞快。」

加加谷交給理緒一份名單的電子檔，裡頭記載了約一百個人的姓名、地址及電話。加加谷要求理緒，必須在兩個月之內盡可能蒐集所有人的詳細個資。這就是理緒被託付的工作。

名單上的人不僅性別有男有女，而且地址也沒有共通之處。如果調查一個人要花上整整一天的時間，絕對沒有辦法在兩個月之內調查完一百個人。因此對付名單上大多數的人，理緒使用的方法都是打電話。可以使用的話術很多種，其中成功率最高的話術，是僞裝成信用卡核發公司的員工，聲稱要告知關於合約內容的重要事項，爲了確認對方是本人，請對方說出申辦信用卡時登記的出生年月日、地址及十二位數的信用卡號。

除此之外，理緒也曾經依照名單上的地址，寄出「稅務署的問卷調查信」。當然信封裡的所有文件，都是理緒自己製作的。理緒只要算準時間，在問卷調查信寄達的當天傍晚打電話，對方有很高的機率老實回答問題。大多數的人都會下意識地服從公家機關的指示，尤其是對人民擁有處罰權限的公家機關。

但是在加加谷的這份名單裡，包含了一些「S等級」的人物。

理緒總是以最快速度完成低等級對象的調查。至於S等級的對象，理緒則會設法直接接觸。唯有透過直接見面及對話，才能獲得最貼近生活的訊息。例如小時候的綽號、與過世父母的回憶，或是伴侶生前喜歡的地點。像這類深藏在對方心中的祕密，才是最有價值的個資。

「妳這種調查方法，挺沒有效率。」

理緒第一次交出塡上了詳細個資的名單時，加加谷聽了理緒的做法，皺著眉頭如此說道。但是當兩人下一次見面的時候，加加谷沒有再多說什麼，只是摸了摸理緒的頭。理緒認爲這代表自己交出的資料讓加加谷很滿意。一想到自己幫上了加加谷的忙，理緒便開心得鼻頭微酸。從那天之後，加加谷便不再干涉理緒的做法。

如今加加谷交給理緒的名單已經是第三份。離預定的完成時間剩下沒多少日子。

理緒還沒調查完的對象，只剩下S等級的松園繁子等寥寥數名，應該再過幾天就可以大功告成。理緒對加加谷說一個星期，其實還是比較保守的估計。如果順利的話，應該不用一個星期就可以交差。在不影響品質的範圍內盡早完成工作，是理緒的工作信念。

「其實本來可以更早完成，但還有學校的報告要寫……」

「無所謂，妳已經提早了一個星期。妳做得很好，幫了我很大的忙。」

幫了我很大的忙。加加谷的這句話，在理緒的腦海不斷盤旋。理緒感覺喉嚨好像被什麼東西鯁住了，一句話都說不出口。或許這種有點痛苦又有點想哭的感受，就是所謂的幸福吧。

「除了我拜託妳查的重點個資，妳還會查出一些挺重要的事情，例如丈夫生前愛吃的食物，或是從前養的狗的名字什麼的。那些事情，妳到底是怎麼查出來的？」

「就只是……讓那個人自己說出來。」

「眞是個可怕的女人。」

加加谷露出了微笑。在理緒的眼裡，加加谷的笑容就像是大雨過後，太陽從雲層縫隙探出頭來的短暫時光那麼珍貴。如果可以的話，理緒好希望時間就停在這一刻。好希望永遠就這麼凝視著他。除此之外，理緒什麼也不敢奢望。

但是加加谷的笑容在轉瞬之間就消失了。

「要不要再來一點紅茶？」

儀態高雅的女服務生捧著銀茶壺，站在兩道毛玻璃隔板之間問道。加加谷露出毫無破綻的微笑，讓女服務生在兩人的杯子裡倒了紅茶。在那瞬間，加加谷的眼神，深深烙在理緒的腦海。

會露出那種眼神的男人，絕對不會是個正派的男人。而且每當理緒提交名單調查的成果時，加加谷都會支付高額的報酬。一般大學生打工，絕對沒辦法賺到那麼多的錢。這意味著理緒做的事情能夠爲他帶來龐大的利益，所以他才會願意付出高額的成本。

「給妳。」加加谷將自己的甜點盤子推到理緒的面前。「我會胖。」理緒看著盤內那有著雪白鮮奶油及紅色草莓的蛋糕，露出三分無奈的表情，卻還是拿著叉子吃了起來。那蛋糕甜到讓理緒的心中抱持罪惡感。理緒放下叉子，啜了一口紅茶，轉頭俯瞰窗外光輝燦爛的遼闊夜景。

從小到大，理緒總是不斷被稱讚是個「好孩子」。母親這麼稱讚，知道自己家庭狀況的老師這麼稱讚，「千鳥」的店長及那些經常光顧的中年大叔也這麼稱讚。甚至就連理緒自己，也是這麼認爲。但如今理緒終於明白，那都是虛僞的謊言。

在這美麗夜景的某處，可能正有某個人因爲被自己洩漏個資，而成爲可怕陰謀的受害者。理緒明知道自己的行爲會帶來什麼後果，卻在這裡享受著與加加谷相處的快樂時光，笑著享用甜膩的糕點。

理緒並不特別希望那些沒有嘗過貧窮之苦的人都遭遇不幸。如果能夠實現的話，理緒甚至希望這世上所有人都獲得幸福。但爲了能夠幫上加加谷的忙，就算是要將那些受盡煎熬的人全都踩在腳底下，理緒也不會有半分遲疑。

理緒不認爲自己遭到了利用。一切都是自己的選擇。因爲自己受到賞識。因爲加加谷說自己很適合這個工作，理緒希望全力回報他的賞識。直到有一天，自己被他拋棄爲止。理緒考慮過乾脆帶著奈緒，從這個世界上消失算了。但加加谷在那個時候，對自己伸出了援手。他不僅將傷害無辜奈緒的傢伙狠狠教訓了一頓，還將正在瑟瑟發抖的兩姊妹從懸崖上救了下來。

因此理緒並不在乎加加谷是個什麼樣的人。

只要能夠跟他在一起，就算是要墜入地獄，理緒也不在乎。

「下星期五，在相同的地方碰面。」

兩人用完了餐，走出飯店時，加加谷如此說道。理緒嘴上應了一聲「好」，心情卻在這一瞬間沉到了谷底。原本理緒還在期待著，用完餐後還能在一起。

「那個小東西，妳可別忘了去領。」

「倉鼠。」

「領了就直接回家，不要到處亂逛。」

加加谷粗魯地摸了摸理緒的頭。就在這一瞬間，理緒深刻感受到對方完全沒有把自己當成一個女人看待。

理緒就這麼帶著一股連失戀也稱不上的落寞感，低著頭踏上歸途。

「喂，打擾一下。」

這時，一道說不上是不是在裝熟的聲音，讓理緒停下腳步。理緒轉頭一看，眼前站著一個身材修長的男人。頭上理著短髮，穿黑色皮夾克。男人如狐狸的細長眼睛，讓理緒有了不太好的第一印象。就在理緒想要提高戒心的前一秒，男人先發制人，以開朗且明快的口吻問道：

「妳是加加谷的女朋友？」

理緒陡然聽見加加谷這個名字，又聽見「女朋友」這甜美的名詞，整個人登時方寸大亂。

「不、不是的……」

「啊，我猜錯了嗎？我看你們剛剛從飯店走出來，還以爲你們是那種關係。」

「……你認識加加谷先生？」

理緒對加加谷的私生活可說是一無所知。除了有個兒子之外，他從來不提任何關於自己的事。理緒知道這就是加加谷的處世風格，所以從來不曾過問。

如今突然在路上遇見一個人說出加加谷這個名字，理緒頓時萌生難以壓抑的好奇心。

「我跟加加谷的關係，可能比『認識』還要更熟一點吧。這裡有點冷，不適合閒聊，我們找地方喝杯茶如何？」

男人的笑容，讓理緒的好感稍微提升。雖然還是抱著幾分疑慮，理緒最後還是點頭。

於是理緒便跟這個自稱姓鐘下的男人，走進了車站內的咖啡廳。兩人挑了店內最深處的桌子坐下，鐘下點了咖啡，理緒點了冰紅茶。

「我跟加加谷是因爲打工的關係認識的。」

服務生送上飲料後，理緒還沒有提問，鐘下已主動開口說道。

「我的工作是在交友網站上操控帳號。」

「操控帳號……？」

「咦？妳不知道嗎？簡單來說，就是假裝成女人，回覆訊息給那些在交友網站上找女人的男人。我每分鐘都會收到好幾十則訊息，所以我必須以最快的速度回覆訊息。而且我還得注意不能搞錯每個女人的角色設定，說起來這工作一點也不輕鬆。」

「可是……那不是詐騙的行為嗎？那些人付錢在交友網站上開設帳號，是爲了獲得和女性交流的機會，不是嗎？」

理緒的口氣並非譴責，而是驚訝於這世上原來有這樣的詐騙方式。鐘下先是露出錯愕的表情，接著他揚起嘴角，以譏諷的口吻說道：

「妳要說是詐騙，確實也沒錯。但現在這個年代，到處都是詐騙，不是嗎？號稱能夠教你怎麼靠賭馬贏錢的垃圾信，以及根本不會把錢拿來做善事的募款活動，大家早就已經見怪不怪了。跟那些詐騙比起來，我這種詐騙至少還能帶給男人短暫的快樂，實在是善良得多。」

理緒雖然不認同這種說法，但是怕氣氛變得尷尬，於是點了點頭，問道：

「加加谷先生跟這個工作有什麼關係嗎？」

「管理那個交友網站的老大，跟加加谷似乎是朋友。不，與其說是朋友，不如說那個老大是加加谷的小弟，對加加谷非常尊敬。加加谷看上了我，挖角了我。」

鐘下說到這裡，不再說下去，臉上帶著若有深意的微笑。理緒知道他是故意等自己發問，雖然有點不舒服，還是老實問道：「挖角？他要你做什麼？」

「當玩家。」

理緒聽了鐘下的回答，依然不明白什麼意思。理緒當然知道字面上的涵義，卻無法想像那到底是什麼樣的工作。

鐘下凝視著理緒，彷彿在觀察理緒的表情。接著他又以試探的口吻說道：

「不過我並不是正職的玩家，只是代打而已，算是臨時玩家吧。」

理緒聽了這句話，更是一頭霧水，不禁皺起了眉頭。鐘下再度揚起了嘴角。那笑容似乎意味著他從理緒的反應看出了端倪，得到了他想要的答案。

「對了，妳既然不是加加谷的女朋友，你們是什麼關係？」

「我只是……稍微幫他做點事情。」

「妳幫他做什麼事？」

自己幫加加谷做的事情，就是根據加加谷提供的名單詳細調查人物個資。理緒心中的直覺，告訴自己絕對不能說出這個祕密。眼前這個人認識加加谷，但並不代表他值得信任。

「抱歉，我還有點事，先走了。」

理緒沒有回答鐘下的問題，直接站了起來。就在這時，鐘下竟抓住了理緒的手腕。理緒霎時感覺到一股寒意竄上背脊。相較於加加谷的微熱，眼前這個男人帶給理緒的感覺是寒冷。

「等等，我們交換聯絡方式吧。」

「爲什麼？」

「這還需要問嗎？當然是因爲我還想要再見到妳。」

鐘下那充滿熱情的言詞，讓理緒心頭微微一震。如果是在一秒鐘前，理緒絕對不會答應。但此時理緒的想法動搖了。如果只是交換聊天APP的交友ID，應該沒有什麼關係吧。就算他有不良企圖，也可以立刻將他封鎖……

然而理緒很快就後悔了。

——今天眞的很謝謝妳，明天要不要見個面？

——妳什麼時候有空？

——我們約一天見面吧，去哪裡都可以。

自從交換了ID之後，鐘下就不斷傳來訊息。理緒沒有回應，鐘下竟然還會直接以聊天APP的通話功能，撥打電話給理緒。鐘下的猛烈攻勢，讓理緒的心情從厭煩轉變爲厭惡。於是理緒依照最初的想法，徹底斬斷了與鐘下的關係。

◎

過了一會之後，奈緒稍微恢復了冷靜。但她的臉上已不再有一絲笑容。「我覺得有點累。」她如此呢喃，走進了寢室裡。如今的奈緒，就像是一片烏雲密布的天空，不知道什麼時候會出現暴風雨。就算奇蹟般地放晴，也只能維持相當短暫的時間。

理緒做著晚餐的咖哩，注意時間。已經五點四十五分了。

母親在去年的秋天罹患了憂鬱症，所幸療養得當，如今已逐漸恢復精神。當然這背後有一個很大的原因，那就是加加谷所支付的高額報酬，讓一家人暫時不必再擔心家計的問題。當然理緒並沒有老實說出這些錢來自於一個來路不明的男人。理緒對母親的說詞，是自己在高中老師的幫助下，獲得了給付型的獎學金。加加谷所給的錢，也是以每次數萬圓的金額，一點一點地拿回家裡，以免母親受到驚嚇。這些做法其實都來自加加谷的指導。母親絲毫沒有懷疑，高興地流下了眼淚。理緒就這麼撐起了一家三口的生活，直到高中畢業。

上了大學之後，理緒開始承接加加谷委託的工作（當然對家人的說詞是接了家教的工作），以獲得的報酬來支付一家人的生活開銷。到了今年的夏天，母親說「不能一直讓理緒吃苦」，也出去找了一份工作。母親的新工作，是在高中朋友經營的公司裡擔任非正職的事務員。

母親的工作是在五點下班。理緒打從上個星期，就一再提醒母親，今天晚上自己有事要外出，希望母親下班之後立刻回家。理緒愈等愈是心焦，不明白母親爲什麼遲遲未歸。到了六點的時候，理緒接到了母親的來電。

「對不起，媽媽臨時有點事，今天可能要到晚上十點才能回到家。」

母親的嗓音聽起來春風得意，理緒彷彿可以聞到母親身上的香水味。

「可是我上個星期就說過，我今天晚上有事。媽媽如果要到十點才回來，等於在我回來之前，奈緒得一個人在家……」

「理緒，妳知道嗎？奈緒已經十七歲了，媽媽覺得妳對她有些過度保護了。」

母親那種認爲自己完全沒有錯的口氣，讓理緒不禁有些惱怒。

母親完全不知道發生在奈緒身上的事情。奈緒不希望母親在憂鬱期間承受更大的打擊，哭著求理緒不要把那件事情告訴母親，所以理緒一直沒有說。但也因爲這個緣故，母親一直感到相當納悶，不明白奈緒爲什麼突然變得那麼陰沉，簡直像突然換了一個人，而且經常躲在家裡不去上學。在母親剛開始察覺奈緒的異狀時，一直嘗試問出原因，甚至還聯絡過學校，懷疑奈緒是不是在學校遭到了欺負。但母親想盡各種辦法，還是沒有辦法找到原因。奈緒的情緒原本就不安定，沒有辦法承受母親的一再追問，只好選擇逃避與母親對話。母親與奈緒的關係，因此逐漸惡化。

如今的母親，也變得刻意與奈緒保持距離。「或許我們該給奈緒一些空間，不要太過干涉她。」母親有時會這麼告訴理緒。但理緒心裡明白，母親只是覺得累了。或者應該說，是對奈緒感到有些厭惡了。理緒完全能夠體會母親的心情。母親的心臟不是鐵打的，在面對孩子的時候，同樣會受傷，同樣會到達忍耐的極限。更何況母親才剛克服憂鬱症，好不容易才重新站起來，精神還是比較脆弱。

但是……她終究是母親。難道不能給予奈緒多一點的關懷嗎？

「……好吧，我知道了。可是，媽媽妳能夠早點回來嗎？我還是放心不下奈緒。」

「這媽媽沒有辦法向妳保證，畢竟媽媽也有自己的人際關係。」

「又是跟社長出去？」

電話另一頭的母親一句話都沒有說。

詳細的來龍去脈，理緒也不清楚，只知道母親在找工作的時候，偶然遇見了從前讀高中時的男性朋友。那男人邀請母親去他經營的公司上班，母親答應了。剛開始母親只是偶爾跟那個男人一起吃飯，回家稍微晚一點。但隨著日子過去，母親下班沒有直接回家的日子愈來愈多，有時還會整個晚上都沒有回來。最近這一陣子，母親幾乎沒有一天是下班後直接回家。母親簡直像變了一個人，看起來年輕很多，笑容也增加了。這當然是一件好事，但有一點讓理緒相當擔憂，那就是母親和那個男人都是在平日的晚上出去玩樂。那個男人不曾在放假的日子主動聯絡母親。

「那個人是眞心誠意要跟媽媽交往嗎？他該不會是有婦之夫吧？」

電話另一頭的母親經過漫長的沉默之後，以低沉的聲音說道：

「暫時而已，有什麼關係？媽媽努力一輩子，難道不能享受一下幸福的感覺嗎？」

最後母親丟下一句「總之媽媽會盡快回去」，就匆匆掛斷了電話。母女兩人通電話的期間，咖哩早已煮滾了。理緒關了火之後，不由得將手撐在流理臺上，陷入了沉思。

媽媽努力了一輩子，難道不能享受一下幸福的感覺嗎？剛剛母親確實是這麼說的。母親當然可以獲得幸福。理緒如此想著。母親長年來努力工作，將自己與奈緒拉拔長大，當然可以獲得幸福。理緒深愛著母親，無時無刻都在祈求母親能夠獲得幸福，這是理緒的眞心話。

但母親那麼說的意思，是她過得並不幸福嗎？從前自己跟奈緒每天晚上寫字條給她的日子，以及母親放假的時候一家人出去野餐的日子，難道對母親來說，她都過得不幸福？

理緒愣愣地站著不動，心中充塞著無盡的空虛。就在這時，門鈴響了起來。理緒心想，或許是網購的東西送來了，於是拖著沉重的步伐走到門口的脫鞋處，套上涼鞋，從貓眼往門外看。貓眼內完全看不到任何人影。難道是惡作劇嗎？理緒皺起眉頭，將門打開一道縫隙。

「嗨！妳把我封鎖，我只好登門拜訪了。」

門板忽然被一股強大的力量推開。理緒嚇得縮起了身子，仰頭望著鐘下。此時的鐘下背對著夕陽，臉上掛著宛如凶器一般可怕的輕浮微笑。

「呃，妳的反應眞平淡，我還以爲妳會嚇一大跳。好吧，隨便。總之我來打擾了。」

「別……別進來！你是怎麼找到我家的？」

「很簡單，因爲我跟蹤了妳。」

鐘下說得輕描淡寫。理緒一時天旋地轉，明顯感覺到自己的臉色正在轉爲蒼白。

「滾出去！你這是違法入侵民宅！我要叫警察了！」

「妳想報警，我不會阻止妳。但妳這樣用力推我，可能也算傷害罪？」

「你在胡說八道什麼！快給我……」

「姊……？」

背後傳來了微弱的說話聲。奈緒穿著一身居家服走出房間，一看見鐘下，整張臉登時有如蠟像一般毫無血色。陌生男人侵入生活空間，對如今的奈緒而言是最大的恐懼。

「咦？她是妳妹妹嗎？長得眞可愛呢。妳好，我是妳姊姊的朋友……」

「住口！立刻給我滾出去！」

理緒使出渾身的力氣，將鐘下往外推，自己也跟著踉踉蹌蹌地來到門外。理緒不敢將鐘下獨留在門外，是因爲擔心鐘下在門外大聲喧譁，會把事情鬧大。

理緒帶著鐘下來到公寓徒步只要數分鐘的小公園。這裡正是大約一年前，加加谷將一大筆錢交給理緒的地點。此時的小公園比一年前更冷清，遊戲器具的漆都已嚴重斑駁剝落。

「你的目的是什麼？」

鐘下坐在生鏽的鞦韆上，沐浴著夕陽的光芒，揚起了嘴角。

「加加谷應該交給了妳一份名單吧？我希望妳把名單拿出來，借我看一眼。」

理緒一聽，霎時感覺全身的血液有如凍結。爲什麼他會知道這件事？

「什麼名單？我不知道你在說什麼。」

「上次我說自己是『玩家』，妳根本沒聽懂吧？我告訴妳吧。所謂的玩家，就是負責詐騙的人。這年頭相當流行僞裝成親人的電話詐騙，相信妳也聽過吧？其中負責打電話欺騙目標對象的人，就稱作玩家。這個工作從前稱作電話手，不過那種稱呼已經過時了，我還是喜歡妳叫我玩家。」

理緒感覺一顆心撲通亂跳，彷彿隨時會撞破胸口抽出來。

「玩家的演技好壞，當然會直接影響詐騙的成功率，但除此之外，還有一個重要的要素，那就是妳手上的名單。在我們這個業界裡，有所謂的名單商人，這種人專門販賣大量名單，名單上的人都是一些適合下手的目標，例如罹患輕度失智症的老人、過著獨居生活且沒有什麼親戚的有錢人，或是曾經遭到詐騙的人之類。」

「……加加谷……」

「沒錯，加加谷就是一個名單商人。當然名單商人不止他一個，但我只認識他而已。他負責把名單賣給僱用我當玩家的組織。」

理緒早就知道，加加谷是一個壞人。

這明明是早就已經知道的事，如今聽見加加谷在私底下幹的事，卻還是受到了相當大的打擊。理緒不禁暗自感慨，自己實在是個愚蠢的女人。

「我猜妳的工作，就是幫加加谷蹭名單，對吧？」

理緒從來沒聽過「蹭名單」這種說法，但猜得出來那就是加加谷交給自己的工作。理緒咬著牙，讓一切的感情從自己的臉上消失。雖然心跳的聲音大到彷彿將麥克風抵在胸口，但畢竟心跳的快慢沒有辦法依照自己的想法來改變。相較之下，表情則可以由自己隨意控制。這不困難，理緒每次在進行「調查」時都會使用這個技巧。依照不同的場合及情境，扮演不同的身分及角色。理緒告訴自己，既然平常做得到，沒有理由現在做不到。

「你說了一大堆，我一句都聽不懂。我幫加加谷工作，但跟詐騙一點關係都沒有。」

「名單也有等級高低之分，有些名單上頭的個資只會列出姓名、地址及電話，有些還會包含目標對象在公司的職稱或是家人姓名。以等級來看，當然是後者的等級高得多。在我們這個業界，調查目標對象的詳細背景，就稱作『蹭名單』。名單蹭得愈好，詐騙成功機率愈高。妳想想看，一邊只說『是我』，另一邊說出兒子的名字，當然是後者比較能夠讓對方相信，對吧？」

鐘下繼續說個不停，完全無視理緒的裝傻。他的聲音宏亮，還有明顯的抑揚頓挫，簡直像是個經過訓練的演員。

「加加谷販賣的名單，是最高的等級。假設目標對象是個有錢的老寡婦，名單上會註明丈夫的忌日、生前任職的公司及最終職稱什麼的。不僅如此，他賣的都是『第一手名單』。啊，第一手名單的意思，就是過去沒有詐騙集團使用過的名單。名單上的人都還沒有被騙過，因此受騙上當的機率比較高。換句話說，只要使用加加谷的名單，詐騙成功率就會大幅提升。就算比一般的名單貴得多，詐騙集團還是願意掏錢購買。妳明白了吧？那男人雖然一臉眉清目秀，卻是相當厲害的狠角色。對了，我還聽到一個有趣的傳聞。據說加加谷有現在的地位，是因爲他殺死了一個提拔過他的前輩，取代了地位。雖然我沒有明確的證據，但那傢伙的眼神簡直像個殺手，我猜傳聞應該八九不離十吧。不過這不重要，反正跟我無關。」

鐘下臉上的輕浮笑容驀然消失。他以一對冰冷的雙眸凝視著理緒，說道：

「妳就是負責『蹭名單』的人，對吧？」

「請你不要再用那些莫名其妙的話來找我碴。我根本不知道你說的名單是什麼。」

「是嗎？或許妳看了這個，就會知道我說的是什麼了。」

鐘下從皮革外套取出智慧型手機，以手指在畫面上滑了幾下，將畫面打橫之後轉向理緒的方向。理緒霎時感覺到自己的表情有如石頭一般僵硬。

「哇，楓花曾經在比賽中獲得優勝？眞的嗎？太厲害了！」

「哪有什麼厲害？只不過是東京都大賽而已，將來又沒辦法靠這個吃飯。我勸她應該好好用功念書，別把太多心思花在社團活動上，她竟然回我『奶奶妳別管』。那小丫頭，長愈大愈會頂嘴……小南，眞希望她能好好向妳學習。」

畫面中，自己正以故意拉高的嗓音說話。另一頭的松園繁子，則是帶著眉飛色舞的開心表情。拍攝的地點，應該是前幾天與繁子一同光顧的咖啡廳。偷拍者的位置，似乎是在兩人座位的後方不遠處。這還是理緒第一次看見自己的背影，不由得直盯著畫面看。

「妳在幹什麼？這個老奶奶是誰？小南又是誰？」

鐘下明知故問，口氣簡直像在玩弄著無法逃走的獵物。理緒的表情依然沒有變化。無論如何，絕對不能讓這個男人察覺自己的驚恐。

「她是跟我有點交情的一個老奶奶。小南是我的綽號，我們只是在聊天而已。」

「怎麼可能……唉，眞是麻煩死了……」

鐘下霍然起身，鞦韆的鐵鎖鍊發出吱嘎聲響。他的身高頗高，站在理緒的面前，理緒心中膽怯，急忙想要逃走，手腕卻被鐘下抓住了。鐘下的力氣相當大，理緒感覺手腕隱隱生疼。

「……你不放開我，我就要報警了。」

「請便。我會在警察的面前供出加加谷跟妳的名字。到時妳妹妹不知道有什麼反應？」

理緒登時臉色大變。鐘下察覺那句話已戳中理緒的痛處，臉上流露出冷酷的微笑。

「她知道妳在背地裡幹的事情嗎？我猜應該不知道吧？妳妹妹看起來天眞無邪，妳不可能對她說實話。她要是知道姊姊是詐騙集團成員，不曉得作何感想？」

「別拿我跟你這種人渣相提並論。」

「我是人渣，難道妳不是嗎？加加谷賣出名單之後，那個被妳套出各種底細的老奶奶，不久就會遭到詐騙，損失龐大的金錢。既然我是詐欺犯，妳當然也是。」

理緒本來想要反唇相譏，卻感覺喉嚨微微痙攣，一個字也說不出口。

在加加谷對理緒伸出援手的那夜，理緒已暗中立誓，願意為他做任何事。理緒認爲自己並非服從加加谷的命令，而是自願做事。自己的所作所爲，會讓許多無辜的人蒙受損失，理緒心知肚明。既然如此，如今自己被喚作詐欺犯，爲什麼心情如此震驚，幾乎到了難以呼吸的地步？

驀然間，身邊響起高亢的電子鈴聲。

理緒從裙子的口袋中掏出手機。液晶螢幕上出現「未顯示號碼」這幾個字。

「加加谷打來的？」

鐘下的嗓音頓時轉爲尖銳。

「妳接吧。開啓擴音模式，讓我聽見你們的對話。我警告妳，不准提到我的事。只要妳提到一個字，妳妹妹就有苦頭吃了。」

理緒並不想遵從他的命令。但除了服從，理緒想不到其他妥善解決眼前問題的辦法。腦袋完全沒有辦法冷靜思考。來電鈴聲一次又一次地催促著理緒。

理緒以冰冷的手指，按下了擴音模式的通話鍵。

「……喂。」

「爲什麼沒有來？難道妳忘了今天要見面？」

加加谷的聲音帶了一絲不悅。理緒可以想像他此時正在札幌車站的咖啡廳，打著這通電話。

「……對不起，我忽然覺得不太舒服，今天可能沒有辦法赴約。」

「不舒服？怎麼會突然不舒服？」

「我今天是生理期，好像因爲貧血，身體不太能動。」

大多數的男人只要聽見這個話題，就會陷入沉默。加加谷也不例外。

「對不起，如果是明天的話，我應該能夠赴約。」

「……算了，反正期限還沒到，妳不必勉強。」

「我明天眞的可以赴約。」

「好，那就約明天吧。相同的時間。」

加加谷結束了通話。喀嚓一聲輕響，手機傳出了電話不通的冷漠電子音。理緒按了一下畫面，結束通話的同時，理緒驚覺與加加谷之間密不可分的關係，也在這個瞬間結束了。

「……眞有妳的，連那個男人也被妳騙了。」

鐘下露出了生硬的微笑。接著他以嚴厲的眼神說道：「把名單交出來。我剛剛說過了，我只拍一張照片。明天妳就把名單交給加加谷。只要妳不說，他絕對不會知道。」

鐘下在理緒的背上推了一把。理緒緊咬嘴唇，走向公寓的方向。

第三章　事蹟敗露

1

星期日的深夜，下起了今年的第一場雪。進入十一月之後，到今天已過一個星期。春風將上下學所穿的外套換成了一件及膝的羊毛大衣。還不到搬出「最後王牌」羽絨大衣的程度，但清晨的氣溫足以讓人直發抖。春風正將冷得發僵的下巴埋進圍巾裡，下一秒卻感覺腰際不知被誰搔了一把，登時發出古怪的尖叫聲。

「我說過很多次了，停止妳的性騷擾！」

「我說過很多次了，這不是性騷擾，這叫肌膚之親。」

皐月露出雪白的牙齒笑個不停。春風伸出雙手，想讓她也嘗嘗被搔的滋味，但身材嬌小的朋友像隻野兔般輕巧躲開攻擊。單以敏捷度來看，皐月略勝一籌，春風不甘心，也只能作罷。

「小春，明年的研討課，妳決定要上哪一班了嗎？」

「唔……應該是松尾老師那一班吧。」

「果然妳是走臨床路線。我到現在還沒有決定呢。長岡老師的認知行爲療法好像還不錯。」

兩人一邊閒談，一邊來到大學的正門口。人行步道的另一頭，迎面走來一名身穿立領高中制服的少年。春風驀然停下了腳步。那少年有著一頭茶褐色頭髮，髮尾的下方露出了耳機線。他一邊滑著手機一邊走路，從春風的身旁通過。

「小春，怎麼了嗎？」

皐月將臉湊過來問道。「沒什麼。」春風露出苦笑，再次邁開步伐。那個擅長易容術的鐵假面高中生，不知道最近過得好不好？

校園內幾乎每一棵樹都已落盡枯葉，只剩下光禿禿的樹枝，無法阻擋冬天的和煦陽光。春風與皐月並肩走著，看了一眼手錶。距離第一堂課的上課時間還有二十分鐘。

「妳先去教室吧。我得跑一趟教務課。」

「教務課？噢，妳要去領學生證？」

「嗯，他們說今天可以去領。」

春風察覺學生證遺失，是在上個星期的星期四，也就是十一月四日。

與鍊展開調查行動的那兩天，春風蹺了幾堂課。到了放完假的四日，春風才重新把心思移回學校的課業上。那天下午，春風前往了圖書館，想要借一些寫報告用的參考書籍。爲了通過圖書館的閘門，春風一如往昔，想要從錢包裡取出學生證，這才察覺平常總是夾在卡片夾層裡的學生證，竟然不翼而飛了。

這所大學的學生證，具有電子錢包的機能，能夠在校園內的合作社及學生餐廳購買東西，因此相當重要。春風找來找去都沒有找到，於是立刻前往了教務課，辦理學生證的遺失補發手續。

在完成手續的當下，舊的學生證就已無法再使用。但因爲學生證上頭有姓名、照片及學號，一旦遭心術不正的人拾獲，還是可能遭到惡用。因此春風雖然已申請補發，還是感到惴惴不安。幸好在那天的傍晚，教務課打來了一通電話。就在春風提出遺失補發申請的四日當天下午，就有人將她的學生證送到了工學部的教務課。

但那張學生證是不知何時被人放置在總務課的櫃檯，當職員發現時，已經太遲了。春風的學生證已進入補發程序，舊的學生證已經無法使用。即便如此，能夠找到舊學生證，還是讓春風放下了心中的大石。就這麼過了一個週末，春風一大早立刻到教務課，領了新的學生證。春風拿著學生證，心情就像是找回了失落的身體的一部分。

第二堂課結束後，春風與皐月一同前往了札幌車站前方的一家湯咖哩專賣店。兩人常常會像這樣，趁著有空堂的時候前往遠一點的餐廳用餐。

「小春，妳會上研究所嗎？會考公認心理師及臨床心理師的執照嗎？」

「唔……如果將來要從事心理學方面的工作，還是應該要有證照才行。雖然我父母說可以出錢讓我上研究所，但總覺得大學畢業後還拿父母的錢，似乎不太好。」

「我非常能體會妳的心情。何況就算讀了研究所，考到國家證照，也不見得找得到工作。」

「心理學方面的工作，徵人的大多是非正職的職缺。雖然偶爾也會有正職的職缺，但是僧多粥少，要應徵上可不容易。」

「唉，爲什麼不能一輩子只是學自己想學的東西？」

二年級進入後半段之後，雖然距離畢業還有一段不算短的日子，但畢業論文與找工作逐漸占據春風的心頭。最近春風與皐月閒聊，經常聊到這方面的話題。兩人同聲嘆了一口氣，一邊喝著冰涼的印度拉西，等著湯咖哩套餐送上桌。「算了，吃飯的時候還是聊一些開心的話題。」皐月一邊說，一邊取出了平板電腦。

「這次十二月的攝影展，每人得交十張照片。小春，妳能不能給我一些意見？」

皐月參加的攝影社，每個季節都會舉辦一次攝影展，春風每次都會參觀。皐月拍的照片，總是能發出正統派的美。說起來有些失禮，春風每次看到皐月拍的照片，都會驚訝於「沒想到她有這樣的實力」。此時春風接過平板電腦，看了保存的照片，不禁有種受到震懾的感動。

大學裡的銀杏樹，染成了美麗的金黃色。自屋簷邊角落下的雨滴有如水晶。宛如夜晚般黯淡無光的天空，高高掛著一輪熠熠發亮的光環。這第三張照片，據說是皐月十年前拍攝的金環日蝕（註）照片。當時還是國小生的皐月與家人一起住在東京。雖然是十年前的照片，但進行過高解析度處理，所以相當清晰。這讓春風不禁想起，自己一家四人也曾經以日蝕眼鏡觀察過日蝕的過程。不過因爲北海道偏離了這場日蝕的中心線，因此沒有辦法看到這麼完美的金環日蝕。

除了風景照之外，還有一些人物照。一對男女站在池畔，臉上帶著平和靜謐的表情。佇立在球場上的一道身穿制服的背影，強悍中帶著三分孤獨。

「這張照片拍得眞好，妳果然很擅長拍人物。」

「呵呵，這張確實是我的得意之作。」

春風以手指在平板電腦上滑動。下一張照片出現在畫面上，春風一看照片，不由得愣住。

「皐月，這張照片是……」

「妳說這張嗎？我走在克拉克博士雕像附近，覺得那畫面很美，就拍了下來。」

正如同皐月的描述，這張照片是從克拉克博士半身像的附近，往半身像的方向拍攝。雕像的前方，站著一個身穿藏青色大衣的黑髮年輕男人。那年輕人以端正的側臉對著鏡頭，表情彷彿正陶醉於滿天飛舞的楓紅。年輕人的頭部大約與雕像的臺座同高，在空中翻飛的紅色楓葉醞釀出了晚秋的蕭瑟氛圍。就像皐月所說的，這畫面相當詩情畫意。

照片是以電子檔的方式保存，關於照片的各種資訊都一併保存了下來。春風的指尖在畫面上滑動，畫面上出現圖檔格式、解析度及拍攝時間等資訊。

「**11／04　14：23**」

……四天前的星期四，下午兩點半左右。

「妳這個學弟，叫什麼名字來著？妳下次遇上他，能不能幫我問問，願不願意讓我在攝影展上公開這張照片？我在拍照前沒有事先取得同意，所以本來不打算拿來參展，但我愈看愈覺得這張照片的氣氛拍得很好。」

春風凝視著那張照片，感覺皐月的說話聲非常遙遠。一個仰望天空的男人，站在那晚秋的色彩當中。由於拍攝的距離有點遠，而且只拍到側臉，就算是家人或朋友，恐怕也難以斷定。

但是確實很像是自己認識的那個人……

◎

雖然背叛了加加谷，但理緒原本以爲這樣就能擺脫鐘下的糾纏。

可惜這只是個天眞的幻想。在這個世間，多的是拋棄妻子及年幼的女兒，與其他女人遠走高飛的男人；以及滿足自己的欲望，即使是將善良的少女踩在腳底下踐踏，也完全不當一回事的男

註：「金環日蝕」又稱「日環蝕」，爲日蝕的現象之一，特徵是太陽僅中央出現黑影，有如明亮的光環一般。

人。既然如此，當然也會有嘗到一次甜頭就食髓知味，緊緊咬著獵物不肯輕易鬆口的男人。

「你快滾！不要再纏著我姊！」

十一月十一日，星期四。理緒上完了課，到超市買些東西，走到公寓附近時，赫然聽見妹妹的聲音。那是高亢的怒罵聲，聲音聽起來微微顫抖。理緒立刻拔腿狂奔，來到一樓的自家門口。一見奈緒與鐘下站在門外，理緒嚇得臉色發白，奔上前去，嘴裡大喊：「奈緒！」

「姊！這個人……」

「沒事，妳別擔心，他是我的朋友。我有一點事要找他談，所以請他在這裡等我。奈緒，妳先進去等著，我跟他談完就會回家。」

理緒勉強擠出笑容，對奈緒說完這幾句話，抓著鐘下的手腕快步遠離公寓。由於不想被任何人看見，最後理緒還是選擇附近的小公園。公園冷冷清清，平常不會有孩童在這裡玩耍。

「你對奈緒做了什麼？」

「我可什麼都沒做。我只是站在門口等妳回來，她突然跑出來叫我滾……她該不會是得了什麼病吧？我看她臉色蒼白，一直在發抖，好像隨時會昏倒。」

你以為是誰害她這樣的？理緒惡狠狠地瞪了鐘下一眼，內心如此咒罵。

「你又想幹什麼？我不是已經讓你拍照了嗎？你還想怎麼樣？」

「妳確實讓我拍了照，但事情不會這樣結束。照片沒辦法拿來用就一點意義也沒有了。」

理緒不知道這個姓鐘下的男人到底想要幹什麼。但不管他想做什麼，那都是他自己的事情，理緒並不想參與，更不想受到連累。

然而理緒擔心如果直截了當地這麼說，眼前這個男人又會以奈緒作為威脅。只要妳提到一個字，妳妹妹就有苦頭吃了……一個星期前，鐘下的低聲恫嚇，依然迴盪在理緒的腦海。

理緒繃緊神經，一句話也不說。鐘下嘆一口氣說道：「我們換個地方說話吧。」

鐘下說完之後，帶著理緒來到距離公寓徒步約十分鐘的一間ＫＴＶ。理緒心裡極不願意與這個男人在包廂內獨處，但鐘下不耐煩地說了一句：「難道妳希望我們的對話被別人聽見？」理緒聽他這麼說，只好默默跟在他的身後。

「十五號包廂。」櫃檯服務人員冷冷道。兩人循著號碼，十五號包廂就在走廊轉角處。

鐘下打開包廂的電燈，坐進最深處的沙發。理緒隔著桌子與他相對而坐。背後就是包廂門，就算男人有不軌的意圖，也可以立刻逃走。鐘下等送來飲料的服務人員離去後才開口：

「妳應該沒有把我們的事告訴加加谷吧？」

「……當然沒有。而且他總用未顯示號碼打給我，我根本沒有辦法主動聯絡他。」

「我也一樣，完全沒有他的聯絡方式，只能等著他來找我。」

鐘下咕噥了兩句，拿起烏龍茶喝了一口。

隔壁包廂不斷傳來少女們的宏亮歌聲。回想起來，上次踏進ＫＴＶ是慶祝奈緒考上高中。

鐘下忽然重重嘆了一口氣，從褲子後側的口袋裡掏出錢包。接著他從錢包裡抽出一張貌似卡片的東西，推到理緒面前的桌上。

理緒狐疑地低頭一看，登時驚訝得說不出話來。

那是一張自己所就讀的大學的學生證。上頭有著鐘下的照片，以及他的姓名、學號。

「妳叫志水理緒吧？我跟妳念同所大學，妳現在一年級。妳的這些底細，我都查出來了。」

鐘下收起學生證，接著說道：

「我知道妳是誰，但妳不知道我是誰，這樣並不公平，對吧？所以我現在告訴妳，我叫鐘下實，經濟學部三年級。」

理緒再次啞口無言，實在不敢相信這個男人會說出「公平」這個詞彙。

「我上次跟妳提過，我從今年的四月開始，透過研討課學長的介紹，獲得了一份幫交友網站操控帳號的打工工作。剛開始我心裡當然有些抗拒，但這個工作給的錢很多，再加上我從國中就一直參加戲劇社，這種假裝自己是女人，傳訊息誘惑男人的工作，讓我覺得相當有趣。做了一陣子之後，我的業績相當不錯，他們還提高了我的時薪，讓我捨不得離開……到了差不多六月下旬，加加谷突然找上我，問我要不要做『更賺錢的工作』。」

爲什麼鐘下要突然說這些？理緒雖然納悶，但沒有插嘴，只是默默聽著。此時的鐘下，與一星期前以奈緒作爲威脅手段的他，似乎有些不同，讓理緒萌生了想要好好聽他解釋的想法。

「加加谷要我做的工作，就是『玩家』。不過不是正規的玩家，而是短期的臨時玩家。大概是原本的玩家因爲某些緣故而退出了，所以加加谷找上我來塡補空缺。他帶著我走進一間辦公室，告訴我工作內容，我的第一個想法是『絕對不幹』。畢竟這是眞正的犯罪行爲，跟幫交友網站操控帳號完全不同。但在那個狹窄的辦公室裡，坐著許多身穿西裝的男人，每個人都全神貫注地講著電話，有時還會大吼大叫，那當下的氣氛，實在讓我不敢說『不』。加加谷又告訴我，『通常會被警察抓的都是取款手跟領錢手（註），玩家絕對不會被抓』，我一來不敢拒絕，二來很需要錢，所以就答應了。」

「……取款手跟領錢手是什麼意思？」

「原來妳連這個也不知道？取款手就是負責向受騙者拿錢的人。如果錢是匯進某個帳號裡，就由領錢手負責上ＡＴＭ領出來。通常只有取款手跟領錢手會被警察逮捕，這種回收贓款的危險工作都由特定組織負責。這些組織表面上像是人才派遣公司，專門尋找願意當取款手或領錢手的人。我的工作是玩家，工作地點通常稱作辦公室或店面。乍看只是一般公司的辦公室，絕對看不出來是詐騙集團的總部。每個玩家都有一張桌子及一具電話，上下班時間是固定的，騙到手的金錢稱作營業額。上頭的人還會開檢討會，告訴我們還差多少金額才達標，鼓勵我們再加把勁。」

鐘下說到這裡，又重重嘆了口氣，滿臉疲倦之色。

「當玩家能賺到的錢，比幫交友網站管帳號要多太多了。雖然錢到我的手上之前，早已不知被抽了幾手，但我能拿到的金額，還是比預期要多得多。因爲某些原因，我急需要一筆錢，所以我明知道那是犯罪，還是一直做下去。」

當鐘下說出「我急需要一筆錢」時，口氣充滿了無奈。理緒聽在耳裡，也不禁感覺胸口隱隱作痛。自己不也一樣嗎？所謂的金錢，說穿了不過是些紙片及小金屬片，偏偏沒有了這些東西，日子就活不下去。鐘下似乎感受到了理緒心中的感同身受，也變得更加語重心長。

「但是有一天，這樣的日子突然結束了。後來我才知道，那種詐騙集團都有一定的運作期間。以兩個月爲一期，在期間內努力詐騙，等到時間一到，立刻宣布解散。所有的人各自分道揚鑣，就連電話及桌子也不會留下。今年的暑假，我爲了做玩家的工作，甚至連老家也沒有回去。所以當他們告訴我『今天是最後一天』的時候，我有一種說不上來的失落感。爲了能夠隨時處理上頭交付的工作，所以我辭掉了交友網站那邊的打工。玩家的工作結束後，我想要回去交友網站工作，才發現那邊的辦公室早已關閉，人都不知道跑到哪裡去了。但很缺錢，後來直接受加加谷僱用，幫他做了很多事情。」

「什麼樣的工作？」

註：本書中提及的詐騙集團術語皆是譯自日語，並非臺灣本土的詐騙集團術語。「取款手」與「領錢手」在臺灣通常合稱爲「車手」。

鐘下一臉苦澀地皺眉說道：

「……這我不能說。要是被警察抓到，我的一生就毀了。當初要是知道他要我做的是那麼可怕的事情，我絕對不會答應。加加谷這個人向來是這樣，他把每一個人都當成手上的棋子，絕對不會告知最重要的事情。他只負責構思計畫，然後躲在最安全的地方，取走大部分的利益。我這輩子從來沒有遇過那麼狡猾又冷血的傢伙。在他的眼裡，所有人都像是用過就丟的口罩。」

理緒聽了這番話，內心並不特別驚訝。因爲理緒早已知道加加谷有著狡獪的一面，而且有時會變得非常冷血無情。

理緒凝視著鐘下。從他的聲音及表情，可以感受到他的心中有著一股難以壓抑的怒火，而且是一種遭到背叛的怒火。爲什麼他會對加加谷抱持那麼強烈的憤怒及敵意？理緒暗自沉思……或許眼前這個男人，原本與自己有著相同的處境。

鐘下吁了長長一口氣，讓激動的情緒恢復冷靜。

「離題了。就像我剛剛說的，我很需要錢，而且馬上就需要。但我不想再遭加加谷利用。唯一的選擇就是自己撈錢。這就是我來找妳的原因。」

自己太過鬆懈了。理緒心驚。鐘下剛剛那番話說得太過懇切，自己不知不覺放下戒心。

理緒瞬間感覺全身寒毛直豎，心頭湧起一股極可怕的預感。下一秒，鐘下開口說道：

「我除了要利用加加谷的名單之外，還希望妳跟我合作，負責當玩家。」

理緒不僅全身動彈不得，連一句話都說不出口。半晌，理緒才開口：

「你是當眞的嗎？」

「如果我不是當眞的，我來找妳做什麼？」

「你別作夢了！我不可能幫你做那種事！要做你自己去做！」

「我早就已經做過了。自從拿到名單的照片之後，我已經嘗試了好幾次，但最後都沒有成功。所以我知道光靠自己一個人，實在不太可能成功。」

鐘下將身體湊了過來，理緒反射性地將身體往後縮。

「詐騙這種事情，一個人是很難辦到的，至少要有三個人才行。人數太少，沒有辦法取得目標對象的信任。更沒有辦法在對方懷疑之前，就讓對方掉進陷阱之中。而且我知道妳的演技非常好。演技靠的是天分，沒有天分的人怎麼學都學不會。要當一個稱職的玩家，絕對不是只要正確說出臺詞就行了。必須要能夠讓目標對象相信一個根本不存在的人，或是一件根本沒有發生的事情。既然妳能夠從那個老奶奶的口中問出那麼多事情，我相信妳絕對有當玩家的才能。」

「不要再說了！總之我做不到！不要把我牽扯進去！」

絕對不能繼續待在這個地方。一定要以最快的速度遠離這個男人才行。理緒抓起托特包，衝向包廂門。雖然成功將門板拉開一道縫隙，但是下一瞬間，一股強大的力量將門板推了回去。包廂門重新關上，發出刺耳聲響。理緒被夾在門板與男人的身體之間，一句話都說不出口。鐘下那隱含著怒火的雙眸，就在自己的眼前。

「拜託妳不要一再逼我講這種通常最後會被主角幹掉的三流反派臺詞。我只再說一次，我需要妳的幫助，希望妳不要拒絕。」

「我做不到。那種事情……我做不到……」

「為什麼？這跟妳過去做的事情，有什麼不同？妳不是一直跟加加谷同流合污嗎？」

沒錯，理緒心知肚明，自己的所作所為確實是同流合污。

但過去自己經手的部分，充其量只是名單上的人名及其個資。就算是實際接觸過的松園繁子等寥寥數人，理緒也不清楚當自己把名單交給加加谷之後，那些人會有什麼樣的下場。理緒只知道自己做的那些事情，能夠讓自己獲得一般十九歲少女難以賺到的龐大金錢，自己能夠用這筆錢買蛋糕來取悅奈緒，以及爲自己添購幾件衣服。

但如今鐘下出現了。他所提出的要求，就好比是將一把刀子塞在理緒的手裡，對理緒說：「現在輪到妳親自動手了。」在這一天到來之前，理緒隱約知道自己的行爲會傷害許多無辜的人，卻從來不曾深入思考過這個問題。就好像「自己總有一天會死」這個現象，雖然是千眞萬確的事實，卻從來不曾眞正加以接納。

「而且我相信妳應該很需要錢才對。妳認爲只要能賺到大把鈔票，就算做一點壞事也沒什麼大不了。否則妳不會幫加加谷做事。」

「不！不是的！我只是想要幫忙他！」

理緒忍不住嘶喊。明明是自己的聲音，聽起來卻如此哀戚，讓理緒不由得眼眶含淚。如果只是想要錢，大可以做正當的工作。自從上了高中，「工作」對理緒來說早已是理所當然。理緒從來不認爲工作很痛苦。跟世間那些數不清的痛苦相比，工作的痛苦微不足道。

但理緒確實感覺到，自己的心中似乎有類似泥沙的東西，在漫長的歲月中，一點一滴不斷淤積。那混濁的淤積物愈堆愈高，快要喘不過氣來。這時，加加谷出現了。他毫不留情地揭穿深藏在心中的念頭，而且當自己站在名爲絕望的懸崖時，他一接到求助電話，立即伸出援手。

理緒並不在乎加加谷是個壞人，也不在乎自己只是他手中的道具。理緒渴望被他需要，渴望待在他的身邊。不論什麼樣的形式都無所謂，希望跟他維持聯繫。

「……眞是愚蠢！」

鐘下將手掌從門板上移開。他臉上的表情並非無奈，而是無助。

「那傢伙只是在利用妳而已。他對妳說幾句好聽話，做一點溫柔的舉動，其實都只是爲了將妳操控在掌心。當初我也是這樣被他給騙了。他突然出現在我的面前，裝出一副『聰明、帥氣又富有同情心』的模樣，口口聲聲稱讚我『非常優秀』。等到我沒有了利用價值，他就一腳把我踢開。我猜再過一陣子，妳也會……」

「住口！住口！你懂什麼了？」

只是因爲遭到拋棄就心懷怨恨的你，懂什麼了？

理緒任憑眼淚流過臉頰，完全不伸手擦拭。鐘下承受著理緒的瞪視，也以冰冷的視線回應。

「妳只是想要幫忙他？不是我要潑妳冷水，他總有一天會察覺妳的背叛。」

「……什麼背叛？你說名單嗎？那是被你威脅……」

「沒錯，是我威脅了妳，但妳拿出名單讓我拍照，而我拿來用了，這是不爭的事實。對加谷來說，理由並不重要。他販賣的都是第一手的名單，這是他的最大賣點。詐騙集團展開行動時，要是發現名單早已被人用過，加加谷的信用就會一落千丈。接著他會開始思考，名單是在什麼樣的環節洩漏了出去。最後他會發現是妳搞的鬼，到時候他絕對不會原諒妳。」

「……你明知道會有這樣的結果，還強迫我拿出名單讓你拍照？」

理緒感覺到自己的五官逐漸麻木，表情逐漸消失。眼前這個男人是個無血無淚的惡鬼。

然而鐘下身爲惡鬼，卻似乎還帶有一絲罪惡感。他內疚地將頭別向一邊，說道：

「我建議妳，跟我一起撈上一筆之後就躲起來吧。跟家人們分開住，把手機號碼跟電子郵件帳號全換掉。那傢伙似乎很中意妳，只要躲得夠隱密，我想那傢伙應該不會追究。」

理緒使出渾身的力氣，朝鐘下的左頰打了一巴掌。

正當理緒再度高舉手掌時，鐘下伸手一抓，抓住了理緒的手腕。理緒拚命想要將他的手甩掉，卻是徒勞無功。

鐘下以另一手按住理緒的肩膀，接著理緒便感覺到整個身體被一股強大的力量推出。理緒跌坐在地上，同時背部狠狠地撞在沙發的椅背上，一時無法呼吸。疼痛及強烈的恐懼，讓理緒感覺四肢使不出力氣。鐘下擋在門口，一臉焦躁地取出手機，放在耳邊說道：

「喂，你搞什麼？我們約定的時間早就已經過了。現在給我過來，我在十五號包廂。」

理緒的本能感受到了危險，急忙想要站起來。這男人的同伴馬上就要來了。但鐘下瞪了理緒一眼，銳利的眼神彷彿在訴說著「不准動」，理緒心中一驚，不敢再隨便亂動。

爲什麼男人有時候會變得這麼可怕？理緒在心中如此想著。難道是我不好嗎？難道是因爲我太愚蠢又太弱小，才會遇上這種狀況？

理緒緊咬著嘴唇，不讓眼淚掉下來。就在這時，包廂門忽然被人打開了。

「鐘仔，這家店好難找。」

那是個男人，身上穿著寬鬆的黑色野戰外套。理緒還沒看清楚他的身影，已先聽見了他的抱怨。當他從昏暗的走廊剛進入包廂裡時，整個人只是一團黑影。在包廂內的燈光照耀下，理緒才看清了他的外貌。頭髮是略顯透明的青灰色，簡直像是頭上覆蓋了一層霜。臉上戴著略帶顏色的圓框眼鏡，雙手插在外套口袋，一副慵懶的模樣。他低頭看理緒一眼，接著轉頭詢問鐘下：

「就是她？」

「沒錯，她就是小南。」

理緒聽見鐘下說自己的假名，稍微鬆口氣。但一想到底細被這兩個男人掌握，理緒就渾身不舒服。青灰色頭髮的男人忽然走了過來，理緒霎時全身劇震。但男人歪著頭，朝理緒伸出手。

「爲什麼妳要坐在地板上？」

理緒以爲他會觸摸自己的身體，但男人的手掌伸到自己的眼前就停止了。從外觀上，實在很難判斷這個男人的年齡到底幾歲。但他和鐘下是以平輩的口氣交談，顯然兩人年紀相差不大。理緒面對突然出現的陌生男人，實在不敢握住他的手，於是憑自己的力量搖搖晃晃地站了起來，緊緊抱住托特包，與兩個男人拉開距離。那男人見狀，垂下手掌，再度轉頭對著鐘下說道：

「這女孩眞的可靠嗎？她一副隨時會逃走的樣子。」

「她還沒有答應跟我們合作，但我保證，她的能力絕對是第一流的。」

「就算再怎麼有能力，如果不跟我們合作，那有什麼用？你到現在還沒有說服她？」

「我最近很忙啦，有很多準備工作要處理。」

理緒此時察覺，向鐘下抱怨的那個男人肩上揹著黑色的軟布盒。就是搞樂團的人用來裝吉他之類樂器的布質軟盒。而且男人肩上揹了兩個，但看起來不重，或許裡頭並沒有裝東西。

「我們快走吧。沒想到花了這麼多時間。」

鐘下接過一個軟布盒，揹在肩上，嘴裡催促道。理緒當然不想跟這兩個男人前往任何地方。鐘下見理緒的雙腳牢牢釘在地上，一點也沒有邁步的意思，不耐煩地皺起眉頭，拉住了理緒的手腕。理緒全身寒毛直豎，堅持不肯服從。鐘下更是用力拉扯，試圖以蠻力拉動理緒。

「……眞是麻煩的傢伙。」

青灰色頭髮的男人見兩人拉扯個不停，忽然低聲說道。那聲音低沉到令理緒頭皮發麻。理緒不禁想起小時候，父親在動粗之前，都會發出類似這樣的聲音。男人走向桌子，拿起理緒連一口也沒喝過的飲料，毫不猶豫地喝乾了。接著他轉過身來，走向理緒。理緒聽見男人的鞋聲，登時全身僵硬，心裡有預感男人若不是要破口大罵，就是要施暴了。

沒想到男人笑著拉住鐘下的手腕，將鐘下的手掌從理緒的手腕上拉開。

「鐘仔，沒經過女孩的同意，不能隨便摸人家。就算她是你的女朋友也一樣。」

「你在說什麼啊？她根本不是我的女朋友……！」

「女孩天生有一種溫柔感。雖然凶起來很可怕，但心情好的時候，那種笑容的輕柔形象，絕對是男人模仿不來的。例如手機壞了，打電話到客服中心報修，如果聽見的是女性的溫柔聲音，就會覺得安心不少，對吧？」

男人對理緒笑了笑。理緒雖然提醒自己不能鬆懈，身體的力氣還是不由得放鬆了幾分。

「如果妳願意成為我們的同伴，成功機率一定會大幅提高。雖然這個世界號稱男女平等，但大多數的人在面對女性時，還是比較不會產生戒心。還有，成員有男有女，也能增加劇本的真實感，這是鐘仔告訴我的。」

男人行雲流水般打開包廂門，對著理緒輕輕擺手，有如侍奉主人的管家。理緒無法抗拒，朝著門口踏出了一步。「啊，忘了自我介紹。」男人瞇起深藏在圓框眼鏡後頭的雙眼。

「我叫藤崎。請多指教，小南。」

在鐘下與藤崎的前後包夾下，理緒跟著兩人搭乘地下鐵，來到了位於薄野郊區的一間老舊的租賃音樂練習中心前。

「我確認過一些組了樂團在這裡練習的中年大叔們的部落格，這裡完全沒有監視器，你們可以放心。唯一的缺點，是廁所有點髒。」

藤崎指著眼前那棟小巧的建築物說道。鐘下仰望那棟黃色牆壁早已褪色的三層樓建築，以佩服的口吻回應道：「真虧你能找到這樣的地方。我滿腦子只想著得租一間便宜的公寓房間，完全沒想到可以利用音樂練習室。」

「要正式承租一間公寓房間，得花上一筆不小的費用，簽約時也有暴露身分的風險。既然我們幹這一票打算速戰速決，還是租這種地方比較划算。租金非常便宜，一個小時只要一千圓。鐘仔，你那邊呢？處理得順利嗎？」

鐘下沒有回答，只是點了點頭，露出一臉「包在我身上」的表情。「好，那我們進去吧。」藤崎拉了拉背上的吉他軟盒，率先走進建築物內。

一踏進門內，眼前便是相當狹窄的櫃檯，跟KTV沒兩樣。這棟小建築物的門面相當窄，但是縱深似乎頗長。鋪著油氈的地板看起來髒污不堪，櫃檯的內側坐著一名看起來性格相當孤僻的老人。鐘下在登記卡上塡了「田中」這個假姓氏，老人的銳利目光一閃，突然對著理緒說道：

「妳是主唱？看起來不太像會唱歌的樣子。」

理緒突然被這麼一問，不知該如何回答，一旁的鐘下趕緊說道：

「老伯，你可別以貌取人。她的歌喉足以比擬美空雲雀。」

「美空雲雀？那可眞是不得了。」

老人彎曲嘴唇，神色帶著譏諷之意。必須仔細觀察，才能看出那是笑容。到底誰是美空雲雀？理緒的心中帶著這樣的疑問，卻只能低著頭沉默不語。

老人交給三人一副二樓房間的鑰匙。三人走上陰暗的樓梯，不時聽見宛如狗吠聲一般的吉他聲響，以及鼓組的銅鈸聲。那聲音就像是把立體聲的音量轉到最小，很難說是大聲還是小聲。來到走廊上，理緒的耳中聽見的全是自己的腳步聲及心跳聲。

「這氣氛眞是太棒了。」

藤崎率先走進練習室，打開了電燈。裡頭的空間比想像中還要狹小得多。若以天花板的面積來看，這房間差不多有五坪大，但因爲牆邊擺了鼓組、麥克風架、樂譜架及各種理緒叫不出名堂的黑色大型器材，能夠看見木頭地板的空間變得相當狹窄。牆上有一面巨大的鏡子，應該是用來

鐘下點了一下液晶螢幕的畫面，深深吁了一口氣，放鬆了全身的緊繃肌肉。理緒感覺到一股寒意正竄上背脊。從酒井波子的聲音可以聽得出來，她沒有絲毫懷疑。不過這也是理所當然。扮演她兒子的男人，明確說出了她兒子的名字。扮演遺失物中心職員的人，也說出了他兒子的出生年月日，以及任職單位。這些都是理緒當初親口問出來的個資。

在幫加加谷蒐集個資之前，理緒多半會覺得被騙的人太傻，竟然沒有聽出電話裡的人根本不是自己的兒子。但如今理緒相當清楚，人並非在任何情形下都能發揮百分之百的訊息判斷能力。尤其是失去冷靜時，人往往會做出荒唐的錯誤判斷。理緒回想起自己偽裝成公家機關的職員，想要在電話中套問出目標對象的個資時，對方往往顯得相當緊張。更何況在電話中很難正確分辨說話者的嗓音。只要情境合理，電話另一頭的人又說出只有家人才知道的訊息，任何人都可能會相信電話另一頭的人就是自己的家人。

「啊，喂？媽，車站的人員有沒有打來？」

「有，就在剛剛。他叫你去大通的遺失物中心領回公事包……不過他說要證件，你身上有嗎？」

「啊，剛好有。眞是太好了，我現在馬上就去。」

藤崎的聲音聽起來眞的就像是放下了心中的大石。他掛斷電話後，鐘下再次操作手機，播放出喧鬧聲。雖然跟剛剛的喧鬧聲有點像，但實際上並不相同，除了說話聲及腳步聲之外，還多了告知電車即將進站的廣播聲。理緒不禁有種此時正站在車站內的錯覺。

「喂，媽？」

「啊，拿到公事包了嗎？」

「嗯……拿到了，但我放在公事包的一張支票被人拿走了。原本是要交給客戶的支票……」

藤崎的說話速度再度變快，呈現出努力想要壓抑心中的驚慌與焦躁的口氣。當然實際上藤崎一點也不驚慌或焦躁，但他的逼眞演技讓酒井波子頓時大爲緊張。

「咦……被偷走了嗎？」

「應該吧……我的錢包也不見了，裡頭還有我的信用卡……不過信用卡還沒關係，重要的是那張支票，明天上午之前一定要交給客戶才行……怎麼辦……」

沙啞的聲音，營造出了絕望的氛圍。母親更是急得不可開交，趕緊問道：

「那張支票多少錢？」

「兩百萬。媽，妳能不能先借我這筆錢？只要一天就好。要是支票遺失的事情被公司發現，我可就慘了……剛剛我一察覺公事包不見了，立刻就申請了銀行帳戶的掛失止付，所以我現在沒有辦法把自己的錢領出來。等到我能夠領錢的時候，我一定會立刻把錢還給妳。」

「……兩百萬？好，我立刻去準備。」

「媽，眞的很對不起。」

「沒關係，這不是什麼大事。不過我要怎麼把錢交給你？送到公司去嗎？」

「不行，要是被公司的人看見就慘了……我公司附近有一座公園，妳知道嗎？我們約在門口見面吧。最好把錢放在一個大信封袋裡。」

藤崎掛斷了這第三通電話。理緒可以想像，酒井波子一放下話筒，必定是急著準備兩百萬鈔票。由於理緒跟酒井波子實際見過面，腦中的畫面更是逼眞而深刻。接下來她會將辛苦存下來的錢放進大信封袋裡，匆匆披上大衣，叫計程車……

「啊，媽……？」

「怎麼了，我正要出發。」

「抱歉，我一回到公司，他們說要召開緊急會議。我請公司裡的年輕同事代替我過去，他姓小此木，麻煩妳把信封袋交給他。我只跟他說『幫我拿一個忘記帶來的東西』，他不知道是錢。」

「好，我知道了，先這樣吧。」

或許是太過焦急，這次反而是酒井波子先掛了電話。

藤崎又重重吁了一口長氣，顯得相當疲累。他微微垂下了頭，彷彿頭頂上壓了一塊名爲疲勞的大石。鐘下拍了拍他那纖細的肩膀，那動作流露出了親熱與敬佩。

「你眞的很行，完全不像是個沒有經驗的新手。」

「現在稱讚還太早，錢還沒拿到手呢。」

「以她的反應看來，絕對沒問題的。」

接著鐘下來到理緒的面前，說了一句不知什麼話。理緒正感覺天旋地轉，耳中嗡嗡作響，胸口一陣噁心，根本沒有心思去聽他在說什麼。或許這不舒服的感覺，並非完全只是心理作用。也許自己的臉色正轉爲慘白。因爲藤崎也走了過來，嘴裡說著「妳還好嗎」之類的關心之語。

這就是我過去這段日子在做的事情？

如今就在自己的面前，一名婦人遭到了詐騙。她兒子的名字、出生年月日，以及任職的單位，都是自己親口問出來的。自己搜集來的資料，在這些人的手上竟然發揮了那樣的效用。

這是自己選擇的路。自己早有覺悟，願意承擔一切的後果。原本理緒一直是如此認爲。但就在這一刻，殘酷的現實才讓理緒深深感受到，過去的自己是如此天眞而愚昧。

其實過去的自己，根本什麼也不明白。自己根本沒有眞正理解，那些行爲背後的意義。在看清了事實的這一刻，理緒沒有辦法再說服自己去做那些事。無論如何都沒有辦法。

救我……

理緒懷抱著一絲的希望，緊緊握住了大衣口袋中的手機。
但是那不顯示來電號碼的電話，自從理緒交出了名單之後，就再也不曾響起。

2

十一月十日。在目睹了皐月所拍攝的照片的兩天後，春風造訪了北原家。
春風沒有事先告訴鍊。之前，春風寄了好幾封訊息給鍊，但完全沒收到回信。
「春風姊！」
「等妳好久了，我肚子餓死了。」
今天要造訪北原家的事情，春風倒是事先告訴了北原家的雙胞胎。因此在這天傍晚的五點，春風一按下對講機上的門鈴，雙胞胎就爲春風開啓了公寓一樓的大門。來到北原家的門口，雙胞胎已等在門口迎接。陽穿著連帽T恤，翠則穿著一件相當溫暖的毛茸茸洋裝。春風一看見兩人，臉上登時漾起了微笑，舉起手中的環保袋。袋裡放著剛剛從超市買來的食材。
「等我一下，我馬上開始做晚餐。」
「第一次吃春風姊做的晚餐，眞是期待。」
「我可先聲明，我們吃習慣了哥哥的料理，對吃方面可是很挑嘴的。」
「呃，我做的只是使用市售咖哩塊的咖哩，不要增加我的壓力好嗎？」
春風事先已向雙胞胎確認過，北原家的母親由紀乃今天要加班，可能得搭最後一班電車回家。鍊則是聲稱「因爲接近校內模擬考及期中考，晚上要留在學校看書」。至於會在幾點回到家，鍊並沒有明確告知。春風只好跟雙胞胎一起吃著咖哩，等待他們的哥哥歸來。
從六點等到了七點，接著又等到八點……鍊遲遲沒有返家。
當三人聽見開門聲時，已經接近晚上九點了。
「……我回來了。」
身穿黑色立領制服、圍著暗藍色圍巾的鍊，緩步走進客廳。他的臉上明顯帶著疲勞之色，簡直像個每天忙得焦頭爛額的研究人員。
當他看見正在與陽、翠玩著棋盤遊戲的春風，陡然瞪大了雙眼，整個人靜止了一秒鐘。
「春風姊？」
「我來打擾了。」
「鍊哥，春風姊今天做飯給我們吃。」
「雖然是超級普通的咖哩，但滋味還可以接受。」
雙胞胎你一言我一語地說著。鍊將視線移回春風的臉上，他取下圍巾，困惑地說道：
「謝謝妳，春風姊……妳今天怎麼突然跑來？」
「因爲我有點事要找你，寄了好幾封訊息，你都沒有回。」
「……抱歉，最近忙著準備模擬考，沒有注意到。」
向來口齒伶俐的鍊，難得有些結結巴巴。他尷尬地垂下頭，一副懊惱不應該疏於回信的歉疚表情。春風見他的態度自然，不由得懷疑是自己想太多了。
「呃，所以春風姊找我有什麼事？」
「其實也不是什麼大不了的事情。」
春風一邊說，一邊朝陽與翠使了個眼色。雙胞胎見狀，一個說「我去把咖哩重新加熱」，另一個說「鍊哥，我幫你加顆半熟蛋」，各自走進廚房。不一會，廚房便傳來瓦斯爐點火的聲音，以及餐盤的摩擦碰撞聲。

春風重新將視線移回站著不動的鍊身上。

「鍊，你在十一月四日，是不是來過我讀的大學？」

鍊緩緩皺起眉頭，露出一臉不明白春風爲何這麼問的表情。

「四日？那是上星期四吧？那天我當然是在學校上課。」

「是嗎？那你能不能告訴我，那天學校發生了什麼事？」

「那已經是好幾天前的事了，我可沒辦法記得清楚……」鍊蹙眉說道。他從制服的胸前口袋取出智慧型手機，以手指在畫面上滑了幾下，接著才說道：

「噢，那天有文法的臨時小考，體育課上籃球。放學後參加了班長會議，然後就跟朋友在圖書館讀書……妳想知道哪件事？爲什麼突然問這個？」

鍊的表情逐漸從納悶轉爲狐疑，口氣也有些不悅。意圖不明的問題，往往會讓人不舒服。因爲沒有事先說明理由，會讓被提問者感覺遭受質疑或受到操弄，這是自然反應。

何況那已經是將近一個星期前的事了。除非那天發生了什麼令人印象深刻的事情，否則一時想不起來也是合情合理。鍊必須拿出手機確認幾天前的紀錄，並不是可疑的行爲。

鍊的每個舉動，都不像在演戲。

「對不起，問了奇怪的問題。因爲我朋友拍了一張照片，裡頭有個人跟你很像，但拍攝的日期是十一月四日……或許只是一場誤會吧。因爲實在太像了，讓我嚇了一跳。」

「照片裡的人跟我長得那麼像嗎？」

「唔，實際見到你之後，又覺得其實也沒那麼像。」

「哥哥！」「鍊哥！」餐桌的方向同時傳來陽與翠的呼喚聲。轉頭一看，桌上整整齊齊地擺著咖哩飯、生菜沙拉與蔬菜汁。鍊看傻了眼，說道：「都這麼晚了，不用搞得這麼豐盛啦。」

「不行！一定要讓哥哥吃飽！」

「沒錯，鍊哥！你最近變瘦了！」

「你是正值發育期的高中生，得多吃一點才行。」

「連春風姊也這麼說……話說回來，春風姊，妳還不用回家嗎？已經很晚了。」

「監督你吃完飯，我就回家。」

鍊嘆口氣，無奈地坐在桌邊吃起咖哩。「哥哥，如何？這咖哩很普通，對吧？」「陽，你這麼說，對春風姊太失禮了。」「翠，沒關係的。我做的咖哩是真的很普通。下次我會嘗試古怪一點的咖哩。」「妳做的古怪咖哩，我反而一點也不想吃。」四個人各自說個不停，顯得十分熱鬧。尤其是陽與翠，不停找話題與鍊閒聊。鍊是北原家的魔鬼士官長，也是雙胞胎最喜歡的哥哥。

鍊吃完了咖哩，放下湯匙，開始喝起剩下的蔬菜汁。春風拿出手機，打了向母親報告回家時間的訊息，按下送出鍵。就在這時，鍊的制服胸前口袋響起低沉的震動聲。鍊從口袋裡取出手機，看了一眼螢幕，對春風露出錯愕的表情。

「啊，抱歉。我本來想要傳給我母親，竟然傳錯了。」

「沒關係，我直接刪掉，不會看內容。」

「謝謝，那就麻煩你了。」

鍊以拇指在畫面上滑了幾下之後，將手機放在桌上。就在這時，翠忽然發出一聲驚呼，慌慌張張地站了起來。

「對了，鍊哥！你快跟我來！」

「怎麼了嗎？」

「浴室的熱水器好像怪怪的，水一點也不熱。」

「應該是你們不小心調到了廚房優先模式吧？轉到那個模式，浴室就只能使用溫水。」

翠拉著鍊的手，鍊立刻站了起來，臉色沒有一絲一毫的不耐煩。春風心想，在這個沒有父親的家庭裡，鍊一定是努力扛起了原本應該由父親所背負的責任。不僅是爲了幫助努力工作養活一家人的母親，也是爲了讓仰慕自己的弟弟妹妹能過更好的生活。

餐桌另一頭，陽操作著智慧型手機。春風也重新寄一封訊息，將回家時間告訴母親。

驀然間，流動的空氣帶來了鍊留下的香味。

那是一種帶有潔淨感的氣味，讓人聯想到剛洗完澡的肥皂香氣。

◎

從結果來看，鐘下的圖謀最後是失敗收場。照理來說，酒井波子應該要帶著錢，出現在指定的公園，但她並沒有出現。

「或許她在半路上打了電話給兒子吧。找不到公園，所以打了兒子的手機，兒子告訴她根本沒這回事。」

藤崎以滿不在乎的口氣說道。鐘下沉默不語，顯得相當懊惱。大概是因爲他以爲一定能成功吧。期待愈大，失望當然也就愈大。

理緒則是對酒井波子沒有出現感到鬆了口氣。但是下一秒，理緒又在心裡反問自己：這樣的結果，又有什麼不同？有沒有騙到錢，根本不是重點。重點在於自己參與了一場以騙取金錢爲目的的詐騙行爲，這是不爭的事實。

「明天我們再試另一個目標，換另外一個劇本試試看。」

「不觀望一下嗎？那個姓酒井的阿姨搞不好報警了。間隔太短，風險也會提高。」

「人頭手機的有效期限只有一個月，我們沒有時間慢慢來。」

鐘下一臉焦躁地說道。藤崎聽了他的不耐煩口氣，沒有多說什麼，只是轉頭朝理緒微微聳肩。理緒雖然極不願意再與這兩個人混在一起，但心裡明白他們絕對不會允許自己退出。

「……姊，那個男人是誰？他是幹什麼的？」

這天晚上，理緒回到自家公寓，發現奈緒正在起居室內等著自己。理緒感覺得出來，奈緒已經起了疑心。雖然身心俱疲，理緒還是勉強裝出苦笑，說道：

「他也是做家教工作的，年紀比我大一歲，我跟他發生了一點爭執。不過妳別擔心，我今天已經跟他好好談過，解開誤會了。」

倉鼠在滾輪上奔跑的聲音，聽起來異常刺耳。時間已接近九點，母親卻還沒有回來。奈緒雙眉緊鎖，正要開口說話，理緒已搶先笑著說道：

「妳不要胡思亂想，這眞的沒什麼，不是需要擔心的事情。」

其實理緒的身體一直在微微顫抖著。今天親眼目睹的詐騙行爲，早已深深烙印在腦海，再也無法抹滅。鐘下要求理緒明天也要來，理緒實在不想再跟他們扯上瓜葛，但除了服從命令之外，實在找不到解決的辦法。無論如何，理緒希望奈緒什麼都不要知道，不受任何傷害，安心過日子。爲了讓奈緒能夠過安穩的日子，理緒就算再怎麼心力交瘁，還是會咬著牙站起來。

隔天是星期五。理緒依照鐘下的指示，前往了昨天那間租賃式音樂練習室。理緒抵達的時候，鐘下及藤崎都已先到了，正站在門口等著。兩人的肩上依然揹著黑色的布製樂器盒。三人一踏進那棟建築物，坐在櫃檯裡的猥瑣老人以譏笑的口吻說道：「美空雲雀來了。」理緒沒有應答，只是低著頭跟在藤崎的身後。

「這次我們換這個老人。相田正芳，八十歲。他有個孫子在東京，我們就假裝是他孫子。」

「呃……我們挑女的好不好？我最不會應付老頭子。而且光是看相田正芳這名字，就知道是個很難搞的孤僻老人。」

「你在說什麼傻話？到底有沒有心要幹啊？」

「就是有心要幹，才想挑選發揮最大實力的對象。所有女人都喜歡我，但是所有男人都討厭我。尤其是中年以上年紀的男人，更是與我合不來。啊，我們選這個女的如何？松園繁子。」

理緒原本一直躲在鼓組的陰暗處，陡然聽見這名字，不由得站了起來。因爲用力過猛的關係，椅子橫倒在地上，撞出了聲響。鐘下與藤崎都嚇了一跳，轉頭望向理緒。

「不能……」

理緒才剛開口，雙手就按住了自己的脖子。喉嚨就有如鯁住了一般，沒辦法說下去。我到底想說什麼？不能選她？那難道選別人就可以嗎？

「看妳反應這麼大，這老奶奶該不會是個很可怕的人吧？看來我們還是再換一個好了。」藤崎完全誤解了理緒的反應，繼續看起儲存在鐘下手機內的名單照片。

「佐佐木賴子如何？這名字一看就知道是個溫柔的老奶奶，七十歲也是我喜歡的年紀。」

「我說過了，不要光靠名字來決定……不過這老奶奶一個人住在北見，或許確實是個不錯的選擇。兒子住在札幌，年紀將近四十歲，以你的聲音應該扮得來。劇本就用這個吧。」

鐘下指著那疊以夾子夾起的紙。藤崎朝那疊紙看了一會，向來態度一派悠哉的他，難得皺起眉頭，露出苦笑。

「原來你喜歡這種怪怪的劇情。」

藤崎說完之後，就跟昨天一樣按下電話號碼。理緒原本不明白他這麼說是什麼意思，直到聽他開口說出第一句話，才恍然大悟。

「啊，喂？我是雅俊。事情解決了嗎？付款時間沒有太晚吧？」

藤崎的聲音刻意壓抑，彷彿怕被人聽見，卻又因爲焦急而微微顫抖。理緒完全不知道劇情，被這突兀的第一句話嚇了一跳，卻也因此而聽得入神。

對於電話另一頭的佐佐木賴子這名老婦人，理緒沒有什麼印象。因爲對方住得太遠，理緒調查時只打了電話。但此時老婦人的心情似乎跟理緒如出一轍，都被藤崎這句話嚇了一跳。

「雅俊，你在說什麼啊？付什麼款？」

「媽，妳昨天不是打給我，說要付淨水器的錢……」

「淨水器？媽不知道你在說什麼。而且我們昨天根本沒有通電話。發生什麼事了嗎？」

「……眞的嗎？我就覺得怪怪的，果然是被騙了。」

藤崎深深嘆了一口氣。那悔不當初的語氣，彷彿內心受了極大的創傷。理緒在旁邊聽著，不禁頭皮發麻。如果鐘下是惡鬼，那這個男人就是惡魔。他能夠利用宛如傷心欲絕的逼眞演技，吸引對手的同情，愚弄及操控對手。

「你被騙了？怎麼回事？你說清楚。」

「媽，昨天妳打電話給我……不，應該說有個女人假冒妳的聲音，打電話給我，哭著跟我說，有個男人來家裡強迫推銷淨水器，妳不敢拒絕，只好答應買了，今天之內要付錢……」

「所以你就付了錢？」

「我匯了兩百萬，到那個男人的公司帳戶。雖然我知道強迫推銷是犯罪的行為，但我住在札幌，沒辦法立刻趕回家。我擔心媽的安全，決定花錢消災……我匯了錢之後，媽完全沒有跟我聯絡，我愈想愈不對，才打電話回來……」

藤崎說到這裡，沒有再說下去，簡直就像是因爲過度自責而陷入沉默。

「你怎麼會……」

「只能怪我自己太笨，我應該先打個電話跟媽確認才對。我打電話到那個男人的公司，對方說如果我不付錢，就要告我們。我擔心媽被他們欺負，一時情急之下……」

「這不是你的錯。你是因爲擔心媽才這麼做，你沒有做錯任何事。」

「……我眞的是太沒用了。平常看那些詐騙的新聞還笑那些人怎麼那麼蠢，竟然會上當。沒想到我自己遇上了，同樣沒辦法看穿。不過媽沒事就好，我現在要去警察局報案，先這樣吧。」

「唔，好……你自己小心。」

佐佐木賴子聽了「兒子」有氣無力的聲音，自己的聲音也變得相當沮喪。藤崎掛斷電話，吁了長長一口氣，放鬆了肩膀的肌肉。他朝鐘下看了一眼，示意「輪到你了」。但接下來鐘下有很長一段時間，只是盯著時鐘不發一語。過了大約三十分鐘，鐘下再度以自己的智慧型手機播放出喧鬧的背景聲，接著拿起他們口中所稱的「人頭手機」。

「喂？請問是佐佐木先生的府上嗎？這裡是北海道警察本部札幌犯罪對策室，敝姓石田。」

「呃……是……」

佐佐木賴子聽到是警察打電話來，顯得相當緊張。到底是不是眞的有「北海道警察本部札幌犯罪對策室」這種單位，理緒當然並不清楚，但至少聽起來像是眞的。此時鐘下的嗓音比昨天扮演的車站人員要年輕一些，口氣也較爲嚴肅。

「抱歉，突然打電話叨擾。是這樣的，妳兒子佐佐木雅俊來到我們署內，說是遭到了詐騙，我們請他詳細說明案情……」

「啊，對。他以為我被騙了……」

「是的，妳兒子都跟我們說了。我們打了那個強迫推銷淨水器的公司電話，果然是假的，實際上根本沒有這間公司。所以妳要有心理準備，妳兒子匯的這筆錢很可能拿不回來了。」

「拿不回來？怎麼會？」

「說起來慚愧，站在我們警方的立場，這樣的案子追查起來相當困難……我今天聯絡妳的主要目的，是因為我們聽了妳兒子描述的案情，發現歹徒對妳的事情相當了解。歹徒能夠說出妳的姓名、地址及家裡的電話號碼，所以妳兒子才會受騙上當。這代表妳很可能被列在詐騙集團的目標清單之中，所以今後請務必謹慎提防。」

「要怎麼提防？」

「例如可以安裝電話答錄機，只接聽熟識親友打來的電話。如果有陌生人登門拜訪，一定要提高警覺。這些雖然只是基本的做法，但是相當重要。我們也會聯絡北見警署，請他們加強巡邏及研擬防範對策。」

理緒愈聽愈覺得胸口隱隱作嘔，彷彿被迫吞了一大口過期的油。這通好意提醒佐佐木賴子提防詐騙的電話，其實正是詐騙集團所打的，這是多麼諷刺的一件事。

佐佐木賴子似乎認為給警察添了麻煩，在電話裡再三道謝。鐘下淡淡地說了幾句場面話，便掛斷了電話。

「鐘仔，你這個人暮氣沉沉，真的很適合假扮穩重的大叔。」

「誰跟你暮氣沉沉，真是失禮的傢伙……不過你說的倒也沒錯，我確實比較擅長演中年人。」

我在戲劇社，每次被安排演年輕人或性格陽光的人，總是演不好。」
「下一通電話要等多久？」
「兒子向警察說明完案情，再走出來……差不多要花個二十分鐘吧。」
「好，那我先去上個廁所。」藤崎飄然起身，走出了練習室。
理緒突然跟鐘下兩人獨處，心跳瞬間加速。鐘下似乎也感覺到氣氛尷尬，不停搔著耳後的頭皮。過了半晌，鐘下忽然轉過頭來，一臉嚴肅地說道：
「我想妳還是……」
「我也去廁所！」
理緒抓起托特包，衝出了練習室。躲進走廊盡頭處的廁所內，重重吐了一口氣，幾乎要將肺裡的空氣吐盡。自己到底還得在這個地方待多久？接下來到底該怎麼辦才好？
當理緒拖著沉重的步伐回到練習室時，藤崎早已坐在椅子上，正在喝著水。「嗨，妳回來了。」藤崎朝理緒打了聲招呼，理緒微微點頭，下一秒卻與鐘下四目相交。理緒趕緊垂下頭，躲回了鼓組的後方。藤崎不禁嘆了口氣，說道：
「你們也差不多該和好了吧？氣氛搞得那麼僵，讓我很難做人。」
「……我們並沒有吵架。先別說這些，時間到了。」
藤崎放下裝著水的寶特瓶，抬頭仰望天花板，好一會沒有動靜，似乎是在集中精神。接著他拿起劇本集，似乎是在進行最後的確認。又過一會，他才伸出長長的食指，在人頭手機的畫面上按了一下。手機傳出呼喚鈴聲。
「喂？」
「是我，雅俊。」

「啊，剛剛警察打了一通電話來。總而言之，聽說錢是拿不回來了，只能自認倒楣。」

「嗯……現在還有一件事情，想要找媽商量，所以我才打這通電話。」

藤崎的聲音夾帶著「難以啓齒卻又不得不說」的糾葛。佐佐木賴子聽了藤崎那僵硬的嗓音，口氣也跟著繃緊了神經。

「怎麼了嗎？還有什麼事？」

「美雪她媽媽前陣子罹患了一種相當難治的病，得使用健保不給付的新藥才有療效。我和美雪最近一直在幫忙出醫藥費，所以手頭很緊……昨天付給詐騙集團的錢，其實是以信用卡的信用貸款借來的，明天就必須還錢，但是我完全籌不出錢來……」

「這……怎麼辦才好？」佐佐木賴子的聲音微微顫抖。

「媽，眞的很抱歉，妳能不能先借我？」

「可是媽媽也拿不出兩百萬……」

「一百萬也沒關係。總之明天得先還一些，不然利息會很可怕……」

理緒雖然對信貸不太了解，但今天借的錢，明天就得償還，怎麼想都不太合理。然而佐佐木賴子完全沒有懷疑，聲音抖動得更加劇烈。藤崎說了一堆引誘對方不安的臺詞之後，忽然不再開口說話。這短時間的沉默，反而更讓母親心慌意亂，說什麼也要幫兒子解決眼前的困難。畢竟心愛的兒子會損失那麼多錢，雖然是他自己疏於確認，但說到底也是因爲關心母親所導致。

「好……」手機傳出了母親的微弱聲音。

「幸好媽媽手邊還有一筆救命錢，我馬上匯給你。」

「媽，今天是星期五，銀行已經關了。就算妳現在匯，我也得等到星期一才能拿到錢，到時候已經太遲了。我希望妳把錢寄給我。」

「寄給你？你指用快遞嗎？」

「嗯，而且不能寄到家裡，不然會被美雪看見。我想請妳設定成超商取貨。」

「但這個我不太會處理……」

「細節的部分，我這邊來處理就行了。總之妳先把錢包一包，等等告訴我配送單的編號。我現在還在回家的路上，晚點再打給妳……嫣，謝謝妳，眞的很對不起。」

藤崎以非常眞心誠意的語氣說了最後這兩句話，掛斷了電話。鐘下舉起手掌，藤崎先是愣了一下，接著才伸出自己的手掌，在鐘下的手掌上輕拍。

「幹得漂亮！這次一定會成功。」

「但願如此。接下來只要問出配送單的編號就搞定了，對吧？」

鐘下與藤崎都沉浸在完成艱鉅任務的滿足感中。理緒默默看著兩人，內心充滿了無法再回頭的無奈。過一會，藤崎又打一次電話，將佐佐木賴子念出的配送單編號複誦一遍。鐘下將號碼記錄在智慧型手機內。接著只要上網將包裹配送方式變更成超商取貨，明天再到超商領取就行了。

鐘下一宣布解散，理緒立刻抓起托特包，轉身就要走出練習室。此刻的理緒，一心只想要立刻離開這個地方。沒想到就在握住門把的瞬間，背後傳來了聲音。

「等等。」

鐘下的這句話，讓理緒嚇得縮起了身子。理緒屛著呼吸轉頭一看，鐘下的表情不知爲何竟顯得有些悲傷。他輕輕嘆了一口氣，說道：「妳不用再來了。」

「……咦？」

「藤崎說得沒錯，既然妳沒辦法接受，強迫也沒用。藤崎加入之後，我跟他就可以搞定……妳想要退出也沒關係。不過我們也有我們的難處，妳必須答應我們，如果我跟妳聯絡，妳必須趕到。還有，絕對不能把我們的事情告訴加加谷。只要保證這兩點，明天妳可以不用再來了。」

最後鐘下呢喃說了一句「抱歉，給妳添了那麼多麻煩」。他將根本沒裝樂器的黑色樂器盒揹在肩上，轉動門把，打開了門。但他自己沒有走出去，只是朝理緒甩了甩下巴。理緒以僵硬的動作走出門外，來到走廊上。轉頭一看，鐘下與藤崎只是不停低聲交談，並沒有任何動靜。理緒於是走下了樓梯，來到櫃檯前時，猥瑣老人又調侃了一句：「美空雲雀，要回家了？」理緒沒有理會，推開了大門，來到了寒冷的屋外。

那棟租賃音樂練習中心是在一條暗巷裡，路上沒什麼行人，顯得冷冷清清。但是暗巷的另一頭，便是五光十色的薄野繁華鬧區，正要進入燈紅酒綠的夜生活。

理緒朝著那明亮的街道走去，腳下感覺輕飄飄的，有如踏在雲上。直到這一刻，理緒還是有點不敢相信鐘下會那麼說。明天眞的不用再來了嗎？即便沒有辦法眞正獲得自由，光是不用參與他們那可怕的行爲，便讓理緒慶幸不已。

雙向共八車道的大馬路，就在不遠的前方。喧鬧聲與色彩極度鮮豔的燈光，變得愈來愈清晰可辨。理緒不由得加快了腳步，一心只希望能夠趕快混入那熙來攘往的人群之中。這個世間永遠有人正承受著貧困的煎熬，永遠有人正飽受著痛苦的折磨，永遠有人正在悲傷啜泣。但只要能夠讓自己融入那耀眼的街景之中，就不必再去思考那些令人心碎的事情。

然而就在理緒走出陰暗的巷道，即將進入大馬路之際，一輛黑色的車子忽然停在路旁，擋住了理緒的去路。

那車子的停車位置，彷彿算準了理緒的前進路線，讓理緒驀然停下腳步。

後座的車門開啓。出現在車內的那張臉，讓理緒一瞬間忘了呼吸。

「上車。」

加加谷的聲音是如此陰沉而酷寒，令理緒的背脊爲之凍結。

「跟妳一起走進那棟建築物的男人，那是鐘下吧？妳爲什麼會跟他在一起？」

理緒坐入後座之後，黑色的車子立即融入了車流，運行在夜晚的街道上。開車的男人有著非常寬厚的肩膀，但理緒看不見他的臉。這輛車並不是什麼稀有的車種，只是一輛相當常見的小廂型車，只要走一趟購物中心的停車場，像這樣的車子可說是多如牛毛。

但是在這輛平凡車子的後座，那個翹起了修長雙腿的男人，讓理緒打從心底感到恐懼。

加加谷那雪白的頸項，在陰暗的車內異常醒目。面對著前方的側臉不帶任何表情，雙眸所投射出的冰冷視線令人不寒而慄。那傢伙的眼神簡直像個殺手……鐘下曾如此形容加加谷。顯然他指的，就是加加谷此時的眼神吧。

「爲什麼不說話？」

加加谷從來不曾對自己使用過這樣的口氣。一股接近絕望的恐懼盤踞在理緒的心頭。雖然想要開口說話，咽喉卻彷彿凍結了一般，雙唇只是微微打顫。

加加谷停頓片刻，忽然輕吁一口氣。

「我只問妳一次。妳老實告訴我，上次妳給我的名單，妳給誰看過？」

有如站在絞刑臺上頸子套著繩索的恐懼，就在這個瞬間攀升到頂點，自理緒的心頭噴發。原本僵硬的身體，像洩了氣的皮球一樣垮了下來。眼淚靜悄悄地滑過兩側的臉頰。審判之日終於到來。不知道爲什麼，理緒內心有種錯覺，彷彿自己早已在等著這一刻。

「……鐘下逼我拿出名單給他拍照。他跑到我家門口，警告我如果不聽話，奈緒就會有苦頭吃……」

「妳跟鐘下原本就認識？」

「讀同一所大學，以前從來沒見過面……上次我跟你吃飯的那晚，他跑來搭話。他說跟你認識，我相信了他的話，跟他交換聯絡方式。後來他跟蹤我回家，知道了我家的位置……」

加加谷聽到這裡，忽然嘆了一口氣，原本不帶表情的側臉浮現一絲惱怒。

「我竟然讓那種門外漢有機可乘，只能怪我自己太愚蠢。」

「對不起。」

理緒很清楚，道歉沒有意義。以自己的能力，根本沒辦法做出補償。但除了道歉，理緒不曉得還能做什麼。所以理緒對著他深深低頭鞠躬。此時唯一能做的事就是表達懊悔。

「對不起。鐘下說，你是一個名單商人。還沒有使用過的名單，有很高的價值。但他已經先使用了那份名單，所以名單的價值已經毀了……這全都怪我拿出名單，讓他拍了照。加加谷先生，這件事一定讓你很困擾吧？不，用困擾已經不足以形容這件事的嚴重性，是嗎？」

「沒錯，就好比客戶要求的是純潔的新娘，我交出了自己最滿意的女人，客戶卻說那女人已經不是處女，將我狠狠揍了一頓。過去我在那份名單上投入的所有時間跟成本，全部無法回收，而且連信譽也毀了。明明在這個世間，信譽是最重要的東西。」

加加谷的最後一句話似乎不是感慨，而是對包含自己在內的世間所有無信之輩的譏諷。最好的證據，就是他此時臉上掛著笑容，而且是露出了獠牙的可怕笑容。

「後來呢？爲什麼妳一直跟鐘下混在一起？妳被鐘下盯上，被他威脅交出名單，說到底都是我的疏失，這就算了。但妳爲什麼一直跟在他的身邊？這一點，我可想不到什麼合理的解釋。」

「……鐘下要求我幫忙。他說要用那份名單來賺錢，要我當玩家。雖然我拒絕了，但他不肯放過我。他知道我的名字，也知道我家在哪裡，何況家裡還有奈緒……我怕如果我不配合，他不曉得會做出什麼事……」

車子慢慢減速，和其他幾輛車並排停在一起。前方的燈號是紅燈的狀態。

加加谷轉過了頭來。自從理緒上車之後，這是他第一次轉頭看著理緒，兩人四目相交。那雙眸宛如刀鋒一般銳利，理緒雖然驚恐不已，卻沒有辦法移開視線。

「妳照著做了？」

理緒努力喘著氣，擠出回答。

「我沒做。那種事……我做不到……我只是看著鐘下，跟一個叫藤崎的人一起打電話。他們叫我在旁邊觀摩，我昨天看了一天，今天是第二天……」

「他們成功了嗎？騙到錢了？」

「沒有……今天這次的結果還不知道，昨天好像很順利，但被騙的人最後沒把錢拿來……」

「他們騙了幾個人？叫什麼名字？」

「兩個，酒井波子跟佐佐木賴子……但是鐘下說他曾一個人試過，只是不順利，所以應該還有其他名單上的人接過他的電話。」

「他們打電話，使用了什麼樣的劇本？」

理緒於是稍微說明了昨天及今天兩人所上演的戲碼。昨天是兒子把支票搞丟了，今天則是兒子爲了幫助遭詐騙的母親，而借了信用貸款。

加加谷聽完之後哼了一聲。臉上的表情，就像是一個嘲笑著愚民的殘酷帝王。

「眞是沒用的小子。偷走了那麼多珍貴的個資，結果還是只會拿既有的劇本依樣畫葫蘆。那些個資只要使用得當，就算騙個上億也不成問題。看來那小子終究只是個半吊子。」

理緒幾乎不敢相信。加加谷的臉上竟然帶著微笑。

「聽說那小子的父親，當了某個親戚小孩的獎學金保證人，結果那個親戚小孩出社會後找工作不順利，內心受到打擊，整天把自己關在家裡。後來小孩的父母又生了病，沒辦法在期限內償還債務。結果那筆將近一千萬圓的獎學金債務，就這麼落在身爲保證人的那小子的父親肩上。獎學金保證人的償還義務可獲得減免一半，但他們家境本來就不寬裕，即使只要償還一半，還是相當大的負擔。所以那小子才想盡辦法賺錢替父親還債。說起來很可憐，對吧？所以說，雖然那小子選擇的都是見不得光的賺錢方法，但基本上心地並不壞。而且因爲我跟妳的關係，他把腦筋動到妳的身上，企圖搶奪妳手中的名單。這也算有點小聰明，以及爲非作歹的直覺。整體來說，他有點腦袋，有點膽識，有點敏銳的直覺，可惜全都是半吊子，反而把他自己害死。」

加加谷最後一句話，令理緒的全身有如凍結。加加谷瞇起雙眼，目光竟帶著一絲憐憫。

「他知道要搬家來躲我，卻沒有放棄大學的學業，甚至沒有離開札幌，整天在這一帶閒晃。當然我完全能夠理解他的心情，畢竟他上的那所大學，在這個地區已經算是最頂尖的學校。他認眞讀了三年，只要再撐一年就可以畢業了，他當然不想要輕易放棄。大學學歷跟高中學歷，一輩子能賺到的薪水收入可說是天差地遠。他割捨不下，也是很正常的反應。但我只能說，這是非常愚蠢的決定。那種半吊子的覺悟，毀了他的人生，眞是悲哀。」

「……你要怎麼對付鐘下？」

理緒的聲音劇烈顫抖。車內明明開著暖氣，理緒卻感覺到一絲絲寒意不斷鑽入自己的體內。若要問這車內最冰冷的東西，那肯定是加加谷那對在黑暗中綻放著危險光芒的雙眸。

「妳剛剛提到的藤崎，他又是誰？跟鐘下是什麼關係？」

「我也不清楚，只知道他們兩人感情好像不錯。藤崎曾說過，他通過了鐘下的測試，實力獲得認同。他跟鐘下一起打電話詐騙的時候，演技眞的很高明……年紀應該跟鐘下差不多吧。」

「只有鐘下才有名單的照片嗎？還是這傢伙也有？」

「這我不清楚……對不起。」

理緒以充滿愧疚的心情說出這個答案。加加谷將手肘靠在窗邊，拄著臉頰，什麼話也沒說。從他那宛如石膏像的側臉，實在猜不出他心裡在想些什麼。理緒忍受不了沉默，開口說道：

「加加谷先生……」

「妳跟他們下次什麼時候會見面？」

加加谷直接打斷理緒，令理緒又是一陣驚恐，但知道自己沒有保持沉默的權利。

「鐘下今天告訴我，我不用再去了，我猜他多半是覺得我幫不上任何忙吧……所以我想我跟他們應該不會再見面了。」

「好，妳回去之後聯絡他們，就說妳改變心意了，想要加入他們的行列。明天傍晚六點，跟他們約在相同的音樂練習室見面。妳自己想辦法，無論如何要讓那個藤崎也赴約。」

……命令。

過去加加谷從來不曾以這樣的口氣要求自己做任何事。理緒驚覺自己的身分已經從助手降格為奴隸，震驚得說不出話來。加加谷凝視著窗外，接著說道：

「至於妳，就到此為止了。」

一時之間，理緒不明白這句話是什麼意思。

「到此為止……？」

「最後被妳擺了一道，但過去妳的表現一直很好，我會給妳一筆退休金。加上妳之前的報酬，要讓妳妹妹上大學應該不成問題。以後妳就幹些家教之類的工作，想辦法掙錢吧。從明天開始，妳就只是個普通的大學生。」

如果可以的話，多麼希望能夠幫上他的忙。多麼希望能夠回報他幫助自己及奈緒的恩情。多麼希望被他需要。多麼希望能夠竭盡全力爲他做事。

直到被他拋棄爲止。

「下車。」

不知從何時開始，車子已是停止的狀態。理緒轉頭望向窗外。眼前看見櫛比鱗次的老舊住宅及公寓。車子停在一座小小的公園前方。一年前的秋末，他正是在這裡對自己伸出了援手。

「加加谷先生，我……」

「下車。」

加加谷的聲音，不帶絲毫的憐憫與同情。

眼淚簌簌滾落臉頰，宛如取代鯁在喉嚨沒辦法發出的聲音。一旦下了車，此生多半再也沒有相見的機會。我不想走。我不想下車。我想要永遠待在這裡，待在你的身邊。即使當奴隸也無所謂。

理緒將疲軟無力的雙腳跨出了車外。

車門一關上，那宛如吸飽了黑暗的車子立即發進，轉眼間已消失在夜色之中。

◎

「怎麼，鐘下沒有跟你一起來？美空雲雀早已經在裡面等著你們了。」

藤崎依照昨晚鐘下突然變更的時間，來到位於薄野的租賃音樂練習中心，坐在櫃檯內的老人劈頭便這麼說。

或許是因爲這間老舊的音樂練習中心沒什麼客人，自己才來第三次就被當成了熟客。藤崎心想，或許差不多該收手了。如果是眞正的樂團，被這老人記住長相當然沒什麼損失。但三人在這裡眞正幹的事情，一旦被記住長相就必須承擔相當大的風險。

「啊……藤崎哥……」

藤崎打開練習室的門，便看見小南跟昨天一樣坐在鼓組的陰暗處。她一見藤崎，立刻輕輕點頭打了招呼。藤崎心想，這女人似乎以爲自己的年紀比她大，所以每次講話都使用敬語。當然藤崎也不清楚小南這個年輕女人的來歷及年齡，但從外觀上看來，就算稱之爲少女似乎也不爲過。

「小南，妳身體不舒服嗎？」

「咦……爲什麼這麼問？」

「妳的氣色看起來很差。」

而且表情僵硬。雖說從第一天見面起，小南就一直處於緊張狀態，但今天的她除了緊張之外，神情似乎還多了幾分悲愴。

小南露出了生硬的微笑。

「我沒事，只是有點感冒。」

「是嗎？沒事就好。」

到昨天爲止，小南的臉上從來不曾有過一絲笑容。今天她竟然在交談中揚起嘴角，反而讓藤崎有些摸不著頭緒。藤崎從牆邊拖來一張椅子，坐了下來。從褲子口袋中掏出智慧型手機一看，完全沒收到來自鐘下的聯絡。鐘下向來是個很守時的人，這是他第一次遲到。

「鐘仔怎麼還沒來？」

「是啊……」

「對了，昨天鐘仔跟我說妳要加入，我眞的嚇了一跳呢。妳本來不是很討厭這種事嗎？」

昨天藤崎收到了一封鐘下傳來的訊息。內容相當簡潔，只寫了一句「明天時間改成六點，小南也會來」。藤崎看了之後感到相當意外。過去兩天相處下來，小南都是一副充滿罪惡感的愧疚神情。因此當鐘下對她說「不用再來」時，藤崎以爲她一定相當開心，從此不再出現。

小南垂著頭低聲說道：「因爲我需要錢……我媽媽生病了，我得照顧她。」

藤崎一聽，心中更是狐疑。

就算小南的母親眞的生病，那應該也不是這兩天突然發生的事情。用這個理由來解釋她爲什麼突然改變心意，似乎有點說不過去。但藤崎轉念又想，這世間本來就有很多事情無法以常理來推論。或許小南只是剛好遇上了某件足以讓她改變心意的事情。

驀然間，褲子口袋裡的手機輕輕震動了一下。藤崎取出手機一看，原來是收到了一則訊息。藤崎讀完之後將手機塞回口袋，問道：「小南，我能問一個問題嗎？妳跟鐘仔是什麼關係？」

小南猛然聽見這個問題，似乎有些亂了方寸。

「爲……爲什麼突然問這個……」

「也沒有爲什麼。鐘仔還沒來，沒什麼事情可做，而且我一直對這一點好奇。你們兩個人看起來不像是朋友，而且關係很緊張，讓我很納悶。」

小南呑呑吐吐了一會，最後還是沒有回答這個問題。她是一個非常謹愼小心的人。永遠懷抱著戒心，絕不向他人提供沒有必要提供的資訊。就好像一面有刺的鐵絲網。

因此藤崎決定朝這面鐵絲網拋出一顆石頭看看。

「是不是因爲加加谷的關係才認識的？」

小南這個女人平常控制表情的能力還算是高明，但只要遇上出乎意料之外的事情，她的反應往往會相當直接。果不其然，小南一聽到這句話，表情就像是凍結了一樣。

「你認識加加谷？」

「不認識，只聽過名字。聽說他是鐘仔從前的老大。妳跟鐘仔在平常的狀況下，似乎不太可能會變成朋友，所以我才猜想，你們是不是因爲加加谷才扯上了關係？」

其實藤崎早就知道小南與加加谷有頗深的淵源，而且鐘下再三警告，在騙到目標金額之前，絕對不能詢問小南任何有關加加谷的事情。但藤崎想，未來不見得還有機會像這樣與小南獨處。事實上，鐘下甚至還禁止藤崎與小南交換聯絡方式，或許是不樂見兩人私下建立交情吧。因此藤崎決定要把握現在這個絕佳機會。反正談完之後，告訴小南「別把這件事告訴鐘仔」就行了。

「那個加加谷到底是個什麼樣的人？我對他有點感興趣呢。」

「呃……我……我去一下洗手間……」

小南匆忙起身，膝蓋不小心撞歪了椅子，發出乒乓聲響。藤崎見她匆匆奔出了門外，不禁撥了一下劉海，嘆了一口氣。看來自己有些操之過急了。對付小南這個女人，恐怕還得花上更多時間才行。在這個世界上，「只要遇上態度強勢的人，就會因爲緊張而不小心說溜嘴」的人所在多有，但從剛剛小南的反應看來，她的情況似乎相反。當她被逼急了，反而會更加守口如瓶。根據以往的經驗，像小南這樣的人才是最棘手的對象。

不過另一方面，剛剛的交手卻也讓藤崎有了意外的收穫。小南離去的時候，並沒有帶走放在鼓組後頭的托特包。

到昨天爲止，小南只要離開練習室，必定會把自己所有東西帶在身上。這次她竟然把托特包忘在練習室內，可見得當她聽見加加谷這個名字時，慌張程度遠超過表現出來的態度。

藤崎一邊如此想著，一邊拿起那個淡綠色的托特包。首先拿出裡頭的錢包，仔細查看錢包裡的每一樣東西。但小南並沒有把任何有可能洩漏身分的東西放在錢包裡。健保卡、集點卡、會員卡……任何有可能記載姓名或出生年月日的證件或卡片，在錢包裡都找不到。看來這個女人比想像中還要更加棘手。

藤崎將錢包放回托特包內，盡量不改變裡頭每樣東西的擺放位置。接著藤崎從托特包的內側口袋內，取出了小南的手機。那手機有著記事本型的外殼，藤崎試著按下開機鍵，螢幕上出現了指紋辨識的畫面。藤崎當然沒有辦法通過指紋辨識這關，只能放棄了。

手機的記事本型外殼有一些專門放置卡片的夾層，藤崎一一檢視每個夾層，在最下層發現了一張大約名片大小的白色紙卡。上頭寫著十一個數字，字跡相當工整，似乎是手機的號碼。

藤崎從褲子口袋掏出自己的手機，拍下了那串數字。

接著藤崎將手機從外殼上拆下來。裸機的背面貼著一枚大頭貼的照片。照片裡是兩名少女，其中一名少女將手指抵在下巴處，臉上笑容可掬，正是小南。另一名少女將頭髮綁在兩側耳朵的後方，看起來年紀比小南更加幼小。

那少女依偎在小南身邊，表情洋溢著幸福。兩人眼睛有點像……或許這少女是小南的妹妹。小南及那名少女的服裝，穿的都是市內某道立高中的制服。

藤崎將那張大頭貼也拍了下來。接著藤崎調高手機的解析度，又拍了一張。就在這時，門外傳來了廁所門開啓的聲音。這棟建築物實在太老舊，廁所的門在開關時都會發出吱嘎聲響，連在練習室裡也能聽見。原本是個缺點，卻帶給了藤崎意外的方便。藤崎立刻將小南的手機裝回殼內，將手機放回托特包的內側口袋，然後將托特包放回原位。

「……你在做什麼？」

「嗯？沒什麼啊，我只是想敲敲看這個鼓。」

小南看見藤崎拿著練習室內的鼓棒，在銅鈸上不停磨蹭，只是露出一臉看見了怪咖的表情，並沒有多說什麼。

「鐘仔今天好像沒辦法來。他寫了封信給我，說他『嚴重偏頭痛，完全動不了』。」

「咦？」

其實這封信在很早之前就收到了。但藤崎擔心一旦說出來，小南馬上就會回家，所以故意拖延到現在才說。

沒想到小南的驚訝程度，遠遠超越了藤崎的預期。那反應甚至可以用「驚惶失措」來形容。她的視線變得飄忽不定，面色變得更加凝重。原本她今天就顯得有些坐立不安，如今這股不安的氛圍變得更加明顯了。藤崎愈看愈覺得不對勁，問道：

「小南，妳是不是有什麼重要的事情要找鐘仔？」

「……沒有，沒那回事。我只是想既然鐘下哥不能來，留在這裡也沒用，我還是回家好了。」

「是嗎？要不要一起去吃飯？」

「不了，謝謝。我先走了……啊，這裡的租金……」

「沒關係，我來付就好。」

小南拿起托特包，微微點頭鞠躬，像逃命一樣快步走出了練習室。

藤崎等練習室的門關上之後，又坐回椅子上，取出手機。以剛剛拍攝的那個手機號碼在網路上搜尋，沒有找到任何相同的電話號碼。這一點早在預期之內，因此藤崎並不特別失望。

接著藤崎將自己的手機設爲不顯示號碼，直接撥打了那個手機號碼。沒想到才剛撥出，另一頭就傳來「您撥的號碼爲空號」的電子語音。到了這個階段，藤崎就有些失望了。

藤崎嘆了一口氣，站了起來。全身有股說不上來的倦怠感，宛如體內塞了鉛塊一般。或許是有點太累了。腦袋也隱隱作痛。藤崎穿上野戰外套，揹起偽裝用的黑色軟布樂器盒，走出了練習室。這棟建築物的走廊及樓梯，就像是夜晚的醫院一樣陰森，自己的腳步聲聽起來異常刺耳。到了一樓後，藤崎走向坐在櫃檯內的老人。

「今天這麼早就要走了？還有一個怎麼沒來？」

「他說頭痛，今天沒辦法來。」

藤崎付了錢，走出建築物。冰冷的晚風迎面撲來，讓藤崎不由得縮起了脖子。藤崎一邊走，看著剛剛偷偷拍攝的大頭貼照片。照片裡的小南跟另一名少女，臉上帶著幸福的笑容。

要查出小南的底細，應該不難。

屆時知道她的身分背景之後，要突破她的心防應該就會變得比較容易。對了，另一名少女如果是她的妹妹，或許可以從妹妹下手。藤崎的腦海浮現了好幾種方法，可以找到這個妹妹。只要能夠跟妹妹建立良好關係，相信小南應該也會……

「你在這裡做什麼？」

耳邊突然響起一道尖銳的聲音，同時有人拉住了自己的手腕。藤崎不由得倒抽了一口涼氣。抬頭一看，抓住自己手腕的那個人，竟然是個熟人。不管是姓名、長相，還是那抬頭挺胸的站姿，以及那喜歡蹚渾水的性格，都是如此熟悉。

「你到底在玩什麼把戲……鍊！」

森川春風的臉色帶著三分的悲傷及三分的嚴峻。

3

春風拿著兩杯飲料回到包廂，看見鍊還坐在包廂深處的沙發上，內心隱隱鬆了一口氣。至少他還乖乖待在包廂裡，並沒有偷偷溜走。

「飲料是隨便倒的，喝可樂可以嗎？」

春風將杯子放在桌上。鍊只是默默看著螢幕上的廣告影片，不發一語。他的頭髮染成了青灰色，簡直像是覆蓋了一層霜。

鍊將雙手交叉在胸前，宛如建立起了一道堅固的防線。他的眼睛對春風連看也不看一眼，而且自從兩人在那棟老舊的租賃音樂練習中心前見面之後，他就不曾開口說過一句話。這一切的反應及肢體語言，都象徵著強烈的反抗心態。

然而鍊這種明顯的反抗態度，反而讓春風安心不少。要是在這樣的狀況下，眼前這個高中生還能談笑自若，春風還真的不知道該拿他怎麼辦才好。

星期六的晚上六點半。薄野的每一家ＫＴＶ都是人滿爲患，春風能夠找到這間空的包廂，已經可以說是奇蹟。隔壁的包廂不斷傳來女孩子的歡樂歌聲，以及伴奏的重低音。

「肚子餓不餓？可能會花點時間，如果你想吃什麼的話……」

啪！粗暴的聲響直接打斷了春風的話。春風低頭一看，鍊在桌面上重重拍了一掌。不，正確來說他拍的並不是桌面，而是他自己的手機。

鍊終於正眼朝春風望來。他的眼神如此銳利，如一頭隨時可能會咬斷敵人咽喉的野狼。

「我的手機被植入了追蹤ＡＰＰ。妳就是靠這個方法，掌握我的行蹤的吧？」

「是啊，沒錯。」

春風在鍊的手機中植入的，是購物網上號稱「抓猴神器」的追蹤ＡＰＰ。只要將這款ＡＰＰ植入手機之中，就算手機的主人關閉手機的ＧＰＳ定位功能，追蹤者還是可以知道手機的所在位置。不僅如此，追蹤者還可以透過網路取得該手機的通話紀錄，甚至是操控手機的拍照、錄影及錄音功能。春風剛得知這世上竟然有這麼可怕的ＡＰＰ時，幾乎不敢相信自己的眼睛。而且只要支付費用，任何人都能取得這個ＡＰＰ。

「這種類型的ＡＰＰ，必須直接操控手機才能植入。妳是怎麼做到的？而且妳還把圖像隱藏了起來，讓我沒有辦法察覺。我手機的指紋鎖，妳是怎麼解開的？」

有如刀鋒一般銳利的質問，讓春風在一瞬間產生了遲疑。這短短的遲疑，讓鍊恍然大悟，明白了春風使用的手法。原本平滑的臉部曲線逐漸變得僵硬。

「是翠，還是陽？還是兩個一起搞的鬼？」

「……是我拜託他們這麼做的。提出這個方法的人是我。」

「原來如此，難怪妳前幾天會突然跑到我家來。那天晚上，我正在使用手機的時候，翠突然說什麼浴室的熱水器怪怪的，把我引誘到浴室裡。妳就是趁那時候下手的吧？」

眞是個直覺敏銳的孩子。春風望著眼前的少年。他的雙眸因憤怒而放射出鋒利的目光。那眼神的銳利程度，甚至可能讓他自己受傷。

一切正如同鍊的推測。

三天前，也就是十一月十日星期三，春風拜訪北原家的時候，首先假裝不小心傳錯訊息，引誘鍊拿出他的手機。等到鍊解開了指紋鎖，並且刪除了誤傳訊息之後，翠立刻找理由將他帶離現場。處於解鎖狀態的智慧型手機，大約會有三十秒到一分鐘的時間，不用再進行額外的授權。換句話說，在這段期間裡，任何能夠觸摸到螢幕的人，都能夠對手機下達指令。負責在鍊的手機中植入APP的是陽。在做這件事的過程中，他的表情一直相當痛苦。

「妳爲什麼指使他們這麼做？陽跟翠絕對不會主動做，一定是受到慫恿。妳的目的是什麼？」

「我的目的是什麼？」

春風拉高音量，重複了鍊的話。

「你眞的不知道我的目的是什麼嗎？陽跟翠那麼喜歡你，你沒想過他們爲什麼願意幫我做這件事？鍊，你已經兩個星期沒去學校了。你還讓正人假扮監護人，對學校說謊，不是嗎？」

鍊的表情沒有絲毫變化。他最厲害的地方，正是任何時候都能不帶絲毫感情的撲克面孔。但春風心裡很清楚，鍊只是臉上不帶感情，並非心中不存在感情。因此春風並不以爲意，繼續說道：「你對很多人都說了謊。對陽、對翠、對正人、對由紀乃阿姨……你以爲沒有人會發現嗎？難道你沒有想過，你最近的行爲這麼詭異，可能會讓母親及弟弟妹妹擔心？」

鍊的瞳孔微微搖曳，有如承接著雨滴的水面。

還是全部都說出來好了。春風心裡如此想著。還是應該要讓他知道才行。

於是春風訴說起來龍去脈。爲什麼今天自己會在音樂練習中心前逮住鍊？這整件事，得從四天前開始說起。

◎

十一月九日。春風看了那張疑似拍到鍊的照片的隔天。上完了所有的課，春風前往鍊的家。

當然在前往之前，春風寄了好幾封訊息給鍊，但是完全沒有收到回信。

那張照片的拍攝時間，是上個星期四的下午。如果那個人眞的是鍊，爲什麼他沒有去學校？調查鐘下的行動已經結束了，這是他親口作出的承諾，他又來大學做什麼？由於這件事的疑點實在太多，再加上鍊完全沒有回應，春風決定直接到鍊的家裡問個清楚。

「春風姊，怎麼了？」

「就算妳現在說要當哥哥的女朋友，也已經太遲了。」

開門迎接春風的是北原家雙胞胎。陽與翠剛從國中放學回來，都還穿著國中的西裝式制服。

「抱歉，突然跑來。鍊還沒有回來嗎？」

「還沒，哥哥說過他最近都會晚回來。」

「春風姊，妳找鍊哥有事？」

「嗯……有幾句話想問他。我能夠在裡面等他回來嗎？」

翠大方地說了聲「請進」，陽卻皺著眉頭咕噥道：「既然妳沒有要當哥哥的女朋友，跑到我們家來幹什麼？」直到春風遞出了手中的一盒蛋糕捲，陽才滿臉堆笑，嘴裡喊著「歡迎、歡迎」，手裡捧著那盒蛋糕捲，將春風迎進客廳。

「我可以問你們一個有點奇怪的問題嗎？鍊上個星期四有沒有去學校？」

春風喝著翠及陽泡的咖啡，對著兩人問道。兩人坐在餐桌的對面，已經吃起了蛋糕捲。他們聽見春風的這個問題，都愣了一下。

「有啊，我們跟鍊哥每天都是一起上學。」

「哥哥從上高中到現在，一天都不曾請假，很厲害吧？」

但翠與陽是國中生，鍊是高中生。就算每天一起上學，也會在半路上分開。兩人不會親眼看見鍊走進學校。春風猶豫了一下，決定拿出自己的智慧型手機。

「我再問你們一個有點奇怪的問題……你們覺得這張照片裡的人是誰？」

春風曾拜託皐月，將她拍攝的照片傳送到自己的手機裡。此時春風點開照片，將手機放在桌上。翠與陽同時將頭探過來，兩個人的頭幾乎碰在一起。看了幾秒鐘，翠率先呢喃說道：

「鍊哥……？」

春風連忙將身體湊上前問道：「你們也覺得這個人就是鍊嗎？」

「臉看不太清楚，但很像是沒有戴眼鏡時的鍊哥。」

翠如此說道。一旁的陽卻是不發一語，不曉得內心有何想法。春風與陽四目相對，陽沒有立刻應答，反而以試探的眼神問道：

「這照片是怎麼來的？春風姊，妳今天來找鍊哥的目的到底是什麼？」

「這張照片是我大學的朋友在大學的校園裡拍到的，時間是上個星期四。我一看到這張照片，第一個反應也是這個人跟鍊好像。但是鍊那天應該在學校上課才對，我愈想愈覺得不對勁，所以想要直接向他確認。」

陽凝視著春風，再度陷入沉默。他的眼神彷彿在評估著「這個女人的出現，對哥哥是好事還是壞事」。陽乍看是個沒有心機的開朗少年，但或許他的戒心比別人強上一倍。

「我不知道。這張照片裡的臉根本看不清楚，而且我覺得一點也不像鍊哥。」

陽一邊以叉子叉著蛋糕捲，一邊以一副絲毫不感興趣的口吻說道。

但是一旁的翠，依然目不轉睛地看著照片裡的人物。

「春風姊，妳說這張照片是上個星期四拍的？」

「嗯，是啊。」

「在這天的隔天，也就是星期五，我上體育課時貧血暈倒，下午請假回家休息。那天陽也跟我一起請了假，我跟他說不用，但他怕我在路上又暈倒，堅持陪著我一起回家。結果……」

「翠！」

陽忽然尖聲大叫，打斷了翠的話。翠皺起眉頭，看著自己的雙胞胎兄弟，說道：

「爲什麼不能說？你不是也看見了嗎？那時你不是也說『很像』？」

「妳自己也說『一定不是鍊哥』，不是嗎？這兩件事根本沒有關係，妳不要隨便說。」

「請你們告訴我，上個星期五到底發生了什麼事？」

春風以堅定的口吻朝陽說道。陽變得有些坐立不安，將頭轉向一邊。翠代替他解釋道：

「請假的那天，我們在回家的路上，看見了正人。」

「正人？」

春風的腦海浮現了住在隔壁的那個專門學校學生的臉孔。劉海幾乎蓋住了眼睛，身材修長勻稱，能夠縫製出相當漂亮的衣服。

「正人上課的專門學校，和我們就讀的國中很近，我們好幾次在放學的時候遇上他，這不是什麼稀奇的事情。所以那天我們看見正人，這件事本身並不奇怪，但是那時候正人和另外一個人走在一起，那個人長得有點像是沒有戴眼鏡的鍊哥……」

根據翠的描述，當時先說出「那個人好像鍊哥」的人，其實是陽。翠雖然也覺得那個人長得有點像哥哥，但最後作出了「一定不是」的結論。因爲那個人的頭髮顏色和鍊完全不同，而且那天早上鍊還穿著制服和雙胞胎一起出門上學，不可能在剛過中午的時間，就換了完全不同的頭髮顏色，和正人一起走在路上。

「但那或許是……」

翠說到一半，就沒有再說下去，但春風很清楚她想表達什麼。

如果只有星期五的那件事，最後的結論一定是「那個人只是跟鍊很像而已」，兩人不會有絲毫的懷疑。沒想到春風卻帶來了新的證據，也就是在前一天的星期四所拍攝的照片。翠說照片裡的人跟鍊非常相似。陽雖然不願意明講，但他心裡應該也是這麼覺得吧。

當然光靠這兩件事情就要作出結論，或許還有點太武斷。但不能否認有那麼一點可能，鍊每天都假裝出門去學校，其實後來都去了別的地方。

「這兩件事情，一定都只是一場誤會。哥哥非常喜歡去學校，絕對不可能蹺課。他常常告訴我們，『既然繳了學費，就要拚命上課，拚命跑圖書室跟教師辦公室，才不會吃虧』。」

「可是……鍊哥最近回家的時間都很晚。從前的他，只有要開班長會議的日子才會晚一點回來，基本上每天都會跟我們一起吃晚餐。最近他每天都把晚餐的菜放在冰箱裡，叫我們拿出來吃，他自己回到家的時候已經是三更半夜了……這不是有點奇怪嗎？」

「哥哥也說過，那是因爲他忙著在學校準備考試的關係。他明年就是考生了，會變忙也很正常。何況他晚上九點左右就會回到家，也稱不上是三更半夜。回來之後，他會一邊吃晚餐，一邊跟我們講學校的事。我記得他上個星期四，也說過學校有小考。」

「但我們沒有辦法證明鍊哥說的是眞話還是假話。早上他跟我們在校門口分開之後，他去了哪裡，我們根本不知道。就算鍊哥從頭到尾都是在騙我們，我們也……」

「怎麼可能！哥哥怎麼可能會騙我們？」

陽忽然激動地大喊。翠嚇得肩膀抖了一下，不敢再說下去。

雙胞胎互相瞪視，一時僵持不下。春風看了看陽，又看了看翠，沉吟片刻後站了起來。

「正人就住在隔壁公寓，是嗎？他住在幾樓的幾號室？」

「……春風姊，妳要去找他？」

「嗯。我們繼續在這邊吵，也無濟於事。至少星期五那件事，只要詢問正人，就可以知道那天他旁邊的人是不是鍊。」

春風披上大衣，請兩人帶路，翠與陽於是也站了起來。兩人各自穿上相同款式但不同顏色的牛角釦大衣，帶著春風走出門外。

辻正人就住在隔壁的公寓裡。那棟公寓的外牆看起來像是以土黃色的磚塊堆砌而成，一樓的大門同樣採用自動上鎖系統。陽代表三人按了對講機上的門鈴。正人只要在家，就可以透過對講機上的攝影鏡頭看見陽。

「哪位……咦？你是陽嗎？怎麼會突然跑來找我？有什麼事嗎？」

「正人，有件事想跟你談一談，能讓我們上去嗎？」

「呃……好，我馬上開門……」

三人走進一樓的自動門，搭上了電梯。正人的房間在五樓。三人在五樓出了電梯，春風跟著翠與陽前進，來到位於走廊中間附近的米色門扉前方。

這次換春風代表三人按下了門鈴。等了一會，門內傳出細微的聲響。

「陽，你怎麼……啊？」

雖然正人的兩眼幾乎完全被劉海遮住，但他看見春風時，春風還是可以明顯看出他瞪大眼睛。沒想到正人會受到這麼大的驚嚇，春風心中不禁感到有些抱歉。

「正人，眞抱歉突然來打擾你。我就直截了當地問了，上個星期五，你跟鍊……」

「對……對不起對不起對不起……！」

正人忽然開始拚命道歉，春風不由得傻住了，陽與翠的反應也大同小異。正人躲在門後，不斷朝三人鞠躬，嘴裡喊道：「我實在是沒有辦法拒絕他……對不起對不起對不起……！」

「正人，你先等一下。你是因爲什麼事跟我們道歉？你說沒辦法拒絕又是什麼意思？」

「咦……？你們不是因爲知道了那件事，才跑來質問我嗎？」

雙方完全雞同鴨講，對看了幾秒鐘，正人察覺自己招供得太快，霎時臉色發白。他急忙想要將門關上，春風立刻將右腳的腳板塞進了門縫裡。今天春風穿的是一雙非常堅固的長靴，那門板沒辦法關上，發出「喀」一聲響，緊接著是正人一聲尖叫。

「太、太強了……」

「春風姊簡直就像格鬥家……」

「正人，突然登門叨擾很抱歉。但在門口說話，可能會打擾附近鄰居，我們進去談吧。」

「哇……啊啊啊……！」

春風在正人的胸口一推，正人不由得退好幾步。春風踏入門內，雙胞胎也跟著踏進去。陽回頭將門關上，翠將門鎖上，還不忘將鍊條鎖也扣上，可見得兩人有非常好的居家安全觀念。

正人的住處是一間約五坪大的套房，除了床及桌子等家具之外，還有一臺縫紉機，不愧是服飾專門學校的學生。牆上到處掛著他自己設計的服裝，每一件都很有個性。

正人跪坐在床與書桌之間的地板上，不停打著哆嗦，簡直就像是一隻在寒冬的戶外冷得直發抖的小狗。春風坐在書桌旁的椅子上，將雙手交叉在胸前，低頭看著正人。雙胞胎則並肩坐在正人的床上。到底該怎麼從他的口中問出眞相呢……春風想來想去，除了嚴詞逼問之外，似乎沒有更好的做法了。

「正人，你剛剛說的『那件事』，指的是什麼事？你以爲是什麼事被我們知道了？」

「咦？什麼事？我剛剛有說話嗎？」

正人以顫抖的聲音開始裝瘋賣傻。春風於是把他的言行中的破綻一項一項如數家珍般地說了出來。一分鐘之後，正人徹底放棄垂死掙扎，他垂下了頭，有氣無力地說道：

「鍊拜託我打電話給學校，自稱是由紀乃阿姨的弟弟，說鍊身體不舒服要請假……」

春風不由得大吃一驚，雙胞胎也受了相當大的衝擊。

「正人，鍊哥是在哪一天拜託你這麼做？」

「從上星期一到今天……只要是必須上課的日子都……」

「什麼？這麼算起來，已經很多天了……」

「等等，上個星期一跟星期二，鍊的高中不是因爲文化祭補休，不用到學校上課嗎？」

當初在迴轉壽司店裡，鍊確實這麼說。因爲他這句話，兩人才一起追查攔路搶劫的強盜。

陽皺起眉毛，搖頭說道：

「哥哥學校的文化祭，早在六月就結束了，當時他還邀請媽媽跟我及翠一起去玩呢。」

此時春風的心情，就像目睹現實像沙雕城堡一樣坍塌。春風只好繼續朝正人問道：

「正人，鍊爲什麼要做這種事？他沒去學校，到底去了哪裡？」

「這我也不知道。每次我問他，他都回答『有一些非做不可的事，但我不能說』。我明知道不該幫他，但他一直低頭懇求我，還說找不到其他人幫忙……我實在沒辦法拒絕……」

根據正人的描述，鍊每天早上都會跟翠、陽一起出門。送兩人到國中的校門口之後，鍊就會往回走，來到正人的房間。鍊會在這裡向正人借衣服穿，換裝之後就會離開，不知前往何處。到了晚上，鍊又會回到正人的房間，換回制服才回家。

「那上個星期五，又是怎麼回事？陽跟翠說他們看見你跟一個很像鍊的人走在一起。我們今天來找你，原本只是要問這個。」

「上個星期五……啊，那天翠貧血暈倒，所以下午請假，對吧？陽傳了訊息，把這件事告訴鍊，鍊於是聯絡我，說翠今天不舒服，所以他也得早點回去。鍊每天早上從我這裡離開之前，都會將頭髮做個造型，所以他必須先回這裡洗澡及換衣服，才能夠回家……」

春風深深嘆了一口氣，感覺整個胃部像塞了鉛塊一般沉重。

這麼看起來，皐月在上個星期四拍到的男人，很可能眞的是鍊。但如果那個人眞的是鍊，他到底在幹什麼？

「正人……哥哥這陣子到底在做什麼？他現在到底在哪裡？」

陽緊鎖雙眉，大聲問道。相同的問題，其實春風早已問過，正人也早已回答過「不知道」，如今陽按捺不住，又問了一次。

「我是眞的不知道，對不起……我只知道一點……」

正人以充滿不捨的口氣說道：

「鍊每天晚上回到我這裡時，都相當疲憊。簡直像是耗盡了所有的精力，臉色非常憔悴……我有時眞的看不下去，會讓他在洗完澡之後，在我的床上休息一下。他每次只要一躺下來，都會睡得像個死人一樣。有時我看他完全不動，而且臉色蒼白，還會擔心他是不是已經沒有呼吸了。我眞的不知道他爲什麼……」

正人說到這裡，沒有再說下去。春風可以看見他那被劉海遮蓋的雙眼，已經有些濕潤。

鍊到底每天都去了什麼地方？到底在做些什麼事？想必正人自己也迫切想要知道答案。

三人離開了正人的家。返回自家的一路上，翠及陽都完全沒有開口說話。

「……我去聯絡哥哥看看。」

一回到家裡，陽低聲丟下這麼一句話，便沿著內廊往右轉了個彎，走進了一間房間。翠告訴春風，那是鍊與陽共同使用的房間。陽微微拖著右腳走路的背影，這一刻特別讓春風感到鼻酸。

「鍊哥原本有自己的房間，就在媽媽的房間的隔壁。但就在我上了國中之後，鍊哥主動把他的房間讓給了我。他說因爲我是女生，應該要有自己的房間比較好。像這一類的事情，鍊哥總是我們家第一個想到的人。鍊哥已經是高中生了，我想他一定會想要一間能夠安靜做自己的事的房間，但他卻大方地把房間讓了出來。陽知道這件事之後，反而開心得不得了，因爲可以和鍊哥睡在同一個房間裡。」

翠一邊說，一邊走向客廳的沙發，坐了下來。春風也在她的旁邊坐下。美麗的少女一直看著內廊的方向，顯得相當爲自己的雙胞胎兄弟擔憂。

「鍊哥是陽眼中的英雄。陽得知受鍊哥欺騙，心裡一定很難過。」

「看來陽眞的非常喜歡他哥哥呢。」

「嗯，用喜歡還不足以形容。自從鍊哥爲我們報仇，鍊哥就成了陽心目中最重要的人。」

春風愣了一下。剛開始的時候，春風甚至不敢肯定翠說的是「報仇」這兩個字。

「妳說的是報仇嗎？向誰報仇？發生了什麼事？」

「春風姊，妳上次來我們家的時候，不是問過陽，關於他的右腳的事？」

「嗯，他只說國小時發生意外，留下了後遺症。」

「其實那根本不是意外。國小四年級的時候，有一群六年級的學長一直欺負我跟陽，是他們把陽從學校的三樓窗戶推下去。」

春風霎時啞口無言，不敢相信自己聽到的話。

「我跟陽剛轉學來時，幾乎整個學校的學生都把我們當成敵人，尤其是四個平常總是一起行動的六年級學長，特別愛找我們麻煩。有次，那四個學長又……要對我惡作劇，陽跑來救我。」

雖然翠使用了「惡作劇」這種說法輕輕帶過，但春風基於一股直覺，明白那些學長對她做的事，必定帶著令人毛骨悚然的惡意，絕對不是一句惡作劇可以形容。春風不由得握住了翠的手。一家四口之中，翠與錬最爲相似。此刻她的手猶如浸泡在冰水之中一般，沒有絲毫的暖意。

「那個時候陽的年紀還小，而且六年級學長的人數較多，但是陽用力撞向其中一個學長，讓那個學長摔倒……那是我第一次看到，陽露出那樣的表情。後來，一個學長打開窗戶，把陽推向窗邊。其他學長也跟著起鬨，想要把陽推下去。聽起來很不可思議，對吧？我直到今天，還是不敢相信，怎麼會有人做出那種事。所以剛開始我沒辦法理解他們在幹什麼。我不敢相信有人做出那麼過分的事情。但這件事就發生在我的眼前。他們四個人，圍著年紀比他們小的陽，一直把他往窗外推。當我好不容易喊出一聲『住手』的時候，陽已經掉下去了。」

翠的聲音不停顫抖，淚珠滑過了白色的臉頰。

「陽被送上了救護車，我則是被帶到另外一間房間問話。我一次又一次，告訴老師及那些學長的父母，陽是被學長們推下去的，但沒有人相信。因爲事情發生的時候，沒有其他人在場，那些學長們都說『陽是自己胡鬧才不小心掉下去』，大人都相信他們的話，認爲是我說謊。」

「可是……陽受了重傷，那些人怎麼會做出那麼草率的判斷？」

「因爲那幾個六年級的學長，都是打算報考私立國中的資優生，在學校裡的成績非常好。不管是老師還是他們的家長，甚至是其他有權力決定事情的大人，都認爲他們不可能做那麼壞的事。那些大人們本來就不喜歡我跟陽，所以不管我怎麼說，他們都不相信。」

春風拚命想要從亂成一團的腦袋中整理出一些思緒。爲什麼全校的人都討厭這對雙胞胎？陽被人從校舍的三樓推落，大人們怎麼會完全不採信翠的證詞，只以單純的意外來處理這件事？難道只因爲這對雙胞胎在學校不受人喜愛？春風左思右想，總覺得事有蹊蹺。

「翠，妳跟陽是不是有什麼不尋常的經歷？否則的話，怎麼會遭到那麼惡劣的對待？」

翠凝視著春風，被淚水濡濕的瞳孔有如豔麗的黑水晶，讓原本的哀戚更增添幾分淒美。

「春風姊，妳覺得做了壞事的人一定該死嗎？」

「翠？」

「如果有一個人做了壞事，是不是連他的家人都應該受到處罰？」

「翠！」

客廳的入口處傳來尖銳的叫喚聲。轉頭一看，陽正以銳利的眼神瞪視著自己的雙胞胎姊妹。

「妳想說什麼？別說出那件事！」

「但是……春風姊是鍊哥帶回家的朋友。鍊哥絕對不會把沒辦法信任的人帶回家。過去他從來沒有把朋友帶回來過。」

「那也只有一次而已。而且她既然不是哥哥的女朋友，那就是局外人，絕對不能輕易信任。翠，妳的缺點就是太容易相信別人了。」

「我也不會隨隨便便就相信一個人。但我認爲春風姊是個可以信任的人。陽，其實你也很喜歡她，不是嗎？」

「但是哥哥跟她已經不再見面了。這代表她也只是這種程度而已。既然哥哥已經跟她切斷關係，我們也應該跟她切斷關係。妳別再跟她說話了！」

「你現在是在命令我嗎？我們是雙胞胎，可沒有上下的分別。還是你以爲你是男人，所以比較偉大？就只有最笨的笨蛋才會有這樣的誤解。而且說眞的，你都已經國二了，還是只會當鍊哥的跟屁蟲，你不覺得這樣很遜嗎？」

「什麼……我才不是跟屁蟲！」

「……你們兩個吵吵鬧鬧的，到底在吵什麼？」

雙胞胎再度鬥起了嘴，春風正想當和事佬，忽然聽見旁邊傳來說話聲。春風吃驚地轉頭一看，鍊及雙胞胎的母親由紀乃正站在大門處，錯愕地瞪大了眼睛。她似乎是在下班之後先去了一趟超市，她身上雖然穿著全套褲裝，手上卻拎著環保袋。

「我費盡千辛萬苦，才提早下班回來，卻在門外就聽見你們的爭吵聲。到底發生了什麼事？你們這樣吵架，春風應該也會很困擾吧。」

如果鍊是北原家的魔鬼士官長，那麼由紀乃就是北原家的最強元帥。陽和翠一看見母親，立刻乖乖閉上了嘴，而且兩人不約而同地縮起肩膀，露出一臉尷尬的表情。

「你們怎麼都不說話？到底發生了什麼事？」

陽與翠依然保持緘默，由紀乃轉頭望向春風，歪著脖子問道：「妳知道發生了什麼事嗎？」

一時之間，春風也不知道該怎麼解釋才好。

4

春風能夠對由紀乃說出口的事情並不多。鍊長期蹺課一事，雙胞胎拚命以眼神懇求春風不要說。春風也覺得在釐清眞相之前，就把這件事告訴由紀乃，似乎不是明智之舉。於是春風告訴由紀乃，兩個人會吵架是因爲翠說出了陽的右腳受傷的眞相，引來了陽的抱怨。春風遲疑了一下，又說出翠曾提到鍊曾經幫遭到傷害的弟弟「報仇」。

由紀乃默默聽完之後，露出滿臉的苦笑。她撩撥起頭髮，走進了廚房。此時雙胞胎正在廚房裡努力刷著瓦斯爐。這是他們吵架的處罰，下令者當然是最強元帥。

「陽、翠，我跟春風出去一下，你們先吃晚餐吧。今天我可是砸了大錢，買了高檔壽司回來。就在那個袋子裡，你們拿去吃吧，記得把剩下的味噌湯加熱一下。我的份，你們可以吃掉沒關係，但鍊的份記得幫他留下。」

由紀乃走出廚房，穿上一件有毛領的長大衣。

「春風，上次我們一起吃壽喜鍋的時候，妳好像挺能喝。妳酒量不錯，是嗎？」

「沒那回事，小酌程度而已。」

「通常講這種話的都酒鬼。我們出去喝幾杯吧。妳什麼都不用帶，只要帶手機就行了。」

春風雖然有些錯愕，還是點了點頭，穿上大衣。「我們走了！」由紀乃朝雙胞胎喊了一聲，踏著韻律感分明的步伐走出門外。

春風完全沒有預料到事情這麼發展，趕緊在電梯裡寫了一封訊息給母親，告知今天回家會比較晚一點。才剛寄出信件的兩秒鐘後，就收到回信。春風沒有點開那封信，直接將手機塞進了大衣的口袋裡。反正回信的內容，多半只是會讓人心情憂鬱的文字。「嗚嗚，今天眞的好冷。」由紀乃縮著脖子走在街上，大約十分鐘後，指著一家小酒館說道：「就這一家吧。」

由紀乃的外表及舉手投足在在散發著華麗洗鍊的氛圍，因此春風原本以爲她所選擇的店，一定是坐在高腳椅上喝雞尾酒。沒想到最後她挑上的店家，竟然是一家充斥著喧鬧聲的大眾酒館。只見由紀乃以一副熟門熟路的態度踏進店內，走到最後頭的座位坐了下來。

「高湯蛋捲、山葵章魚、生啤酒各一……春風，妳想喝什麼、想吃什麼儘管點。」

「那我要鮟鱇魚肝、冷凍鮭片，再來一杯芋燒酎摻冰塊。」

「咦？妳一臉只會點黑醋栗香橙調酒的模樣，沒想到這麼內行。」

頭上綁了毛巾的店員喊了聲「久等了」，送上一杯啤酒及一杯燒酎。由紀乃二話不說就端起啤酒，大喊一聲「乾杯」，在春風的杯子上敲一下，舉到嘴邊一連灌好幾口。轉眼之間，杯底的啤酒約剩下數公分高。「老闆，再來一杯生啤酒！」她張口大喊，接著輕輕吁口氣，才對春風說道：

「抱歉，突然把妳拉來這種地方。有些事情沒有三杯黃湯下肚，實在是不好啓齒。我們就先談那三個孩子的父親吧。從順序來看，先說這個妳應該會比較好理解。」

「好……」

「那幾個孩子的父親，也就是我的丈夫……呃，嚴格說來是前夫，他是個有前科的人。因爲詐欺罪遭逮捕，被判了五年。算起來那是六年前的事了，當時鍊才小五，陽跟翠才小二。」

春風雖然勉強裝出不以爲意的表情，但心中其實受到了相當大的衝擊。

「詐欺罪？請問他做了什麼事？」

「他本來是在札幌市內的某家公司上班，後來他跟公司內的其他人暗中聯手，騙了公司一億圓。妳可以找找看從前的新聞，應該不難找到才對。偏偏他這個人在年輕的時候就有一點前科，所以因爲詐欺罪遭逮捕之後，被判了很重的刑。」

由紀乃說到這裡，忽然問春風：「要不要吃烤魷魚？我愛死了！」接著她轉頭大聲朝店員點餐。春風心想，或許她故意裝出這個態度，是在爲接下來要說的話爭取心理準備的時間。

「我知道潤犯了法，我知道他做了很不好的事情。自從他遭到逮捕之後，我就算想裝作不知道，也會有人一再提醒我。不止是我，就連鍊跟陽、翠，也因爲這件事情而吃了很多苦。但是老實說……直到現在，我還是一點也不恨他。」

由紀乃目不轉睛地凝視著春風，似乎想要觀察春風的反應。當她說出「我還是一點也不恨他」這句話時，倘若春風流露出一絲一毫不悅的表情，她可能就不會繼續說下去了。

姑且撇開對與錯的問題不談，春風並不會因爲由紀乃聲稱不痛恨詐欺犯而心生厭惡。每個人的心靈都是一片聖地。不管要如何感受，或是如何思考，都是當事人的自由，外人沒有權力置喙。因此春風絲毫沒有躲開由紀乃的視線，內心努力讓自己的主觀想法維持在中立的狀態，不作任何言之過早的推測。

由紀乃再度開口說道：

「我跟潤第一次見面，正是在像現在這個季節，在一家跟這裡一樣吵的酒館內。那年我二十七歲。當時我在市內另一家建設公司工作，每天忙得不可開交。那天我遇上了很不愉快的事情，一個人跑到居酒屋喝酒。沒想到有個喝醉老伯走過來糾纏我，說什麼『女人不應該一個人跑到這種地方喝酒，快回家照顧老公跟小孩』。我說我沒有老公也沒有小孩，那老伯哼笑了兩聲，又對我說：『妳這個年紀還沒有結婚？女人不早點結婚生小孩，人生還有什麼價值？』」

那些歧視女性的言論，讓春風的臉色不由得愈來愈臭。「春風，沒想到妳也會露出這樣的表情。」由紀乃笑著說道。接著她微微低下頭，揚起嘴角說道：

「這時突然有個高高瘦瘦的男人走了過來，安撫起了那個老伯。那個男人就是潤，他眞的是一個很奇怪的傢伙。那老伯見旁邊殺出一個程咬金，改把矛頭對準了他。但是潤絲毫不以爲意，只是默默聽著老伯說話，還不斷笑著點頭。那老伯遇上潤這樣的人，登時像洩了氣的皮球一樣失了氣勢，不好意思再批評下去。接著那老伯竟然自怨自艾起來，一下子說在公司被人瞧不起，一下子說在家裡得不到尊重，最後竟然在我們的面前嚎啕大哭。結果妳知道怎麼樣嗎？我跟潤在店內吃喝的費用，竟然都變成那老伯請客，我們三人一起走出了店外。」

春風心想，看來這個名叫潤的男人，有一股讓人敞開心房的力量。

「潤幫助了我，但我不知道怎麼回報。我這麼告訴潤，他回答『不然今晚讓我住在妳家』。」

春風驚訝地瞪大了眼睛。由紀乃一臉靦腆地笑著說道：「我就知道妳會露出這種表情。」

「後來妳真的……？」

「以結果而言，我確實把他帶回了當時我自己一個人的住處。不過有一點我要澄清，我可不是會隨便把剛認識的男人帶回家的女人。我會答應帶他回家，是因爲我以爲他是離家出走的少年。他看起來年紀很小，和現在的鍊差不多。我先把他帶到了咖啡廳，盤問他詳情。潤說他在孤兒院住了好幾年，離開孤兒院之後一直居無定所，再加上沒有任何親戚可以投靠，口袋裡的錢只剩下一千圓左右。我身爲一個年長的大人，當然會希望稍微幫他一把。後來我才知道，他其實已經二十四歲了，那也算是一種詐騙吧……說起來很好笑，遇上了卻讓人笑不出來。」

由紀乃露出一臉苦笑。她喝乾了杯裡的啤酒，又要了一杯。

「我將潤帶回家之後，才發現他這個男人甚至比我所想的還要奇怪。他對我完全沒有逾矩的行爲，只是乖乖一個人坐在房間的角落，簡直像一隻訓練有素的狗。而且他在我家好像待得很習慣，每天晚上都睡得很安穩，也沒有要離開的意思。只要我沒有趕他走，他似乎就不打算離開那間屋子。我過去從來沒有遇到過像這樣的男人，實在是不知道拿他怎麼辦。過去我每天下班，拖著疲累的身體回到家，面對的都是又冷又陰暗的房間。但自從他來了之後，我下班回家，房間總是既明亮又溫暖。我這個人不太愛打掃，他卻幫我把房間打掃得乾乾淨淨，還洗好了衣服，做好了晚飯，笑著對我說『妳回來了』。當然我知道他爲我做那些事，只是希望盡可能延長住在我家的時間，但他的每個舉動，都讓我感動到忍不住想要流下眼淚。那正是我一直渴望著，卻沒有辦法得到的生活。我一直沒有要求他離開，就這麼跟他一起生活了很久。後來我們辦理了結婚登記，生下了鍊。」

由紀乃說到了一個段落，稍微喘了口氣，忽然哈哈大笑，說道：「我自己描述這段往事，都覺得眞是亂七八糟。」春風只是搖了搖頭，並沒有說話。

「久等了！」店員送上了杯子沾滿水滴的冰涼啤酒。由紀乃以高湯蛋捲配著白蘿蔔絲，一口口吃起來。春風於是也吃一口鮟鱇魚肝，喝了一口冰涼的燒酎。由紀乃說得沒錯，非常美味。

「潤一肩扛起了育兒及家事，所以我一等到育嬰假結束，就回公司上班了。這一點我眞的非常感謝他。每天我一下班，匆匆忙忙趕回家，都會看見潤跟小小的鍊睡在一起。他們兩個的臉長得一模一樣，眞的很好笑。鍊跟潤在一起的時間，比跟我在一起的時間還長，所以他從小就跟潤比較親。在上幼稚園之前，鍊隨時隨地都跟在潤的身後，就連潤在上廁所，他也想要跟進去。後來陽跟翠也出生了，雖然每天忙到暈頭轉向，但是眞的很快樂。當然我現在也很快樂，但是那時候的快樂，是充滿了幸福的快樂。」

由紀乃面露微笑，表情正是個十足的幸福少女。但接下來笑容漸漸從她的臉上消失了。

「原本每天只負責打理家務的潤，在陽和翠上了國小的不久之後，就出去找工作了。鍊從小就很獨立，不太需要我們擔心，但是陽和翠簡直像兩隻小怪獸，每天都鬧得不可開交。所以直到他們開始上學，潤才漸漸有了比較多的時間。因爲照顧小孩眞的很辛苦，我原本認爲潤一直待在家裡也不錯，但是有一天，升上國小三年級的鍊問我們『爲什麼爸爸沒有出去工作』。以潤的性格，聽了之後竟然方寸大亂，不知道怎麼回答。或許當時在潤的心裡，也希望當個世人眼光中的稱職父親吧。之後，潤就開始出門找工作，可是我後來才知道，潤是個非常不適合工作的人。由於他個性隨和，與任何人都能相處得來，所以不管到哪一間公司，剛開始都適應得很好。但是過了一陣子之後，就會開始出現工作無法配合的狀況。當然一方面有可能是他剛好找到了不適合做的工作，但是另一方面，潤也有一個致命的問題，那就是他缺乏努力工作賺錢的覺悟與抗壓性。從我剛剛描述我們兩人的邂逅，其實就可以看出端倪。當時潤身上幾乎沒有錢，卻跑到居酒屋吃吃喝喝，如果沒有遇上我的話，他最後的下場應該會是因爲吃霸王餐而被扭送到派出所。但他看見我被老伯騷擾，抱著賭一把的心態，出手拯救了我。最後他賭贏了，不僅老伯幫他付了酒菜錢，晚上睡覺的地方也有了著落。光從這一件事，就可以看出他有著走一步算一步的性格，完全不懂得未雨綢繆，對未來的人生也沒有規畫。」

由紀乃以塗著淡色指甲油的指甲，將啤酒杯表面的透明水滴輕輕刮了下來。在店內燈光的照耀下，那水滴閃爍著猶如水晶般的光彩。

「或許妳會認爲我這麼說是在袒護他，但其實他的這種個性，有一部分是從小生長的環境所造成的。潤的父母在他小時候相繼失聯，完全沒有盡扶養的義務，所以從他很小的時候，就是由祖母在照顧。光是這樣的家庭背景，就可以想像他從小生活的環境並不寬裕。祖母的收入並不多，爲了養活潤，她只好靠當扒手及詐騙來增加收入。潤從小就被祖母要求，當祖母在犯案的時候，他必須從旁協助。」

春風聽到這裡，眉毛不禁微微一顫。

「妳一定覺得不太舒服吧？眞抱歉，對妳說這些。」

「不，請別這麼說。在這個世上，每個人都會有一些難言之隱。」

「是啊，除了這麼想，也沒有其他的辦法了。我自己也覺得讓孩子協助詐騙，實在是非常不應該。但或許對他的祖母來說，這是唯一活下去的方法。或許有些人會說，爲什麼不申請政府的清寒補助，或是乾脆把孩子送進孤兒院。這是非常合理的疑問，如果是具備足夠知識且能夠採取行動的人，當然可以這麼做。但是在這個世間，有很多人每天光是活著就已經耗盡了所有的精力，就連走到區公所去辦手續也有困難。他們往往不具備相關的知識，甚至不知道這世上有一些方法可以幫助自己脫離困境。潤正是在這樣的環境中長大。」

春風聽著店內的喧鬧聲，在心中想像著潤這個男人的人格特質。

從心理學的角度來看，在孩子奠定精神基礎的過程中，父母扮演著舉足輕重的角色。父母必須要在孩子的心目中建立巨大而安定的形象，讓孩子感覺自己受到保護，讓孩子不斷累積受到關心呵護的經驗。當孩子長大後，才能獲得充分的自我肯定感，以及對這個世間的信賴感。這些情感都是活在這個世間所不可或缺的心靈根基。

然而潤這個男人卻從小被理應占據最重要地位的父母拋棄，負責扶養潤的祖母不僅經常以詐騙的手法取得金錢，還會要求潤提供協助。春風試著想像這麼一個命運多舛的男人，但那個男人的形象卻朦朦朧朧，宛如隱藏在迷霧中，沒辦法看得眞切。

「或許正是因爲從小生長的環境太不尋常，潤眞非常奇特。他最大的長處，是擁有一種能夠受他人喜愛的魅力。不知道爲什麼，他就是能夠讓每個人都對他卸下心防。他的笑容有著一種強烈的吸引力，能夠讓他輕易和陌生人建立交情。但他最大的缺點，則是缺乏道德觀。他無法分辨什麼事情可以做，什麼事情不能做。例如當他肚子餓了，身上沒有錢，旁邊剛好有一間便利商店，他就會進去偷個麵包出來。過程中不會有任何遲疑，甚至也不帶有惡意。而最麻煩的一點，是他偷麵包的手法非常高明。這應該是因爲他從小就接受偷搶拐騙的嚴格訓練，稱之爲菁英教育也不爲過。而且他自己也剛好有做那些事的天分。」

由紀乃望著遠方，低聲說道：

「……有一件事情，我永遠都忘不了。鍊在四歲的時候，曾經從我身上偷走錢包。當時我正準備要出門買東西，我把錢包放在大衣的口袋裡，鍊只不過是從我的身旁走過去，竟然就像眞的扒手一樣，偷走了我的錢包。他露出得意洋洋的笑容，把錢包還給我，我嚇得頭皮發麻，把他狠狠臭罵了一頓。那個時候翠跟陽才剛出生沒多久，我們忙著照顧那對雙胞胎，比較沒有時間陪伴錬。事後想想，他偷走我的錢包，也只是爲了吸引我的注意。但是在那個當下，我完全沒有辦法克制自己的怒火。即便錬已經開始嚎啕大哭，我還是不斷對他破口大罵。我再三告誡他絕對不能再做這種事，又逼問他爲什麼會做出這樣的舉動。他告訴我……這是父親教他的。」

母親聽見四歲的兒子說出這句話，心中的震驚肯定難以言喻。春風的心頭可以清楚感受到那股強大的衝擊力。

「我當然立刻開始質問潤。不，那不是質問，而是怒罵。我要求他絕對不准再教錬這種事情，等到翠、陽長大之後也絕對不能讓他們這麼做。我告訴他，『總之你從小學的那些，一樣都不准教這些孩子』。潤露出納悶的表情，愣愣地看著我。該怎麼形容呢……當時他的表情，就像是從小到大一直在說的一句話，有一天突然被人要求『永遠不能再說』一樣。

「他給我的回答是『嗯，我知道了』。從那天之後，他就眞的沒有再教孩子們那些事。但是另一方面，他也變得絕口不提自己小時候的事，或是關於祖母的事。而且當他跟我及孩子們在一起的時候，漸漸開始會露出不知道在看著哪裡的神情。前一秒明明還在跟孩子一起玩，臉上笑得很開心，下一秒就像突然變了一個人。每當他出現這種狀況，他臉上的表情簡直像是突然無法理解眼前的孩子到底是怎麼來的，或是突然想不起來自己爲什麼會在這個地方。不過只要稍微過一會，他就會恢復正常，繼續和孩子玩耍。」

由紀乃說到後來，聲音已變得沙啞，眼角微微抽搐。

「我很早就察覺了他的異狀，卻一直當作沒有看見。我總是告訴自己，反正他和家人們的相處都很正常，這不是什麼大不了。我一直沒有好好面對他所遭遇的困境。或許正因爲我故意選擇視而不見，所以我也沒有看見他私底下在做的那些事。在翠與陽上了國小的不久之後，潤找到了一份在市內清潔公司上班的工作。工作簡單來說，就是公司會和很多人簽約，然後派員工到對方指定的地方打掃。我本來以爲他做這個工作應該也維持不了多久，沒想到他在那家清潔公司工作的日子，遠超過我的預期。我還記得他曾經對我說，公司裡的員工大多是老爺爺、老奶奶，所以工作起來很快樂。或許是因爲潤從小被祖母帶大的關係，他很喜歡和老人家相處。我原本還很開心，以爲這次他的工作應該能長久做下去……只能怪我自己實在太天眞、太愚蠢。潤利用了公司的其他員工，向社長詐騙了很多錢，而我完全被蒙在鼓裡。」

不知從何時開始，由紀乃連一口酒都沒在喝。水滴不斷從啤酒杯的側面滑落，宛如一顆顆的流星。由紀乃神情迷惘地看著啤酒杯內的金色液體表面。

「我眞的好痛恨自己，爲什麼就像瞎了一樣，什麼也沒察覺。直到有一天，潤將一份離婚協議書交到我的手上，對我說『我們分手吧』。」

「……他主動提出分手的要求？」

「是啊，但一切來得太突然，我還以爲那是因爲前一天晚上我們發生了一點小爭執，他一時氣不過，才說要離婚。我當然不可能因爲那麼一點小事就答應離婚，所以沒有理他。他看我不答應，默默走了出去。沒想到那竟然是我最後一次和潤說話。再下一次我看見他，已經是在電視上了。後來我才知道，潤那天擅自將離婚協議書送到了區公所，接著就走到警署自首了。」

春風聽到這裡，不禁皺起了眉頭。爲什麼要自己主動投案？

「他自首的理由是什麼？在那個當下，他的犯行應該還沒有曝光，不是嗎？」

「這我也不清楚，或許是他心裡一直有著危機意識，而且知道自己絕對逃不掉。當然這只是我的推測，眞正的理由我完全不清楚。我曾經去探視他，但他拒絕跟我見面。因此我一直沒有機會再跟他說話。或許在他的心裡，已經沒有什麼想對我說的話了。所以在他離去之前，只對我說了一句『我們分手吧』。」

時，又有一滴水從酒杯上滑落，彷彿在呼應著她的聲音。

「潤的心中，一直有著一片難以照亮的黑暗面，但我從來不肯認眞面對。正因爲我太愛他，太想要珍惜他，所以一直逃避接觸他心中那可怕的一面。其實我心裡很清楚，他一直沒有辦法眞正融入這個家庭，而我刻意視若無睹的心態反而更加深了他心中的孤寂。如果我當初能夠全心全意地嘗試理解他，接納他的一切，或許他就不會做出那些事……」

「每個人都不可能永無止境地爲他人付出。我能體會妳後悔沒有更加理解妳先生的心情，但妳如果認爲他做出那些事情都是妳的錯，在我看來那完全是妳想太多了。在心理學上，像這樣過度自責的錯誤念頭，就稱作非理性信念。」

原本面如死灰的由紀乃聽了春風這句話，不由得眨了眨眼睛，嘴角揚起虛弱的微笑。跟剛剛比起來，她稍微恢復了原本的陽光與自信。

「這幾句話說得眞是太帥氣了。春風，妳不愧是讓鍊願意帶回家的女人。」

「我說過很多次了，那只是我請他喝了熱可可，他想要回禮。」

「不，並沒有妳想的那麼單純。那孩子願意讓妳進入他的私人領域，讓妳接近翠與陽，這表示對他來說，妳絕對是個特別的人。雖然那孩子隨時都一副那老神在在的樣子，但他其實都在警戒著周遭所有人一舉一動。他很清楚，人是種善變的動物，有時會變得非常殘酷。」

春風聽出由紀乃已將話題從前夫轉移到孩子身上，不由得挺直了腰桿。

此時店內已聚集大量酒客，歡笑與閒談此起彼落，兩人的對話應該沒有第三人會聽見。

「鍊會變成那樣的性格，是因爲妳先生遭到逮捕的事情，讓翠及陽吃了很多苦頭嗎？」

「嗯，是啊。其實不止是翠及陽，鍊自己何嘗不是吃足了苦頭？抱歉，接下來我要講的這些話，同樣會讓人心情憂鬱。所以在說之前，先讓我提振一下士氣吧。」

由紀乃高高舉起手，大喊一聲：「抱歉！再一杯生啤酒！」她的宏亮嗓音，即使是在嘈雜的店內也能聽得一清二楚。春風也立刻舉起空杯子，說道：「我也再來一杯芋燒酎摻冰塊。」

「我想妳應該能夠想像，潤遭到逮捕的事情，對我的家人造成多大的傷害。雖說當潤的名字出現在新聞報紙上的時候，我跟他已經離婚了，但世間的輿論可不會理會那麼多。我雖然也承受了很大的社會壓力，但最不好受的，畢竟還是上小學的孩子們。唯一值得慶幸的事，或許是鍊當時還在就讀國小五年級，而且跟翠、陽上同一所學校。」

由紀乃在說出這段話的時候，表情比剛剛更加陰鬱。這意味著那段日子對她一家人來說，就像是一段黑暗時期。

「我不希望孩子們在那樣的狀況下，繼續待在同一所學校，何況我自己在公司也飽受批評，所以我帶著孩子搬回位於江別的老家，在那裡住了將近兩年。直到鍊升上了國中，我們一家才搬回札幌。我本來以爲過了這麼久，應該沒事了，後來我才知道，是我太天眞了。」

由紀乃重重嘆了一口氣，看著唇峰說道：

「陽的腳傷的事情，妳應該知道背後的隱情了吧？」

「嗯，陽爲了保護翠，被學長們從三樓推下去，但沒有人相信翠說的話。」

春風說到這裡，猶豫了一下，接著又低聲說道：

「翠還跟我說，鍊幫他們報仇了。所以陽直到現在依然非常崇拜鍊。」

由紀乃既沒有肯定，也沒有否定。她啜了一口啤酒，吃了一點山葵章魚，才開口說道：

「翠的描述大致上並沒有錯。陽被推下樓的事情，就這麼不了了之。即使是現在，每當我回想起這件事，還是感覺五臟六腑彷彿有一把火在燒。當時我實在很想點火把學校給燒了，把那幾個六年級學生的家給燒了，順便把那個完全沒幫上忙的爛律師的事務所也燒了。我明明知道一定要沉住氣，卻沒有辦法控制自己的激動情緒。那段期間幾乎都是鍊在照顧翠及陽。」

「鍊沒有生氣嗎？」

「不，他非常生氣，氣得不得了。那孩子以前就這樣。當他把憤怒表現在言行舉止上的時候，代表他其實沒有那麼生氣。但如果有人做了他無法原諒的事，他反而變得像冰一樣冷靜。」

春風沒有見過國中一年級的鍊，但有如寒冰靜默的蒼白臉孔，清晰浮現在春風腦海。

「陽的墜樓事件發生在快要放暑假的七月。他在醫院裡躺了一個多月，後來又忙著做右腳的復健，等到生活稍微穩定下來的時候，已經進入十月了。在那段期間，陽跟翠都沒有去學校，我也為了研究轉學的事情而請了長假。說起來我實在是個失職的母親，那段日子我完全沒有為鍊做任何事。因為鍊從小就是個獨立的孩子，我竟然以這個當作藉口，疏忽了對他的關心。」

由紀乃神情僵硬地低聲呢喃，顯得相當懊惱。

「有一天，我突然接到鍊被緊急送醫治療的消息。不僅如此，當初將陽推下樓的四個六年級學生，全部都被警察帶回輔導。」

由紀乃突然說出了兩件令人震驚的事情，春風一時會意不過來，問道：

「鍊被送進醫院，跟四個六年級學生被警察帶回輔導，這兩件事情互相有關聯？」

「當然有。那些六年級學生遭受輔導，是他們對鍊做出恐嚇、傷害及盜刷信用卡等惡行。」

光是鍊遭到恐嚇及傷害，就已經讓春風大感錯愕，盜刷信用卡云云更是讓春風一頭霧水。

「這件事解釋起來有點複雜，我將時間稍微往回推，從事件的開端說起。」由紀乃說明道：

「鍊被緊急送醫的前一天，我接到了信用卡公司打來的電話，對方說我的信用卡……嚴格來說，是我平常交給鍊保管，讓他用來買學校用品的副卡，對方說有人用那張卡片從某購物網站上購買了六臺遊戲主機。由於那遊戲主機要價不菲，一次買六臺實在不太合理，再加上購入者的姓名及地址都是過去沒有使用紀錄的人物，信用卡公司懷疑我的卡片被盜刷，所以打電話來向我確認。我嚇了一跳，趕緊問鍊是不是他買的，他說完全不知道這件事，於是我當然告訴信用卡公司，那筆錢不是我們刷的。」

「到了隔天，那幾個六年級學生就因爲對鍊施暴，被警察帶回輔導？」

「嗯，我也是到了那一天，才知道實際上發生了什麼事。事情是這樣的，大約在半個月之前，鍊主動與那群六年級學生接觸，要求他們說出陽墜樓受傷的眞相。那些學生反而恐嚇鍊，向鍊勒索金錢。從鍊提供的錄音檔，可以清楚地聽見其中一名學生笑著說『如果你不希望你的國中同學知道你是詐欺犯的兒子，就乖乖把錢掏出來』，所以是證據確鑿。」

那些學生恐嚇鍊時說的話，被鍊錄了下來？春風聽到這裡，心中不禁起了疑竇。

「那四個學生剛開始只是向鍊伸手要錢，後來……」由紀乃刻意以不帶感情的聲音接著說：「他們竟然搶走了鍊帶在身上的信用卡副卡，自行在購物網站上買了六臺遊戲主機。聽說他們心裡打的主意是一人分一臺，另外兩臺則轉手賣掉，每個人分一些錢。後來他們確實收到了遊戲主機，正在得意洋洋的時候，鍊這麼告訴他們……『昨天信用卡公司已經聯絡了我的母親，盜刷的事情已經被發現了。信用卡公司目前正在進行調查。他們要找出盜刷者是誰，一點也不難。搶奪信用卡是強盜罪，盜刷信用卡是詐欺罪，一旦被警察抓到，下場一定是遭受輔導，到時候你們也沒辦法考私立國中了，我勸你們還是先去找警察自首吧』。」

春風啜了一口燒酎，說出了心中的推測：

「但他們不僅沒有自首，而且還對鍊施暴，將他打成了重傷？」

「沒錯。畢竟他們只是一群十一、二歲的小學生，根本不知道拿別人的信用卡買東西馬上就會被發現，也不知道那會被冠上強盜罪、詐欺罪之類的可怕罪名。他們都生長在非常重視教育的家庭，每天都補習到很晚才回家，生活可說是充滿了壓力。他們這麼努力的唯一目的，就是想要考上私立的名校。因此當他們聽見自己可能會遭到輔導，沒有辦法報考私立高中，全都嚇得驚惶失措。這股慌張的心情，快速轉變爲怒火，發洩在鍊的身上。他們開始怪鍊沒有在信用卡公司打電話來時妥善處理，甚至還逼迫鍊『立刻告訴母親，那是自己買的』，鍊不肯答應，他們一氣之下，開始對鍊拳打腳踢。這整個過程，也都有鍊的錄音檔可以作證。」

……又是錄音檔。

「還有一點，說起來有點玄。那些六年級學生對鍊施暴的地點，是國中附近一棟廢棄的空屋。聽說他們經常在那裡鬼混，恐嚇鍊的時候也都是把他叫到那裡。但是那一天，卻是鍊主動把他們叫到那棟空屋裡，說是有幾句『忠告』要對他們說。當時的時間是傍晚四點，那附近一帶原本在那個時間幾乎不會有人經過。但那天非常碰巧，有一名警察在那附近巡邏。警察聽見怒罵聲，走進了空屋裡頭查看，剛好目擊鍊遭受攻擊。當警察上前制止時，鍊已經失去了意識，警察於是趕緊叫了救護車，將鍊送往醫院。」

由紀乃一口氣說完這幾句話，深深嘆了一口氣，喝了一口啤酒。春風一邊以手指撩撥劉海，一邊在心中整理出疑點。

「那一天，在鍊遭受施暴的那個時間點，剛好有警察在附近巡邏？」

「後來警察來找我問話，我也問了警察一些問題，才得知在事發的前一天及前兩天，警方都接到匿名的通報電話，指稱『住家附近的廢棄空屋常有人在裡頭喧鬧，而且時間固定是每天的傍晚四點左右』。那電話裡所稱的廢棄空屋，當然就是事發的地點。」

「難道是……」春風一句話說到一半，沒有再說下去。

「畢竟目擊者本人就是警察，而且遭毆打的鍊不僅手腕骨折，全身也都有嚴重的瘀青，所以這件事鬧得非常大。加上他們施暴的過程都有錄音檔可以證明，盜刷卡片的部分也很快就確認了盜刷者的身分，所以那幾個學生都受到了警察的嚴格盤問。當然他們都是不用背負刑事責任的小學生，他們的父母也都答應賠償盜刷的金錢，負擔所有醫藥費，另外還向鍊當面道歉，這件事原本應該就這麼落幕了，沒想到後來又發生了另外一個『偶然』。」

又是偶然？春風再度皺起了眉頭。由紀乃淡淡地說道：

「那一天的那個時間點，有人經過那棟廢棄空屋的附近。那個人不僅目睹鍊遭受毆打，警察及時趕到，以及鍊被送上救護車的整個過程，而且還全程錄影了下來。那個人把這段影片上傳到社群平臺，消息很快就傳遍整個網路。雖然影片裡每個人的臉都被打上了馬賽克，但那幾個學生的惡行惡狀在網路上引發了眾怒，立即有人肉搜，查出了那幾個學生的眞實姓名、照片及地址等個資，放在網路上流傳。那四個學生的下場，是還沒有從國小畢業，就已經全部搬離了札幌。比起他們後來必須面對的現實困境，不能報考名門私校只能算是雞毛蒜皮的小事。」

春風聽得啞口無言，只能愣愣地看著眼前的燒酎酒杯。杯裡的冰塊早已融化，春風彷彿看見翠的側臉浮現在那透明的液體表面，低聲呢喃著當初那句話。

——鍊哥爲我們報仇了。

這眞的是事實嗎？春風的心中一下子覺得不可能，一下子又覺得一切都合情合理。

春風的腦海浮現了鍊假裝是空屋附近的住戶，打電話向警察投訴的景象。拍攝影片的那個人，或許是鍊在社群平臺上偷偷僱來的。春風回想當初調查鐘下的事情時，鍊表現出的能力完全不像一介高中生。以他的能力，確實可能在十三歲就訂下這種縝密的計畫。

鍊的復仇行動，執行得相當徹底。他布下了巧妙的陷阱，一步步引誘那些六年級學生墜入陷阱之中。那些學生欺負了鍊的妹妹，還讓弟弟受了一生無法復原的傷，但法律無法制裁他們，因此鍊利用了世人的好奇心、正義感及獵巫心態，徹底粉碎了他們的美好未來。

「……由紀乃阿姨，對於這起事件，妳自己有什麼樣的看法？」

由紀乃凝視著啤酒杯，陷入了沉默。

她握住了粗厚的酒杯握把，但馬上又放開了。接著她才開口說道：

「當時我一接到通知，立刻就趕到醫院。警察離開之後，我問了鍊……我問他為什麼在信用卡被搶走的當天，沒有立刻把這件事告訴我。我不認為那孩子只是單純因為害怕，所以說不出口。因為在我接到信用卡公司的確認電話之後，他斬釘截鐵地告訴我，他完全不知道那是怎麼回事。所以那天我想要向他問清楚，為什麼要故意對我隱瞞。」

「鍊怎麼說……？」

「他說……『陽的事情已經讓媽媽相當難過，我不想讓媽媽更加操心』。」

春風想，這確實是鍊的肺腑之言。畢竟小兒子已經受重傷，女兒又身心受創，相信由紀乃當時一定承受很大的精神壓力。鍊看在眼裡，當然不希望讓母親更操心，這是理所當然的反應。

但另一方面，春風又認為鍊的想法絕對沒有那麼單純。信用卡遭人搶奪，還被盜刷了一大筆錢，可以合理推測事情絕對會鬧大。雖然當時的鍊只是個十三歲的少年，但以他的智慧，照理來說不可能猜不出事態會怎麼發展。他沒有把這件事告訴母親，很可能是因為母親一旦介入，會讓他的計畫功虧一簣。

「當時我給鍊的回答是……『好吧，媽媽相信你。從今以後，即使是要賭上性命，媽媽也會相信你說的每一句話』。鍊沒有回話，也沒有點頭，只是默默看著窗外。」

由紀乃說到這裡，忽然以非常平淡的口吻問道：

「春風，妳跟家人相處得好嗎？」

春風遲疑了一會，最後決定老實回答。就像由紀乃對待自己那樣坦誠。

「相處得應該算不錯吧。我可以感受到家人對我的愛，我也很珍惜我的家人。但是……有時我眞的很想逃走。雖然我知道這是很過分的想法。」

「這一點也不過分。我相信這個世界上不會有從來不曾恨過父母的孩子，也不會有從來不曾討厭過孩子的父母。」

由紀乃露出溫柔的微笑，垂下了頭，又開口說道：

「我很不喜歡自己的父母。有多不喜歡呢？我舉個例子，妳就明白了。當年潤遭到逮捕時，我在札幌度日如年，只好帶著孩子逃回老家生活。但我在家裡只住兩年就受不了了，又逃回札幌。我很久以前就暗自下定決心，將來如果我有了孩子，我絕對不會讓孩子嘗到我嘗過的痛苦滋味。我會打從心底愛著我的孩子，全心全意理解我的孩子，一定要讓孩子過得幸福。」

由紀乃的雙眸似乎閃爍著濕潤的光芒。但春風心想，那或許只是自己看錯了。

「但是當我成爲母親之後，我才發現要做到這一點，其實非常困難。我眞的非常希望鍊能夠過得幸福，但我實在猜不出鍊的心裡在想些什麼。我只知道，自從潤遭到逮捕之後，鍊就活在痛苦之中。尤其是最近，我看得出來他的情緒變得非常緊繃。雖然表面上裝得若無其事，其實只是咬緊了牙關在苦撐著。但我實在不知道自己能爲他做什麼，或是該對他說什麼。只要我一關心他，他就會說一些巧妙的謊言，來隱藏自己的心事。這陣子我眞的很擔心，有一天我會連他也失去。我害怕鍊有一天會像潤一樣，從我的身邊離開，我會再也見不到他。」

春風與由紀乃一同走出店外時，時間已過了晚上九點。「抱歉，耽誤了妳這麼多時間。」由紀乃對著春風雙手合十道歉。此時的她，已經恢復成原本那個精力充沛又充滿了魅力的母親。

走回公寓的路上，春風忽然想到有一件事情忘了問，於是開口問道：

「請問……鍊他們現在使用的『北原』這個姓氏，是妳的姓氏嗎？」

要調查事情背後的眞相，這是無論如何必須問清楚的環節。由紀乃一聽，揚起了眉毛說道：

「噢，我眞是的，從頭到尾只說名字，卻忘了提姓氏。沒錯，北原是我的姓氏。潤的姓氏是加加谷。」

加加谷……春風低聲念了一遍。由紀乃一邊以手指對著夜空比劃，一邊說道：

「兩個加減的加，配上山谷的谷，加加谷。加加谷潤。」

加加谷潤。

鍊與雙胞胎的父親。一個詐欺犯。

◎

鍊眼前杯子裡的冰塊早已完全融化，可樂受到稀釋，顏色變淡了不少。春風問他要不要換一杯，但他緊閉雙唇，一句話也不肯說。

「我跟由紀乃阿姨聊完之後，就跟翠、陽交換了聯絡方式。我們一直在暗中討論，接下來該怎麼辦才好。到底該怎麼做，才能查出你沒去學校的這段期間，到底去了哪裡？當然最簡單的方法，是直截了當地問你，但你跟家人們相處的時候，總是僞裝得相當完美，讓人完全沒有借題發揮的機會。既然你全力掩飾，代表你這麼做必定有著相當重大的目的，就算我們當面問你，你大概也不會說老實話。而且翠跟陽都說，一旦我們開口詢問，你一定會隱藏得更加徹底，把過去留下的線索全部抹除，我也非常認同他們這個擔憂。但你不知道在做些什麼的日子，都是平日，翠跟陽要上課，不可能暗中調查。所以我們決定使用跟蹤APP，確認你到底去了哪裡。接下來的事情，都跟你推測的一模一樣。不過你可以放心，我們並沒有把這些事告訴由紀乃阿姨，她甚至不知道你最近都沒去學校。」

鍊聽到母親還不知道這件事，原本提升至最高等級的警戒心似乎稍微下降了點。他終於放下了原本交叉在胸前的雙手，轉頭朝春風望來。

「陽跟翠呢？他們目前知道些什麼？」

「什麼都還不知道。雖然是陽在你的手機裡植入了APP，但只有我的手機才能追蹤你的下落，所以那對雙胞胎目前還是一無所知。」

鍊的肩膀逐漸從高聳轉爲平緩，那模樣像是偷偷吁了口氣。

「鍊，請你告訴我眞相。你到底在做什麼？」

春風一切入核心問題，鍊又將頭轉向一邊。

「前天、昨天跟今天，我已經連續跟蹤你三天了。這三天裡，你每天都走進那棟音樂練習中心。昨天及前天都跟你一起行動的那個男人，他今天雖然沒有出現，但我認得出來，他就是鐘下吧？你爲什麼會跟鐘下混在一起？你們在那裡頭做什麼？另一個女的又是誰？」

「爲什麼妳要問這些？」

此時鍊的口氣，已不再像剛剛那樣充滿了敵意。經過換裝及改變髮色的鍊，看起來不像是春風所認識的那個鍊。他以寒冰一般的眼神，凝視著春風說道：

「妳不是我的什麼人，我不管做什麼應該都跟妳沒有關係，不是嗎？」

「或許對你來說是這樣沒錯，但是對我來說，你已經不算是跟我毫無瓜葛的人了。即便你曾經利用了我，在我的心中，你還是值得擔心的人。」

鍊的表情似乎有了微妙的變化。

「打從我在你家吃了壽喜燒的那天起，我的學生證應該就不見了。但我到了十一月四日才察覺這件事，結果我的學生證當天就被人送到了教務課。我原本以為學生證應該是掉在校園裡，但後來我愈想愈不對勁。我跟你一起在學校裡進行調查的第二天，也就是十一月二日，我曾經用學生證進入北區圖書館。我非常清楚記得，我在用完學生證後把學生證放回了錢包裡。隔天是假日，我根本沒去學校，當然也沒有機會將學生證從錢包裡拿出來。我開始懷疑這件事情並不單純，於是我前往校園裡所有必須使用學生證才能進入的設施，查詢我自己的設施使用紀錄。果然不出我所料，在學生證應該已經弄丟的十一月四日，有人使用我的學生證進入北區圖書館。」

鍊聽了春風這段描述，依然神色自若，一點也不顯得慌張。

「以下只是我的推測。如果我猜錯了，你可以直接否認。鍊，你招待我到你家吃飯，眞正的目的，其實只是要找機會偷我的學生證，是嗎？那天我把自己的包包放在沙發，到廚房幫忙準備晚餐，你有充分的時間可以偷走我的學生證。沒有學生證，就沒有辦法進入我們學校的圖書館。根據我們學校的規定，高中生不能進入圖書館，所以你沒辦法以自己的身分申請臨時入館證。你想要進入北區圖書館，就非取得學生證不可。」

「妳自己也說了，這是沒有證據的推測。」

「我學生證的部分，我確實沒有任何證據。但我有證據可以證明，你曾經在私底下嘗試與鐘下取得聯繫。河西堇學姊這個人，你一定還記得吧？」

鍊的神色依然沒有絲毫變化。

「我在得知有人使用我的學生證進入圖書館之後，我的腦袋裡第一個想到的人，當然就是你。但就算眞的是你偷走了我的學生證，你的目的是什麼？這件事情很明顯，一定與鐘下有關。於是我去見了河西菫學姊。她跟鐘下很熟，還是同鄉。我猜想你如果想要設法聯繫鐘下，一定也會去找她吧。果不其然，她告訴我，你曾經獨自去找過她，而且還是在十一月二日，也就是我們的調查行動的第二天。那天我獨自進入北區圖書館，想要確認鐘下有沒有在裡頭，你說想趁那段時間參觀博物館，但是跟我分開之後，其實你立刻返回經濟學部的教學大樓，趁著第四堂課之前的休息時間，再次與河西學姊見面。你拜託河西學姊幫你傳一句話給鐘下，而且還附上了你的通訊APP帳號。那句話的內容是……『關於十月二十八日的事情，想找你談一談』。」

十月二十八日是十月的最後一個星期四，正是小夜子奶奶遭遇搶劫的日子。

河西菫雖然幫忙傳話，但絕對不會知道十月二十八日有什麼意義。然而在那一天犯下搶案的歹徒，自然心知肚明。鐘下聽了傳話，一定認爲有人知道他那天的犯行，想要以此威脅他。

「如果我猜得沒錯，鐘下的反應一定如同你的預期，立刻跟你聯絡了，對吧？」

鐘下就算不想聯絡，也非聯絡不可。神祕的恐嚇者透過河西菫向自己傳話，這意味著如果自己不乖乖聽話，對方很可能會把自己的所作所爲告訴河西菫。鍊刻意挑選和鐘下交情最深厚的河西菫作爲傳話的人選，想必也是基於這樣的恐嚇意圖。

「我不知道鐘下跟你聯絡時，你到底對他說了什麼。但我猜想，你們兩人最後應該決定直接見上一面吧？你們相約見面的地點，應該就是北區圖書館內。你沒有辦法進入北區圖書館，想必不會刻意選擇這個地方和他見面。換句話說，指定要在這個地方見面的人應該是鐘下，而不是你。當然以你的口才，要說服鐘下變更見面地點，應該不是難事才對。但你並沒有這麼做，我猜想應該是因爲你擔心鐘下會猜到你的身分。鐘下要是猜到你就是當初追趕他的高中生，很可能會躲藏起來，讓你再也找不到。但如果你跟他約在圖書館裡頭見面，鐘下就會認定你也是我們學校的學生，或者至少是年紀超過高中生的一般民眾。正因爲你跟他約在圖書館裡見面，所以你才會邀請我到你家吃飯。剛好那天晚上，你家的晚餐是壽喜燒，這點成了你的絕佳藉口。」

如果這個推測沒有錯，鐘下聯絡鍊的時間，必定是在鍊「拜託河西堇傳話」到「邀請春風回家吃飯」這兩件事中間。這讓春風想到了一點。當初兩人剛結束調查，正走向地下鐵車站的途中，鍊的手機曾一度響起。那應該就是來自鐘下的聯絡。鐘下正是在那個時候指定約在北區圖書館見面，鍊臨時有了學生證的需求，因此演了一齣即興戲碼，邀請春風到家裡作客。那個時候的鍊，言行舉止非常自然，沒有任何可疑之處。但如今的春風心裡非常清楚，鍊就是有這種能力，能夠在周遭的人完全不起疑心的前提下，讓事態朝著自己預期的方向發展。

「你順利取得了我的學生證，在十一月四日，與鐘下在北區圖書館見了一面。結束了與鐘下的會面之後，你不再需要我的學生證，所以你把我的學生證送到工學部的總務課，聲稱是撿到的。我朋友應該就是在那段期間，剛好拍到了你的照片。」

鍊除了告訴河西堇「接下來我們會直接找鐘下學長談，所以妳不必再特地通知森川學姊」，而且還對她說「我們見到鐘下學長後會跟他說，河西學姊也想和他見一面」。河西堇似乎對鍊頗有好感，完全相信他說的話。因此即便春風曾拜託河西堇「若有什麼最新進展就立刻通知我」，河西還是沒有把鍊獨自去找她的事情告訴春風。若不是皐月剛好拍到鍊的照片，春風又剛好看見那張照片，春風恐怕直到現在依然被蒙在鼓裡，完全不會發現鍊撒了很多謊，也不會察覺鍊私底下幹的那些事情。因此春風愈是調查鍊這個人，愈是佩服他的手法實在高明。

整棟建築物到處迴盪著歌唱聲，唯獨這間包廂一片寂靜。

鍊的嘆氣聲，打破了這片寂靜。

「沒錯，是我偷了妳的學生證。請妳來我家吃壽喜燒，確實是爲了這個目的。鐘下約我在北區圖書館見面，讓我很困擾，但我怕找藉口推託會讓他起疑。」

「你爲什麼要想盡辦法聯繫鐘下？這段日子你跟他到底在做什麼？」

「春風姊，我說過了，這跟妳無關。」

鍊丟下這句話，起身走向門口。春風立即站起，抓住鍊的手腕。

「你要去哪裡？我們的話還沒有說完。」

「我父親的事，妳不是已經知道了嗎？」

春風一時說不出話來。鍊以彷彿可以看透人心的一雙黑色眼珠凝視著春風。

「糾纏一個詐欺犯的兒子，對妳有什麼好處？我相信應該沒有任何好處吧？偷拿學生證的事情，我向妳道歉，只是因爲急著要用，所以向妳借了幾天。這件事情就請妳不要再追究了。」

「我在意的不是那個問題……鍊，你實在太亂來了。這麼多天沒去學校上課，對家人說謊，還讓正人爲了你說謊。你這麼大費周章，到底是爲了什麼？你不知道大家都在擔心你……」

「我從來不曾拜託妳擔心我。妳自己硬要跳進來蹚渾水，請不要說得好像我欠妳多大的人情。春風姊，我已經說過很多次了，這件事跟妳無關。我沒有義務回答局外人的任何問題。」

鍊甩開春風的手，打開了包廂門。「等一下！」春風想要再度抓住鍊的手腕，但鍊一個靈巧閃身，已進入走廊。春風抓起帳單，也跟著衝出包廂。偏偏結帳櫃檯裡沒有店員，等了幾秒鐘之後，一名男店員才笑臉盈盈地走出來，嘴裡說著「抱歉讓您久等了」。此時鍊已經走出了店外，春風取出兩千圓放在櫃檯上，說了一句「不用找了」，匆忙追出店外。

「等一下！我們的話還沒有說完！」

一來到店外，刺骨的寒風迎面撲來，春風凝神細看，鍊已走到數公尺之外。下一秒，鍊的身影已鑽進了一條橫巷裡。

春風也立刻奔進那條橫巷。巷內相當陰暗，有別於燈火通明的大馬路。行人寥寥可數，放眼望去的街景赤裸裸地呈現出了世人的欲望。鍊的身影正在迅速遠去，這讓春風的心頭萌生一股莫名的不安，彷彿他會就這麼消失在世間的陰暗角落。

路旁停著一輛黑色的小廂型車，就在鍊通過車旁時，靠近道路方向的後車門無聲無息地開了，一個虎背熊腰的黑衣男人踏出車外。他穿的黑色服裝，彷彿隨時會融入夜色之中。

春風驀然感覺到一股寒意竄上背脊，下一秒那男人已伸出有如戴著手套一般粗大的右手掌，抓住了鍊的後頸，同時以左手推著他的肩膀，想要將他強押上車。鍊突然遇襲，連忙拉住了車門，拚命想要抵抗。但男人的體格有如一道高牆，相較之下鍊的身體實在太過嬌小。

「你幹什麼！」

春風使盡力氣勾住男人的手臂，但那手臂實在太粗壯，春風根本拉不動。

春風略一遲疑，決定將右手伸進褲子口袋，握住平常隨時帶在身上的銀色霧面筆狀物。

春風很清楚使用的方法。爲了可能會用到的那一天，春風已不知練習了多少次。如今自己唯一要做的事情，就是掏出那個東西，並且使用它。現在正是最佳時機，絕不能有半點猶豫。心裡明明這麼想，手指卻像麻痺了一樣，沒辦法從口袋中抽出。

就在這個瞬間，男人的左手放開了鍊，朝著春風猛力揮來。春風只感覺到一股強大的衝擊力，右眼的眼角及太陽穴附近一麻，下一秒眼前的景象嚴重扭曲，雙腿膝蓋變得疲軟無力。

「春風姊！」

那是鍊的聲音。不行，我必須保護他，絕不能在這時失去意識。這樣的想法閃過春風腦海。即使身體癱倒在冰冷的柏油路面，春風仍緊緊守住最後一絲的朦朧意識，將手伸進大衣口袋。

手指碰觸到了一樣火柴盒狀的東西。那是母親要求春風帶在身上的防身警報器。春風立即抓住那個東西，用力按下了上頭的按鈕。

刺耳的尖銳電子警報聲，在一瞬間撕裂了夜晚的空氣。

那是什麼聲音？怎麼回事？難道有人在打架？不遠處傳來路人的說話聲。男人見苗頭不對，猛力將鍊推倒，迅速進入車子的後座。以那男人的塊頭，實在很難想像他有如此敏捷的身手。車門一關上，廂型車便全速前進，引擎的轟隆聲還迴盪在耳邊，車子已消失在狹小巷道的遠方。

「春風姊！」

鍊跪了下來，扶著春風的肩頭。春風想要對他說「我沒事」，喉嚨卻發不出聲音。春風心想，多半是因爲太陽穴挨了一拳的關係吧。所幸只是頭昏眼花，並沒有失去意識，也沒有頭疼的感覺。應該是輕微的腦震盪，稍微休息一下就沒事了。

「春風姊！」

不用擔心，我沒事。不必露出那種難過的表情。

第四章　逆轉

1

因爲意識模糊的關係，一切都像是發生在夢境裡的事情。

鍊想要叫救護車，春風趕緊阻止，只讓他叫了一臺計程車。在鍊的攙扶下，春風坐進計程車裡。絕對不要去醫院。春風重複說著這句話。一旦事情鬧大，鍊長期蹺課的事情，以及其他不能說的祕密，都沒有辦法再隱瞞由紀乃。呢喃片刻之後，春風的意識逐漸朦朧。當春風醒來時，發現自己的頭正倚在鍊的肩膀上。春風掙扎著想要坐起，鍊卻將春風的頭輕輕按住，說道：

「不用擔心，妳繼續睡吧。」

接下來的事情，春風已沒有什麼記憶。只隱約記得有人拍了拍自己的手腕，讓自己再度醒來。能走嗎？一道聲音在耳畔響起。春風於是試著將力量集中在雙腿，將雙腿交叉向前挪動。冷風不斷拂過鼻頭。春風聽見計程車的引擎聲在背後逐漸遠去。計程車資付了嗎？腦袋裡驀然產生了這樣的疑問。難道是鍊幫忙付了？可是這裡是哪裡？春風感覺思緒變得零碎而散亂。勉強抬起頭來，發現黑暗的遠方有一團巨大的影子，就像是緊急迫降的巨型幽浮。那是春風從小到大非常熟悉的東西。札幌巨蛋。

「哎喲，怎麼回事？她不是春風嗎？怎麼會這樣？發生什麼事了？」

「別問那麼多，請先把門打開，準備好讓她可以躺著休息的地方，趕快！」

鍊雖然使用的是敬語，口氣卻像是在下命令。另一人的聲音慈和溫柔，而且似曾相識。

春風抬起沉重的腦袋，望向眼前說話的那個人。

「……小夜子奶奶？」

眼前是一名老婦人，肩上披著一條披肩，正是小佐田小夜子。她朝春風看了一眼，露出一臉尷尬的表情。她一邊將生鏽的院門拉開，一邊說道：「總之先進來吧。」

春風完全被搞糊塗了。

對春風來說，小夜子是從小就認識的「住在附近的老奶奶」。在路上遇到，會互相打招呼。春風曾經到小夜子的家，吃她親手製作的點心，也曾經因爲搞不定家政課的縫紉作業，而向小夜子求救。正因爲在春風的眼裡，小夜子奶奶是個熟人，所以當目擊她遭遇搶劫的時候，春風才會毫不猶豫地拔腿追趕歹徒。

在春風的認知裡，鍊與小夜子互不相識。兩人是在發生搶案的那一天，才第一次見面。

「有沒有保冷劑或是冰塊，趕快拿出來！」

「別催得這麼急，我可是個老太婆，跟你不一樣。我的腰跟膝蓋都會痛，做事情沒辦法那麼快。你這個年輕人，眞是一點也不懂得敬老尊賢……」

「我只尊敬値得尊敬的老人。動作快，別只動一張嘴！」

春風躺在沙發上，聽著鍊的聲音從廚房傳來。那聲音對小夜子相當不友善。擺在客廳的這套柔軟沙發，上頭罩著帶有花紋的絎縫沙發套，春風記得那是小夜子奶奶親手縫製的作品。

「先用這個冰敷被毆打的地方。不然很快就會腫起來。」

鍊來到春風的眼前說道。他的服裝還是今天白天看到的那樣，頭髮也還是青灰色。鍊將一塊包在紗布裡的保冷劑放在春風的右眼角與太陽穴之間，春風伸出手，自行將保冷劑按住。

想要問的問題，可說是堆積如山。但是事態的變化實在太過匪夷所思，加上意識模糊，喉嚨一句話都擠不出來。鍊淡淡地說道：

「我會告訴妳全部的事，不會再逃了。總之妳現在先休息吧。」

春風依照鍊的吩咐，閉上了眼睛。不過一眨眼工夫，意識已經遠去。當再次醒來時，春風看見小夜子正在沙發前彎下腰，幫自己將偏離了位置的保冷劑重新擺回太陽穴上。兩人近距離四目相交，小夜子的臉上帶著尷尬的微笑。

「感覺還好嗎？假如還是很痛，最好去醫院做個檢查。」

「……不用了，我沒事。已經不痛了。」

睡了一覺之後，春風感覺意識變得清晰得多，已經可以好好思考事情了。

「鍊呢？」

「在洗澡。大概是想要洗掉那個看起來像不良少年的頭髮顏色吧。」

「小夜子奶奶，妳跟鍊認識很久了嗎？在妳遇上搶劫之前，就已經認識了？」

如果兩人素昧平生，只是在發生搶案時見過一次面，絕不會用那種不客氣的口吻交談。這兩人的交情顯然遠勝於見過一次。更何況如果沒有深厚交情，鍊沒理由將受傷的春風送到這裡。

但這兩個人怎麼會認識？他們是什麼時候認識的？

小夜子一臉憂鬱地嘆了口氣，走向單人座的沙發，坐下來後說道：

「……那孩子對妳說了些什麼？」

說了些什麼？這是個完全不需要思考的問題。

「幾乎什麼也沒說。」

「既然是這樣，請妳什麼都不要問，回家去吧。」

小夜子在說這句話的時候，雙眸流露出了一抹悲傷。

「春風，我這麼說是為妳好。我勸妳不要再跟那個孩子扯上任何瓜葛。妳明明什麼壞事都沒做，為什麼得受這樣的傷？妳從小就是個獨立又善良的好孩子，我真的很喜歡妳。現在妳卻因為跟那孩子扯上關係，莫名其妙地吃了苦頭。」

「這不是鍊的錯。沒有人要求我這麼做，這是我的選擇。」

「但妳會受傷，是因為跟那個孩子走得太近，不是嗎？算是我求妳，在那個孩子出來之前，快回家去吧。只要妳現在回家，就可以像以前一樣，過著和平又安穩的日子。像妳這樣的良家女孩，不應該跟那種孩子混在一起。」

……哈！

就在這個瞬間，春風聽見了輕蔑的訕笑聲。

春風轉頭一看，鍊已在客廳的門口不知站了多久。只見他以肩膀倚靠著牆壁，頭髮還是濕透的狀態，脖子上披著一條毛巾。春風原本完全沒發現他站在那裡，不由得大吃一驚。

「真是高明的話術。我猜妳跟那傢伙一起賺錢的時候，應該是負責扯開話題及博取同情，把他人操控在掌心吧？」

「你在這麼晚的時間突然跑來，還用了我的浴室，敢用這種口氣對我說話？你可知道你拚命擠在頭髮上的那罐洗髮精，是只有高級沙龍才買得到的高檔貨？」
小夜子惡狠狠地反唇相譏，一旁的春風不由得傻住。過去認識的小夜子是個穿著打扮的高雅老婦人。在春風的記憶裡，她從來不曾以這種口氣說話，也從來不曾以這種眼神看人。
但鍊的氣勢也不輸給小夜子。他以寒冰般的視線瞪著小夜子說道：
「就算我態度不佳又怎麼樣？妳有什麼嘴臉指責我？」
小夜子一聽，表情突然有了一百八十度的轉變。她垂下了頭，露出一臉楚楚可憐的模樣，以悲傷欲絕的口吻說道：
「你又在威脅我了，眞是好狠的心腸。這麼對付一個老人家，難道你不會良心不安嗎？」
「既然妳喜歡裝出無辜老人的模樣，那妳就繼續演吧。但我告訴妳，我是不吃妳這一套的。」
「你這小子，眞的打算把所有事情都告訴春風……？」
「這也是沒辦法的事，妳以爲我願意嗎？除了妳這裡，我根本不知道還能帶她到哪裡去。在這種情況下，妳認爲她會乖乖聽話，當什麼也沒看見嗎？」
「但我可先聲明，我沒有拜託你做任何事，一切都是你擅自做的決定，不要把我扯進去。」
「把妳扯進來？妳說反了吧？我才是被扯進來的那一個。」
鍊的口氣凶惡得彷彿隨時會衝上去動粗。春風趕緊雙手一拍，制止兩人再說下去。
鍊與小夜子同時住了口。春風從沙發上站了起來。起身的瞬間感覺有些無法維持平衡，但並不特別感到頭痛或暈眩，應該是沒有大礙。
「小夜子奶奶，妳不希望鍊對我說出眞相？」
「……嗯，是啊。」
「但是要我乖乖回家，就當作什麼事都沒發生過，我實在是做不到。小夜子奶奶，如果妳現在不讓我知道，以後我看見妳，心裡都會想起妳隱瞞了一些祕密沒對我說。與其以後見面尷尬，不如現在就讓我知道眞相。」

小夜子沉默不語。表情雖有些不以爲然，但沒有反駁。「鍊。」春風接著喊道。變回了一頭黑髮的鍊，眼神依然凶神惡煞。

「在你說明眞相之前，我想拜託你一件事，那就是在跟小夜子奶奶說話的時候，稍微顧慮一下她的感受。我知道你們之間一定有什麼複雜的恩怨，但是人與人之間，還是應該要有基本的尊重，我相信你應該也能體會尊嚴遭到踐踏的感覺。」

鍊默然無語。他將頭轉向一邊，臉色也有些尷尬。春風深呼吸一次，重新問出第一個問題。

「鍊，你跟小夜子奶奶從以前就認識？」

「我從以前就認識她，但是她應該不認識我。」

鍊瞥了小夜子一眼，以平淡的口氣說道。

「她是我父親當年的共犯。」

聽到這句話的瞬間，春風的腦袋一片空白。

春風不斷在心中說服自己保持冷靜。在如今這個節骨眼，保持冷靜是最大的重點。

「共犯的意思是……」

「她曾經和加加谷潤一起搞詐騙，騙取他人錢財。」

鍊說得開門見山，不留絲毫情面。小夜子揚起眉毛，反駁道：

「我只是幫了他一些忙，完全沒有詐騙錢財的意思。」

「是嗎？如果妳沒有犯罪意圖，剛才爲什麼試圖說服春風姊乖乖回家，什麼都別過問？」

鍊與小夜子之間再度冒出火花。春風舉起雙手，阻止兩人再吵下去。

「暫時克制一下你們的情緒性發言，讓我先釐清事實。關於加加谷潤先生……」

「叫他加加谷就行了，對那種人沒有必要使用尊稱。」

「……關於加加谷潤所犯下的詐騙案件，我稍微調查過，找到了幾則當時的報導。你們說的，是這個案子吧？」

春風拿起手機，點出收藏在書籤內的一則六年前的網路新聞，將手機擺在桌上。鍊並沒有移動身體，只是朝手機的畫面瞥了一眼。小夜子則是將臉湊向液晶螢幕，仔細讀了起來。

【佯裝稅務署員詐騙一億　三十六歲男員工自首】

居住於北區北七條西的加加谷潤（三十六歲），疑似向位於札幌市東區某清潔公司的業主（男性五十七歲）詐騙財物，於十月十四日遭北海道警察本部逮捕。據了解，加加谷為該清潔公司的員工。

今年七月一日，數名男子疑似佯裝稅務署人員，夥同其他共犯，利用「查稅」等藉口向東區某清潔公司的業主詐騙現金一億圓得手。加加谷疑似爲詐騙主謀。札幌北署指出，加加谷於十月三日晚上九時半許，已獨自向該署自首。札幌北署正向疑似涉案的同公司員工（十九歲少年）與居住於市內的無業者坂本敏也（三十歲）進行偵訊以釐清案情。

「沒錯……就是這個案子。」

小夜子嘆了口氣，彷彿放棄了抵抗。春風吃驚地問道：

「小夜子奶奶，這起案子，妳也牽扯在裡頭？」

「這家清潔公司，名叫『清淨生活』，當年我也是裡頭的員工。」

聽到這句話的瞬間，春風忽然有種難以言喻的感覺，彷彿腦袋的深處不斷響起陣陣鈴聲。那到底是怎麼回事？到底是什麼樣的思緒，閃過了自己的腦海？春風嘗試在心中加以釐清，只好決定先繼續聽下去再說。

「小夜子奶奶，我原本以爲妳一直是個家庭主婦。」

「嗯，原本是這樣沒錯……我剛從學校畢業的時候，在食品公司當了一陣子的事務員，後來跟我先生結婚，就沒有再工作了……在發生這起案子的前一年，我先生過世了，我的內心好像開了個大洞，失去了生活目標。我兒子搬到東京之後，也很少跟我聯絡。我每天過著枯燥乏味的生活，不小心養成了亂買東西的壞習慣，欠下了一些債務。但是這種事情，我當然不好意思向兒子求救，我才會決定出去工作，靠自己的力量賺一些錢。春風，那時候妳已經上國中了，我們變得很少往來，所以妳一直不知道這件事。我也因爲年紀六、七十歲了，才要出去工作，自己覺得有點丟臉，所以沒有主動告訴任何人。」

春風表面上頻頻點頭，其實內心相當驚訝。過去春風一直以爲自己跟小夜子奶奶算是很熟，如今才驚覺原來她有這段過去。

「剛開始的時候，我找工作並不順利，沒有公司願意僱用我。面試了好幾次，每次都沒有錄取。畢竟我沒有任何證照，當然不容易找到工作。後來我終於找到了一家願意僱用我的公司，那就是『清淨生活』，潤也是那裡頭的員工。」

春風試著在心中回想由紀乃說過的那些話。當時由紀乃稍微提到了一點加加谷潤的工作經歷。在孩子們上國小之後，他就開始出去找工作，但每個工作都做不長久。直到發生詐騙案的不久前，他才找到了能夠長久待下去的公司，那就是「清淨生活」。

「那間公司相當奇特，裡頭的員工幾乎都是像我這樣的老人，但有一個員工特別年輕，那就是潤，他被任命為我們這些老人的班頭。潤真的是一個相當奇妙的人，做事完全看心情，但是對人相當和善。任何人只要跟他相處個五分鐘，都會喜歡上他。老實說，我喜歡潤的程度，甚至還超過自己的兒子。即使到了現在，我還是有這種感覺……可惜你跟你父親完全不一樣。」

小夜子以酸溜溜的眼神瞥了鍊一眼，鍊依然用一副寒冰般的撲克臉孔回應。

「雖然能夠認識潤是件很開心的事，但是那家清潔公司的工作環境很惡劣。雖然名稱取得很好聽，說穿了就是一家黑心企業。」

小夜子將雙手交叉在胸前，揚起了一邊的嘴角。那種尖酸譏諷的微笑，與她原本的溫柔、高雅形象可說是有著天壤之別。

「面試的時候，我們眞的是被捧上了天。社長親自過來閒聊，說希望給我們這些老人家發揮長才的機會。但是當我們研修完之後，到了工作現場，才發現根本不是那麼回事。上頭安排我們幾個人為一個小組，每個小組會被派到不同的客戶那裡，進行環境的打掃與清潔。客戶大多是老人安養院之類的機構，但打掃的部分都做完了，我們的工作卻還沒有結束。接下來那些機構的人又會叫我們做各式各樣的雜事，通常都做到三更半夜，我們才拖著疲倦的身子回家。」

春風聽到這裡，腦袋中亮起了黃色的警示燈。

「這應該是違法的吧？雖然這方面我也不是很懂，但根據我的理解，員工被派遣到另一家公司工作時，新的公司如果要交付完全不一樣的工作，必須獲得原本的人才派遣公司的同意。如果在沒有獲得同意的情況下，要求員工做額外的工作，那應該是觸法的行為。」

「是啊，沒錯。我猜社長故意將我們派到人手不足的客戶公司，讓我們做各種額外工作，藉此索討費用。但是這些額外追加的費用，都被社長一個人獨吞了，即便我們做得要死要活，也只能拿到最低工資。不管工作到多晚都不會有加班費，甚至連要請假都相當困難。而且明明我們沒有休假，紀錄上卻會被當成正在休假，我們簡直成了不應該存在的幽靈。我們氣不過，找直屬上司談判，但那個上司比我們還慘，簡直像被當成狗一樣使喚，抗議最後不了了之。」

光是聽小夜子的描述，春風便感覺義憤塡膺，胸口彷彿卡了一口濁氣。

「爲什麼不向勞動基準監督署檢舉？監督署只要查證屬實，應該就會要求公司限期改善。勞工都有基本的權利，雇主不能恣意妄爲。」

「春風，如果換作是妳，我相信妳一定會這麼做。因爲妳是個聰明又勇敢的孩子。」

小夜子臉上的笑容除了悲傷之外，還帶了三分的憤慨。

「但是在這個世上，很多人不像妳一樣有機會接受高等教育，擁有足夠知識。有些人可能不具備反抗的能力，有些人甚至不知如何反抗。包含我在內，所有員工都是沒有其他公司願意收留的人。有些人年紀大，有些人學歷不高，還有一些人舉目無親，在這個世上找不到人可以依靠。即便我們感覺到在這家公司不受到尊重，但如果我們起身反抗公司，最後遭到開除，我們不見得能夠找得到下一份工作。如今回想起來，當時那個社長應該是故意挑選像我們這樣的人。因此再怎麼辛苦，我們還是只能咬牙苦撐。而且在那家公司裡，倒也不全都是壞事。雖然社長是個無血無淚的傢伙，但負責照顧我們的上司是個很好的人，而且還有潤陪伴在我們的身邊。潤的摸魚技巧非常高明，他總是能做到摸了魚卻不被發現。所以他永遠都是一副悠閒自在的樣子，我們眞的很喜歡他。要不是發生那件事情，或許我們直到現在還在那間公司裡苦撐著。」

當小夜子在說到「那件事情」的時候，表情流露出了明顯的恨意。

「在我們這個小組裡，有個叫源藏的員工，是個性格相當風趣的老爺爺。有一天，他在工作時受了重傷，腿部嚴重骨折。既然是在工作中受的傷，照理來說當然是職業災害。但是社長卻企圖在源藏住院期間，以怠忽職守爲理由將他開除。」

「這算是違法解僱吧？」

「沒錯，但社長不願向勞動基準監督署提出職業災害報告。因爲他平時叫員工做了很多原本不該讓員工做的事，他擔心源藏的案子害公司被監督署盯上，他的惡行惡狀也會遭到揭發。爲了一勞永逸，他打算讓源藏直接離開公司。但這讓我們沒辦法再忍氣吞聲，畢竟源藏是我們的好伙伴。我們一方面找社長談判，一方面也告訴源藏，不必理會社長的不合理要求。潤雖然是個不喜歡讀書的人，對於世間的法律與規則卻相當清楚。源藏雖然一條腿被吊了起來，卻還是笑嘻嘻地誇下豪語，說自己是北海道開拓團的子孫，絕對不會輕易認輸。我們見了他那鬥志十足的模樣，都放下了心。沒想到……過了這麼多年，我們依然不知道社長那時候對他說了什麼，或是對他做了什麼。我們只知道有一天晚上，社長到醫院探視源藏，後來源藏就在醫院上吊自殺了。」

春風驚訝得一句話都說不出口。

「社長事後還威脅我們，如果敢隨便對外人提起源藏的事，就會把我們也開除。不僅如此，爲了不讓自己變成壞人，他還命令我們的上司，竄改源藏的出缺勤紀錄，讓紀錄看起來源藏好像已經無故曠職了很多天。」

「那個上司眞的照做了？他沒有保護你們？」

「他雖然名義上是我們的上司，其實還只是個相當年輕的孩子。剛剛那則新聞報導，不是提到了一名少年嗎？他就是我們的上司。他姓皆川，因爲還未成年，當時姓名沒有被公布出來。」

春風拿起手機，再度點開加加谷潤的那則新聞報導。文章的最後，確實提到了「公司員工（十九歲少年）」。春風吃驚地看著那畫面，說道：

「你們的上司，是個未滿二十歲的少年？以這個年紀來看，他出社會頂多才一、兩年吧？」

「是啊，我記得他才高中畢業不久，出社會第二年。聽說他的父親是社長表弟，他讀國中的時候就跟妹妹一起被社長收養了。詳細理由，我也不是很清楚。以社長的爲人，皆川被收養之後的日子應該挺不好過。但皆川非常溫柔善良，因爲他太善良了，有時我們反而爲他擔心。而且他這個孩子聰明又機靈，總是遭社長利用。任何麻煩或骯髒的事情，社長總是推給他去做。甚至是向客戶企業所收取的違法派遣報酬，聽說也是交給他管理。有一次，我忍不住對他說，你這麼優秀的人不用怕找不到工作，爲什麼不趕快離開這間公司，找個像樣的工作環境？但他告訴我，他的妹妹長期住院，醫療費用都是社長出的，所以他沒有辦法背叛社長。就算做再骯髒的工作，他也沒有辦法拒絕。源藏那件事情也是一樣，他跪在地上嚎啕大哭，求我們原諒。他說他也很痛苦，他也不願意，但沒有其他選擇。他沒有辦法爲我們做任何事，沒有辦法秉公處理。

「這讓潤非常生氣。因爲源藏生前將潤當成了親兒子一樣疼愛，皆川也將潤當成兄長一般仰慕。潤淡淡說了一句『把社長搞垮吧』，當時他臉上冰冷的表情，我從來不曾見過。」

春風不禁全身冷汗直流。雖然春風沒見過潤的長相，也沒聽過他的聲音，但那宛如只是決定要去便利商店的輕描淡寫口氣，竟在春風的耳畔清晰迴盪著。

「潤接著告訴我們，『像這樣的公司，最好還是別待了。等到拿回他虧欠我們的薪水之後，我們就找其他工作去吧』。以我的狀況來說，只要能夠還清債務，我根本不會繼續待在那家公司。皆川的情況也一樣，只要能拿到一大筆錢，他就能帶著妹妹逃離社長的掌控。所以我們都決定照潤的吩咐去做……不過就像我剛剛說的，剛開始我根本不知道那是詐騙。從頭到尾都是潤在指揮調度，我只是稍微幫了一點忙。」

錬在一旁冷冷地說道。「所以妳沒錯之類的話就省省吧。麻煩快把後面也交代清楚。」

「我實在不相信你是潤的兒子。」小夜子憤恨不已地反唇相譏。春風見兩人之間再度爆出火花，趕緊插嘴說道：

「後來就發生了詐騙事件，是嗎？能不能請妳盡可能說出整個詐騙的過程？」

小夜子嘆了一口氣，再度開口說道：

「潤認識一些奇奇怪怪的朋友。有一天，他將一個朋友帶到了我們面前，那個人一看就知道不是正派人物，職業也非常古怪，聽說是什麼名單商人……他自稱姓鈴木，但我猜那應該是假名吧。潤把計畫告訴了鈴木，拜託他找一些專家來幫忙，並且承諾將得手的財物分一半給他。所謂的專家，當然是詐騙專家。那個姓鈴木的男人似乎在詐騙的世界裡相當有人脈。」

春風回想起加加谷潤的生平經歷。聽說他從小就幫忙祖母詐騙他人的錢財。多半是小時候的成長環境，讓他認識一些見不得光的人。

「我們的計畫非常單純。有一天，稅務署打電話到公司裡，聲稱『一個星期後，我們會前往貴公司進行稅務調查，麻煩請準備好各種納稅的證明文件、存摺及所有會計業務相關資料』。社長嚇得臉色發白。在這個世界上，社長害怕的東西就只有勞動基準監督署及稅務署。公司雖然有顧問稅務師，但我們不能讓眞正的稅務師出來攪局，所以由皆川設法成爲社長與稅務師事務所的中間聯絡人，將社長與事務所之間的聯繫全部擋掉。另一方面，我們安排了一個由鈴木找來的人，假扮事務所派出的稅務師，陪同社長接受『稅務調查』。那天來了三個西裝筆挺的男人，若不是我知道內情，我一定也會以爲他們是眞的稅務署人員。他們個個板著一張臉，一下子翻看厚厚的文件，一下子要求會計部門調出資料，甚至還要求打開金庫查看。一些不知道我們的計畫的員工，也都被唬得一愣一愣的。查了好一會，假稅務署人員聲稱『關於資金的流向，有一些疑點，請允許我們到社長的住家看一看』。社長不願意，假稅務師剛開始也裝模作樣地表達抗議，最後稅務師假裝屈服，勸社長『還是先答應他們，不要違逆比較好』……」

接下來，假稅務署人員搜索社長的住家，發現了社長逃漏稅的證據。社長爲了逃稅，本來就在家裡藏了大量的現金，而皆川的身分類似社長的祕書，因此要安排一場「被搜出可疑現金」的戲碼一點也不難。

「藏在家裡的錢被他們搜出來時，社長臉都綠了。那三個人告訴社長，『依照法規，逃漏稅的金額超過一億圓，須負刑事責任。而且像你這種惡意隱藏所得的案子，還會追加課稅百分之四十。經過計算之後，你必須繳納大約兩億圓的罰金』。社長聽到這個數字，快要昏倒。這時他們又說，『不過如果你願意讓我們當場回收現金，可以視爲報稅作業上的疏失，現在已主動補繳稅金。原本應該要追加課稅的金額，也會大幅降低。是否願意配合，你自己決定吧』。假的稅務師也在旁邊說服社長『這麼做划算得多』，社長當然連忙答應。整個計畫到這邊，基本上已經大功告成。他們拿出假的文件資料，讓社長簽名蓋章，然後搬走了屋裡全部的錢。得手的現金，一半分給鈴木以及他找來的人。剩下一半，則是我們大家平分了。多虧這筆錢，我還清了債務。」

春風聽完了小夜子的描述，心情簡直像是看完了一部相當長的電影。

「這劇本是那個鈴木想出來的嗎？」

「不，是潤想出來的。皆川負責提供關於社長的重要情報，我負責查看公司內的文件資料，潤負責統整及寫出劇本。」

春風的腦海浮現了「天才詐欺犯」這個稱呼，不由得轉頭望向鍊。

加加谷潤的兒子將雙手交叉在胸前，仰靠在沙發上，面帶冷笑說道：

「但是到頭來，他還是被逮了，證明他就是一個大蠢蛋。」

小夜子瞪了鍊一眼，指責道：

「你不應該這麼說你父親……潤是爲了保護我，才遭到逮捕。」

爲了保護小夜子？

「請問這部分又是怎麼回事？」

「……我們從社長手中騙來的那些錢，假如攤在陽光下，社長會惹上的麻煩絕對不比我們少，所以我們猜測他不敢聲張。我們拿到錢之後，確實過了一段風平浪靜的日子。但後來社長不知道是怎麼查到的，他竟然知道我把龐大的欠債一口氣還完了。那個時候我早就已經辭職不做了，但他每天從早到晚打電話來騷擾我，或是跑到我家來，有時還會派一些凶神惡煞般的男人來找我的麻煩……我害怕得不得了，只好向潤求救。過了幾天，潤就向警察自首了。」

如果小夜子這段話是眞的，這代表潤是爲了保護同伴才決定自首。春風正感到吃驚，旁邊的鍊卻發出了尖銳的笑聲。

「妳太美化那傢伙的行爲了。那個社長心裡一定很清楚，就憑妳這麼一個老太婆，絕對不可能安排下那麼大陣仗的詐騙計畫。他不斷找妳的麻煩，只是爲了釣出藏在後面的大魚。安排計畫的是加加谷，找來專業騙徒幫忙的也是加加谷，事後出了紕漏，加加谷當然得負最大的責任。他向警察自首，只不過是爲了避免事情繼續延燒，連累來幫忙的那些人。」

「就算是這樣，我能夠平安無事，還是多虧了潤……」

「別把你們的骯髒行徑說成美麗的故事！」

鍊打斷了小夜子的話。此時的鍊，就像是一匹露出獠牙的惡狼。

「那傢伙吃牢飯是他自作自受，不值得同情。但他連累了我的母親及翠、陽，這可不是一句身不由己就能撇清的事情，我這輩子絕對不會原諒他！」

2

窗外一片寂靜。這一帶的住宅區有別於大通、薄野等鬧區，一旦過了晚上八點，幾乎每個人都會待在家裡。春風明知道這裡距離自己的家很近，卻有一種彷彿來到宇宙邊緣的錯覺。

「小夜子奶奶與加加谷潤的關係，我已經明白了。但是鍊與小夜子奶奶，又是怎麼認識的？小夜子奶奶，妳在遭遇搶劫的那一天之前，就已經認識鍊了嗎？」

「不，那天是我跟這孩子第一次見面。我根本不知道潤結了婚，更不知道潤有小孩。」

「咦？」春風不禁感到有些吃驚。小夜子一臉苦澀地接著說道：

「潤有著平易近人的個性，跟任何人都能聊得來，但如今回想起來，他幾乎完全不提自己的事。一般情況下，一個人在閒聊時完全不提自己的私事，一定會被認為有鬼。但是潤這個人相當特別，他不提自己的事，卻完全不會讓人感到狐疑……所以在發生那件事的隔天，這孩子跑到我家來，自稱是潤的兒子，我嚇到說不出一句話。」

發生搶劫事件的隔天……春風仔細回想，那正是自己與鍊在迴轉壽司店用餐的日子。春風轉頭望向鍊，他尷尬地別過視線，說道：

「我蹺掉了下午的課，跑到這裡來見她，後來才跟妳會合。」

春風回想那天的情況，鍊在吃壽司時的神態，完全看不出來私底下已經幹了偷偷摸摸的事情。春風不禁感慨，他從那時候就已經戴上面具了。

「可是……小夜子奶奶，或許我這麼問有些失禮，但我不明白，為什麼妳會這麼輕易就相信鍊是加加谷潤的兒子？那時候妳甚至不知道加加谷潤有兒子，不是嗎？」

「不是我要輕易相信他，而是不由得我不信。早在前一天，我看見他的臉，心裡就有點驚訝……他跟潤實在是長得太像了。」

小夜子如此呢喃，轉頭看著錬，眼神充滿了懷念之意。

然而錬看著小夜子的眼神依然冰冷，兩人形成強烈對比。理由很簡單，錬很清楚小夜子從前和加加谷潤一起做過什麼事。而且早在小夜子得知潤有孩子前，錬就知道小夜子這號人物。

十月的最後一個星期四，那天到底發生了什麼事？在得知了人物關係，顯然對那起搶案的理解也必須徹底改變。

「錬，你跟我一起目擊搶案的那一天，你應該不是偶然出現在那裡吧？你其實是爲了拜訪小夜子奶奶，才會走到那裡，是嗎？」

「沒錯，但我還沒到這個老太婆的家，她就來門外東張西望。過一會，鐘下就來了……那時我還不知道那個人叫鐘下，只知道老太婆跟他說幾句話，他突然將老太婆推倒，搶了紙袋逃走。」

今天前，春風一直以爲錬那天只是剛好路過。但如今回想起來，這偶然確實很不合理。錬的家距離這裡相當遠，這帶不會是他的生活範圍。更何況這裡是住宅區，他不是這裡的居民卻走到這裡來，身分又不是推銷員、傳教士、快遞員或郵差，顯然打從一開始就有特別目的。

「你爲什麼打從一開始就知道小夜子奶奶的事？你來找她的目的是什麼？」

錬取出智慧型手機，進行了簡單的操作，將手機放置在桌上。

液晶螢幕上顯示出了一張照片。看起來像是以手機拍下了記事本的其中一頁。一張畫著淡淡直線的白紙，上頭寫著一些文字及數字。雖然是相當有風格的手寫字跡，還是一眼就能看得出來，那是一些人名，以及電話號碼。

小佐田小夜子　011-384-○○○○
鈴木司　090-6158-○○○○
山下德助　011-785-○○○○
皆川怜　080-2205-○○○○
坂本敏也　090-6988-○○○○

只要是札幌市民，必定對「011」的電話號碼相當熟悉，因爲這是札幌的區碼。

「這是……」

「那傢伙的記事本的其中一頁。我懶得將整本記事本帶在身上，只用手機拍了一頁。」

春風屏住了呼吸，仔細檢視畫面上的姓名及電話號碼。既然小夜子也在裡頭，顯然這是當年的詐騙事件的共犯姓名及聯絡電話。

「照理來說，記事本這種東西應該會被警察扣押，當成證據吧？」

「當年警察闖進家裡，確實把很多那傢伙的東西都拿走了。但那傢伙在自首前把這本記事本交給我，要我藏起來，別被發現。我將它放在國小的書包裡，隨時帶在身邊，保留了下來。」

春風聽到「國小的書包」，不由得心頭一凜。仔細想想，當年加加谷潤遭到逮捕的時候，鍊還只是個小學生。

鍊瞇起了眼睛，看著父親所寫的字。

「我想要問這些人一件事情，所以把這上頭的電話全都打了一遍。但是幾乎所有的號碼都變成了空號，只有這個老太婆的電話號碼打通了。」

「所以你就跑來見小夜子奶奶？但你只有電話號碼不是嗎？你要怎麼查出這裡地址？」

「他從我的口中套出了地址。這孩子的話術眞是太高明了。」

小夜子揚起一邊的嘴角，酸溜溜地說道：

「他僞裝成H銀行的行員，打電話給我，說什麼爲了防杜詐騙，要進行登錄個資的安全強化作業。接著他說了一個完全不一樣的地址，問我這個地址正不正確，我沒有想太多，就回答他那地址是錯的，我住在豐平區羊丘○○，就在札幌巨蛋的附近。然後他一直跟我道歉，說是不小心念成了其他客人的地址。他裝出一副新進行員的口吻，假裝不習慣打電話但是相當認眞，我一時不察，就這麼上了他的當。」

春風不禁皺起了眉頭。H銀行是母親任職的銀行，同時也是北海道內市占率最高的地方銀行，幾乎每個北海道居民都擁有H銀行的帳戶。只要說出「H銀行」這個名稱，基本上不用擔心對方不是客戶。而且鍊僞裝成銀行的新進行員，也有助於降低對方的警戒心。春風無奈地心想，這小子實在是太厲害了。

「鍊，你說有一件事情要問小夜子奶奶，是什麼事？」

鍊再度操作手機，幾秒鐘後又將手機輕輕放在桌上。液晶螢幕上顯示的是網路新聞的頁面，春風也會每天瀏覽這個新聞網頁好幾次。但如今畫面上的這則新聞，上頭寫著小小的數字「**9／29**」，似乎是一個半月前的新聞。

【前清潔業業主隱匿財產遭逮捕　疑似有詐騙集團涉案】

位於東區伏古的清潔公司「清淨生活」的前社長鹿又新造（六十三歲），在申請破產程序的過程中疑似隱匿販賣不動產所得，而遭警方以違反破產法（詐欺破產）的嫌疑加以逮捕的案件，又有最新進展。偵辦過程中，鹿又向警方供稱，有數名自稱是律師及會計師的男女找上他，聲稱「我們能夠教你在破產時守住財產的好方法」，鹿又爲此支付了龐大顧問費。

鹿又在今年八月，以其名下公司「清淨生活」無力負擔債務爲由，向札幌地方法院申請破產。但事後警方追查發現，鹿又在申請破產之前，曾經將四千多萬圓的現金轉移至他人的帳戶內，企圖隱匿財產，警方因此在九月二日將鹿又逮捕。根據警署內部人士提供的消息指出，鹿又在接受札幌東署的調查時，供稱自己曾向一名自稱在諮詢會場見過面的女律師，以及其介紹的男會計師等共三人詢問申請破產時保留資產的方法，前後共支付了約兩千萬圓的顧問費。但這幾名曾與鹿又接觸的律師及會計師，皆在鹿又申請破產前紛紛失聯，警方目前正朝有詐騙集團涉案的方向進行調查。

春風不由得發出了驚呼。

小夜子第一次說出公司名稱的時候，就應該要想到才對。由母親任職的H銀行提供融資的某地方企業，前陣子宣告破產，前社長因涉及隱匿資產而遭逮捕，而且背後可能有詐騙集團涉案。當初自己看到這則新聞時，不也感到相當震驚嗎？春風又想起，在目擊攔路搶劫的隔天早上，自己也曾在電視上看到前社長落網後遭札幌地檢起訴的新聞。

「清淨生活」正是從前小夜子與加加谷潤上班的公司，更是他們因遭受社長惡意壓榨而決意詐騙社長的舞臺。

曾經吃過苦頭的社長，竟然再度成爲詐騙的受害者。

這是偶然嗎？像這樣的巧合，眞的有可能偶然發生嗎？

原本散落一地的拼圖碎片，忽然像遭受暴風吹襲一般滿天飛舞，而且迅速串聯在一起。春風努力回想，與由紀乃深入交談的那個晚上，由紀乃還說了哪些關於前夫的訊息？

——那幾個孩子的父親，也就是我的丈夫……呃，嚴格說來是前夫，他是個有前科的人。因為詐欺罪遭逮捕，被判了五年。算起來那是六年前的事了，當時鍊才小五，陽跟翠才小二。

那起詐騙案發生在六年前。加加谷潤的刑期是五年。

春風彷彿聽見了刺耳的碰撞聲。拼圖最後一塊碎片，撞入了正確的位置。

「加加谷潤……已經出獄了？」

春風轉頭望向鍊。鍊不發一語，微微垂下了頭，睫毛有如垂掛在樹梢的柳葉。

「鍊，你懷疑這案子是加加谷潤幹的……？」

整個空間陷入了一片沉默。非常漫長的沉默。

「我不知道……」鍊的聲音是如此沙啞，有如已在沙漠中流浪了不知多少年。

「我什麼也不知道。自從那傢伙被逮捕，我不曾見過他，他也不曾聯絡我。看了這則新聞，我試著調查他被關在哪一間監獄，以及什麼時候出獄、現在住在哪裡。但以我的能力，根本查不出個所以然。向專家求助，又被告知必須獲得監護人同意。我調查母親戶籍，查出那傢伙的戶籍地址，但那個地方已經變成停車場了。此外我還詢問了附近的居民，以及他小時候住過的孤兒院，答案都是不知道他現在在哪裡。我直接詢問母親，母親也說『他離開後就不曾再聯絡』。我母親很討厭說謊，她應該不會騙我，她是真的不知道那傢伙現在在哪裡。或許他在出獄之後，已經回到了札幌。或許他走了回頭路，又想靠詐騙賺錢。或許他還是氣不過那個社長，想要再騙他一次。這樣的推測可能是對的，也可能不對。我不敢肯定，可是……」

可是如果推測是對的……

如今春風已經完全能夠體會，鍊為什麼不惜靠詐騙的手法，也要查出小夜子的居住地址。因爲小夜子是加加谷潤當年的共犯，鍊想要問她知不知道父親的下落。

「小夜子奶奶，妳知道他……加加谷潤出獄後去了哪裡嗎？」

小夜子緩緩搖頭說道：

「完全不清楚。自從潤遭到逮捕後，我也不曾再見過他。這六年來，他完全沒有跟我聯絡。但是差不多就在電視上報出這個『清淨生活』的新聞時……」

小夜子頓了一下，皺起了眉頭，接著說道：

「大約是在十月初吧……突然有個陌生男人打電話給我，自稱是『加加谷的代理人』。」

加加谷。

春風不由得屏住了呼吸。小夜子接著說出了那個男人的要求。

「他對我說……『如果不希望我說出六年前的事，就準備好現金兩百萬』。」

春風霎時感覺天旋地轉，眼前的景色跟心中的記憶同時扭曲變形。腦海播放起了那個星期四目睹的景象。

札幌巨蛋近在眼前。放眼望去全是不積雪屋頂的住宅區。自己因爲擔心遲到，正快速朝著自家的方向邁步。就在這時，不遠處傳來尖叫聲，小夜子就在自己的眼前摔倒。一個男人將小夜子推倒，搶走了一個小小的紙袋。

那紙袋裡頭的東西原來是……

原來自己當初目擊的不是一樁搶案，而是恐嚇取財。

「在電話裡自稱加加谷代理人的那個男人，也是鐘下嗎？跟搶走錢的男人是同一個人？」

「應該是吧。這陣子我耳朵變得有點背，所以沒什麼自信……但是在交出錢的時候，我向那個男人再三確認。『你眞的是潤的代理人？潤現在在哪裡？眞的是潤要我這麼做？』我連問了好幾個問題，那男人的回答都是『無可奉告』。但他的聲音跟電話裡頭的男人聲音非常像。」

春風心想，原來那天出現在現場的所有人，只有自己是真正的「偶然」。不管是小夜子、鐘下還是潤，都是基於某種原因或目的，才會出現在那個地方。

如今回想起來，那起搶案打從一開始就有可疑之處。案發的當天，小夜子的說法是「我本來想出門辦點事情，沒想到那個人突然衝過來」。但發生搶案的現場，是小夜子的自家大門口。倘若眞的像小夜子所說的，她一出門就遇襲，這代表強盜早就埋伏在門口。換句話說，歹徒不會是隨機攔路搶劫的強盜。事實證明小夜子其實早就跟鐘下約好了時間，要在自家門口交付現金。遭到搶劫云云，只是欺騙春風的謊言。

春風以手抵著額頭，做了一次深呼吸，努力讓混亂的神經冷靜下來。自己所不知道的案情全貌，如今終於逐漸明朗，如同一道魚影無聲無息地浮上水面。小夜子的部分，已經全部都說完了。接下來，輪到他了。

「鍊。」

鍊聽到春風的呼喚，輕輕轉過頭來，與春風四目相交。

「當初我邀請你到迴轉壽司店一起吃飯，是爲了告訴你小夜子奶奶的後續狀況。但你早就已經獨自見過了小夜子奶奶，照理來說你大可以直接取消跟我的約定……你沒有取消約定，目的是不是爲了拿到鐘下掉在現場的吊飾？」

鍊微微垂下了頭。雖然沒有回答是或不是，但態度已經給了答案。

「在那個時候，我還不知道那個男人是誰，叫什麼名字。唯一的線索，就只有那個吊飾。但是春風姊比我早一步撿到吊飾，而且帶走了。」

所以鍊答應春風的晚餐之約。原本鍊心中的盤算，是在交談過程中找機會向春風索求吊飾。

但後來發生了一個意料外的狀況，那就是春風竟然知道吊飾的來歷。於是鍊立即變更計畫，提議兩人一起尋找歹徒。這樣的要求有一部分是演技，但也有一部分是發自內心的想法。爲了實現這個「一起找出吊飾持有者身分」的行動，鍊還謊稱星期一、二是文化祭的補休日，不用到學校上課。接下來，他徹底改變外貌裝扮，與春風在校園裡展開爲期兩天的調查。

春風閉上了雙眼。此時的心情，彷彿在下著一盤黑白棋。

原本以爲是白色的棋子，一枚枚翻了過來，轉眼間滿盤皆黑。

鍊接著說出了在查出鐘下身分後，他採取的行動。

「春風姊，妳猜得沒有錯，我跟鐘下在大學的圖書館見了一面。鐘下雖然看出妳是當初追趕他的女人，但沒有看出我就是當時的高中生。所以我假裝是這個老太婆的孫子，自稱和住在附近的春風姊一起以那吊飾作爲線索，追查出了他的身分。」

與鐘下見面的時候，鍊將頭髮染成了青灰色，自稱姓藤崎。鍊向鐘下聲稱那底片盒吊飾在自己的手上（其實從頭到尾都在春風的手上）。那吊飾上頭有鐘下的指紋，可以證明鐘下就是搶劫小夜子的歹徒。

「你應該明白我的意思，只要我把那玩意交給警察，你就完蛋了。」

剛開始的時候，鍊表現出一副高壓的態度，想要以逼迫的方式讓鐘下說出加加谷的事。沒想到鐘下竟然毫不退縮，反而瞪著鍊說道：

「如果你這麼做，你奶奶也脫不了身。別以爲我不知道，你奶奶在六年前和加加谷聯手詐騙了一家名叫『清淨生活』的公司。加加谷被逮捕了，你奶奶卻一直逍遙法外。我只要把這件事情說出去，你奶奶恐怕就有麻煩了。」

鐘下清清楚楚地告訴鍊，六年前的詐騙案就是加加谷幹的。

鍊聽到這句話，不由得陷入了沉默。鐘下或許是以爲鍊害怕了，繼續威脅道：

「只要你把吊飾交出來，我就不說出你奶奶的事。」

鐘下攤開手掌，伸到鍊的面前。鍊當然不可能答應對方的要求。鍊的目標並不是鐘下，而是躲藏在鐘下背後的加加谷。

「你跟加加谷到底是什麼關係？聽說你在電話裡，自稱是他的代理人？這麼說來，加加谷是你的大哥，你是他的小弟？」

鍊故意使用了「小弟」這種輕視的字眼。原本鍊的目的，只是稍微激怒鐘下，影響他的判斷力，讓他變得較容易控制。沒想到鐘下的暴怒程度超過了鍊的預期。

「你說誰是他的小弟？」

鍊看見鐘下露出一臉凶惡的模樣，心中驀然想到一種可能。

「既然你不是他的手下，爲什麼要幫他打電話給我奶奶？難道不是他叫你來拿錢嗎？」

鐘下將頭轉向一邊，不願意回答這個問題。鍊見了他的反應，更加確信自己沒有猜錯。

鐘下不僅知道小佐田小夜子的過去，同時也知道加加谷的過去，這意味著鐘下與加加谷必然有著一定程度的交集。但從鐘下的態度，可以看出兩人至少目前並不處於和睦相處的關係。這意味著向小夜子恐嚇勒索，很可能是鐘下的獨斷行爲，他只是利用了加加谷的名字而已。

更重要的一點是鐘下對加加谷有強大怒意。雖然沒辦法完全斷定，但他很可能深深恨著加加谷。

「我想跟加加谷見一面。」

鍊老實說出了自己的訴求。鐘下愣了一下，顯得有些吃驚。

「你的事情，老實說我一點也不在乎。你拿走的那兩百萬，我也不打算拿回來。我要找的人是加加谷，他現在在哪裡？」

「我爲什麼要告訴你？」

「你好像很痛恨加加谷？跟他有仇嗎？」

「這不關你的事。」

「那也不見得。」

鍊揚起了嘴角。唯獨這一瞬間的表情，並不是演技。

「要比對那傢伙的恨，我絕對在你之上。」

這是一場賭注。如果賭輸了，等於是把自己的把柄送到對方的手上。

但就在鐘下聽到這句話的瞬間，他的眼神變得友善得多。原本他只把鍊當成必須恫嚇的敵人，此刻卻彷彿將鍊當成了同志。

鐘下漸漸開始願意回答鍊的問題。原來鐘下與加加谷曾經是受雇者與雇主的關係，但現在因爲一些理由而分道揚鑣了。鐘下並不知道加加谷住在哪裡，也不知道他的聯絡方式。因爲加加谷每次都是使用不顯示來電的方式向鐘下下達指示，鐘下並沒有任何手段可以主動聯繫加加谷。雖然加加谷在札幌市內擁有辦公室，鐘下也曾爲了辦一些雜事而進出過幾次，但加加谷經常更換辦公室的地點，而且不動產的所有人似乎也不是加加谷的名字。總而言之，加加谷是個非常謹愼小心的男人，從來不會在任何地方留下關於自己的線索。

「但有一個女人，或許有機會接近加加谷。那是個經常幫加加谷做事的女人，若能從她這條線下手，或許能夠查出一些關於加加谷的線索。」

「那女人是誰？她住在哪裡？」

鐘下並沒有立刻回答這個問題。他凝視著鍊，半晌後開口說道：

「我可以告訴你，但我有三個條件。第一，你必須嚴守祕密。第二，你絕對不能背叛我。第三，你必須幫我做一件事。」

「……幫他做事？」

春風忍不住問道。鍊與鐘下一同走進那棟老舊音樂練習中心的景象，浮現在春風的腦海。

「……他要你幫他做什麼事？鍊，鐘下對你提出了什麼樣的要求？」

鍊緊閉雙唇，不肯回答這個問題。

「鍊，你還記得剛剛的事情吧？我們剛從薄野的ＫＴＶ走出來，你就被一個男人攻擊。那個男人一看就知道是個習慣使用暴力的人，而且他知道你是誰，並不是隨便攻擊路人。你想得到自己爲什麼遭受攻擊嗎？跟鐘下及加加谷有關？」

鍊依然沉默不語。

「眞是太過分了。」小夜子低聲說道：「春風的傷，原來是這麼來的？都怪你幹了那種事，現在你已經連累人家了。」

那種事？

「……能麻煩妳閉嘴嗎？最好一輩子都不要開口說話。」

「當初我再三拜託你保守祕密，你還是說出來了，現在你有什麼資格要求我保密？你現在的心情，就是我剛剛的心情。」

此時的小夜子已徹底失去了平日的高雅慈和，簡直成了一個得理不饒人的強勢女性。春風擔心兩個人之間再度爆出火花，趕緊舉起手，要求雙方肅靜。

「鍊，請你說出來吧。」

經過了一段漫長的沉默，鍊才終於開口說道：

「……鐘下說，加加谷是個名單商人。他賺錢的方式，就是將上等目標的個資名單高價賣出。鐘下似乎急需要一大筆錢，理由我並不清楚，我只知道他打算利用從加加谷那裡搶奪來的名單，發一筆橫財。他要我幫忙做的事，就是這個。」

春風花了一小段時間，才完全理解鍊這句話的意思。

「難道所謂的幫忙做事，是跟他聯手詐騙？」

鍊沒有回答，只是垂下了頭。春風霍然起身，說道：「你怎麼能做這種事？」

「春風，妳冷靜點。妳受了傷，可不能這麼激動。這孩子的事，妳完全不需要擔心。」

到底要如何才能不擔心？春風臉色鐵青地朝小夜子瞪了一眼，小夜子爲了安撫春風的情緒，不停在春風的手腕上輕揉。

「這孩子只是裝裝樣子，他並沒有眞的騙別人錢。他在鐘下面前假裝打給名單上的人，其實是打到我家來。我配合接電話，假裝被他騙了。爲了扮演不同的受害者，我還得改變講話的嗓音及說話方式。仔細想想，連我也不禁佩服我自己。這孩子威脅我，說如果我不幫忙，就要把從前的事告訴警察。我不敢反抗，只好乖乖聽話。但總而言之，這孩子並沒做妳心裡擔心的那種事。」

春風轉頭望向鍊，以眼神詢問「小夜子奶奶說的是不是眞的」。鍊這才抬起頭來，與春風互相對看。

「我刻意誘導，讓每次撥打電話的人都是我。我撥出的號碼，其實都是這裡的電話號碼。鐘下並沒有核對我撥打的號碼跟名單上的號碼一不一樣，而且因爲每一通電話都有人接，所以他也沒有懷疑。挑選對象的時候，我都故意挑選年紀跟她比較近的老女人。」

但畢竟這種做法的風險很大，隨時可能被鐘下看穿。鍊自己應該也很清楚這一點。他只能不斷臨機應變，設法化解鐘下的懷疑。如此處心積慮，只爲了與加加谷見上一面。

「如果加加谷察覺名單被盜，而且是鐘下幹的好事，他一定會想辦法報復。所以剛剛攻擊我的那個男人……」

鍊遭受攻擊，其實是加加谷爲了報復鐘下和他的同伴。

春風霎時感覺到彷彿有大量的冰水自腳下沿著雙腿往上竄升，不由得整個人癱坐在沙發上。

那個時候，要是鍊被拉進那輛車裡，會有什麼下場？雖然完全無法預測，但正因爲無法預測，各種可怕的想像反而占據腦海，讓春風胃部隱隱作痛。今天完全只能以千鈞一髮來形容。能夠逃出魔掌純粹是運氣好，只要任何環節出差錯，鍊就會被帶走，再也回不來了。

「……鍊，你該收手了。這已經不是你一個人能夠應付得來的局面。」

驀然間，春風的腦海裡浮現了皐月拍攝的那張金環日蝕的照片。中間一片漆黑，什麼也看不見，輪廓卻放射出刺眼的光芒。如今鍊跟自己所面對的，就是如此可怕的對手。

視法律道德爲無物，爲達目的不擇手段，任何阻礙者都會遭到無情剷除。其力量之強大，足以燒毀所有直視者的眼珠。單憑一介高中生，絕對無法與其抗衡。

「我們還是去找警察吧！我陪你去……」

春風說到一半，突然驚覺自己說出口的話多麼可怕。

假如眞的報了警，會有什麼後果？警方會根據鍊的證詞，著手展開調查，最後將那隱藏在黑暗中的人物繩之以法……如此一來，鍊跟他的家人們恐怕得再次面對六年前的那場噩夢。

雖說北原一家跟加加谷潤在法律上已經沒有任何瓜葛，社會上一定還是會出現將北原一家視爲加害者並且加以抨擊的聲音。不僅如此，而且很有可能會有人挖掘出六年前的往事。屆時北原一家將再次生活在輕蔑、迫害與暴力的陰影之中。

眼前的少年正是不讓噩夢再度上演，堅持獨自奮戰，不讓任何人知曉，不向任何人求助。

「……這我自己很清楚。」

錬的口氣是如此沉靜，卻又帶了幾分哀戚。

「現在的局面，已經不是我能夠應付得了。其實早在鐘下要求我幫忙詐騙的時候，我就已經隱約感覺到，事態已經超過我能掌控的範圍。但我沒有辦法放棄得乾乾脆脆，最後終於騎虎難下，甚至還連累了春風姊。我知道自己的行爲實在是不能原諒，但是請再給我一點時間。透過鐘下認識的那個人，我還沒有機會好好交談。等到最後這一步也結束之後，我會爲這件事做個了結。如果那傢伙眞的又幹了壞事，我會……親手做個了結。」

親手做個了結……難道他要向警察檢舉自己的父親？

春風啞口無言，不知道該說什麼。或許是氣氛太凝重，小夜子逃命似地走向廚房，嘴裡喊著「我去泡個茶」。春風無法直視錬的眼睛，只能摀著臉，不停吐氣，彷彿要吐盡肺中所有濁氣。

眞是個波濤洶湧的夜晚。

3

春風喝了幾口小夜子泡的果醬紅茶，酸酸甜甜的滋味才剛入喉，意識逐漸朦朧。

再次醒來的時候，春風發現自己橫躺在沙發上，整個臉頰緊貼著沙發。春風完全不記得自己到底是什麼時候躺下來的，不由得眨了眨眼睛，接著整個人跳了起來。

「妳放心，我沒有逃走。」

鍊似乎看穿了春風的心思，劈頭便說出這句話。春風轉頭一看，鍊正環抱著膝蓋，坐在單人座的沙發上。春風不由得鬆了口氣，但是下一秒，不由得對腦袋裡的記憶斷層感到納悶。

「難道我睡著了？」

「妳睡了大概三十分鐘吧。喝了紅茶後，我就看妳搖搖晃晃，接著就整個人躺下去了。那個老太婆說，爲了讓妳恢復冷靜，所以她在紅茶裡加了一點伏特加。對了，她現在在另一個房間看韓劇。她說如果錯過這一集，她會死不瞑目。」

……對小夜子這個老婦人，春風可說是徹底改觀了。今晚不僅知道了她的驚人過去，而且竟然還被她下了藥……不對，是下了酒。

春風轉頭望向牆上那座風格洗鍊的掛鐘。時間剛過晚上八點半。自己約在六點半的時候，在薄野那棟音樂練習中心前面跟鍊攤牌。春風幾乎不敢相信，從那時候算起，到現在竟然只過了約兩個小時。這段期間裡，春風感覺自己好像老了五歲。想到這裡，春風忽然飢腸轆轆。

「鍊，你不餓嗎？」

鍊露出些許錯愕的表情。春風拿起了放在沙發上的托特包，取出爲了應付嘴饞而隨身攜帶的巧克力。每顆巧克力都只有一口大小，放在五顏六色的塑膠袋裡。像鍊這種食欲旺盛的男高中生，吃這種東西絕對不會飽，但聊勝於無。「給你。」春風將三顆巧克力放在掌心，朝著鍊遞出。

鍊沒有伸手接下，只是愣愣地看著那些小包裝的巧克力，足足過了十秒鐘之後，才以低沉的聲音說道：「……妳是怎麼回事？」

「怎麼了？」春風完全不明白鍊這麼問是什麼意思。

「爲什麼妳要當個爛好人？」

「爛好人？你說我嗎？」

「不是妳，還有誰？打從一開始，妳這個女人就怪怪的。明明不是妳被搶，妳卻拚了命追趕強盜。我對妳撒了那麼多的謊，做了那麼多不可告人的事情，妳還請我吃巧克力，簡直像是什麼事情都沒有發生。還有，剛剛被那個男人攻擊的時候，妳的反應也超級奇怪。爲什麼妳會朝那個男人衝過去？一般情況下，妳該做的事情應該完全相反吧？妳應該立刻轉身逃走，頂多是在經過派出所時幫忙報個案，就已經很足夠了。妳到底是怎麼回事？爲什麼妳會那麼容易原諒他人，那麼容易相信他人？爲什麼妳會認爲這種天眞的心態，能夠讓妳在這個世間平安活著？」

春風努力擠出冷靜的回答：

「首先我要訂正兩點。第一，我不是爛好人。第二，我不會輕易相信他人。」

「妳這兩句話，就跟政治家的道歉聲明一樣，沒有任何說服力。」

春風不禁有些惱怒。這句話說得未免太毒了一點。

「我是什麼樣的人，現在妳應該很清楚了。妳還給我巧克力，到底是想怎樣？」

鍊的口氣還算平靜，但感覺得出來，他正在努力壓抑著激動的情緒。

春風沉吟了一會，手伸進褲子的右側口袋。指尖觸摸到了那根細細長長的筆狀物。想起來眞是窩囊。這玩意明明就在口袋裡，維持著隨時可以取出的狀態。剛剛的情況，明明正是這玩意發揮用途的好時機。偏偏自己就是沒有勇氣將它從口袋中抽出來。

春風將那有著銀色霧面的筆狀物舉到鍊的面前。鍊錯愕地皺起了眉頭。

「這是什麼？」

「戰術筆。它是一枝筆，但筆蓋的另一頭很尖，所以也能夠當作防身的武器。我這枝的牌子，是美國著名的武器裝備製造商，所以保證殺傷力十足。只要刺在重點部位，一定能夠讓對手瞬間失去攻擊能力。」

鍊聽了春風的解釋，臉上依然帶著狐疑之色。春風以右手緊緊握住了戰術筆，感受著其重量及觸感。像這樣的動作已不知練習過多少次。自己的體溫傳到了筆上，使得整枝筆異常溫暖。

「我只要出門，身上一定帶著它。不管是要去學校上課，還是要跟朋友出去玩。就算只是臨時起意，想到便利商店買冰吃，我也會把這個東西放進口袋裡。有了這個東西，我才能隨時保護自己，不用再屈服於比我強壯的敵人。」

過去春風從來不曾把這件事告訴任何人，即使是皐月也不例外。而如今，自己竟然要對眼前的少年說出這件事。爲了什麼？爲了證明自己並不是個爛好人，而且剛好相反？還是想要藉由說出自己的祕密，拉近與少年的距離？

是依賴還是關懷？是老謀深算，還是眞心誠意？互相矛盾的情感，永遠難以切割，連自己也沒辦法分得一清二楚。如今的春風，只能肯定一件事。

那就是自己希望更加了解他，也希望他更加了解自己。

「你應該早就發現這個了吧？很感謝你什麼都沒有問。」

春風撩起平常總是蓋住前額的劉海。這樣應該就看得很清楚吧。一道長約五公分的斜向傷痕橫越額頭，直抵眉心。

鍊以一雙黝黑的眼眸凝視著春風，什麼話也沒有說。第一次拜訪北原家的時候，春風被認錯人的陽抱住而失去平衡，頭上的傷痕也曾被鍊看見。當時鍊同樣什麼話都沒有說。甚至沒有一句表達心痛或難過的言詞。這反而讓春風暗自鬆了口氣。

「你知道這傷痕是怎麼來的嗎？這說起來有點話長，要聽嗎？我在國小四年級的時候，差不多就是現在的季節吧，我曾經被男人綁架。」

春風按著額頭的刀傷，回想著那一天的事情。那景象早已深深烙印在腦海，就宛如額頭上的傷痕，雖然能夠靠化妝使其變得不明顯，但永遠沒有辦法完全消除。

「有天放學後，我走在回家的路上，一輛車停在路邊，一個男人下了車，慌慌張張朝我走來。我不認識他，但不知道爲什麼，他竟然知道我的名字，還知道我父母的名字。當時他對我說，『春風，妳聽我說。夏海在公司昏倒了。我是夏海的同事，跟秋紀也是朋友。秋紀拜託我來接妳趕去醫院，妳快上車』。於是我就上了那男人的車。如今回想起來，那其實是相當常見的騙術，但當時的我完全沒有懷疑。」

「那不是妳的錯。那傢伙不僅查出了妳的名字，連妳父母的名字也查出來了。當面說出口的話，對一個人能夠發揮很深的影響力，何況他還自稱是妳父母的朋友，妳當然會相信。就算是大人，也很難在聽到震驚的消息時，冷靜思考事情的眞實性。」

春風沒有料到眼前的冷酷高中生這麼幫自己說話，愣了一下，接著輕輕一笑，說道：

「但我一上車，就察覺不對勁了。因爲車子並沒有開往醫院的方向，而是開上了高速公路。我問那男人要去哪裡，他好像沒有聽見。接著他拿出一瓶果汁給我喝，我說什麼也不肯喝，因爲我那時候已經知道他在騙我，我明白自己的處境非常危險。」

原本以爲能夠保持冷靜，沒想到體溫從指尖開始流失，同時感覺到強烈的口渴及心悸。爲了讓自己冷靜下來，春風將冰冷僵硬的雙手緩緩交握。

「我拚命思考怎麼做才能逃走。最後我想出的辦法，是告訴他『我想上廁所』。後來他把車開進休息站，我嘗試跳車逃走，但沒有成功。這個傷痕就是那時候被他割傷的。當時他把我緊緊按住，然後……」

男人將臉湊了過來，氣息噴在春風的臉上。他以細柔又噁心的聲音說道：

——妳是逃不掉的。

不知道爲什麼，春風完全不感到疼痛。或許是因爲痛覺已經被強烈的恐懼感所掩蓋了吧。春風只感覺額頭又冰又麻，好像被一塊冰塊壓住了。

——我在妳身上做了記號。不管妳逃到哪裡，我都能把妳抓回來。

當男人移開刀子時，春風感覺到某種比汗水或淚水更加濃稠而溫熱的體液，正在沿著自己的皮膚往下流。手腳的力氣都在這一瞬間，消失得無影無蹤。無論如何一定要逃回父母及兄長身邊的求生意志，以及絕對不能輸給壞人的堅定信念，彷彿都隨著鮮血一起流走了，自己的身體成了什麼都沒有的空殼。

如今春風終於知道，那就是絕望的感覺。

「那刻起到隔天獲得警察保護爲止，我什麼也不記得，腦袋裡剩下零星片段記憶。但除了額頭的傷，我沒有被他怎麼樣，所以我猜想後來我應該相當聽話，沒有再反抗吧。」

沒有被他怎麼樣。這句話，是在春風獲救後，被送往醫院接受各種檢查，母親聽完檢查結果之後，對春風使用的說詞。春風是在上了國小六年級後，才漸漸明白「沒有被他怎麼樣」代表什麼。但是遭到綁架的那段期間，春風沒有任何記憶，當然也無法判斷母親這句話的眞僞。或許母親不希望女兒遭受太大打擊，才說了善意的謊言。在春風看來，母親確實是會這麼做的人。

「獲得警察保護的意思，是妳自行脫困了嗎？」

鍊的口氣不帶絲毫安慰與同情，反而讓春風寬慰不少。春風搖頭說道：

「不，是有人救了我。根據警察的描述，我在遭到綁架的隔天中午，被那個男人牽著手，走進一家藥局。剛好有個年輕女人走到身邊，我對她低聲說了一句『救我』。我想她當時心裡一定覺得很奇怪吧。但或許是我的神情不太對勁，加上我的額頭包著繃帶，所以她朝那個男人問了兩句話。結果那個男人把我推倒後獨自逃走了。警察一直到最後都沒有抓到那個男人，但至少他們把我送回了家人的身邊。」

生命也好，人生也罷，往往都像走在鋼索上，必須要運氣夠好才能維持下去。每當春風想起那件往事，總是對這一點有著極深的感觸。如果當時那個女人沒有剛好走到自己的身邊，或是沒有鼓起勇氣朝男人問話，自己很可能不會坐在這裡。

但那些都只是警察的轉述，實際上春風對這個部分沒有任何記憶，簡直就像是名爲回憶的筆記本被撕掉了一頁。春風凝視著這個心靈的空白部分，輕輕撫摸手裡那足以貫穿血肉的武器。

「事情發生之後，不管是家人、警察、學校還是醫院的人，都對我細心照顧，所以沒有留下太大的心靈創傷或後遺症。但自從發生那件事之後，我每次出門都必須帶著這個東西。我隨時隨地都感覺到，那個男人好像就在我的附近。包含你在內，很多人都說我魯莽，但我會這樣，或許只是想要證明自己已經不再對那個男人感到恐懼。」

春風不禁心想，當初自己追趕那個強盜，眞的完全是爲了小夜子奶奶嗎？或許，自己只是希望看見壞人受到懲罰，藉此擺脫深深烙印在心中的恐懼。要不然，就是想要爲無法實現的報仇行動尋找一個替代的發洩管道。

「我希望自己一輩子都不要再見到那個男人。希望他滾得遠遠的，到一個不會跟我產生任何交集的地方。但另一方面，或許在我的內心深處，我一直在尋找著那個男人。我想要找到他，把這個東西刺在他的身上，爲這件事情做個了結。」

在就讀高中的那段時期，這些念頭讓春風倍感困擾。全天下的人，會不會只有自己抱持著兩種互相矛盾的想法？自己的精神狀態，是否已經不正常了？即便想要忘記一切，讓人生從頭來過，但每次照鏡子的時候，看見額頭的傷痕，當年屈服於暴力的恐懼與屈辱又會重回心頭。憤怒與悲傷，有如沒有燃燒殆盡的餘火，如今依然在身體的內側靜靜悶燒著。

「包含我自己在內，我沒有辦法理解人這種生物。綁架我的是人，對我伸出援手的也是人。我有時候覺得自己非常仁慈善良，有時候又恨不得將某個人碎屍萬段。心靈到底是什麼？哪個才是眞正的我？爲了找出這些問題的答案，我開始學習心理學。」

「……學了心理學之後，妳找到答案了嗎？」

春風露出接近自嘲的苦笑，搖頭說道：

「我上了很多課，讀了數不清的論文及資料。但我學得愈多，反而愈摸不著頭緒。人是一種殘酷而醜陋的生物。要毀掉一個人的心，一點也不難。另一方面，很多人能夠全心全意爲他人付出，或是願意賭上性命幫助他人。有些人的內心明明已經滿目瘡痍，卻還能夠重新站起來。學了這麼多之後，我唯一知道的事情，就是我對人性一無所知。」

春風將戰術筆重新塞回褲子的口袋，轉頭凝視著鍊。

「我不僅不是一個爛好人，剛好相反，我沒有辦法信任他人。我從來不曾眞正信任過你。否則我應該會選擇跟你好好談一談，而不是直接在你的手機裡植入追蹤ＡＰＰ。」

春風停頓了一下，以宛如祈禱一般的心情，呢喃說道：

「不過……我心裡總是想著，如果做得到，我願意選擇相信。」

春風感覺自己彷彿置身在一個沒有聲音的世界裡。整個空間是如此寂靜，數個小時前的紛紛擾擾彷彿全是虛幻。

「……妳願意選擇相信。」

鍊所發出的聲音，有如在深邃的夜裡輕輕飄落的雨滴。

「嗯。」

「包含對我。」

「嗯。」

「在妳知道我一再要求正人說謊之後？在妳知道我利用了沒辦法拒絕我的正人之後？」

春風的腦海，浮現了那個專門學校的學生。他說他衷心仰慕著鍊。只要鍊獲得幸福，他自己怎麼樣都無所謂。當他被迫說出鍊要求他做的事情時，那隱藏在劉海底下的眼眶積滿了淚水。

「我想你就算這麼對正人，他還是會願意原諒你。」

「在妳知道我陷害了一群年紀比自己小的小學生之後？」

鍊對著春風露出宛如挑釁的鋒利眼神。

「你指那群攻擊了陽跟翠的六年級學生吧？當時你是故意要陷害他們嗎？」

「我母親應該是這麼對妳說的吧？」

「聽說他們的眞實姓名及地址被人公布在網路上，那是你做的嗎？」

「這就任憑妳想像了。不過在世上，喜歡找人麻煩的無聊之輩多得數不清，只要把那些傢伙的惡行惡狀攤在面前，他們就會知道接下來該怎麼做，而且手法比我自己動手更加高明。」

鍊露出了微笑。那是不把人當人看的冷酷微笑。

即使如此，妳還是願意相信我嗎？那漆黑的瞳孔，散發著十足的挑釁意味。

「但你在制裁他們之前，曾經勸他們說實話，以及向陽、翠道歉。」

鍊臉上那貌似惡意的微笑陡然消失。

「只是做做樣子。打從一開始，我就知道他們一定不會答應我的要求。」

「即便只是做做樣子，至少你問過了。如果他們眞的道歉並且說出實話，你應該會原諒他們。而且我相信，那才是你心中眞正的期望。」

鍊揚起了眉毛，說道：

「當初一見到妳，我就對妳這種心態很厭惡。妳想要當個完美的人，那是妳自己的事，不要用同樣的眼光來看待別人。」

「我一點也不完美。你剛剛也看到了，我是個隨身攜帶凶器的女人。何況我只是覺得……」

春風試著在心中想像從前的鍊。身材必定比現在嬌小，力氣也小得多。

「我只是覺得，十三歲時的你眞的很厲害，可以爲了重要的家人們，付出那麼大的努力。」

鍊聽到這句話，瞳孔不由得微微顫動。

「現在的你，不也同樣正在竭盡所能地保護他們？」

打從一開始，這就是他的唯一目的。

即便他喬裝打扮、使用假名，甚至是滿口謊言，他的目的打從一開始，就只有一個。

就在這時，身邊響起了低沉而微弱的震動音。轉頭一看，原來是放在矮桌上的鍊的手機響了起來。發光的液晶螢幕，顯示著來電者的名字。

——陽。

鍊並沒有拿起手機。他默默地看著畫面上的名字，看著世界上最仰慕他的人的名字。過了一會，手機轉入語音信箱，震動聲戛然而止。

液晶螢幕變暗之後，很快又亮了起來。螢幕上出現鎖定畫面，以及未接來電的通知語。春風的視線，不由得被畫面中的照片吸引了。

那是北原一家人的合照。

照片本身似乎並不是最近拍的。站在中央的由紀乃，臉上帶著燦爛的笑容，比現在年輕得多，而且比現在更加神采飛揚。站在旁邊的鍊，身高只到母親的肩膀附近，臉上依然帶著明顯的稚氣。或許是那笑容太過天眞無邪的關係，春風看了不禁有些感動。

然而這張照片裡，與現在的形象差別最大的人物，並不是母親或鍊，而是那對雙胞胎。

以照片裡的鍊的模樣來研判，拍攝這張照片的時候，雙胞胎應該還沒上國小，或是才剛上國小一年級沒多久。翠打從那個時候起，就是個讓人忍不住想要多看幾眼的美少女，頭上的髮型也跟現在的妹妹頭大同小異。但是照片裡的她，臉上竟然帶著天不怕地不怕的笑容，小小的虎牙從嘴角露了出來。而且她的手，竟然抓著雙胞胎兄弟的頭。至於被抓住了頭的陽，則是一副畏畏縮縮的樣子，好像快要掉下眼淚。

「這個是翠，這個是陽，我應該沒認錯吧？他們的性格好像跟現在差很多呢。」

「小時候的翠，是個夢想長大之後能夠征服全世界的小暴君。至於陽，則是個經常躲在翠的背後的愛哭鬼。」

鍊凝視著那切割下來的遙遠記憶，呢喃說道：

「小時候的陽，是個內向的孩子，經常遭人惡作劇。每次他被捉弄，翠就會衝上前去，就算對方是男生或高年級生，也會跟他們大打出手。最後的下場，都是我被老師叫去數落一頓。他們兩個沒事就喜歡跟在我的背後，讓我不得清靜，那時候我眞的很希望自己是個獨生子……」

當他說到這裡，聲音突然變得沙啞。

「自從發生陽被推下樓的事件後，翠就像變了一個人，臉上再也沒有笑容。陽反而變得異常開朗，再也不曾哭過。他開始一天到晚嬉戲、胡鬧，表現出一副完全不在意腳傷後遺症的態度……爲什麼他們得遇上這種事？他們雖然不是特別乖的孩子，但也沒做什麼必須遭受那種懲罰的壞事。那些把他們害成這樣的孩子，卻沒有受到任何處罰，這未免太沒有道理了。」

所以十三歲的鍊，決定獨自挺身對抗傷害了弟弟妹妹的人。

就算結果會賠上自己的一切，他也要爲雙胞胎找回失去的正義。

「就算只是一句話也沒關係。只要他們對陽及翠說一句對不起……」

鍊說到這裡，沒辦法再說下去。他摀住雙眼，彷彿精神及靈魂都已經精疲力盡。

這段日子裡，他多少次嘗到心願遭到撕裂，希望化爲泡影的滋味？從他得知好不容易獲得的平靜與幸福，恐怕將再度遭受威脅的時候，他鼓起多大勇氣，在水面下孤軍奮鬥了多少日子？

春風站了起來，正要將手放在鍊的肩頭，驀然間不知何處竟響起了悠揚的旋律。那聽起來似乎是門鈴聲，但這個時間怎麼會有客人？牆上的掛鐘，指著接近九點的時間。

「這麼晚了，是誰啊？」

原本一直待在另一個房間的小夜子，此時走了出來，嘴裡嘀咕著通過客廳的前方，走向玄關大門。在開門聲及一陣細微的說話聲之後，緊接著是一陣急促的腳步聲，朝著客廳靠近。

小夜子走進了客廳裡，臉上帶著驚愕的表情。

「潤的孩子原來不止你一個？」

鍊錯愕地瞪大了眼睛，春風也頗爲驚訝，一同走向門口。

那對雙胞胎竟然就站在門外，手牽著手，身上穿著不同顏色的牛角釦大衣。

翠抬起了頭，臉上帶著堅毅的神色。相較之下，向來精力充沛的陽，此刻卻是一副垂頭喪氣的模樣。這截然不同的態度，讓春風想起了剛剛看見的北原一家的合照。

「你們怎麼會跑到這裡來？」

春風事先已經跟雙胞胎約定好了，先由春風跟蹤鍊，事後再向兩人回報調查結果。但因爲春風目前還沒有完全掌握事情的全貌，所以並沒有告訴他們任何訊息，照理來說，翠跟陽不可能有辦法找到這裡來。

翠看著春風，給了一個言簡意賅的答案。

「我們使用了ＡＰＰ。」

「咦？可是那個ＡＰＰ不是設定成只有我的手機能夠追蹤嗎？」

「春風姊，那個ＡＰＰ的設定，是妳自己處理的嗎？」

鍊比春風晚了一步才走到門口。此時他的臉上，已恢復了原本的神情。「鍊哥！」翠揚起眉毛大喊。陽也緩緩抬起了頭。

「不是，老實說我對手機ＡＰＰ這種東西也不是很熟，所以是請陽幫忙處理……」

「既然是這樣，我看妳還是確認一下手機裡的ＡＰＰ清單吧。」

春風於是拿出手機，開啓手機ＡＰＰ清單一覽表。一看赫然發現自己的手機裡頭，竟然也有著當初植入鍊的手機內的那款追蹤ＡＰＰ。怎麼會有這種事？什麼時候被植入的？

鍊見了春風的反應，先是嘆了一口氣，接著以責備的口氣喊了一聲：「陽！」平常看起來像是一隻會繞著向日葵轉圈圈的開朗小狗的陽，此時再度垂下了頭，有氣無力地說道：

「……是翠叫我這麼做的……」

「她叫你做，你就乖乖做嗎？翠！妳也不應該叫陽做這種偷偷摸摸的事情！」

「春風姊是個好人，我擔心她就算查出鍊哥在哪裡，恐怕也不會馬上告訴我們。而且就算鍊哥在做什麼危險的事情，她可能也會怕我們擔心，不肯告訴我們全部的眞相。」

春風縮起了肩膀，一時不知該怎麼回答。翠瞪了哥哥一眼，說道：

「鍊哥，爲什麼你老是這樣？爲什麼你總是默默一個人承擔？我跟陽已經不是小學生了。雖然還稱不上是大人，但也不是什麼事情都要靠鍊哥照顧的小孩子了！」

陽偷偷植入春風手機裡的追蹤ＡＰＰ，不僅可以靠ＧＰＳ定位系統查出手機持有者的位置，還具有錄音功能。雖然沒辦法即時竊聽，但可以將錄下來的對話錄音檔傳送給追蹤者，追蹤者可以在收到錄音檔之後聽取對話。春風認爲這種竊聽的行爲實在太過侵犯個人隱私，所以在對鍊進行追蹤調查的時候並沒有使用這個功能。但是偷偷在春風的手機植入APP的翠跟陽，恐怕就沒有那麼好心了。要是他們使用了那個功能，代表這幾個小時的對話很可能都被他們聽光了……

翠緊緊握著垂頭喪氣的陽的手，以泛紅的雙眼瞪著哥哥，說道：

「鍊哥，快跟我們回家吧。如果你不答應，我就把所有事告訴媽媽。你別以爲我在嚇唬你，我們手上掌握了非常多證據。你要是再讓陽繼續哭，就算你是鍊哥，我也不原諒你。」

翠放開陽的手，在陽的背上用力拍了一掌，彷彿是在下令：「去吧！」陽拖著右腿，搖搖晃晃地走上前。陽張開了嘴，似乎想要說話，但最後什麼也說不出口，只是發出「嗚嗚」的聲音，將頭頂朝鍊的腹部頂去。鍊被這麼一撞，整個人往後退了兩步。陽維持著以頭頂著鍊的腹部的姿勢，哽咽了起來。鍊看著自己的弟弟，一時不知如何是好。

翠說得沒有錯……

「回去吧，鍊。」

鍊看著春風，露出了不知所措的表情。

「雖然還有好多話要問你，也還有好多事要跟你討論，但你今天就先跟翠、陽一起回去吧。先好好休息，再來想今後的事。」

鍊看著把頭抵在自己的肚子上的弟弟，以及紅著眼眶的妹妹，最後將手搭在陽的肩膀上，點了點頭。

春風回到斜對面的自家。一踏進門內便看見哥哥夏夜。夏夜似乎也是剛剛下班回到家，他還穿著襯衫，手上拿著一罐啤酒，正打算要開來喝。春風快步上前，搶下哥哥手中的啤酒。「幹什麼啦，妳這個笨妹妹！」夏夜伸手朝春風抓來，春風以膝蓋朝著夏夜的腰際用力一頂，夏夜登時蹲在地上，痛得說不出話來。「去把車子開出來！」春風朝著哥哥下令。

夏夜頻頻抱怨個不停，一下喊「今天很累」，一下喊「今天不想再出門」，春風毫不理會，步步把哥哥逼向門口。這時，剛洗完澡的母親從浴室走出。「我們出去一下。」春風告訴母親。母親一聽立刻進入戰鬥狀態。

「妳這麼晚才回來還要出去？春風，妳最近實在是……」母親還發著牢騷，春風已搶著說道：「我現在有點趕時間，有什麼話晚點再說。」春風自認爲口氣沒有特別凶，臉色也沒有特別難看，母親卻有些嚇一跳。「早點回來！」母親最後臭著一張臉同意外出。春風心裡很清楚，母親的過度保護是在國小四年級的綁架事件後才出現。那件事想必在母親的心中也留下陰影，她一定暗中發誓這輩子不再讓女兒受到傷害。

「眞的很抱歉，這麼晚還來麻煩你。」

兄妹倆來到門外，看見鍊、翠與陽在門口處排成一排。三人朝夏夜恭恭敬敬地鞠了個躬。夏夜先看了看那貌似高中生的少年，再看了看年紀更幼小的少年及少女，最後看了看春風。想必他一定相當納悶，不明白妹妹跟這三個孩子什麼關係。但他馬上就露出豁達的笑容，說道：

「一點小事，不用這麼客氣。天氣很冷，你們快上車吧！」

雖然哥哥平常超沒責任感，缺點量是優點的三十倍，但他向來抱持著一個簡單明快的信念，那就是「幫助孩子是大人的責任」。春風認爲這算是哥哥少數值得讚賞的優點之一。

春風坐上副駕駛座，指引哥哥將車開往北原家。中途等紅綠燈的時候，春風朝後照鏡瞥了一眼。北原家的雙胞胎及他們的哥哥，都坐在後座。

鍊坐在坐起來最不舒服的中央，右手被翠緊緊拉著，左手被陽緊緊拉著。雙胞胎都累了，他們將頭倚靠在哥哥肩上，睡得正熟。鍊不想吵醒兩人，維持著彆扭姿勢，一動也不動。

春風本來想要朝他們說話，但最後一句話也沒有說，就將頭轉了回來，面對前方的擋風玻璃。她的腦海裡，正想著北原家那張幸福的家庭照，以及當年那個按下快門的男人。

第五章　對決

1

清晨睜開雙眼時，窗外一片寂靜，理緒猜到一定是下雪了。她不肯離開被窩，只是轉過了頭，望向微微透著晨曦的窗簾。差不多該起床準備到學校了，卻全身提不起力氣。

理緒將手伸向枕邊，拿起了昨晚丟在那裡不管的存摺。這本存摺的帳戶，並不是應付家庭開銷的帳戶，而是理緒自己的個人帳戶。家庭開銷的帳戶，理緒每星期都會補摺，但是自己的個人帳戶，只在每個月的十五日才補摺。昨天是十五日，所以理緒以校園內的ＡＴＭ補了摺。

就在昨天，有一筆錢匯入了自己的帳戶，而且金額大到讓理緒幾乎不敢相信自己的眼睛。匯款人是「鈴木司」。每次加加谷匯酬勞給理緒，都會用這個名字。

「至於妳，就到此爲止了。」

說穿了，這筆錢就像是名爲退休金的分手費。

加加谷確實遵守了他的承諾。這筆錢不僅夠付自己今後三年的學費，要支付奈緒將來的大學學費也不成問題。倘若金額的多寡是依照自己過去的表現來決定，這表示加加谷非常滿意自己過去的工作成果。但加加谷不願意再養一條會輕易被敵人利用的狗，就算這條狗有不得已的苦衷。理緒知道自己已經遭到主人拋棄。

眼前的視野變得模糊。一滴淚珠自眼角滑落。理緒拋下存摺，摀住了雙眼。好想找個人哭訴。好想靠在某個人的身上，聽著對方的柔聲安慰。但母親又跟那個男人出去了，整個晚上都沒有回來。如今一切，在理緒的眼裡都如此空虛。理緒找不到活了這麼多年的意義，也想不到應該繼續活下去的理由。設定每隔五分鐘就響一次的手機鬧鐘，再度鈴聲大作，理緒卻連移動一根手指的力氣也沒有。

「姊……妳還在睡嗎？」

身旁傳來了紙拉門被拉開的聲音，以及奈緒的說話聲。理緒勉強擠出力氣，關掉了鬧鐘。

「對不起，我睡過頭了。我馬上做早餐給妳吃。」

「沒關係，我已經做好了。」

理緒愣了一下。起身一看，奈緒竟然穿著高中制服。女生的冬季制服，是深藍色的水手服，看起來有些單調。但是奈緒在百褶裙的底下，穿了一件黑色的緊身褲。理緒吃驚得說不出話來，奈緒轉身走出房間，又說了一句：「妳再不出來吃，雞蛋捲要冷掉了。」

理緒趕緊換好衣服，走到廚房一看，小小的餐桌上，眞的放著兩盤早餐。裡頭有雞蛋捲、小熱狗、小番茄。還有烤成了深棕色的吐司，以及理緒最喜歡的花生醬。奈緒倒好了牛奶，轉頭看著理緒，露出爽朗的微笑。

「姊，妳的頭髮好亂！」

理緒一時天旋地轉，彷彿時間又回到了發生那件事之前。

「時間不多了，快吃吧！」在奈緒的催促下，理緒也在餐桌邊坐了下來。理緒裝出若無其事的口吻，小心翼翼地問道：「妳今天……要去學校？」

「嗯，我差不多也該振作起來了。」

奈緒一邊將花生醬塗抹在吐司上，一邊點頭說道。

「這麼久沒去學校了，眞擔心能不能追得上進度。」

「這個妳別擔心，姊會幫妳。姊當年可是全學年十名之內。」

「啊，妳是故意在炫耀吧？昨天我找小美談，她也說願意幫我，所以我想試試看。」

這簡直是奇蹟。理緒喝著牛奶，腦海浮現了這個字眼。雖然努力裝出若無其事的表情，卻無法克制不斷湧出的淚水。從那個永遠無法遺忘的夜晚算起，到今天已過了一年。這段日子裡，奈緒每天都活在煎熬中。理緒一直陪在她的身邊，看得一清二楚。那就好像是兩個人一起走在一條看不見出口的隧道裡。這段陰暗、寒冷而不安的日子，一度讓理緒懷疑永遠不會有終點。但如今的奈緒，已經走進了陽光之中，開始思考自己的未來。理緒的腦海，又浮現了「神」這個字眼。在過去，理緒從不信神。甚至對神這個概念抱持著輕蔑的心態。因爲祂是如此虛無飄緲，讓人捉摸不透，卻又毫無作爲。但就在這個瞬間，理緒信了。

「姊，今天放學後，我能到大學找妳玩嗎？」

理緒眨了眨眼睛，隱藏眼中的淚水，抬起頭來說道：

「可以啊……怎麼突然想要來？」

「我突然好想吃你們的學生餐廳的牛絞肉蓋飯，好久沒吃了。」

理緒回想起了今年在五月連假快結束時，自己曾帶奈緒到大學的校園散步。奈緒愈來愈不肯到學校上課，理緒希望這麼做能夠幫助她轉換心情。可惜因爲校園裡的學生人數太多，似乎讓奈緒很不舒服。幸好奈緒吃了學生餐廳的牛絞肉蓋飯後直呼好吃，臉上難得露出了笑容。理緒回想起這件往事，臉上不禁露出了微笑。

「當然好，姊請妳吃。對了，我們早點去學校食堂吃晚餐，然後去ＫＴＶ吧？好久沒去了呢！再來挑戰『低調神曲百首連發』吧！」

「沒問題！可是每次玩那個，到最後都會因爲想不出來，開始選一點也不低調的神曲。」

「沒錯！每次都這樣！」

兩人同聲笑了出來。就在這一刻，理緒感覺到一股溫暖的血液，滲入了原本有如槁木死灰的心臟。雖然自己被加加谷拋棄，接下來很可能還會被母親拋棄，但只要能夠守護住奈緒的這個笑容，自己就還有活下去的意義。

然而過了一會，理緒察覺妹妹的樣子有點不太對勁。奈緒雖然發出小鳥般的清脆笑聲，淚水卻撲簌簌流下。那不是笑得太開心而落淚。一滴滴透明的水珠，永無止境似地滾落臉頰。

「奈緒，妳怎麼了？」

「姊，對不起。眞的很謝謝妳。」

奈緒爲什麼道歉，又爲什麼道謝？她的臉上還掛著淚珠，但她笑著說道：

「從現在起，我會振作起來。我已經沒事了，妳不用再爲我擔心。」

一時之間，理緒一句話都說不出口。奈緒擤了擤鼻子，接著說道：「啊！眞的要遲到了！姊，妳也要快一點了！」奈緒急忙吃起了雞蛋捲，理緒也跟著咬了一口吐司。理緒要妹妹先出發，自己留下來收拾善後。「那我先走了！」奈緒說完便匆匆出門去了。理緒目送妹妹離開後，收拾好了東西，檢查了瓦斯及門窗之後，也揹著上學用肩背包，離開了公寓。

昨天半夜下了一場雪，到早上已經停了。街景染成了一片雪白，行道樹的枝葉在陽光下熠熠發亮，有如天然的雪雕藝術品。理緒將下巴埋在圍巾裡，搭上了地下鐵的東西線。在大通站轉搭南北線之後，坐到最接近大學的車站，就是理緒平常的上學路線。車廂內相當擁擠，理緒打從一開始就不期望有座位坐，所以選擇站在車廂的尾端。站到了定點之後，理緒拿出智慧型手機，點開了某訊息ＡＰＰ。

——別再去那個音樂練習中心。

這個ＡＰＰ系統有個機制，那就是當對方閱讀了訊息後，傳訊者這一端就會出現「已讀」符號。理緒在前天就送出了這訊息，但直到今天，上頭依然沒有「已讀」符號。

難道鐘下直到今天都還沒有看這訊息？

理緒在星期六，也就是三天前，受了加加谷的指示，前往位於薄野的音樂練習中心，與鐘下及藤崎見面。由於理緒並沒有藤崎的聯絡方式，所以藤崎的部分，是交給了鐘下負責聯繫。

沒想到當天卻發生了意外狀況，鐘下在約好了要見面的時間，竟聯絡藤崎說「嚴重偏頭痛，完全動不了」。理緒從藤崎的口中得知此事，立刻離開了練習室。

原本理緒打算將鐘下沒有赴約一事告訴加加谷，但走出練習中心後，腦袋被寒風一颳，頓時清醒了。自己根本沒有加加谷的聯絡方式。理緒猜想加加谷可能躲在附近，但往四周看了幾眼，並沒有看到任何疑似加加谷的人物。

理緒不禁爲獨自留在練習室內的藤崎感到有些擔憂。但理緒勉強說服自己，藤崎那個人總是一副老神在在的樣子，就算眞的遇上了危險，他也應該有辦法處理吧。理緒於是獨自回家，渡過了輾轉難眠的一晚。

到了隔天，也就是星期日，理緒在煩惱了許久之後，決定寫一則訊息給鐘下，告訴他：「別再去那個音樂練習中心。」但從送出訊息到今天，已經過了兩天的時間，訊息竟然還是未讀。

當然很多方法都可以在不產生已讀符號的狀況下，讀取訊息內容，所以鐘下並不見得眞的沒有讀訊息。

但假如鐘下眞的整整兩天沒有讀訊息，這是否意味著他已經處在沒辦法看訊息的狀態？

「理緒，早！」

理緒走進第一堂課的教室，已經先到的朋友們紛紛朝理緒揮手打招呼。這些梳著整齊的頭髮、穿著漂亮服裝的朋友們，在理緒的眼裡，彷彿全身散發著淡淡的光芒。那些光芒意味著她們至少出生在中流以上的家庭，就算家境稱不上富裕，但從小到大至少過的是衣食無缺的日子，未來應該也會過著還算幸福的人生，不至於誤入歧途。雖然和她們交朋友是一件很快樂的事，但每當理緒站在她們的身邊，都會自慚形穢，極度自卑。

「妳們看！這是我昨天發現的，很可愛吧！」

上課之前的短暫時間，幾個女學生湊在一起，看著網路上的影片。影片的內容，是一隻小貓鑽進了金魚缸裡。雖然理緒也和她們一起笑嘻嘻地看著影片，但不知道爲什麼，內心就是有一種不眞實感，彷彿一切都是虛幻的夢境。比起這些女學生所置身的這個乏味而和平的世界，理緒總覺得和鐘下或加加谷一同在那黑暗危險的世界裡探險，才有活著的感覺。

理緒偷偷在桌子底下取出智慧型手機，點開訊息ＡＰＰ。傳給鐘下的訊息，依然沒有被讀取。理緒接著開啓經濟學部的網站，進入在學生專用頁面，查詢課程表。等等的第二堂課，有一堂三年級的課程，名叫金融經濟學。

第一堂課結束後，理緒告訴朋友們自己不太舒服，想要早退。走出教室後，理緒前往了圖書館本館。經濟學部的教學大樓，就在圖書館本館的旁邊。理緒先在圖書館內打發時間，等到第二堂課快下課的時候，走向金融經濟學的上課教室。

鐘聲一響，陸陸續續便有學生走出教室。不愧是三年級的課程，每個走出來的學生看起來都像是成熟的大人。理緒向第一個走出來的女學生詢問鐘下在哪裡，那女學生卻一臉錯愕地回答：「鐘下？我不認識。」理緒心想，看來即便是同一個學部，也不是所有學生都互相認識。但理緒又想，鐘下是男生，或許該找男生詢問，認識的機率會比較高。

理緒於是挑了一個在人群中特別醒目的男學生，上前喊道：「抱歉，打擾一下。」

「唔，妳叫我？」

那個男學生長得高頭大馬，簡直像個柔道選手，聲音也相當粗獷。不知道爲什麼，理緒總覺得這男生散發出一種擅長統籌協調的氛圍，可能是某某社團的社長。理緒心想，像這樣的人，應該比較不會露出一臉不耐煩的表情。理緒向來對自己看人的眼光有自信。

「不好意思，請問你認識三年級的鐘下學長嗎？」

「鐘下？」

那男學生的口氣，顯然知道鐘下是誰。他皺起了粗大的眉毛，說道：

「那傢伙是怎麼回事？最近怎麼那麼受歡迎？」

「咦？」

「沒事，妳不用理我。最近我有個學妹也在找他。我跟鐘下稱不上是朋友，不過念同一個學科，算是認識吧。」

理緒心想，自己對鐘下這個人的第一印象果然沒有錯。他看起來就是一個容易受學弟妹仰慕的人物，找工作應該也是相當吃香。

「請問你今天有看到他嗎？我有一點事情要找他……」

「怎麼連妳說的話也跟我那個學妹一模一樣……鐘下那傢伙該不會是欺騙女人的感情，借了錢之後人間蒸發吧？」

那男學生陡然散發出一股懾人的可怕氣勢，理緒心生懼意，趕緊揮手說道：

「你誤會了，並不是你想的那樣。呃，我不清楚你學妹的情況，但我不是。你說他人間蒸發，意思是他很久沒有來學校了嗎？」

「我至少兩個星期沒看到他了。他這個人本來就很愛蹺課，我猜他的出席率應該很危險吧。聽說他的同鄉朋友也試著聯絡他，但都聯絡不上。」

一股不祥的預感，在理緒的胸口擴散。

「……我明白了，謝謝你。」

「啊，等一下。」

理緒朝魁梧男學生鞠了個躬，正要轉身離去，那男學生忽然將理緒叫住。

「換我問妳一個有點奇怪的問題。」

「請說。」

「妳是志水理緒嗎？」

驟然間，理緒感覺心臟彷彿被人打了一根椿子。但自己早已習慣將內心情感與表情完全分離，對方應該沒有看出自己心中的震撼。

「不是。」

「噢，抱歉。問了妳這個怪問題。」

男學生伸手一揮，轉身走入人群之中。

為什麼他會知道自己的名字？

或許這意味著有什麼事情正在水面下醞釀著。問題是察覺了又怎麼樣？自己完全不知道如何應對。理緒只好回到圖書館，慢慢熬過這段痛苦的時間。如果可以的話，好想立刻回家，不要再跟人群有任何接觸。但今天已經跟奈緒約好，得在學校等她才行。

快到傍晚四點的時候，奈緒才終於傳來了訊息：「我現在就過去。」由於兩人約好了直接在學校食堂見面，理緒決定早一步到食堂占位子。

「我有點餓了，想先吃碗拉麵再回家，明天見。」

「這個時間吃拉麵？妳的食欲明明跟高中棒球隊員同等級，為什麼可以這麼瘦？難道妳的體內配備特殊拉麵分解酵素？」

兩個女學生站在食堂前說話。一個理著一頭短髮，一看就是心直口快的女孩。另外一個則有著高眺的身材。兩個應該都是高年級的學生，理緒朝她們輕輕頷首致歉，從身旁通過。

雖然這個時間吃午餐嫌太晚，吃晚餐又嫌太早，食堂裡還是坐著為數不少的學生。理緒心想，奈緒有男性恐懼症，最好還是選擇角落的座位，盡量遠離其他人。放下了袋子之後，理緒才發現那張椅子太老舊，椅墊表面已經裂開，裡頭的塡充物都露了出來。理緒嘆了一口氣，但沒有更換座位。桌上擺了一些立牌，上頭貼著「徵求心理學實驗受試者」、「募集阿伊努族文化體驗講座參加者」等廣告單，以及一些廉價學生公寓的資訊。

「姊！」

理緒一轉頭，奈緒就站在食堂門口，身上穿著高中制服，外頭罩了一件焦糖色的大衣。

但理緒完全沒有預料到，奈緒竟然不是獨自前來。

奈緒的身邊，站著一個年紀跟奈緒差不多的少年。那少年的身上穿著黝黑的立領學生制服，脖子上一條暗藍色圍巾。難道是奈緒的同學嗎？不，制服並不相同。

奈緒的身旁跟著一個少年。理緒雖然感到吃驚，但馬上就想到了一個可能性。或許對奈緒來說，這少年是個「特別的人」。奈緒突然說想在大學的學校食堂吃晚餐，或許就是爲了把他介紹給姊姊。眞的是這樣嗎？奈緒到底是在什麼時候……理緒壓抑著心中的不知所措，朝著奈緒舉起了手。沒想到就在這個時候，又有一個人從旁邊走了過來。

「志水理緒同學。」

那是颯爽堅毅的女性嗓音。理緒轉頭一看，一名身穿藍色大衣的女學生，正站在自己的桌邊。苗條修長的身材。一頭沒有染色的頭髮，長度約在鎖骨附近。臉上只化著淡妝，氣質乾乾淨淨。理緒先是愣了一下，接著才想到，她就是剛剛站在食堂門口的女學生。

「抱歉，打擾了。我叫森川春風，文學部二年級。」

「……有什麼事嗎？」

「能不能耽誤妳一點時間？關於鐘下及加加谷這兩個人的事情，有幾個問題想要問妳。」

這個人是敵人。

就在森川春風說出那兩個名字的瞬間，理緒的直覺如此告訴自己。但理緒並沒有愚蠢到起身逃走。理緒仰頭看著她，臉上裝出了困惑的表情。

「鐘下及加加谷？」

「妳認識這兩個人嗎？」

「認識是認識……但我跟妹妹有約，她已經來了……」

「姊！」

此時奈緒正好沿著食堂內的走道走了過來。理緒故意擺出了尷尬的笑容，指著自己的妹妹。那笑容尷尬得如此自然，彷彿只是想要擺脫一個不知所云的陌生人。接著理緒迅速起身，從座位上拿起自己的托特包及大衣。

「奈緒，我們今天去別的地方吃飯吧。我突然好想吃蛋包飯。」

「姊……」

理緒拉著奈緒的手腕，正要邁開步伐，卻發現自己的大衣袖口反而被奈緒拉住了。

「奈緒？」

「姊，拜託妳跟我說實話。」

說實話？奈緒爲什麼突然這麼說？爲什麼她激動地低下頭，肩膀不停打顫？旁邊那個戴著樸素眼鏡的少年，爲什麼看見奈緒在哽咽，完全沒露出驚訝的表情，也沒有想安慰她的意思？

爲什麼他會露出那種……彷彿看穿人心的眼神……

「爲……什麼……？」

理緒察覺聲音異常沙啞，後半段的話鯁在喉嚨，完全說不出口。男高中生從頭到尾不發一語，只是默默看著理緒。旁邊的森川春風低聲說道：「這裡的人太多了，我們換個地方吧。」言下之意，彷彿在說著「我們很清楚，妳不希望這些話被其他人聽見」。理緒完全不想點頭同意。理緒心裡明白，眼前這個女人非常危險。

偏偏奈緒說什麼也不肯將手放開。除了照做之外，理緒沒有其他的選擇。

2

志水理緒不僅有著堅定的眼神，而且看得出來是個非常機靈的女孩。

另一方面，她的神色之間卻又散發出難以掩飾的陰鬱感，以及難以言喻的淒涼。明明還不到二十歲，整個人卻透著一股歷盡滄桑的蕭瑟氛圍，在春風的心中留下了深刻的印象。

「你們到底是誰？」

志水理緒瞪著春風及錬，臉上帶著強烈的憤怒與猜疑。

爲了今天的談話，春風事先預約圖書館本館四樓的團體學習室。這是一間可以容納八個人的小房間，只要由校內師生提出申請，任何人都可以使用。原本春風考慮過使用KTV的包廂，但想到三天前才發生那種事，春風決定挑選一個較安全的談話地點。

「理緒同學，眞的很抱歉，突然來打擾妳。就像我剛剛說的，只是想問妳幾個問題。」

小房間裡沒什麼特別的設備，只有一張長桌、幾張附滾輪的椅子，以及一面白板。春風在用字遣詞上非常謹愼小心，但理緒表現出的敵意絲毫沒有減少。

「我有義務必須回答你們任何問題嗎？應該沒有吧？還有你……」

理緒轉頭望向身穿學生制服的錬，眼神更增添了三分銳利。

「你是藤崎吧？」

錬依然沉默不語，只是凝視著理緒，這讓理緒再也壓抑不住心中的怒火。

「你到底想幹什麼？你是怎麼找上奈緒的？你們爲什麼要做這種事？」

「姊，妳誤會了！」

一旁的奈緒拉著姊姊的袖子，說道：

「是我拜託北原跟春風姊帶我一起來的。姊，對不起。」

「奈緒，妳在說什麼……」

「對不起，我不該什麼都沒做，讓姊一個人擔起那麼沉重的擔子。這段日子我放棄思考，害怕讓自己不安，所以什麼也不看、什麼也不想，才會害姊……姊，對不起。」

奈緒垂下頭，眼角又有淚珠不停滴落。「奈緒……」理緒低聲呢喃，全身有如凍結。

在進入正題之前，春風決定稍作說明。

「理緒，使用這種類似突襲的方式來對付妳，我們也很無奈，很抱歉。因爲我們眞沒有其他線索了。而且我們很擔心有非常可怕的事情正在發生，所以不能有半分遲疑。爲了能夠盡早見到妳，只好請奈緒提供協助。」

春風接著便對一臉無助的理緒，說明在場四人像這樣聚在一起之前，整件事情的來龍去脈。

在波濤洶湧的星期六，春風得知眾多的驚人內幕。兩天之後的星期一，春風像平常一樣前往大學上課，鍊也去了高中。上一次鍊乖乖上學，已經是兩個星期前的事了。

前一天兩人經過一番討論，決定在今天傍晚，兩人在北原家會合。聽說由紀乃今天會比較晚回來，因此北原家是最適合討論的地點。

爲了查出加加谷潤是否參與了最近的「清淨生活」詐騙案，鍊主張應該好好調查一個名叫「小南」的少女。當初鍊使用「藤崎」這個假名接近鐘下時，小南數度與兩人一起行動。根據鍊的推測，「小南」應該也不是本名。而且鐘下說過，她是與加加谷有著密切關係的人物。至於如何查出她的底細，鍊似乎胸有成竹，只說了一句「今天放學後，我會採取行動」。春風則告訴鍊，會向小夜子奶奶進一步詢問六年前的「清淨生活」詐騙案的詳情。

到了兩人約好的傍晚六點，春風來到了北原家門口。

「抱歉，我們換個地方談。」

鍊並沒有邀請春風入內，反而當著春風的面穿上了運動鞋。他還穿著學生制服。

「爲什麼？難道是有什麼突發狀況……？」

「我現在要去見小南的妹妹。」

春風嚇了一跳，完全沒料到鍊的調查行動，這麼快就有了突破性的發展。就在鍊穿完鞋子的時候，翠與陽也從家裡跑了出來。他們也還穿著國中制服。「春風姊！」「哈囉！」雙胞胎各自向春風打了招呼，穿起自己的鞋子。鍊揚起眉毛說道：

「你們跟來做什麼？我不是叫你們乖乖在家裡吃晚餐，吃完了晚餐就複習學校的功課？」

「鍊哥，你現在用這種口氣跟我們說話，可能不太適當呢。」

「你忘了我們手上握有證據嗎？」

過去對哥哥絕對服從的雙胞胎，竟然開始頂嘴了。鍊嘆了口氣，一臉無奈。觀看他們此時的互動，不難想像鍊從星期日起，就飽受弟弟妹妹的威脅與恐嚇。

鍊承諾買禮物回來，好不容易才說服雙胞胎乖乖待在家裡。兩人移動的過程中，春風向鍊詢問了與小南的妹妹相約見面的來龍去脈。

「我手上有一張小南和她妹妹的照片。不過我到今天才確認她是小南的妹妹。」

春風問他如何取得照片，他只是淡淡地應了一句：「這很重要嗎？」接著根據鍊的描述，照片裡的姊妹兩人身上都穿著白石區N高中的制服。雖然不確定照片的拍攝時間，也不確定姊妹兩人是否已經畢業，鍊還是以「至少有一人還是在學狀態」爲前提調查。

「怎麼調查？」

「我在學校告訴我的朋友，『我想認識一個女生，但我只知道她就讀N高中』。」

「你的朋友？」春風忍不住再次確認。「妳覺得我不可能有朋友？」鍊輕輕瞪春風一眼。雖然有朋友是理所當然，春風還是莫名驚愕。

鍊該不該有朋友的問題姑且擱在一旁，總之那些朋友們聽了鍊的求助發言，聽說都願意爲他兩肋插刀。「天啊！鍊會想要認識女生？」「鍊終於對讀書及做家事以外的事情產生興趣了！」「你說你發燒兩個星期，該不會其實都是在找那個女生吧？你放心，我不管用任何手段，說什麼也會幫你找到！」就像這樣，每個朋友都展現出了高昂的鬥志。靠著這些朋友們的人脈，鍊在放學時順利見到了好幾個N高中的學生，而且學年涵蓋一年級、二年級及三年級。

鍊將手機裡的照片拿給他們看，一一詢問「你認不認識這個女生」。問到第三人時，對方發出一聲輕呼。那是二年級的男生，他指著照片裡頭將頭髮綁在兩側耳後的少女，說道：

「這不是志水嗎？志水奈緒，她是我的同班同學。至於旁邊這個，應該是她姊姊，已經畢業了。」那男生不等鍊提問，就絮絮叨叨地說了起來。「志水原本是個很開朗的女生，但她最近不知道為什麼，變得完全不跟同學說話，愈來愈少來學校，就是人家說的拒學吧……」鍊見對方把這女生的事情如數家珍般地說個沒完沒了，心裡暗想搞不好這女生是他的暗戀對象。鍊不想浪費時間聽他繼續說下去，於是直接請他傳一句話給奈緒。

「你要我傳什麼話給她？」

「就說『關於妳姊姊的事，有幾個問題想要問妳，請妳聯絡我的通訊帳號』。」

事實上鍊並沒有預期這麼一句話就獲得奈緒的回應。因為根據他同學口中的描述，奈緒是個不太喜歡和他人往來的女生。至少這次問出了奈緒的身分，也查出了她的姊姊小南的本名是志水理緒，就已經算是很大的進展。接下來鍊打算和自稱奈緒同學的男生建立一定程度的交情，接著再透過這個男生逐漸拉近和奈緒的距離。

沒想到就在鍊回到了自家，正在洗米煮飯的時候，手機忽然震動了起來。

「你跟我姊是什麼關係？想要問什麼問題？」

奈緒傳了這兩句話到鍊的帳號。鍊沒有料到奈緒會這麼快就主動聯絡，著實吃了一驚。但是從奈緒的這兩句話，卻也能明顯感受到奈緒戒心很強，而且非常重視自己的姊姊。

鍊謹慎地思考如何回應。此時如果出了差錯，導致她拒絕繼續聯絡，那可就不妙了。但就在鍊推敲著用字遣詞的時候，奈緒似乎等得心焦，竟然又傳來了一則訊息。

「你跟加加谷有什麼關係嗎？」

鍊陡然看見這名字，一時之間無法保持冷靜，忍不住以ＡＰＰ的免費通話功能直接撥打了電話給奈緒。鍊竟然會做出這麼魯莽的行爲，可見得他當時已經亂了方寸。不過電話才剛撥出，鍊馬上就改變了心意，立刻切斷了通話。

沒想到就在鍊切斷通話的一秒鐘之後，竟然換奈緒打過來。

「喂？」鍊接起了電話。雖然電話另一頭完全沒有傳來任何聲音，但鍊可以感受到另一頭有人正屏住了呼吸，不知如何是好。歷經了漫長的沉默之後，對方終於說話了。

「你認識那個叫加加谷的人嗎？」

那是奈緒說出的第一句話。十五分鐘之後，春風按下了北原家的門鈴。

「我跟她說好了，要當面交換資訊。但她好像很怕生……不，應該說是好像很怕男人，所以我告訴她，會帶一位女性前往。」

「噢，難怪你找我一起去……」

「應該就是那裡吧。」鍊說道。

奈緒指定的會面地點是位於大通車站附近地下街的咖啡廳。此時不僅是上班族的下班時間，也是學生放學時間，地下街的人潮擁擠，春風還是在相約見面的店門口發現了貌似奈緒的少女。雖然周圍很多同年齡層的少年少女，春風還是一眼就看出那少女就是奈緒。她穿著一件焦糖色的大衣，一直低著頭，背後彷彿凝聚著一團陰鬱的空氣，與周圍其他年輕人的氛圍截然不同。

「我是北原鍊。」鍊走上前去，朝少女說道。少女的肩膀陡然一震，抬起了頭來。她以虛弱的聲音報上了自己的姓名，接著將頭轉向站在鍊身旁的春風。

從奈緒的表情可以看得出來，她的心中有著強烈的不安，彷彿不敢肯定自己所置身的這個世界是否安全。春風於是盡可能以溫柔的聲音及表情自我介紹。

「我叫森川春風，讀H大學二年級，是鍊的共同調查者。鍊一般情況下是個紳士，請別擔心。」

「一般情況下是個紳士，緊急情況下的我是什麼？號稱魯莽之神的春風姊，似乎沒資格對我說這種話。」

春風與鍊互相瞪了一眼。兩人的互動似乎讓奈緒感到有趣，緊繃的表情逐漸變得和緩。她先朝鍊再次確認道：「……你知道我姊正在做什麼事，是嗎？」

鍊立刻點了點頭。春風聽了這句話，才領悟鍊口中的「交換資訊」意思，趕緊將鍊拉到一旁，以奈緒聽不見的聲音說道：「她的姊姊就是那個小南吧？那女的一定在幹什麼犯罪勾當，她的妹妹要是知道了，可能會大受打擊……」

「我認爲不讓她知道，才是眞正的殘酷。」

鍊淡淡地說道：

「大受打擊並不會害一個人丟掉性命。而且在掌握狀況之後，能夠想辦法防止事態惡化。相較之下，如果什麼都不知道，那就什麼也做不了。等到事後才明白當初原本還有機會挽回，一定會留下滿滿的遺憾。」

春風想，這多半是他得知父親是犯罪者之後最切身的感受吧。

鍊從小就跟潤比較親……春風回想起由紀乃說過。父親在六年前犯下詐欺罪，對鍊來說肯定有如隕石天降。完全沒辦法閃躲，只能強行忍受衝擊劇痛，這股痛到今天依然沒有消失。

「請告訴我全部的眞相。」

春風聽見說話聲，吃驚地轉頭一看，奈緒竟然就站在兩人的身後。雖然她的眼眶已積滿了淚水，但她沒有選擇逃避，目不轉睛地看著鍊與春風，以殷切的聲音說道：

「北原說得對，什麼都不知道，就什麼都無法挽回。但我不管再怎麼問我姊，得到的回答都是『別擔心』。我姊這個人向來都是這樣，她總是以這種方式來保護我。但絕對不能再這樣下去了，我必須想辦法挽回才行……」

奈緒凝視著鍊的雙眸，如此懇求道。

「我也會把我知道的事情都說出來。我知道的不多，但我絕對不會有所隱瞞。請你們告訴我，我姊到底在做什麼。」

於是三人走進了店內。整個店內空間充斥著說話聲，正好掩蓋了鍊的聲音。鍊把自己所知道小南做的每一件事，都原原本本地告訴了奈緒。包含她一直跟隨在想要靠詐騙大賺一筆的鐘下的身邊，以及她與某個大規模犯罪的首腦人物有著很深的瓜葛。

奈緒默默聽著，一句話都沒有說。她緊閉雙唇，垂下了頭。驀然間，一滴雨水打在桌面上，坐在一旁的春風忍不住想要輕拍奈緒的肩膀，但她揮了揮手，同時深呼吸一次，抬起頭來，示意自己不需要安慰。

「『南』這個名字，其實是從我們以前的姓氏來的。我父母離婚之前，我們姓『三波』，發音跟『南』相同。」

奈緒停頓了一下，接著說道：

「應該是在十一月五日吧……我記得很清楚，那天是星期五。有一個奇怪的男人，來到我家門口，我猜他應該就是那個鐘下。我看得出來，我姊很討厭，也很害怕那個人。」

奈緒接著描述，理緒後來跟那個貌似鐘下的男人一起出門去了。奈緒知道姊姊一定是不希望兩人的交談內容被自己聽見。奈緒放心不下，所以偷偷跟隨在兩人的後頭。

「我家公寓的附近有座小小的公園，我姊跟那個男人走進了公園裡。」

從兩人說話的口氣，奈緒明白他們正在吵架。但因爲怕被發現，奈緒只敢躲在遠處，沒有辦法聽清楚兩人的對話內容。

「我聽見他們好像說了好幾次『名單』。那個男人好像說，我姊是什麼『蹭名單』的人……此外我還聽見他們說了加加谷這個名字，那個男人好像要求我姊讓他『拍照』。」

「原來如此。」鍊低聲說道。「原來如此？」春風問。鍊回答道：

「我猜鐘下應該是透過她姊姊，取得了加加谷的名單。雖然我不知道那名單是紙本還是電子檔，但她姊姊一定是拿了出來，讓鐘下用手機拍了照。所謂的『蹭名單』，大概是進一步調查名單上的人的詳細背景資料。鐘下手上的那份名單，包含很多只有家人才會知道的詳細資訊。她姊姊或許是受加加谷僱用，專門負責查出那些資訊。」

奈緒聽到這裡，臉色發青，表示自己很可能目睹那一幕。當時理緒和鐘下在公園談了一會，一起走回公寓。理緒要求奈緒先進寢室去，自己一個人跟鐘下在起居室不知道在做什麼。

鐘下不久就離開了，理緒很可能就是在那時候遭到威脅，逼不得已拿出名單讓鐘下拍照。

「我姊從那天之後，氣色就一直很差。但我問她『怎麼了』，她總是回答『沒什麼，不用擔心』。我姊從以前就這樣。不管情況有多麼糟糕，她總是會告訴我『不用擔心』。我爸剛離家出走的時候，她也是告訴我，『不用擔心，有姊在』……」

沒想到過了一個星期，鐘下又來到她們住的公寓。奈緒偶然看見鐘下站在門外，趕緊出去攆人，想把鐘下趕走。奈緒並不清楚詳情，但明白絕對不能讓這個男人再跟姊姊見面。

「但是那個人還沒走，我姊就回來了。後來他們兩個人就一起離開了。」

奈緒放心不下，再度跟蹤兩人。兩人在公寓附近的小公園交談了一陣子，走進一家KTV。奈緒只好走到KTV對面的一家咖啡廳內，靜靜等著兩人出來。奈緒並沒有等太久，就看見鐘下和姊姊一起走了出來。

「他們旁邊多一個男人，男人頭髮是奇怪的顏色，背上揹著一盒像吉他的東西。」

那第三個男人，顯然就是變裝成了藤崎的鍊。但鐵假面高中生並沒有說出這件事，只是若無其事地聽著，春風也沒有揭穿。

三個人後來搭上地下鐵前往薄野，奈緒緊跟在後。奈緒看得出來，姊姊並非自願和那兩人一起行動，因爲姊姊的表情就像遭到押解的罪犯。奈緒看見三人走進一棟老舊的音樂練習中心，此時母親忽然打電話來，詢問奈緒現在在哪裡，奈緒無計可施，只好結束跟蹤，返回自家。

「那天我姊很晚才回到家，臉色蒼白，好像很累。我問她今天做了什麼事，她不肯回答……不對，其實她回答了，但她是在騙我。到頭來我完全不知道她做了什麼事，但是……」

一滴滴淚珠，不斷從滑嫩的臉頰滾落。「我終於明白了。」奈緒呢喃。春風原以爲她明白姐姐做了什麼，但奈緒凝視著咖啡歐蕾的杯子，眼神彷彿看著遙遠記憶。半晌，奈緒虛弱地道：

「我爸在我很小的時候就離家出走了，我們家沒有錢，但我媽跟我姊都很努力，而且臉上隨時掛著笑容，所以我還是過得很幸福。我眞的好愛她們，我小時候一直好希望自己趕快長大，變得像我媽及我姊那樣。但是後來……我媽病倒了，我還遇上了……很糟糕的事情。我變得很害怕每一天，我想不透爲什麼只有我們家遭遇這麼多不幸，我不知道未來的日子要怎麼走下去。但我後來漸漸不害怕了。因爲我姊緊緊抱住我，對我說『沒什麼大不了，妳不用擔心』。那個時候的姊，也只是個高中生，她一肩扛起所有事情，怎麼可能沒什麼大不了？但我每天都覺得好痛苦，滿腦子只想著自己的事，完全沒有想過我姊姊爲了守護我，做了什麼樣的事情……」

奈緒的這番話說得模糊抽象，春風並沒有完全聽懂，但大致可以想像一個清寒的單親家庭，唯一的大人病倒了，孩子立刻面臨經濟困境。當時還是高中生的理緒，竟然有辦法獨力克服這個困境，顯然背後很可能是加加谷暗中提供了協助。

「不能讓我姊繼續做更多壞事。」

奈緒已哭得兩眼紅腫，相當可憐。但她馬上就抬起了頭，注視著鍊與春風。

「那個叫加加谷的人，是不是在利用我姊？我想要見他，要他別再利用我姊做壞事。拜託你們，讓我和你們一起把那個人找出來。」

◙

當春風說完時，理緒早已臉色慘白。她以極度憤怒的沙啞聲音說道：

「你們爲什麼要這樣干涉我的事……還把奈緒捲進來！」

「把奈緒捲進來，我們也很抱歉。但我剛剛說過了，我們沒有其他的線索。總之我們必須摸清楚加加谷的底細，是愈快愈好。」

理緒皺起了眉頭，春風注視著她，首先針對已經知道的部分進行了確認。

「理緒，加加谷是個名單商人，他僱用妳爲他工作，是嗎？」

「是又怎麼樣？我做的事情，只不過是拿著他給我的名單，跟上面的人見個面，說上幾句話。鐘下的事情也是一樣，我是受到他威脅，才拿出名單讓他拍照。實際撥打詐騙電話的是坐在妳旁邊的藤崎，以及那個鐘下。我只是在旁邊看而已，這樣應該不犯法吧？妳要是報警，會惹上麻煩的不是我，而是藤崎。」

「我們並不是要追究妳的責任。我們說得很清楚了，只是要查出加加谷的底細，請把妳知道關於他的一切都說出來。」

理緒原本就一直抱持反抗態度，一聽到春風這句話，眼神更是鋒利，宛如正與敵人對峙。

「不知道。」

什麼也不肯透露的堅定意志，彷彿從她的全身向外放射。「姊！」奈緒拉住了姊姊的手腕。

「那個人是壞人，不是嗎？他不是一直要姊做壞事？姊，拜託妳不要再跟那個人來往了！因爲那個人的關係，姊才會……」

「不，你們都搞錯了。」

理緒的聲音有如鋼鐵一般強硬。

「他確實做了一些壞事，但他不是一個壞人。」

「……姊？」

「拋棄了妻子及孩子的人，才是壞人。無端傷害無辜者的人，才是壞人。加加谷不是壞人。奈緒，他幫助了我，他救了我們一家人。」

理緒用力抓住了妹妹的肩膀，口氣宛如對妹妹曉以大義。她的視線有如銳利的刀子，越過妹妹的頭頂，朝著春風射來。這樣的反應，完全不在春風的預期之內。

原本春風以爲理緒與加加谷之間，只有金錢往來的利益關係。春風預期當理緒得知自己的所作所爲被妹妹發現，應該會老老實實供出所有關於加加谷的事。沒想到實際的狀況並非如此。理緒顯然對加加谷懷抱仰慕之情。她的反應激烈到彷彿願意爲了加加谷犧牲自己。

就算逼問，她也不會妥協，須改變訴求方向。春風於是說出與鍊的另一個重要目的。

「理緒，我們急著找出加加谷，其實還有一個理由，那就是爲了確認鐘下的安全。」

果不其然，理緒對鐘下這個名字產生了反應。

「今天午休的時候，妳曾經到經濟學部找過鐘下，對吧？」

「……那個男的該不會也是你們的同伴吧？我從來沒有見過他，他卻知道我的名字。」

今天中午，春風收到高中時的學長關口寄來的一封信，上頭寫著「遇上了疑似志水理緒的人物」。昨天春風曾向關口詢問鐘下有沒有來上課，當時春風想到理緒也是同一所大學的學生，或許她也會做出相同的舉動。於是春風又詢問關口，有沒有看到一個名叫志水理緒的女學生出現在經濟學部。當時關口的回答是「沒見到過」，沒想到今天關口就遇上了一個同樣在尋找鐘下的女學生。關口是個做事一絲不苟的人，他立刻寫信告知春風此事。

「既然妳也在尋找鐘下，代表妳也聯絡不上他，不是嗎？」

理緒雖然沒有回答這個問題，但等於是默認了。

「我們這邊的情況也是大同小異。上個星期六，鐘下跟妳及鍊約好在那棟音樂練習中心集合，但他突然傳了訊息給鍊，說他身體不舒服。自從那天，鐘下就像消失了一樣，再也沒有與鍊聯繫。到了昨天早上，鍊試著想要聯絡他，才發現他的通訊帳號已經被刪除了。」

春風與鍊一察覺鐘下的通訊帳號遭刪除，便懷疑鐘下出事了。鐘下因爲某種理由急需一筆大錢，甚至不惜幹起詐騙。如今他還沒把錢騙到手，沒理由與一同詐騙的伙伴切斷關係。雖然目前無法確認他刪除帳號是基於自己的想法，還是遭到脅迫，但可以肯定他遇上了特殊狀況。

「我們還去找一個跟鐘下有深厚交情的女生，但即使是她聯絡鐘下，也得不到回應。住在帶廣的鐘下雙親聽說也很擔心兒子的安危，他們說再聯絡不上兒子，就要向警方提出尋人申請。」

「……連他的父母也聯絡不上他？」

「沒錯，還有一件事應該讓妳知道。鍊……或許妳習慣叫他藤崎吧，總之我身邊這個人，他在星期六的晚上，差點被來路不明的男人綁架。理緒，當時他剛跟妳分開，走出音樂練習中心。」

理緒轉頭望向鍊，整個人傻住了。

「我們猜想是加加谷想要報復名單被盜的事情。鐘下或許也遇上相同狀況。」

理緒的瞳孔微微顫動，顯然她的意志產生了動搖。

「理緒，我相信妳也很擔心鐘下的安危吧？我們需要妳的幫助。我向妳保證，絕對不會給妳及奈緒添麻煩。妳只要告訴我們如何聯絡加加谷，我們自己想辦法把鐘下救出來。」

理緒微微低下頭，擠出了聲音。

「……我不知道。」

「姊！情況這麼危急，爲什麼妳還不肯說？」

「我是眞的不知道！」

理緒五官扭曲，緊緊握住了放在膝蓋上的雙拳。

「只有他能聯絡我，我沒辦法聯絡他。他每次打給我，都是未顯示號碼的電話。而且……他跟我切斷關係了。他發現我拿出名單給鐘下拍照之後，對我說『妳就到此爲止了』。他不會再跟我聯絡了，一輩子都不會了。」

理緒閉上了眼睛，彷彿被自己的話刺傷了。春風一聽，不禁咬緊了雙唇。理緒是最後的希望，沒想到連她也沒辦法聯絡上加加谷。

「理緒，既然如此，那也沒辦法。除了行蹤之外，妳還知道什麼關於加加谷的事？什麼事都可以，例如他可能住在哪一帶，或是經常和誰一起行動。」

「……我什麼也不知道。他從來不提自己的事。我只知道他是個名單商人，曾經離過婚，有一個年紀跟我差不多的兒子。」

春風壓抑著心中的激動，轉頭朝鍊瞥一眼。鍊的年紀與理緒只差兩歲，確實符合「年紀差不多」這樣的說法。

「不過還有一件事……」理緒呑呑吐吐了一會，才開口說道：「上個星期五，我跟他見面的時候，他命令我『星期六再把鐘下跟藤崎叫到音樂練習中心』。」

春風一聽，不由得倒抽了一口涼氣。

果然沒有錯，鐘下現在處境非常危險，一定要立刻營救才行。問題是已經沒有任何線索了，現在該怎麼辦才好？

「……妳跟加加谷見過面，對吧？」

原本一直沉默不語的鍊，終於開口說話了。理緒雖然輕輕點頭，但神情帶著三分困惑，似乎不明白鍊爲什麼突然問這個。

「加加谷跟我長得像嗎？」

理緒皺起眉頭，帶著摸不著頭緒的表情。鍊迅速起身說道：

「謝謝，妳不用回答了。」

鍊一邊說，將暗藍色的圍巾圍在脖子上。春風吃驚地問道：

「鍊，你要去哪裡？」

「我還有一個線索，只是有點賭運氣。」

「什麼？你怎麼沒跟我提過？」春風趕緊穿上大衣。此時旁邊突然傳來椅子被推動的聲音，轉頭一看，理緒也站了起來。

「等等……你的意思是說，你有辦法查出加加谷的下落？」理緒以沙啞的聲音問道。

「我剛剛說了，有點賭運氣，或許到最後是一場空。但不管要花多久的時間，我一定要把那傢伙找出來。」

理緒看著轉身離去的鍊，一頭霧水。

「你為什麼要做那種程度……你到底是誰？你跟他是什麼關係？」

鍊握住了門把，轉頭丟下一句話：

「這正是我想知道的問題。」

3

「鍊，你說的線索，是什麼？你要去哪裡？」

走到大門口的時候，春風再也按捺不住，朝鍊問道。夜幕低垂，天空轉眼染成陰寒的深藍色。藍光中微微透著紫光，算是隨時會下雪的顏色。一直沉默不語的鍊，此刻忽然停下腳步，以深藏在眼鏡後頭的視線，看著春風說道：

「春風姊，妳就到這裡吧。不用再跟來了。」

春風看著眼前這個身穿高中制服、戴著眼鏡的少年。雖然認識他的日子不長，但春風已大致猜得到他爲什麼突然說出這種話。

「鍊，你明明是個聰明人，爲什麼老是說傻話？」

「什麼傻話？」

「我以爲你早已明白，那種見外的說法對我無效，我並沒有柔弱到需要讓你特別關心。如果你還不明白，你識人的眼力還要多練練。最重要的一點，難道你忘記我們的約定了？」

從鍊那緊閉雙唇的表情，可以看出他並沒有忘記。就在兩人渡過那漫長的星期六，到了隔天，鍊主動聯絡春風，關心她的傷勢。春風剛好也有問題想問鍊，於是兩人相約見面，見面的地點由春風指定。

「爲什麼是迴轉壽司店……」

「心裡的煩惱愈多，愈是應該吃一些好吃的東西。你不用擔心錢的問題，我今天剛用打掃房間當作條件，向我哥勒索了一萬圓。」

兩人來到上次一起用餐過的迴轉壽司店。剛開始鍊有些遲疑。但是當「超分量鮭魚卵海苔壽司」一送上桌，兩人都興奮地舉起筷子，吃起了盤子裡那多到滿出來的美麗大海寶石。「北海道萬歲……」「春風姊，妳好像除了這句之外，就沒有別的詞了？」兩人一邊閒聊，一邊大快朵頤，吃喝一陣之後，春風以綠茶潤了潤喉，切入正題。

「昨天我想了一整晚，我認爲接下來的事情，還是報警處理比較好。」

「春風姊，我就知道妳會這麼說。」

鍊的口氣平淡，眼神卻散發出堅定的神采。

「但我不打算報警。至少現在還不行。還有一點事情，我想要親自處理。不管最後的結果如何，我都希望做完所有我能做的事情，親手做個了結。」

「嗯，我就知道你會這麼說。」

春風放下茶杯，凝視著鍊說道：

「既然是這樣，被那男人打傷的事情，我不會報警處理。而且你接下來要做的事情，我也不會告訴由紀乃阿姨。我可以向你保證這兩點，但有交換條件。」

鍊一聽，不由得蹙起雙眉。春風接著說道：

「我的條件就是你不能抱著任何事情都要一個人解決的想法。不管你接下來要做什麼，都必須讓我同行。不管你要用什麼方式了結這件事，在一切結束之前，你必須讓我參與。」

鍊沉默了一會，輕輕點頭同意。

接下來兩人可說是用盡了各種手段。如今終於邁入了最後的關頭。

「既然不論什麼結果，你都會堅持下去，那我也會陪你走到最後一刻。」

春風盯著眼前身高跟自己差不多的男高中生，展現出了說什麼也不退讓的堅定決心。鍊整了整脖子上的暗藍色圍巾，吐出一口白色氣息。

「我得回家一趟。首先得讓對方認得出我才行。」鍊說道。

春風不明白他的意思，正要開口詢問，鍊卻已邁開步伐。爲什麼這孩子講話總是喜歡沒頭沒尾？春風緊緊跟在鍊的身後，暗自感到無奈。

兩人回到北區公寓內的北原家，鍊放好上學用的背包，換上隱形眼鏡，立刻又走出家門。接著兩人來到隔壁的土黃色公寓。鍊從一樓大門口的對講機面板選擇了正人的家，請正人開了門。

「鍊、春風，好久不見了。」

辻正人還是跟上次看見的時候一樣，長長劉海蓋住了眼睛。但這次他臉上堆滿了笑容，流露出明顯的歡迎之色。今天他的穿著打扮同樣亮眼，上下身穿著相同紋路的襯衫及長褲，尤其是一雙印著紅心、黑桃、梅花等撲克牌圖案的襪子令人忍不住多看一眼。

「請進。」

鍊似乎先聯絡過了，正人什麼也沒有問，直接將兩人帶進開著暖氣的房間。五坪大的房間裡，一如往昔掛滿了風格獨特的服飾。

「茶……你們應該沒時間喝吧？是不是趕著離開？」

正人精神抖擻地捲起袖子，開始收拾桌面。「正人……」鍊忽然喊了他一聲。他轉過頭來，鍊沉默了半晌，才低聲說道：

「……對不起。」

這短短的一句話，道盡千言萬語。正人卻只是歪著頭問道：

「爲什麼道歉？」

下一秒，正人忽然大喊一聲「對了」，走向狹窄的廚房區，搬來一個大紙箱。裡頭堆滿了紅蘿蔔、馬鈴薯及洋蔥等蔬菜作物。

「老家又寄來一堆蔬菜，我一個人吃不完。我能再拿到你家，像以前一樣到你家吃飯嗎？」正人故意說這幾句話的背後含意，連春風也聽懂了，鍊當然沒有聽不懂的道理。「下次我想吃咖哩。」正人露出靦腆的笑容。鍊輕輕點頭，接著以非常小的聲音說了一句話。春風與兩人的距離有點遠，並沒有聽到，但正人臉上旋即漾起溫柔的微笑，不難想像鍊說的話。

「你要打扮成『那個樣子』，對吧？來，請坐。」

桌子上立著專業的三面鏡，正人讓鍊坐在鏡子的前方，開始梳理他那滑順的頭髮。春風坐在床邊，看著正人的動作，不由得大感佩服。正人的專業程度，不輸給眞正的美髮師。首先在頭髮上塗抹髮蠟，改變髮型的整體外觀，然後一束束抓起鍊的黑色頭髮，以染髮噴霧罐加以染色。鍊的頭髮逐漸被染成了青灰色，給人的印象逐漸變化。春風在旁邊看著，露出一臉好奇的表情。正人從鏡子裡望向春風，笑著說道：

「春風要不要也順便換個造型？跟鍊配合，打扮成視覺系女孩。」

或許是個好主意……春風有些心動，鍊卻也從鏡子裡望向春風，說道：

「不，春風姊還是維持現在這個樣子就好。」

「……你覺得我不適合？」

「不是不適合，而是維持現在這個樣子比較好。」

做完了頭髮的造型，正人打開衣櫥，從裡頭滿滿衣服中，挑出一件V字領的毛織上衣，及一件窄版的皮長褲，讓鍊穿上。最後又拿了一件寬鬆的黑色野戰外套，讓鍊穿在最外頭。春風明明在旁邊從頭看到尾，卻還是對鍊的變化感到嘖嘖稱奇。頭髮變成了青灰色，而且抓出一束束有如細針一般的髮束之後，鍊再也不是原本那個戴著眼鏡的樸素高中生，而是一個散漫、悠哉、難以想像平常過著什麼私生活的青年。那正是「藤崎」的裝扮。

「呃……鍊？」

正走向門口的鍊與春風，突然被正人叫住了。「怎麼了？」鍊問道。正人接著卻吞吞吐吐了起來，過了好一會才低聲道：

「那個……上個星期五，我跟學校的朋友去了大通公園，在那裡拍攝校內比賽的照片。結束之後，我們進去電視塔的咖啡廳喝咖啡，沒想到在那裡遇上了由紀乃阿姨。」

「噢，我媽的公司確實就在那附近。」

「嗯，當時由紀乃阿姨的身邊有一個男人……鍊，雖然我那時候只是瞥一眼，但那個男人長得跟你很像。因爲實在太像了，我嚇了一跳，搞不好那個男人就是……」

春風不由得倒抽一口涼氣。正人說到一半就沒有再說下去，但春風很清楚他想要表達什麼。春風轉頭望向身旁，只見鍊臉上的表情完全消失了。春風心裡不禁疑惑。聽說當初鍊向由紀乃詢問父親的事情時，由紀乃回答「一次都不曾聯絡」。既然如此，爲什麼……？

「對不起，我畢竟不是你的家人，或許不應該管這種事。但我聽說你一家人因爲父親的關係，吃了很多苦頭，所以你們跟父親已經不再往來了……當時我有點擔心，不曉得由紀乃阿姨是不是需要幫忙，但我看她的表情，似乎並沒有受到逼迫……」

「我明白了，謝謝你。」

鍊淡淡應道。正人送鍊與春風到門口，臨別之際他望著鍊的眼睛，說道：

「千萬不要做危險的事情。」

兩人走出公寓時，時間已超過晚上六點，外頭的天色完全暗了。春風以爲接下來一定是搭乘地下鐵，沒想到鍊竟然說：「我們用走的如何？」春風於是點了點頭。整個天空籠罩著冰冷的空氣，不久，開始降下細糖粉狀的雪。雖然地面並沒有那麼快被白雪覆蓋，但眼前白茫一片，彷彿隔了一層毛玻璃。漫長的沉默，逐漸讓春風難以忍受。鍊從頭到尾不發一語，只是默默移動雙腳，簡直就像是大繞遠路，前往一個根本不想去的地方。春風小心翼翼問道：

「鍊，關於正人剛剛說的，由紀乃阿姨的事……」

「她今天到小樽出差去了，明天晚上才回來。現在就算打給她，她大概也不會接吧。」

「傳訊息的話，由紀乃阿姨有空的時候就會回，不是嗎？至少問一問，正人上個星期看到的那個人是誰……」

鍊沒有回答，春風也不敢再說下去。每次呼吸，氣息都在細粉狀的雪中化為白霧。

不知不覺，兩人已走了相當遠。前方出現了有如點點繁星般的光群，那應該是北三條廣場的裝飾燈火吧。路旁的銀杏樹上掛滿了LED燈光，一直延伸到由紅磚建造的舊北海道廳舍。藍色、白色、綠色、紫色……無數的光點每隔數十秒改變一次顏色。如今在白雪紛飛的景色中，燈光正呈現火紅的光澤，宛如所有的銀杏樹都在燃燒，透著一股駭人的美感。

來到廣場上，可看見三兩成群的人影。有些是情侶，有些應該是朋友。許多人都拿起了手機，正在拍攝眼前的燈光藝術。在今天前，春風可能也跟眼前的那些人一樣，和皐月或其他的朋友一同來到此地，身旁環繞著大量的歡笑聲。但如今的自己，身旁卻伴隨著一臉惆悵的鍊，那表情彷彿不知多少年沒辦法真正獲得心靈平靜。

註：選品店的原文為「セレクトショップ」，指陳列商品涵蓋數種不同品牌的服飾店。

「那傢伙要離開的那一天，對我們說了一句『保重』。當時的我完全不知道，他馬上就會將我們一家人推入地獄之中。」

鍊的聲音微弱到彷彿連輕輕飄落的細雪都能掩蓋。

「我是他的兒子，但是在那個當下，我眞的不知道他的心裡在想什麼。我滿心以爲他很快就會回家，回來繼續陪我玩。人是一種善於隱瞞的動物，也是一種善於說謊的動物。有時候撒謊撒得太高明，會讓人搞不清楚什麼才是眞話。最近我跟陽、翠他們說話時，總是忍不住懷疑他們說的是不是眞話。就像我會對他們說謊，我擔心他們也會對我說謊。」

「……翠跟陽眞的很愛你，他們絕對不會對你說謊。」

「我分辨不出來了。我撒了太多謊，如今在我聽來每個人的話都是謊言。就算問了母親那個男人的事，不管母親怎麼回答，我都懷疑她在說謊。所以我不想問。我想用自己的眼睛證實。」

鍊最後的語氣，已恢復了原本的理性與慧黠。他再度向前邁步。通過高樓大廈林立且燈火輝煌的地區，看著左手邊的札幌電視塔，穿過大通公園，繼續一路往南。通過一間專爲行家開設的選品店（註）門口時，鍊驀然停下腳步。他凝視著櫥窗的玻璃。那玻璃映照出了兩人的身影。一個是揹著托特包，打扮平凡無奇的女孩；一個是不務正業，彷彿只會誘惑女人的花花公子。

「眞是奇怪的組合。」

「是啊，完全沒有辦法想像，這樣的兩個人到底什麼關係。」

「但星期六的晚上，我們也差不多是這樣的打扮。攻擊我的男人，一定也看到了穿成現在這樣的我，跟穿成現在這樣的春風姊走在一起。我相信這個消息，應該也傳到了那傢伙的耳裡。所以春風姊還是維持這個打扮，必較容易引起那傢伙的注意。」

春風心想，難怪正人問自己要不要改變裝扮時，鍊說一句「維持現在這個樣子比較好」。

鍊注視著春風，雙眸閃爍著犀利的光輝。

「春風姊，就請妳再被我連累一次吧。」

◎

北海道最大的不夜城，隨著夜晚的降臨，充斥著五顏六色的霓虹燈，以及嘈雜的喧囂聲。擁有四車道的國道三十六號線所通過的主要街道一帶，看起來還算規規矩矩。然而一旦走進了巷道，眼前看見的盡是足以證明人類欲望有多麼強烈與多變的靡爛景象。內容猥褻的廣告招牌充塞整條巷道，空氣中不斷迴盪著「路邊拉客是違法行爲」的宣導廣播，一個個身穿西裝的男人卻都帶著賊兮兮的笑容，朝著路上的每個行人呢喃細語。鍊穿梭在如此燈紅酒綠的巷道內，不斷朝著最狹窄的暗巷深處前進。

最後鍊來到了一棟外牆到處泛黑的老舊租賃音樂練習大樓的前方。

到了這裡之後，春風也已經明白鍊心中的算盤。這棟音樂練習大樓，正是理緒受加加谷指示，要將鐘下與鍊帶來的地點。在鍊遇襲的那一天，加加谷很可能就躲在附近監視著。

加加谷的監視行動，或許直到現在依然持續進行著。

當然就像鍊所說的，最後很可能一場空。要用這種不確定性相當高的方法來找到加加谷，需要非常大的耐心。但是春風從小就對自己的耐心相當有自信。於是春風拉了拉肩上的托特包，抖擻了精神，跟著鍊走進了那小型的建築物內。

「……噢，你又來了。」

這棟建築物的橫幅相當窄，但有著很長的縱深。入口大廳鋪著髒污的油氈地板，正前方便是櫃檯。櫃檯裡坐著一個面相猥瑣的老人，正在聽著收音機的廣播節目。他一看見鍊，立刻露出一副看見熟客的表情，拿出了登記卡及筆。鍊拿起筆，塡入了「藤崎」這個假名。那孤僻老人朝著春風上下打量了一回，說道：

「這小姐是美空雲雀的代打嗎？另外兩個怎麼不來了？」

「對音樂的理念不同，散夥了。我們搞樂團的，這種事家常便飯，你應該也很清楚。」

「沒錯、沒錯。玩音樂的通常都很有主見，半步也不肯退讓。」

那老人又朝春風說道：「不過我一看妳就覺得唱歌一定很難聽。」春風聽了對方的失禮發言，心中大爲惱怒，正要開口說話，鍊卻已搶著說道：「她是鼓手，不是主唱。至於技術如何，我正要見識一下。」鍊的臉上帶著爽朗的笑容，隨口撒了個謊，接過鑰匙。

兩人登上陰暗樓梯，來到二樓。鍊熟門熟路的樣子，打開走廊盡頭處的最後一道門。春風走進練習室，以充滿好奇心的眼神在室內左右張望。練習室不算小，但擺了鼓組、麥克風架及大型器材，使得整個空間充滿壓迫感。對著門的牆壁上嵌著一面大鏡子，映照出自己與鍊。

鍊關上了門，門鎖發出喀嚓聲響，聽起來異常刺耳。

「這已經是我第四次來了，很老舊的地方。」

鍊轉頭朝春風說道。他的手還按在門把上。

「因爲實在太老舊了，任何聲音都聽得很清楚。例如有人進出的開門聲，或是從廁所走出來的聲音什麼的。」

「嗯……鍊，你接下來是打算……」

「接下來，請妳盡量不要發出聲音。」

鍊伸出食指，放在唇邊。春風一聽，趕緊住了嘴。鍊在確認春風不再說話之後，以非常緩慢的速度轉動門把，拉開門板，幾乎沒有發出任何聲響。走廊的冰冷空氣流進了室內。鍊躡手躡腳地走到走廊上，朝春風使了個眼色。春風於是也壓低了腳步聲，跟著來到走廊上。鍊以盡量不發出聲音的謹慎動作關上了門，輕輕放開門把。

接著鍊開始走下樓梯。他簡直就像貓一樣，沒有發出任何腳步聲。春風也謹慎小心地前進，盡量不讓長靴的靴底與油氈地板產生摩擦。即便已經非常小心，腳底還是偶爾會發出吱吱的聲響。每當聽見那聲音，春風總是感覺心臟用力收縮。

下了樓，兩人沿著陰暗的走廊往外走。

走廊前方，就是剛才通過的櫃檯。從兩人此時的角度，看見的是櫃檯內側。

老人坐在櫃檯內側的鐵椅上，弓起了背，不知道在忙著什麼事。春風仔細一看，櫃檯內側的桌面平臺上放著一張小紙片，老人正拿著櫃檯電話的話筒，似乎正在撥打著電話。

「……那傢伙要你一看到我出現，就立刻回報，是嗎？」

那老人的身體瞬間凍結，那反應簡直像是看見了一把槍口對著自己的手槍。鍊不再隱匿腳步聲，踏著輕快的步伐走向櫃檯，將手肘抵在白色的平臺上。

「你……你在說什麼啊？」

「老伯，你還記得星期六的事嗎？」

鍊的口氣簡直像變了一個人。老人擠出僵硬的微笑，說道：

「那一天，我一個人走進來，你對我說了一句：『怎麼，鐘下沒有跟你一起來？』當時我並沒有特別在意，但事後我愈想愈不對勁。我們來到你這個音樂練習中心，總共只有三次。前面的兩次，我們在登記卡上留下的資料都是『田中』。我想你應該早就知道了，我們根本不是什麼樂團。我們只是利用這個地方做一些不可告人的事情，當然不可能留下眞實姓名。照理來說，你不應該知道我們其中有一個人姓『鐘下』。我能替你想到的唯一合理解釋，是那個被你稱爲『美空雲雀』的女生，星期六來到這裡的時候，在登記卡上寫了『鐘下』。如果是這樣的話，那就是我誤會你了。能不能請你拿出星期六美空雲雀寫的登記卡，證明你自己的清白？」

鍊朝老人伸出手掌，宛如是個討糖果的孩子。老人卻一動也不動。他的額頭流下了涔涔汗水，更是讓春風看得目瞪口呆。

「我猜應該是在星期六，或是在更早之前，有人來到這裡，要求你『一旦看見我們出現，就立刻通報』，對吧？你就是在那個時候，知道了我們的眞正姓氏，鐘下跟藤崎。那個人是不是告訴你，只要你乖乖通報，就給你一筆錢？」

「我完全聽不懂你在說什麼……」

「聽不懂？星期六那天，你滿懷期待地等著我們到來，但最後只有我來了，鐘下並沒有出現。你心裡很緊張，才會忍不住問了一句『鐘下沒有跟你一起來』，對吧？你還好嗎？怎麼流了那麼多汗？需不需要我幫你拿張面紙？」

鍊的臉上一直帶著微笑，但老人看著他的眼神卻充滿了恐懼。

「今天我們一到，你就急著打電話，看來那個人跟你的約定還有效？」

「我什麼都不知道，眞的……」

「你別急著否認，我並沒有生氣。」

鍊將臉湊上前去，老人的臉往後縮了相同的距離。鍊對著他露出若有似無的微笑，揚起形狀姣好的下巴，說道：

「你快聯絡吧。告訴那傢伙，我來了。」

鍊回到二樓的練習室內，關門並上了鎖，拉來一張椅子，坐了下來。春風也在他的對面坐下，但一顆心忐忑不安，忍不住看著他手中的智慧型手機。

剛剛鍊還要求櫃檯老人向對方傳達一句話。

──我手上也有名單。

鍊接著說出自己的手機號碼，並補上這麼一句：「想談判，你必須親自打電話過來。」

那個人眞的會照做嗎？強烈的緊張，讓春風感覺內臟彷彿壓了一塊重石。

「對了，妳從那個老太婆的口中，有沒有問出什麼新的線索？」

或許因爲鍊的口吻過於平淡，讓春風一時會意不過來。隔了幾秒，春風才想到自己曾說過，會進一步詢問小夜子關於六年前的「清淨生活」詐騙案的詳情。

「沒有什麼重要的新線索。」

春風將托特包放在膝蓋上，從中取出筆記本。

「在那起詐騙案中，遭到逮捕的人除了加加谷之外，還有小夜子等人的上司皆川，以及一個叫坂本敏也的男人。報紙及網路新聞都沒有提到坂本敏也這個人的底細，小夜子奶奶告訴我，他是當初假冒稅務署人員的詐騙參與者之一，據說曾經是劇團的團員。」

「劇團的團員……演戲跟騙人確實只是一線之隔。」

「加加谷的刑期最重，被判了五年。坂本也被視爲準主謀，被判了四年。皆川則被送進了少年院。這個部分，你應該早查得一清二楚。」

「不，其實我知道的並不多。自從那傢伙遭逮捕之後，我每天都在注意著翠與陽的一舉一動，不讓他們看相關的新聞，所以我自己也沒看。搬到位於江別的外公、外婆家時，光是說出那傢伙的名字都是一種禁忌。現在回想起來，其實我自己也不知道爲什麼。他們並沒有禁止我調查關於那傢伙的事，如果我有心要查那起案子，一點也不困難，但我沒有做。在今年九月看見『清淨生活』的案子前，那傢伙的事彷彿從我的腦袋裡消失了。」

春風心想，不是消失了，而是封印了。

「保護自己是人類的本能。就像手指割傷會產生血痂，心靈受傷時也會採取各式各樣的防衛手段，幫助傷口早日修復。把受傷的事情忘得一乾二淨，也是逃避疼痛的一種方法。」

「這樣聽起來，我實在很遜。跟我比起來，春風姊太勇敢了。妳每天都在觀察著傷口，時不時還戳它兩下。否則妳也不會蹚這灘渾水。」

「聽起來有點取笑的意思，但我不否認……不過想要克服傷痛的欲望太過強烈，其實也是還沒有走出傷痛的證據。我跟你半斤八兩。」

鍊凝視著春風，臉上的自嘲笑容逐漸消失。剛剛他還將老人玩弄在掌心，此刻卻臉色慘白。只見他緊緊抓著手機，指尖都已泛白。其實他的心裡，也感到極度的緊張與恐懼。

「鍊，我只希望你記住一件事。」

春風望著眼前的少年。他揹負的痛楚雖然與自己並不相同，卻有著相似的本質。

「接下來不論結果如何，你都沒必要一個人扛起一切。你的身邊有由紀乃阿姨，有翠及陽，有正人，當然還有我。你千萬不能忘記這一點。接下來不論發生什麼，你都必須牢牢記住。」

人是一種孤獨的生物。有時身旁明明很多人，卻沒有一個人可以依賴。甚至可以說，像這樣的情況反而占了多數。就好像自己沒有辦法分攤鍊的疼痛，鍊也沒有辦法分攤自己的疼痛。

即便如此，春風還是希望他牢牢記住。過去鍊的處境，就像是在黑暗的深淵中獨自奮戰。但從今以後，他沒有必要再如此逼迫自己。

鍊緩緩垂下了頭，握著手機的指尖也恢復了一些血色。春風見狀，也不禁鬆一口氣。

這時，身旁傳來了高亢的電子鈴聲。

春風陡然停止了呼吸，鍊也立刻舉起手機。但仔細一看，鍊的手機依然維持著沉默。春風壓抑著緊張的情緒，一邊將手伸進自己的托特包內。放在內側暗袋的手機正在震動著。

拿起手機一看，液晶螢幕上顯示的來電者是「志水奈緒」。

「喂？奈緒？」

「……我是理緒。」

春風愣了一下。坐在對面的鍊皺起眉頭，似乎急著想知道發生了什麼事。春風於是按下擴音鍵，讓鍊也能聽得見通話的內容。

「理緒，怎麼了嗎？有什麼事？」

「我不知道妳跟藤崎的聯絡方式，所以借了奈緒的手機。」

理緒頓了一下，接著以沙啞的聲音問道：

「你們聯絡上那個人了嗎？有辦法見到他？」

……原來她一直在牽掛著這件事。

春風以視線詢問該如何回答，鍊遲疑了一下，開口說道：

「我們已經找到了聯繫的方式，正在等他的電話。」

「……他會打電話來嗎？」

「只要他還沒有放棄那份名單。」

「求求你們，讓我跟他說話。」

理緒懇求道。

「一下子就行了。拜託你們，只說一句話也沒關係。你們在哪裡？我現在就過去。」

「這我不能說。或許妳是受了他的指示，有特別的圖謀。」

「眞的沒有……我說過，我已經被他切斷關係了。對於已經拋棄的人，他不會有任何眷戀。求求你們，這是我最後的機會……」

春風並不明白，爲什麼理緒會對加加谷抱持著這種介於愛情與忠誠之間的強烈感情。但是聽了她那聲淚俱下的懇求，春風有股想要答應的衝動。

在一旁看著手機畫面的鍊，此時忽然開口說道：「請妳妹妹聽電話。」

「奈緒？」

理緒似乎遲疑了一下，但經過一陣細微的雜音之後，手機傳出了奈緒的聲音：「喂？」

「妳姊姊剛剛說的話，妳都聽到了吧？」

「……嗯。」

「雖然這麼說對妳姊姊很不好意思，但她對加加谷太過迷戀，我沒有辦法完全信任她。如果妳願意監視著她，不讓她做出任何奇怪的舉動，我可以告訴妳們這裡的地點。」

電話另一頭的奈緒應了一聲：「好，我明白了。」掛斷電話後，鍊以通訊APP告知了音樂練習中心的位置，以及練習室的號碼。

「你要讓她們來這裡？」

「雖然這不在我的預定計畫，但拒絕她，她也會繼續糾纏下去。與其讓她在背地裡做些我們無法預期的舉動，不如讓她待在我們眼睛看得到的地方。」

過了大約三十分鐘，門外傳來了敲門聲。那聲音非常微弱，有些畏畏縮縮。

春風起身開門，志水姊妹就站在門外。站在奈緒旁邊的理緒，不僅焦躁不安，而且面容憔悴。奈緒在姊姊的背上輕推，兩人一起走進了練習室。

春風從牆邊搬來兩張椅子，放在兩人面前，兩人並肩坐下。鍊與春風在練習室的中央相對而坐，兩姊妹則坐在稍遠處，面對著兩人。在鍊的指示下，奈緒緊緊握著姊姊的手。

十分鐘、二十分鐘、三十分鐘過去了……電話沒有任何動靜。

長時間維持緊繃狀態，讓春風感覺強烈口渴。春風想起樓下的入口大廳有自動販賣機，於是拿起了托特包，起身說道：「我去買些飲料，你們要喝……」

一句話還沒說完，身旁忽然響起了低沉的震動聲。

霎時之間，所有人都屏住了呼吸，注視著相同的方向。鍊手上的智慧型手機，不僅螢幕亮了起來，而且不斷發出細微的機械震動聲。螢幕上出現「未顯示號碼」這幾個字。

鍊伸出手指，按下了擴音鍵。

「喂？」

「你就是藤崎嗎？」

那聲音宛如寒冰一般冷酷。

4

「你的手上有名單？」

男人接著問道。春風轉頭一看，鍊的表情也異常僵硬。

雖然神色緊張，鍊還是冷靜地轉頭望向理緒。此時理緒正摀著嘴，全身彷彿凍僵。她察覺鍊的視線，看出了鍊眼神中的疑問，於是輕輕點頭……沒錯，是他本人。

——加加谷。

「當然有，我複製了鐘仔的照片。」

「你跟鐘下的交情有那麼好嗎？好到願意拿名單來交換他的命？」

春風不由得倒抽了一口涼氣。鍊依然維持著鎮定，凝視著手機畫面，問道：

「鐘仔在你的手上？」

「如果我說是的話，你會拿名單來跟我交換他？」

「老實說，我跟他的交情還不到那個地步。」

「真是無情的傢伙，他可是從頭到尾都沒有把你供出來。」

男人的口氣充滿了取笑的意味。

鍊沉默不語，只是凝視著手機畫面上的「未顯示號碼」文字，等待對方再度開口。

「你的目的到底是什麼？特地要求我本人打電話，理由是什麼？」

「錢。」

鍊冷靜地說道。

「很好，簡單明快。你要多少？」

「那份名單，你應該付出了不少心血吧？值多少錢，由你自己決定吧。」

「哈，好刁鑽的小子。你要現金，對吧？在哪裡面交？」

「大通公園。你必須親自前來，我會給你名單的照片。」

對方陷入了一陣沉默。

半晌，才開口說道：

「……你到底是誰？想幹什麼？」

「你想要拿回名單，就照我的話去做。」

「小鬼，你好像誤會了什麼。」

男人的口氣不再帶有取笑，冷酷到令人頭皮發麻。

「是你有求於我，不是我有求於你。我沒有必要聽你的吩咐。」

「你不想要名單了嗎？」

「我不知道你只是想勒索，還是有其他圖謀。但要讓獵物吐出你想要的東西，就必須確實掌控對方的感受。讓獵物起疑心，代表你只是二流貨色。讓獵物對你失去興趣，則是三流貨色。想要達成目的，你還需要多練練。」

對方的聲音似乎逐漸遠離，春風忍不住站了起來。

這通電話一旦掛斷，就再也沒有辦法把他揪出來了。無論如何一定要想辦法留住他才行。

此時的鍊已失去了剛剛的冷靜，對著手機厲聲說道：

「聽說你有個兒子，他叫什麼名字？」

這句話一說出口，對方頓時陷入沉默。那沉默的時間實在太長，讓春風不禁懷疑對方已掛了電話。整個空間維持著一片死寂，甚至讓春風有種快忘記自己爲什麼會站在這裡的錯覺。

「……鍊？」

鍊完全沒有任何動靜，甚至看起來不像還維持著呼吸。

「你……是鍊嗎？」

對方的口氣有了巨大的變化。原本有如冷酷的帝王，此時卻充滿了懷疑與迷惘。

父親突然見到數年不見的兒子，原來說話會是這樣的口氣。春風緊緊握住了拳頭，腦海中浮現獨自到泰國上班的父親那慈和的笑顏。

「眞沒想到……」電話另一頭傳來驚愕的低語。那聲音似乎驚訝到連說話也有困難。

「我們已經有六年沒見了吧？你現在……讀高二嗎？生活過得好嗎？」

春風不由得摀住了自己的喉嚨。

「一定過得很不好吧？是不是吃了很多苦？」

鍊什麼話都沒有說。

「你媽媽還好嗎？」

鍊依然保持沉默。

「為什麼不說話？鍊，你聽不到我說的話嗎？」

鍊深深嘆了一口氣，全身的力氣都彷彿隨著這股氣息而流失。

「你不是。」

「什麼意思？不是什麼？」

「你不是加加谷潤。我不知道你是誰，但我肯定你不是他。」

春風屏住了呼吸，靜靜聽著鍊與男人的對話。

「他稱呼我的母親，一定是叫名字，從來不用『你媽媽』這種說法。我猜你根本不知道我母親的名字。」

「……只是隨口這麼叫而已。」

「而且我們談了這麼久，如果是他的話，一定會關心我的弟弟妹妹現在在哪裡。但你完全沒有提到他們，我想你一定不知道他們的名字吧。」

鍊不給對方辯白的機會，繼續說道：

「你並不是加加谷，你只是偽裝成他。套一句你剛剛的說法，讓獵物起疑心，代表你只是二流貨色。讓獵物對你失去興趣，則是三流貨色。」

在感到震驚的同時，春風的腦海浮現了一段回憶。當初在奈緒的協助下，兩人與理緒見了一面。臨別之際，鍊朝理緒問了一個問題。原本春風並沒有想太多，很快就遺忘了這件事。如今回想起來，原來那問題具有特別的意義。

——加加谷跟我長得像嗎？

當時理緒露出一頭霧水的表情，不明白鍊爲什麼這麼問。但這顯然並不合理。倘若理緒見到的加加谷，眞的是加加谷潤，她一定會發現鍊跟加加谷長得非常像。當初鍊出現在小夜子奶奶的面前，自稱是加加谷潤的兒子，小夜子奶奶馬上就相信了，正是因爲鍊跟他的父親實在長得太像。

顯然電話中這個男人並不是加加谷潤。並不是鍊跟雙胞胎的父親。

他到底是誰？

……難道是……！

就在這時，異常刺耳的笑聲震動了整個練習室的空氣。

「獻醜了。我跟鐘下或你不一樣，騙人不是我的本行。不過，鍊……你的機警與高傲，簡直跟潤一模一樣。」

「你到底是誰？爲什麼用加加谷潤的名字招搖撞騙？」

鍊的聲音宛如銳利的刀刃。

男人完全無動於衷，彷彿把鍊的話當成了輕拂而過的微風。

「我明白了……你想要確認我的身分，想要知道我是不是加加谷潤。所以你才會要求我親自打電話，要求我親自面交。你一定是害怕父親再度犯案，擔心到晚上睡不著覺吧？眞是個令人同情的好孩子啊，鍊。」

「你還沒有回答我的問題。你不想要名單了嗎？」

男人再度發出愉快的笑聲。

「你手上眞的有名單嗎？其實你只是想要找個理由把我引出來吧？」

「我曾經跟鐘下一起行動，有很多機會可以複製他的照片。」

「是嗎？我無所謂了。鍊，名單就讓給你吧。那份名單可是極品，裡頭都是些從來不曾遭到詐騙，每天過著悠哉生活的有錢人，而且背景底細都委由優秀的人才調查得一清二楚。以你的能力，一定能夠騙到一般的詐騙集團不可能得手的大把鈔票。等你有了一般人一輩子都賺不到的錢，就來找我吧。」

此時鍊的臉上第一次浮現了驚疑之色。

「你在說什麼鬼話？」

「我聽到了不少關於你的事情。不愧是潤的兒子，血緣是騙不了人的，你確實挺有本事。不，以你的資質，要超越潤也不是難事。你擁有比潤更加冷酷的性格。」

男人嗤嗤笑了起來，彷彿早已將潤的內心糾葛看得一清二楚。

「剛剛你爲了要把我引出來，馬上就決定放棄鐘下，對吧？你知道一旦牽掛著鐘下的安危，跟我的交涉就沒有辦法占上風。這是非常正確的判斷。身爲一個騙徒，你做了正確的決定。」

「我不是騙徒。」

「沒錯，你要當一個騙徒，經驗跟技術都還嫌不夠。不過你不用擔心，我可以教你。等到你長大之後，我會去迎接你。」

「住嘴！別再胡說八道！」

「你爲什麼要急著否定？你假扮成另外一個人，跟鐘下一起打電話詐騙的時候，一定覺得很快樂吧？你是不是感覺全身的細胞好像都張開了，血液的流動加倍快速？你是個相當優秀的人才，你能夠輕易獲得他人的信任。看著別人被自己欺騙，是不是有一種快感？」

男人的口氣，彷彿正站在鍊的面前，將神色僵硬的鍊看得一清二楚。

「你不應該否定自己的才能，反而該好好加以利用。鍊，跟我一起來吧。潤是個成不了氣候的傢伙。雖然對他來說，說謊就像呼吸一樣輕鬆，騙人就像吃飯一樣容易，但是他的心地太過仁慈，總是會在緊要關頭搞砸一切。我只能說，他實在是個愚蠢的男人。」

「……住口！」

「鍊，你一定能夠超越他，成爲第一流的騙徒，這就是你的本性。」

鍊張開了口，卻似乎不知該說什麼來反駁對方。

春風知道自己並沒有完全理解狀況。只能默默聽著鍊與男人的交鋒，一句話都插不上嘴。但隨著時間分秒流逝，春風更加肯定一件事，那就是如果不立刻採取反擊的手段，鍊很可能會落入男人設下的陷阱之中，再也無法自拔。

快！不能有半分的遲疑！

就在這個瞬間，宛如獲得天神的啓示，原本散落在腦海中的碎片結合在一起，拼湊出眞相。

春風從鍊的手中搶下手機。鍊嚇了一跳，伸手想要奪回，春風按住他的手腕，對著手機螢幕喊出了一個名字。

「皆川怜！」

另一頭陷入了沉默。

這段漫長、沉重且死寂的沉默，持續了足足一分鐘，但春風一直耐著性子等著。

電話另一頭的男人先沉不住氣了，以宛如沿著地面爬行的低沉聲音說道：

「……妳是誰？」

「你不否認？」

鍊所拍下的加加谷潤的筆記本照片裡頭，就有「皆川怜」這個名字。當初春風第一眼看到時以爲「怜」這個字讀作「REI」。但仔細一想，「怜」這個字也可以讀作「REN」，也就是與「鍊」的讀音相同。

當初小夜子在形容皆川這個人的時候，曾說他是一個聰明、機靈且善良到令人擔心的孩子。

「根據你的言行，可以輕易研判你跟加加谷潤的關係相當近，應該是六年前加加谷犯下詐騙案時的共犯。還有一點，從你對加加谷潤的兒子說的話，可以聽出你對加加谷潤抱持著強烈的恨意。在六年前那起詐騙案的共犯之中，誰會對加加谷潤懷抱恨意？有兩個人的可能性最大，那就是因爲加加谷潤自首而遭到逮捕的前劇團成員坂本，以及加加谷潤的上司皆川。」

春風說到這裡，深吸了一口氣。劇烈的心臟跳動聲，彷彿在全身的每一個角落迴盪著。這時春風才察覺自己還抓著鍊的手腕，趕緊輕輕放開，但鍊的手腕已留下淡紅色的指痕。

「坂本跟皆川，你是哪一個？因爲你主動叫出了鍊的名字，反而讓我猜出了答案。小佐田小夜子奶奶，我想你一定還記得吧？當初她也是你們的同伴。她跟加加谷潤的交情算是相當深厚，但她可是直到最近，才知道加加谷有個叫鍊的兒子。此之前，她甚至連加加谷已經結了婚都不知道。由此可知加加谷潤就算是對最親近的同伴，也幾乎不會提及關於自己的事。這是因爲他小時候的生活環境太過特殊，盡量不對人說出自己的底細，是他保護自己的方法。既然如此，爲什麼你知道加加谷潤有個叫鍊的兒子？以下是我的推測……在『清淨生活』這間公司裡，你跟加加谷潤第一次見面的時候，你是他的上司，一定會自我介紹。雖然加加谷潤從來不提關於自己的事，但他聽了你的名字，很可能不小心說出一句『你的名字跟我兒子一樣』。當然你的『怜』跟他兒子的『鍊』只是同音，事實上並非同字，但加加谷潤當時應該不知道。」

皆川怜既然得知自己的名字跟加加谷潤的兒子一樣，閒聊時應該會問及加加谷潤的兒子年紀，加加谷潤或許老實說了。但除此之外，加加谷潤不會說出任何關於自己的事。所以皆川怜只知道加加谷有個叫「鍊」的兒子以及年紀，但不知道加加谷的妻子及鍊的弟弟妹妹名字。

「這些都只是毫無根據的幻想。」

「原本的確是毫無根據的幻想，但你的反應證實了這個幻想。老實說，剛剛我叫出你的名字時，我自己心裡也還半信半疑。跟加加谷潤或坂本敏也比起來，要取得你的個資格外困難，我到目前爲止也只看過你的全名一次。因爲六年前你們犯下那起詐騙案的時候，你才十九歲，還沒成年。你在遭到逮捕之後，警方並沒有公布你的姓名。」

春風說到這裡，聽見身旁傳來碰撞聲。轉頭一看理緒竟然站了起來，臉上帶著茫然神色。

「十九歲……？」

「你不僅使用加加谷潤這個名字，還謊稱自己離過婚，有一個兒子，把加加谷的經歷當成了自己的經歷。其實眞正的你，此時的年紀不過二十五歲。」

電話另一頭的男人，此時不知置身在什麼樣的地方，竟沒有半點聲響。一片寂靜之中，唯獨聽得見男人那死神一般的聲音。

「妳就是上次走在鍊身邊的女人吧？妳說了那麼多，到頭來只是一些胡言亂語。」

「如果我說的話都只是胡言亂語，你儘管嘲笑我。如果你完全不在乎我接下來會做什麼事，你現在就可以掛電話了。」

春風靜靜地等著。一秒、兩秒……五秒鐘過去了，男人並沒有掛斷電話。春風深吸一口氣，將力量集中在腹部。高中時參加柔道比賽，每次與人對打時，春風都會先這麼做。

「皆川怜，我知道你的身分，也知道你現在幹的勾當。我想你應該很清楚，累犯的刑罰會比初犯重得多。雖然我的手上並沒有決定性的證據，但我只要把你的名字跟罪狀提報給司法機關，他們必然會展開調查。換句話說，我手上握有能夠讓你陷入困境的王牌。」

「不用再拐彎抹角了，妳到底想表達什麼？」

「我想跟你進行一場交易。」

「……交易？」男人低聲說道。

「第一，被你擄走的鐘下，你必須平安釋放他。第二，你必須發誓，今後不會找鐘下、鍊、其他與加加谷潤有關的人，以及志水一家人的麻煩。第三，從今以後，你不能再使用加加谷潤這個名字，或是做出任何故意偽裝成他的舉動。只要你遵守這些約定，我就不把你的事告訴警察。但我只要發現你對他們做出一絲一毫帶有惡意的舉動，我馬上就會報警。這個交易沒有時效性，在你跟我死亡之前，永遠都有效。」

電話另一頭傳來了低沉的笑聲。

「妳開出的條件裡頭，沒有包含妳自己。這意思是我不管對妳做什麼，都不算違反約定？」

「沒錯……沒有包含我自己，這是我的疏失。我不允許你對我的家人或朋友下手，如果你這麼做，我一樣會祭出王牌對付你。但如果你只是衝著我，我可以接受你的挑戰，跟你一較高下。」

男人再度陷入沉默。但這次他沉默的時間相當短。他的聲音帶著笑意，語氣有如吟唱詩歌。

「在這一行混久了，什麼樣的人都看過。撇開那些卑劣、齷齪的庸俗之輩不談，一臉道貌岸然的大惡棍，以及彷彿一出娘胎就準備要幹壞事的怪物，我都見過不少。像妳這樣的人，雖然數量不多，但也不是絕無僅有。」

「……像我這樣的人？」

「妳這種人，大多在相對正派的家庭環境中長大，擁有過人的智慧，以及充分的良知及常識，能夠完全融入社會，而且往往樂善好施，喜歡對他人伸出援手。但你們的內心，永遠處於飢渴的狀態。你們的內在，有著污穢、醜陋且狂暴的一面。你們心中最大的渴望，就是偏離光明的正道，踏進陰暗的世界。妳故意引誘我攻擊妳，並不完全是基於一股覺悟。最大的動機，其實是妳心中的飢渴。我勸妳還是小心一點，通常會墜入地獄深淵的人，並不是容易遭到欺騙的愚蠢之輩，而是像妳這種嗜血之人。總有一天，妳會爲自己的嗜血付出代價。」

「或許你說得沒錯。我一直在期待著那一天的到來。我一直在期待著，讓意圖對我不利的人得到慘痛的教訓。」

「看來妳也是個瘋子。」男人又嗤嗤笑了起來。春風聽出對方的聲音變得模糊了些，明白對方已準備要掛電話，趕緊大聲說道：

「再回答我一個問題！爲什麼你要故意使用加加谷潤這個名字？」

「爲了讓那個如今還活在世上某個角落的傢伙，有一天來到我的身邊時，沒有辦法當作我這個人不存在。」

男人說得雲淡風輕，與他原本的口氣完全不同。或許這才是當年他還使用自己眞正的名字時，原本的說話方式。

「還有，爲了當我抓到那傢伙時，能夠將他殺死，奪走他的一切。」

男人說完了這句話，這次似乎是眞的要掛斷電話了。

「……等一下！」

一陣嘶吼聲傳入了春風的耳裡，緊接著春風感覺到一股力量朝自己推來，身體頓時失去平衡，差點摔倒在地上。理緒奪下了手機，拚命對著畫面大喊：

「不要掛斷！求求你，讓我待在你的身邊！」

「姊……」奈緒一臉茫然地低聲細語。理緒似乎連妹妹的說話聲也沒有聽見，眼眶已積滿了淚水，繼續對著手機說道：

「之前我為你做的那種事，我沒辦法再做了……眞的沒有辦法再做了。但只要是其他的事情，我什麼都願意做。我知道這是個任性的要求，但是我向你保證，我絕對不會再背叛你。」

「姊！」

「我什麼都不需要，你要我做什麼都可以，我也不在乎你是什麼樣的人。所以……求求你讓我待在你的身邊！」

「妳未免把自己看得太重要了。既然妳沒辦法再幫我蹭名單，妳對我還有什麼價值？」

男人的聲音，彷彿連空氣也為之凍結。理緒一時急得說不出話來，男人接著說道：

「妳很擅長讓人卸下心防，我才養著妳蹭名單，既然妳自己都說沒辦法再做，我還養妳這條狗做什麼？如果妳眞的想留在我身邊，就讓我看看妳的決心。我給妳明天一天的時間，妳用那小子手上的名單，想辦法掙個五百萬來。騙人不是妳的看家本領嗎？」

理緒臉色鐵青，雙唇不斷顫抖。男人對她棄若敝屣，絲毫不留情面。

「假如妳連這麼一點決心都沒有，能幫我什麼忙？我本來以為妳是個識時務的女人，看來是我太高估妳了。像妳這種意志容易受感情動搖的人，是最不值得信任的廢物。妳就好好在陽光下過妳的生活，別有什麼癡心妄想。」

理緒瞪大了眼睛，淚水如湧泉般滾滾而下。接著她全身一軟，眼看就要癱倒。奈緒趕緊攙扶住了理緒，伸手抓著她的手掌，將手機拉到自己的面前。

「不用你說，我也會讓我姊在陽光下過正派生活。過去她守護著我，現在輪到我守護她了。」

奈緒的反擊竟異常溫和平靜，甚至帶了幾分哀憐之意。對她來說，這男人明明應該是將姊姊拉進罪惡淵藪的大惡人。

「鍊。」

男人對奈緒的話充耳不聞，呼喚了鍊的名字。奈緒將手機舉到鍊的面前，鍊默默接下。

「潤就像是一種觸媒。他能夠輕易與他人融爲一體，讓對方的心態在不知不覺中產生變化。六年前的小夜子，從頭到尾都沒有抗拒，像是把那場騙局當成一場熱鬧有趣的祭典。潤就是有那樣的能力，把身邊的所有人都拉進黑暗的深淵裡……鍊，你呢？你小時候是由他拉拔長大，流著他的血，你是否曾經用自己得天獨厚的能力來騙過人？那種快樂的滋味，是否讓你難以自拔？」

鍊微微張開了雙唇，似乎想要說話，春風趕緊搶下了手機。切斷通話之前，手機傳出了異常冷靜的聲音。

「終有一天，你會發現沒辦法繼續待在陽光底下。你到時候聯絡我，我會去迎接你。」

一聲輕響，電話這次眞的掛斷了。

理緒的悲傷啜泣聲，迴盪在擺滿了器材的房間裡。奈緒一邊喊著「姊」，一邊輕撫她的背。春風則目不轉睛地看著鍊。

鍊沒有任何動靜，就只是愣愣地站著，彷彿時間已經停止。

剛剛那個瞬間，對於同名男人的問題，他打算說出什麼答案？

終章　勇氣

隔天下午四點左右，春風與鍊一同走進鐘下的病房。散射在空中的陽光逐漸轉變為麥芽糖色，宣告著傍晚的來臨。昨天下一場雪，依然殘留在路面的每個角落，以及樹梢的每個縫隙。原本純白的積雪，逐漸被夕陽染成了香檳色。

鐘下不久前才從加護病房轉入護理站旁邊的單人房。兩人在櫃檯處向護理師報出了名字，護理師通知病房。不久，一名和藹的半百婦人從病房快步走了出來。她頻頻向春風及鍊鞠躬道謝，自稱是鐘下的母親，昨晚才搭乘末班車，從帶廣趕來札幌。接著她將兩人請進病房，笑著說自己幾乎整天沒進食，要先到一樓的醫院食堂吃一頓午晚餐。

「妳不是……」

鐘下躺在前段微微傾斜的病床上。昨晚他整張臉又紅又腫，幾乎看不出原本的形狀，今天終於稍微恢復了原本的臉型。春風見了他的模樣，不由得鬆了口氣。

「今天還好嗎？」

「沒多好，也沒多糟。」

鐘下別過了頭，嘴裡低聲咕噥。接著他嘆了口氣，似乎放棄了抵抗。

「妳的腳程真快。那天被妳追趕，我幾乎快嚇死了。」

「謝謝，我每天都練習跑步。」

「在社團大樓被妳叫住的時候，我也嚇出了一身冷汗……我到現在還是不明白，為什麼會被妳救。不過我還是要謝謝妳，讓我撿回了一條命。」

昨天晚上九點半，兩人在豐平區的一間週租公寓房間內，發現了失去意識的鐘下。

昨晚結束與皆川的通話，約過了三十分鐘，鍊的手機收到來自陌生號碼的簡訊，內容記載著鐘下目前承租的公寓房間的地址及房號。陌生號碼在送出簡訊不久之後，就變成了空號。

兩人發現鐘下時，鐘下不僅昏厥，臉上及身上到處是瘀青及擦挫傷，一張臉還因不明原因而異常腫脹。春風叫了救護車，將鐘下緊急送醫。在急診室等待檢查結果的時候，兩人被醫生告知，鐘下失去意識的主要原因是過敏性休克。

「我從小就對蕎麥過敏，就算只是舔一口摻了蕎麥花蜜的蜂蜜，也會感覺喉嚨發癢。不過上一次我這麼嚴重，已經是十幾年前的事了。」

春風應聲，一邊細細回想。之前跟鍊一起調查鐘下的底細時，確實曾查到鐘下對蕎麥過敏。據說蕎麥是一種抗原性很強的食物，對蕎麥過敏的人只要攝取少量，就會引發過敏性休克。

所幸經過醫師的急救，鐘下已好了大半。春風簡單扼要地向他說明了整件事情的來龍去脈。

鐘下默默聽著，並沒有插話。

「現在輪到你說了。你到底遇上了什麼事？」

鐘下聽了春風的提問，輕輕嘆了一口氣，說道：

「星期六的深夜，剛過十二點的時候，我想到便利商店買點東西吃，沒想到才走出去沒多久，就突然遭到攻擊，被拖進一輛車子裡。」

根據鐘下的描述，那是一輛常見的黑色小廂型車，攻擊他的人是一個身穿黑色服裝的彪形大漢。春風在腦海浮現了當初企圖擄走鍊的那個男人，以及那輛快速駛離的車子。

「我被帶進了一間房間，我不知道那是哪裡，但是很平凡的公寓房間。裡頭有三個男人，一個是加加谷，一個是看起來像黑幫大哥的人物，還有一個是大哥的年輕小弟。我一被帶進去，那個年輕小弟就對我拳打腳踢……剛開始我還以爲下令抓我的人是加加谷，後來我才知道，眞正要教訓我的人，是那個黑幫大哥。我猜那個人多半是這一帶所有詐騙集團的頂頭上司吧。像那種站在黑社會頂點的人物，就像是躲在雲上，操控成千上百個詐騙成員。就算警察再怎麼查緝詐騙，也不可能逮得到他。至於加加谷，大概就是那傢伙的商業伙伴吧。」

鐘下說到這裡吁一口氣，神色疲憊。他稍微調整了點滴的管子，才接著說道：

「我偷走的那份名單，價値遠遠超越我自己的預期。但因爲我使用那份名單亂打詐騙電話，導致名單的價値大幅下降。即使如此，那個黑幫大哥似乎還是捨不得全盤放棄那份名單，所以他派人把我抓去，逼問我曾經打電話給名單上的哪些人。他們不斷逼問我相同問題，問到我都快得精神病了。而且因爲名單的照片可以輕易複製，他們還不斷質問我是否曾把名單複製給其他人。我一直說沒有，但不管我說出什麼答案，他們都認爲我在說謊，打在我身上的拳頭從來沒停過。我猜這大概就是他們的拷問手法吧。先把我打到半死不活，讓我沒有多餘的精力可以說謊。」

鐘下說到這裡，緊緊閉上眼睛，彷彿想要抹除浮現腦海的可怕回憶。

「……他們關上了窗簾，房間裡沒有時鐘，而且我被打到昏厥好幾次，所以根本無法判斷被關在那裡頭多久。現在回想起來，我應該是從星期六的深夜，一直被他們囚禁到了星期二。到了星期二那天，他們不再對我嚴刑拷打，開始討論接下來該怎麼處置我。那個黑幫大哥笑著說了一聲『殺了吧』，我一聽他那口氣，就知道他幹過相同的事情。但加加谷不贊成，他說屍體處理起來很麻煩，而且容易留下線索。接著他提議以蕎麥摻水讓我喝下。他說我對蕎麥過敏，只要丟著不管，我一定活不了，警察會認定我是自然死亡。那個年輕小弟馬上去買了蕎麥粉回來，摻水灌了我好幾杯。」

後來他們將鐘下帶回鐘下自己的公寓房間棄置，這樣的做法反而讓鐘下撿回一條命。

「食物過敏這種事防不勝防。就算飲食再怎麼小心，偶爾還是會發生『吃了餅乾才發現加了蕎麥粉』之類的情況。所以爲了以防萬一，我從小就習慣在身上帶一管腎上腺素注射器。」

所謂的腎上腺素注射器，是爲了避免過敏患者出現過敏性休克症狀的注射藥劑。雖然腎上腺素沒辦法阻止過敏現象本身，但能夠擴張支氣管及提高血壓，緩解休克症狀。鐘下當時雖然意識已經朦朧，還是勉強找出房間裡的腎上腺素注射器，施打在自己身上。當時的鐘下正處於嚴重過敏性休克狀態，如果沒有自行施打腎上腺素，春風發現的時候可能早就已經死了。

「幸好你平安無事。」

鐘下的描述，讓春風不寒而慄。但鐘下凝視著插上了點滴針頭的手腕，露出疑惑的神情。

「有什麼不對嗎？」

「唔……從前有一次，我跟加加谷一起吃飯。我曾經提到自己對蕎麥過敏，所以不能吃某些食物。我想加加谷一定是記住了我說過的話，才會想到用這一招來對付我。但是我記得當時我也曾對他說過，我的身上隨時都會帶著腎上腺素注射器。被他們抓走的時候，我原本只是打算去個便利商店就回來，所以把注射器放在房間裡，並沒有帶在身上。他把我送回房間裡，難道是忘了我房間可能有注射器？他這麼精明的人，怎麼會忘記這麼重要的事情？」

針對這一點，春風並沒有提出自己的看法。

接著鐘下又說出了一個驚人的內幕。

「你們聽過『清淨生活』這間公司嗎？它前陣子倒閉了，社長在申請破產之前，惡意隱匿資產，結果被警察抓了……那案子其實我也曾參與其中。」

根據鐘下說明，向清淨生活的前社長吹噓「我們可以教你如何在申請破產前保留資產」的律師及會計師，都是加加谷親自安排的詐騙集團成員，而鐘下也在裡頭扮演一個不重要的角色。但是整個詐騙行動的詳情，加加谷並沒有告訴鐘下。鐘下非常崇拜加加谷的智慧及犯案手法，所以一直跟隨在加加谷的身邊。但直到看了電視新聞之後，鐘下才知道自己在一起超大規模的詐騙案中，被當成了隨時可以拋棄的棋子。鐘下不禁不寒而慄。要是這起詐騙案被警方偵破，下場不知會有多麼淒慘。鐘下向加加谷詰問此事，加加谷卻以冰冷的視線看著鐘下，說道：

「當初是你自己對我說，你想賺很多錢。我欣賞你的能力，分配了一個工作給你，並且支付給你相應的報酬。你要是不滿意，那你就滾吧。可以取代你的人多得是。」

鐘下受了這樣的氣，開始暗中計畫奪取加加谷的名單，並且利用名單來大撈一筆。除了想要錢，其實也是想要向加加谷報一箭之仇。

表面上，鐘下依然對加加谷相當恭順，但其實鐘下一直在等待著時機成熟。有一天，在加加谷位於市內的辦公室裡，加加谷突然接到一通緊急的電話，走出了辦公室。鐘下趁著那段空檔，偷偷查看了加加谷的電腦。加加谷是個做事非常謹慎小心的人，他並沒有把名單保存在電腦裡，但鐘下發現了一個相當耐人尋味的檔案。那是一份調查報告書，裡頭詳細記載了好幾個人的住家地址及現在的生活狀況，小佐田小夜子也是其中之一。這幾個人的經歷都出現了同一個名詞，那就是「清淨生活」。在好奇心的驅策下，鐘下上網調查了這家公司，得知了六年前發生的那起詐騙案。調查報告書裡頭的那些人，都是當年那起詐騙案的涉案人士。主謀加加谷潤，鐘下滿心以爲就是他所認識的加加谷。鐘下心想，這些當年的涉案者之中，沒有遭警察逮捕的那幾個，手上應該都握有當年靠詐騙得手的一大筆錢。鐘下於是決定自稱是加加谷的代理人，向小夜子勒索現金，作爲向加加谷報仇的計畫準備金。鐘下從眾多涉案者當中，挑選了小夜子作爲勒索對象，單純只是因爲小夜子是一個年事已高的老婦人，和她接觸應該不會有任何危險。鐘下於是打了電話給小夜子，說出六年前的詐騙案，以及加加谷這個名字，成功讓小夜子承諾交付金錢。到了十月的最後一個星期四，就發生了春風目擊的搶劫案。

除此之外，鐘下也向春風說明了他從理緒手中取得加加谷名單的來龍去脈。

「差不多是在七月半左右吧。那時候我被加加谷派往許多『店面』，擔任臨時的『玩家』。剛剛我提到加加谷帶我去吃飯，就是在這個時期。」

鐘下擔任玩家的業績非常好，加加谷難得露出了笑容，將他誇獎了一番。加加谷向來極少露臉，就算是工作上的伙伴，基本上也只會透過電話或網路傳達訊息。鐘下認爲自己受到加加谷另眼相看，心裡很自豪。

這天加加谷很早就帶鐘下去吃飯，所以在晚上七點左右，兩人就分開了。加加谷平常都是搭乘汽車，這天鐘下卻看見加加谷走向地下鐵車站。鐘下壓抑不了好奇心，決定小心翼翼地跟在加加谷的身後，想要揭開他的私生活的神祕面紗。

加加谷搭乘地下鐵，換了幾次車，最後走進一家位於新札幌車站的咖啡廳。鐘下知道假如跟著走進店內，一定會被加加谷發現，所以只能從窗外往店內窺望。加加谷走向店內的一張桌子，坐了下來。那張桌子本來就坐了一名少女，那少女一看見加加谷，旋即露出了花朵般的燦爛笑容。加加谷對著少女輕輕點頭，臉上的表情也異常溫柔。鐘下看見這一幕，內心著實吃了一驚。難道這兩人是情侶關係嗎？但兩人的年紀，似乎差距有點大。

加加谷與少女待在店裡的時間並不長。剛開始兩人都拿出智慧型手機，不知道在做什麼。過了一會，兩人收起手機，一邊喝茶一邊閒聊了一會。加加谷結了帳，兩人一起走出店外。

不久，鐘下在一個偶然的機緣下，得知那少女就讀跟他相同的大學。七月底的時候，因爲接近期末考，鐘下爲了準備考試，來到了北區圖書館的綜合學習區。鐘下在這裡看見了那名少女，正一臉認眞地讀著講義。鐘下先是愣了一下，接著趕緊拿出手機，偷偷拍下那少女的影片。鐘下將那影片拿給戲劇社的朋友看，馬上就問出了少女的身分——志水理緒，文學部一年級。

後來「玩家」的工作忽然遭宣告結束，鐘下在沒有獲得詳細告知的情況下，參與了「清淨生活」的騙局。爲了進行事前的準備，鐘下變得相當忙碌，不再有時間理會理緒的事。直到鐘下發現自己遭加加谷利用，決定反咬他一口，鐘下才又想起了那名少女。

加加谷的名單，包含了許多珍貴的個資，是每個業內人士夢寐以求的東西。但沒有人知道加加谷把名單藏在哪裡，也沒有人知道他如何取得那些珍貴的個資。加加谷的名單就如同加加谷本人一樣，有如被一團迷霧所包圍。鐘下猜想，沒有人知道那些個資如何取得，代表取得的方法一定相當奇特，令人意想不到。例如那個年紀和加加谷差距甚大，不太可能是情侶關係，卻又受加加谷特別青睞的少女……

鐘下花了一些時間跟蹤理緒，查出她的住處，監視其一舉一動。在監視的過程中，鐘下逐漸確信自己的推測並沒錯。於是鐘下構思了一套從理緒的手中奪取名單的計畫。爲了避免被加加谷掌握行蹤，鐘下搬出了原本住的學生公寓。而且爲了執行接下來的計畫，手頭必須先有充分的資金，所以鐘下勒索小佐田小夜子，從她的手中奪走了現金。就在同一天，鐘下跟蹤理緒，在她剛和加加谷分開的時候，上前向她搭話……

「好累……我眞的覺得好累……」

鐘下敘述完了這陣子他所做的每一件事，重重吐了一口氣，宛如要將身體裡的空氣擠乾一般。淡金色的光芒自窗外透入，照亮了他臉頰上的細毛。春風轉頭望向窗外，外頭已是一片晚霞景色，輕飄飄的細雪滿天飛舞。那些雪的生命是如此短暫，一碰到地面，便融化得無影無蹤。

「比起這些，我倒是在意另一件事……」

鐘下一臉虛脫的表情，仰靠在床墊上，朝著春風的方向望來。正確來說，是望向春風身旁那個穿著制服、戴著眼鏡，從頭到尾悶不吭聲的高中生。

鐘下似乎嫌看得不夠清楚，還特地瞇起了眼睛仔細打量。最後他突然又重重嘆了一口氣，疲軟無力地將頭靠在床墊上。

「……太扯了，這才是眞正的詐騙吧。」

接著他突然噴笑出來，像被自己的話逗笑了。但笑聲很快就轉變爲咳嗽聲，咳嗽聲又轉爲呼吸困難的呻吟。他的肋骨被打斷好幾根，加上全身其他傷勢，至少得在醫院裡躺上一個月。

鍊看著痛苦地揉著腰際的鐘下，終於開口說話了。

「鐘仔……」

「……可以不要這樣叫我嗎？我聽了渾身不對勁。」

「我想要傳訊息給你，才發現你的帳號被刪除了。加加谷說，你從頭到尾都沒有把我供出來……爲什麼？」

鐘下似乎感覺疼痛稍微平復了些，叮了一口氣後說道：

「我倒不是想護著你，但把你的事供出來只是讓事情變得更複雜，所以我才沒說。」

「你只要說出我的名字，至少不會被打得這麼慘。」

「你太高估我了，我沒有你想的那麼偉大。」

鐘下仰望天花板，五官因疼痛而扭曲。

「星期六那天，小南突然說願意加入我們的行列，但我臨時說偏頭痛，把你們放鴿子，你應該還記得吧？那天其實我已經走到了音樂練習中心的附近，但我偶然看見坐在車上的加加谷，嚇了一大跳，想也沒想就逃走了。小南原本就是加加谷那邊的人，就算被抓到大概也不會怎麼樣，但你就不同了。你要是被加加谷抓到，下場大概會很慘。我明知道這一點，還是獨自逃走了。那就像是把你當成一塊肉，丟到獅子的面前，好爭取自己逃走的時間。」

「既然是這樣，被抓到的時候，你爲什麼不再做一次？」

「我也想過應該這麼做，想了好幾次。我只要告訴他們，我是受了你的慫恿，或許他們就會饒我一命。」

「那你爲什麼不這麼做？」

「我也不知道爲什麼，或許是那時候已經沒辦法好好思考了吧……而且要是做了那種事，就算保住性命，這輩子還有活下去的價值嗎？」

鐘下凝視著半空中，半晌後緩緩轉動脖子，朝著鍊上下打量。那舉動似乎並非要確認鍊的長相，而是想要確認鍊是什麼樣的人。

「你叫什麼名字？可別跟我說『藤崎』。」

鍊遲疑了一下，淡淡說道：

「北原鍊。」

「這名字一聽就知道腦筋很好。」

鐘下揚起嘴角笑了起來。那笑容像是譏笑，給人的感覺卻格外友善。

「你心裡有沒有什麼絕對不希望失去的東西？」

鍊沒有回答這個問題，似乎是在思考這個問題的意義。

「我讀小學的時候曾經被朋友慫恿，到柑仔店偷零食。現在上了大學，家裡替我付了那麼昂貴的學費，我卻在幹這種事，根本沒到學校上課。我知道自己是個人渣，但心裡還是有著絕對不希望失去的東西。在我以爲自己死定了的那個時候，我的心裡想到了那個人。但在我幫加加谷做事的時候，我賺到的錢愈多，愈是不敢待在那個人的身邊。輕鬆賺進大把的鈔票，有時讓我很佩服自己，有時也讓我很害怕。我害怕有一天，那個人會發現我是一個懦弱又窩囊的廢物。」

鐘下望著遠方好一會，才將頭轉過來，看著鍊說道：

「你只是被我要求在旁邊幫忙，實際上並沒做多壞的事情。你還來得及，把這一切忘掉，回歸原本生活吧。以後千萬別再做那樣的事情，別再接近那樣的人。唯有這樣，你才能心安理得地看著你不想失去的那個人雙眼。不必有了不起的成就，不必賺很多錢，平平凡凡就很棒了。」

鍊以一雙黝黑的眼珠凝視著他，說道：

「鐘仔……」

「我說過了，別再這樣叫我……」

「我還挺喜歡像你這樣的人。」

鐘下聽到這句話，瞪大了眼睛，眉毛擠成了「八」字形，似乎一時不知該擺出什麼表情。這時，病房的門口傳來了敲門聲。

敲門的人沒等鐘下開口說話，就開門走了進來。河西菫。她似乎來得相當急促，不僅頭髮凌亂，肩膀上下起伏。或許因爲外頭太冷，她的鼻子微微泛紅。

鐘下一時說不出話來，只是愣愣地看著菫，接著轉頭望向春風。

「我聽說你們是帶廣同盟，就把你住院的事情告訴她了。」

春風站了起來，想要把椅子讓給菫，但連「請」字都還沒有說，菫已經大跨步走了過來。只見她面目猙獰，高高舉起了拳頭。那拳頭朝著鐘下的頭頂敲落，發出可怕的聲響。春風嚇了一跳，沒想到她敢對一個全身瘀青及骨折的重傷患下這種重手。

「好痛！」

「阿實！你是笨蛋嗎？笨蛋！大笨蛋！」

原本有如金絲雀的悅耳聲音，此刻卻不停顫抖。河西菫罵到後來，眼眶已積滿淚水。她以雙手摀住了臉，低頭不住啜泣。鐘下仰望著她，一時似乎不知如何是好。朝她伸出了手，卻又不敢碰她，手掌在半空中陷入進退不得的窘境。

驀然間，河西菫以雙手握住了舉在半空中的那隻手掌。接著她坐了下來，將額頭靠在手掌上，嘴裡不停呢喃著「笨蛋」、「大笨蛋」。

鍊悄悄起身，春風也拿起托特包，兩人躡手躡腳地走出門外。

剛剛鐘下在敘述完他這陣子做的事之後，曾經提到他希望把兩百萬圓還給小夜子，並懇求春風屆時在旁邊當見證人。接著他還提到，回到學校辦理休學，向警方自首。畢竟他曾經當過詐騙集團的玩家，更是「清淨生活」詐騙案的參與者，春風也不敢建議他回歸原本的生活，當作什麼事也沒發生。

鐘下的所作所爲，河西堇都還不知道。接下來，鐘下應該會告訴她吧。當她得知一切，不知道她會對鐘下說什麼？

兩人來到了走廊上。關上病房的門之前，春風又回頭看了一眼。

河西堇擦拭著眼淚，握著鐘下那傷痕累累的手。和煦的冬季陽光自窗外透入，溫暖包覆著長年以來一直互相扶持的兩個人。

兩人穿過醫院的自動門，來到室外，登時感覺到刺骨的寒風迎面撲來。隨著夕陽的西墜，天空迅速失去光彩，由蔚藍轉變爲彷彿能夠看見宇宙的靛青。從天而降的片片雪花，有如一根根白色巨鳥的羽毛。

春風與錬一同走向地下鐵車站。如果完全不說話，似乎也挺尷尬，春風於是對他提到了一些自己掌握的最新狀況。

「今天我在大學裡見了理緒。她還是有些無精打采，但遠比我想的要堅強得多。」

「眞的嗎？」

昨天臨別之際，理緒面容憔悴且傷痛欲絕，如果沒有奈緒的攙扶，恐怕連一步也走不動。春風原本以爲她很難再重新振作起來。但是休息了一晚之後的理緒，臉色有如大病初癒，但眼神似乎比以往更加銳利了。

「我的事情不勞你們操心，我並沒有脆弱到會這樣就一蹶不振。倒是少了一份高收入的工作，接下來得更加看緊荷包才行了。」

春風邀她到學校裡的咖啡廳喝杯咖啡，她以「不想浪費錢」爲由斷然拒絕，因此兩人改成坐在銀杏樹旁的長椅上說話。如今的地面上，已經看不見將大地染黃的落葉。相信再過不久，地面就會因白雪而變得白茫茫一片。那直到春天都不會消融的殘雪，正象徵著對生命而言何其漫長而殘酷的季節已經降臨。

「奈緒好嗎？」

「她今天早上五點就起床了。一邊洗衣服，一邊做早餐及我跟母親的便當。跟朋友一起上學之前，還先打掃了倉鼠的籠子……我不知道她原來是這麼堅強的孩子。」

「那妳呢？」

春風問這句話的意思，是「妳還好嗎」，但理緒似乎會錯了意。她緩緩轉過頭來，面對著春風，臉上帶著妖豔的微笑。那形象與過去的她有著天壤之別。

「妳跟那個人講電話的時候，可眞是厲害。我實在不敢想像，妳竟然有勇氣跟那麼可怕的人談條件。我猜想，妳應該跟我有一樣的感覺吧？在大學跟朋友們膩在一起的日子，實在太枯燥乏味，或許水面下的世界比較適合自己。」

春風沒有回答這個問題，理緒毫不理會，臉上的笑容散發出難以形容的魅力。

「我認爲自己挺有才能。說謊的才能。騙取金錢的才能。鐘下空有野心，卻沒有破釜沉舟的決心，所以他最後失敗了。我如果有心要做，絕對不會重蹈他的覆轍。我幫那個人做事的時候，常常獲得稱讚呢。」

「理緒……」

春風愈聽愈心驚，忍不住叫了理緒的名字。但理緒的堅定眼神，讓春風沒有再說下去。

「但妳放心，我不會那麼做。我不是做不到，而是不做。我會一輩子活在跟那個人完全相反的世界裡。就算再怎麼貧窮，我也不會改變這個決定。」

理緒說完這句話，接著淡淡地說道：「妳以後不要再來找我了。老實說，我不是很喜歡妳。」春風只簡單應了一句「好」。理緒旋即起身離去。

但走了幾步，她又轉頭說道：

「有一件事情，我到現在還是想不透。我明明不是好人，明明是個大騙子，爲什麼妳願意幫助我跟奈緒？」

介於青與灰之間的夜色，籠罩著道路。數不清的車頭燈，形成了耀眼的洪流。大概還得走上幾分鐘，才能抵達地下鐵的車站。春風拉高圍巾，將下巴埋進圍巾裡。

「小夜子奶奶不是提過嗎？皆川因爲某種緣故，被『清淨生活』的社長收養了。」

鍊聳了聳肩，沒有應話。春風並不理會，接著說道：

「我查過了從前的舊新聞，原來他上國中的那年，父母雙雙死於車禍。所以對他來說，妹妹是世上唯一的家人。」

「我記得……他妹妹好像長期生病住院，是嗎？」

「嗯，妹妹跟皆川差了七歲。計算起來，應該跟理緒同年。發生『清淨生活』的詐騙案後，皆川被關進少年院，他的妹妹在那段期間過世了。」

氣溫下降速度愈來愈快，不管是路旁的混凝土人行道、公寓籬笆的葉子、行道樹的枝椏，還是方形的街燈上，已積起薄薄一層雪。有如羽毛的純白細雪，持續無聲無息地落在上頭。

「你還在介意皆川說的話？」

鍊停下了腳步，轉頭望向春風。春風不禁心想，眼前這少年簡直就像是萬花筒，擁有無數的臉孔。原本以爲他的心臟有如鋼鐵一般堅硬，沒想到也有這種像玻璃一樣易碎的一面。

「跟他說話的時候，你爲了掌握話語的主導權，可說是用盡手段。所以關於鐘下的部分，你說出那種彷彿不管他死活的話，也是逼不得已。」

「春風姊，我想妳也很清楚，妳這麼說只是在安慰我而已。」

鍊的聲音毫無抑揚頓挫，彷彿抹除所有的感情。

「那個時候，我眞的不把鐘下的死活放在心上。只要能夠把那傢伙引誘出來，揭穿他的眞面目，鐘下就算死了，也不關我的事。」

低垂的夜幕與地面的積雪，讓少年的身影朦朦朧朧。這讓春風產生了一種錯覺。彷彿少年即將被吸入另外一個世界。那正是理緒口中所說的「水面下的世界」，也正是皆川承諾要帶他進入的那個世界。春風忍不住拉高了嗓音。

「皆川對加加谷潤抱持著強烈的恨意，而你是加加谷潤的兒子，所以他對你也抱持著相當強的敵意。他說的那些話，並不是什麼神準的預言，只是想要讓你陷入矛盾的話術。你從來不是他口中的那種人，未來也沒必要變成那種人。」

「春風姊，妳知道世上最古老的職業是什麼嗎？有人說是娼妓，但我認爲應該是騙徒。人類開始會狩獵及用火的時候就應該有騙徒了。從古至今，騙徒是必然存在的人種，妳知道爲什麼嗎？」

飄雪輕觸鍊的臉孔，化成了透明的水滴，沿著臉頰向下滑落。

「我相信很多人是為了輕鬆獲得財富才當騙子。但除此之外，我也相信有一些人當騙子只是基於樂趣。他們認為這是很好玩的事情，所以戒不掉。我還記得小時候，父親教我扒取錢包的技巧，我真的覺得很有趣，試了一次又一次。打電話給只知道電話號碼的人，想辦法套問出對方的地址，也讓我體會到了成功的快感。那傢伙說得一點也沒有錯，我就是這樣的人。」

鍊高高舉起了手，凝視著自己的手掌。

「像我這種人存在一天，詐騙就不可能完全消失。未來不管再過多少年，都會持續存在。」

……或許這幾句話，已經切中了真理。

騙人跟被騙，是永遠不會消失的現象。

只要人的心中還有著難以割捨的欲望，只要懷抱著想要相信他人的心情。

「但不管怎麼說，你絕對不會變成皆川口中的那種人。」

鍊轉過頭來，眼神中充滿譴責，彷彿在質問著：「妳憑什麼說這種話？」

「因為你很害怕那樣的自己，你有著自律的決心。套一句鐘下的話，你有著不想失去的東西。所以你絕對不會變成你心中害怕的那種人。」

鍊雙唇微啓，似乎還想說話，但春風用力抓住他的肩頭，搶先說道：

「相信我。」

雖然那是如此脆弱且不堪一擊的想法。人很容易被心中的不滿、憤怒、憎恨及欲望所吞噬。但這股微弱的心念，卻能夠將抱持不同心願與目標的廣大群眾勉強串聯在一起。有害人的能力，卻沒有害人。有說謊的能力，說出的卻是眞相。一方面爲了實現欲望而排擠他人，另一方面又不斷自我警惕。多虧了這些人心中的祈禱，這個世界才能繼續運轉。

鍊的黑色瞳孔，在飛舞的雪片中微微搖曳。在他的頭頂上，是一大片因爲落雪而變得模糊的黑暗天空。但即使是在那樣的天空，依然有一些小小的亮光。如果不凝神細看，根本不會察覺的亮光。那些渺小到叫不出名字的星星，正在風中顫抖著，正在黑暗中閃爍著。

「啊！找到了！」

「哥哥！」

突如其來的呼喚聲，讓春風與鍊不約而同地睜大雙眼，同時轉過了頭。人行道另一端，身高幾乎相同的兩道人影，小跑步地朝這裡靠近。當他們踏入了街燈的光輪之中，春風看見兩人穿著不同顏色但相同款式的牛角釦大衣。她的心頭不禁起了疑竇。鍊說過，他沒有把今天要去探望鐘下的事情告訴這對雙胞胎。

「春風姊，翠跟陽偷偷植入妳手機的追蹤ＡＰＰ，妳刪掉了嗎？」

「……我忘了。」

「我完全無法理解……一般人得知手機裡植入那種東西，一定二話不說刪除，不是嗎？」

就在兩人交談的當下，北原家雙胞胎的背後出現了一道身材玲瓏有致的人影。雖然還有點遠，但已能清楚地看出，那道人影穿著一件領口有著裝飾柔毛的華麗大衣，非常適合那個精力充沛且高雅大方的女人。看來雙胞胎把他們家的最強元帥也帶過來。

「春風，好久不見。」

雖然是在夜色之中，由紀乃臉上的笑容依然燦爛。春風受了那開朗氛圍影響，也面露微笑。

「好久不見，聽說妳出差去了。」

「是啊，累死我了。我很努力提早結束工作，趕了回來，本來想帶孩子們去吃小羊肉火鍋，沒想到我家的長男竟然跑了出去，連要去哪裡也沒說。我拿他沒轍，只好出來迎接他了。」

由紀乃說到這裡，朝兒子露出戲謔的微笑，但錬的臉上絲毫沒有笑意。

「……媽，妳跟那個人見了面？」

錬的聲音相當小，幾乎被周圍的喧囂聲掩蓋。雙胞胎站在稍遠處，似乎沒有聽見。

寒風從眾人的身邊呼嘯而過，宛如吹著口哨。

「嗯，是啊。」由紀乃將被風吹亂的髮絲撥到耳後，一邊說道：

「不是故意要見面，只是剛好遇到。那一天，部下負責的案子出了一些問題，我眼看一定要加班了，決定先休息一下，到大通公園散個步。每次我只要覺得心情煩悶，就會去大通公園。沒想到他竟然也在公園裡，拿著麵包屑餵鴿子。」

由紀乃望向遠方，似乎是在回想著當時的景象。

「我本來以爲他早就死在某個地方了，沒想到他看起來很正常。臉色不憔悴，身上也沒有明顯的髒污，穿著很正常的衣服。外表還是老樣子，看起來比實際年齡年輕得多。我驚訝得說不出話來，他竟然笑著對我說了一句『妳好嗎』，簡直像是昨天才剛見過面。我只能說，他實在是個輕浮的男人。後來我跟他到電視塔的咖啡廳裡聊了一會。」

由紀乃淡淡地描述當時的情況。

「我們眞的只是聊了一些無關緊要的話題。我問他現在住哪裡，在做什麼樣的工作，他只是面露微笑，完全不回答我。不過他很關心你跟翠、陽。去年你們三個孩子一起參加入學典禮，不是一起拍了紀念照嗎？我一直把那張照片夾在工作用的筆記本裡，隨身攜帶著。我把照片拿出來給他看，他開心得不得了，一直拿在手裡不肯放開。」

她輕輕嘆了一口氣，眼前登時起了一團白霧。

「後來他說要去上個廁所，就再也沒有回來了。他喝了咖啡，還吃了番茄義大利麵跟起司蛋糕，帳單都放在桌上沒有付錢。你們的那張照片，我原本以爲已經放回筆記本裡，沒想到不翼而飛，多半是被他偷走了。」

鍊什麼話也沒說，愣愣站著，有如一棵削瘦的樹木。春風猛然回想起，他曾經說過，不管母親給了什麼答案，他都沒有辦法相信那是眞話。春風猶豫了起來，不曉得是不是該建議他相信。既然不知道什麼是眞、什麼是假，不如就相信自己期盼的結果吧。

但是春風還沒開口，由紀乃已經採取了行動。

她迅速上前，拉近了與鍊之間的距離。腳下的高跟鞋，在地面上敲出了清脆的聲響。接著她挺直腰桿，踮起了腳，將雙手繞過鍊的後頸，緊緊抱住了兒子。

「鍊，媽眞的很愛你。你只要記住這一點就行了，其他什麼都不重要。」

接著她將兒子抱得更緊，又重複一次相同的話。

鍊下意識地想要將母親推開，但由紀乃並沒有鬆手。鍊的雙手力氣愈來愈弱，最後兩條手臂緩緩放下，垂掛在身體的兩側。

春風靜悄悄地走遠，朝著車站的方向邁步。站在稍遠處看著母親及兄長的雙胞胎，不約而同地轉頭望來，似乎還想說什麼話。春風朝他們輕輕揮手，他們也朝春風輕輕揮手。

風向突然變了，冷風夾帶著冰雪迎面撲來。春風將臉的下半部埋進了圍巾裡，加快腳步前進。一個男人自前方走了過來，春風下意識地將手伸進褲子口袋裡，緊緊握住那根能夠輕易刺穿血肉之軀的銀色細長武器。

「春風姊！」

背後突然傳來呼喚聲，春風嚇了一跳，停下腳步，轉過了頭。

只見鍊快步奔來，劈頭便問道：

「妳已經不練柔道了嗎？」

春風聽到這沒來由的一句話，當然錯愕地瞪大眼睛。鍊毫不理會，繼續問道：

「妳不是說過，妳高中參加的是柔道社，而且不是經理，是正式的選手？當初我們一起追趕鐘下的時候，妳似乎也想要用柔道招式對付他。」

「啊……嗯，很久沒練了，但身體還記得。」

「要不要繼續練？下次見到那個人，就可以把他摔出去。」

春風下意識地摸了額頭上的傷痕。

「妳負責摔倒他，我負責報警。要是兩個人還不夠，再讓翠跟陽上場。比起拿武器刺他，這麼做應該會更暢快。」

春風張大了嘴，愣愣地看著說得若無其事的鍊，接著絲毫不顧形象地笑了出來。試著在心中想像那畫面，確實挺讓人身心舒暢。

「嗯……或許是個好主意，讓我考慮看看。」

「就這樣。」

鍊正要轉身離去，忽然飛來一片羽毛般的雪花，輕飄飄地落在他的臉頰上。或許因為太過冰冷，他驀然停下腳步，仰望那些來自天空的白色冬季使者。

那五官端正的側臉，以及仰頭看得入神的模樣，讓春風的心中猛然閃過一個念頭。

「鍊，等等……」

鍊轉過頭來。春風感到自己的心跳逐漸加速。

「你的身高幾公分？」

「目前……還只有一百七十一。」

鍊的神情帶了幾分無奈。春風心想，鍊的身高確實只有這個程度。兩人站在一起的時候，春風可以察覺鍊的眼睛高度和自己差不多。

但是……皐月的照片裡的那個人呢？

大學校園裡的克拉克博士半身像，高度約二．五公尺。照片裡的男人，頭頂約和上方的臺座頂端同高，距離半身像的頂點則約五、六十公分。當然距離遠近也可能造成一些誤差，很難沒有測量就估算正確身高，但那男人的身高至少超過一百八十公分，應該無庸置疑。

而且……那天鍊前往大學，是爲了與鐘下見面，他應該裝扮成了「藤崎」的模樣，頭髮顏色是宛如覆蓋了一層霜的青灰色。但照片裡那個跟鍊長得一模一樣的男人，頭髮卻是黑色。

「怎麼了嗎？」

鍊皺眉問道。春風張開了口，但只是吸氣及吐氣幾次。過了數秒鐘，春風輕輕一笑，說道：

「隨口問問。我相信未來你還會長得更高。」

鍊露出一臉「這個女大生有點怪」的表情。他重新圍好稍微鬆開的暗藍色圍巾，一邊轉身一邊說道：「下個星期，我們家又會收到故鄉稅的贈禮，這次是福岡的大腸鍋，正人也會來吃。春風姊，如果妳想來，就來吧。」

「好，我一定到。」春風目送著少年快步走回家人身邊。

柔軟的雪花，有如正在嬉戲，一邊翻舞一邊緩緩飄落。春風原本應該要走向地下鐵車站，但念頭忽然一轉，決定朝著另一個方向前進。放眼望去，街上到處是剛結束一天工作的上班族。有人提著購物袋快步前進，有人一邊走路一邊講電話。當然也有一些人和朋友開心閒聊，似乎正要出發前往某個地方找樂子。形形色色的生活片段，在眼前快速流逝。春風走了一陣子，來到一條大河的橋上。那是流經札幌市中心的豐平川。春風將手伸進褲子口袋裡，抽出了那根閃爍著霧銀色光澤的戰術筆。

春風凝視著那溫度已與體溫同化的武器。因爲長年帶在身邊，春風甚至感覺它已經是身體的一部分。春風緊緊握住了它，走向橋邊的護欄。河面熠熠發亮，有如一面黑色的鏡子。春風將一股力氣集中在腹部，高高舉起手臂。

但就在武器即將脫手飛出的瞬間，春天驟然感覺到一股寒意自胸腹之間往上竄升。清晰的記憶湧上心頭，彷彿時間被拉回了當年。停在路旁的車子。下了車的男人。上了車的自己。行動遭到限制的痛苦。屈辱、恐懼，以及額頭那又冷又麻的感覺。我在妳身上做了記號。不管妳逃到哪裡，我都能把妳抓回來……令人不寒而慄的耳畔細語。

下一秒，春風有如斷了線的傀儡木偶，手臂無力地垂了下來。心靈裂開的空洞，吞噬了多年來累積的努力，令自己無所適從。

……我在鍊的面前大放厥詞，還聽了那麼多良心建議，到頭來卻沒辦法改變自己一分一毫。

春風徬徨無助地站在橋上，感覺身心都已凍僵。冰雪不斷輕觸自己的臉頰及雙唇，持續奪走清晰，春風睜開了雙眸。對岸的萬家燈火，有如天上的點點繁星。

是春風每天早上必定會對著鏡子做的行爲。冬天的寒冷空氣，不斷穿刺著肺部。痛楚讓意識變得體溫。心情彷彿朝著黑暗的無底洞穴墜落，春風害怕得緊緊閉上了雙眼。一次又一次的深呼吸，

我很懦弱。我走不出傷痛。這些我都承認。

但我相信，懦弱也是讓人重新站起來的原動力。

我願意學習。我願意努力。我願意忍受時間的煎熬。我相信只要咬緊牙關克服眼前的困境，我就能證明自己也能有所改變。我的未來將擁有無限的可能，不再受任何枷鎖束縛。

這些話，實在應該讓鍊也聽一聽。你擁有一個自由的未來。雖然你是那個人的兒子，雖然那個人曾是犯罪者，雖然那是你無法切割的一部分，但你的未來不會因此受到束縛。你有充分的理由，追逐你的夢想，實現你的抱負。

在紛飛的大雪之中，春風將戰術筆放回了口袋裡。深呼吸一次，挺直腰桿，邁開步伐。

下次見到面的時候，再告訴他就行了。

但那個鐵假面高中生，恐怕不會露出撲克臉孔以外的表情。

（完）

E FICTION 59／金環日蝕

原著書名／金環日蝕
翻　譯／李彥樺
原出版者／東京創元社
作　者／阿部曉子
編輯總監／劉麗眞
責任編輯／詹凱婷
總 經 理／謝至平
榮譽社長／詹宏志
發 行 人／涂玉雲
出 版 社／獨步文化
城邦文化事業股份有限公司
台北市南港區昆陽街16號4樓
電話：(02) 2500-7696　傳眞：(02) 2500-1967
發　行／英屬蓋曼群島商家庭傳媒股份有限公司
城邦分公司
台北市南港區昆陽街16號4樓
網址／www.cite.com.tw
讀者服務專線／(02) 2500-7718；2500-7719
服務時間／週一至週五：09：30～12：00　13：30～17：00
24小時傳眞服務／(02) 2500-1900；2500-1991
讀者服務信箱E-mail／service@readingclub.com.tw
劃撥帳號／19863813
戶名／書虫股份有限公司
香港發行所／城邦（香港）出版集團有限公司
香港灣仔駱克道193號東超商業中心1樓
E-mail／hkcite@biznetvigator.com
電話／(852) 2508-6231　傳眞／(852) 2578-9337
馬新發行所／城邦（馬新）出版集團
Cite (M) Sdn Bhd
41, Jalan Radin Anum, Bandar Baru Sri Petaling,
57000 Kuala Lumpur, Malaysia.
Tel: (603) 90578822
Fax:(603) 90576622
email:cite@cite.com.my
設　計／鄭婷之
印　刷／中原造像股份有限公司
排　版／游淑萍
●2024年7月初版
售價480元
KINKAN NISSHOKU
by Akiko Abe

Originally published in Japan by TOKYO SOGENSHA CO., LTD., Tokyo.
Chinese (in complex character only) translation rights arranged with
TOKYO SOGENSHA CO., LTD., Japan
through THE SAKAI AGENCY.

ISBN 9786267415481（平裝）
ISBN 9786267415498（EPUB）

國家圖書館出版品預行編目資料

金環日蝕／阿部曉子著；李彥樺譯．–初版.
– 台北市：獨步文化，城邦文化出版：家庭傳媒城邦分公司發行，2024.07
面；公分. --（E fiction ; 59）
譯自：金環日蝕
ISBN 978-626-7415-48-1（平裝）
861.57　113006827

獨步文化
APEX PRESS

廣　告　回　函
北區郵政管理登記證
台北廣字第000791號
郵資已付，免貼郵票

台北市南港區昆陽街 16 號 4 樓

英屬蓋曼群島商家庭傳媒股份有限公司

城邦分公司

請沿虛線對摺，謝謝！

獨步文化
APEX PRESS

書號：1UR059　書名：金環日蝕　編碼：

請於此處用膠水黏貼

獨步文化 APEX PRESS

讀者回函卡

謝謝您購買我們出版的書籍！

請費心填寫此回函卡，我們將不定期寄上城邦集團最新的出版訊息。

姓名：＿＿＿＿＿＿＿＿＿＿＿＿　性別：□男　□女

生日：西元＿＿＿＿＿年＿＿＿＿＿月＿＿＿＿＿日

地址：＿＿＿＿＿＿＿＿＿＿＿＿＿＿＿＿＿＿＿＿

聯絡電話：＿＿＿＿＿＿＿＿＿＿＿＿　傳真：＿＿＿＿＿＿＿＿

E-mail：＿＿＿＿＿＿＿＿＿＿＿＿＿＿＿＿＿＿＿

學歷：□ 1. 小學 □ 2. 國中 □ 3. 高中 □ 4. 大專 □ 5. 研究所以上

職業：□ 1. 學生 □ 2. 軍公教 □ 3. 服務 □ 4. 金融 □ 5. 製造 □ 6. 資訊

□ 7. 傳播 □ 8. 自由業 □ 9. 農漁牧 □ 10. 家管 □ 11. 退休

□ 12. 其他＿＿＿＿＿＿＿＿＿＿＿＿＿＿＿＿

您從何種方式得知本書消息？

□ 1. 書店 □ 2. 網路 □ 3. 報紙 □ 4. 雜誌 □ 5. 廣播 □ 6. 電視

□ 7. 親友推薦 □ 8. 其他＿＿＿＿＿＿＿＿＿＿＿＿

您通常以何種方式購書？

□ 1. 書店 □ 2. 網路 □ 3. 傳真訂購 □ 4. 郵局劃撥 □ 5. 其他

您喜歡閱讀哪些類別的書籍？

□ 1. 財經商業 □ 2. 自然科學 □ 3. 歷史 □ 4. 法律 □ 5. 文學

□ 6. 休閒旅遊 □ 7. 小說 □ 8. 人物傳記 □ 9. 生活、勵志 □ 10. 其他

對我們的建議：＿＿＿＿＿＿＿＿＿＿＿＿＿＿＿＿＿＿

＿＿＿＿＿＿＿＿＿＿＿＿＿＿＿＿＿＿＿＿＿＿＿＿

＿＿＿＿＿＿＿＿＿＿＿＿＿＿＿＿＿＿＿＿＿＿＿＿

為提供訂購、行銷、客戶管理或其他合於營業登記項目或章程所定業務需要之目的，家庭傳媒集團（即英屬蓋曼群島商家庭傳媒股份有限公司城邦分公司、城邦文化事業股份有限公司、書虫股份有限公司、墨刻出版股份有限公司、城邦原創股份有限公司），於本集團之營運期間及地區內，將以 mail、傳真、電話、簡訊、郵寄或其他公告方式利用您提供之資料（資料類別：C001、C002、C003、C011 等）。利用對象除本集團外，亦可能包括相關服務的協力機構。如您有依個資法第三條或其他需服務之處，得洽詢本公司服務信箱 cite_apexpress@cite.com.tw 請求協助。相關資料不提供亦不影響您的權益。

□我已詳讀權利義務之相關條款，並同意遵守。

請於此處用膠水黏貼